Ⅱ 零日传说 长夜
Nightmare

陈虹羽 著

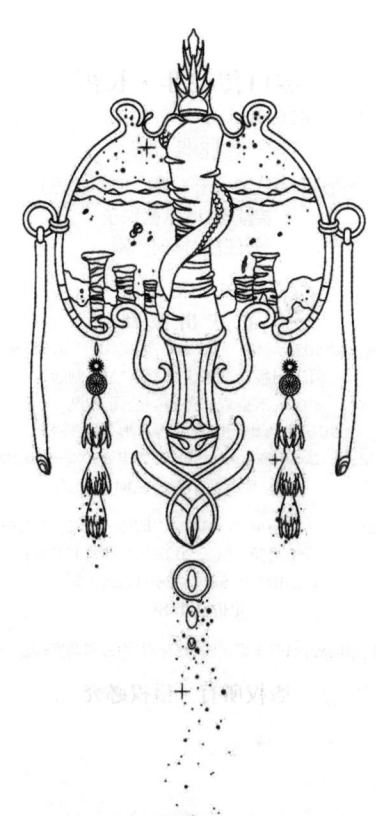

图书在版编目(CIP)数据

零日传说. Ⅱ·长夜 / 陈虹羽著. —重庆:重庆出版社, 2023.2
ISBN 978-7-229-17228-2

Ⅰ.①零… Ⅱ.①陈… Ⅲ.①长篇小说—中国—当代 Ⅳ.①I247.5

中国版本图书馆CIP数据核字(2022)第199109号

零日传说Ⅱ·长夜
LING RI CHUANSHUO Ⅱ · CHANG YE

陈虹羽 著

责任编辑:邹 禾 许 宁 郭思齐
装帧设计:冰糖珠子
责任校对:刘 刚

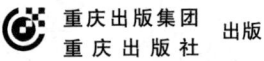

重庆市南岸区南滨路162号1幢 邮政编码:400061 http://www.cqph.com
重庆出版社艺术设计有限公司 制版
重庆市豪森印务有限公司 印刷
重庆出版集团图书发行有限公司 发行
E—MAIL:fxchu@cqph.com 邮购电话:023-61520646
全国新华书店经销

开本:890mm×1230mm 1/32 印张:15.75 字数:366千
2023年2月第1版 2023年2月第1次印刷
ISBN 978-7-229-17228-2
定价:64.80元

如有印装质量问题,请向本集团图书发行公司调换:023-61520678

版权所有 侵权必究

Ⅱ 零日传说 长夜
Nightmare

陈虹羽 著

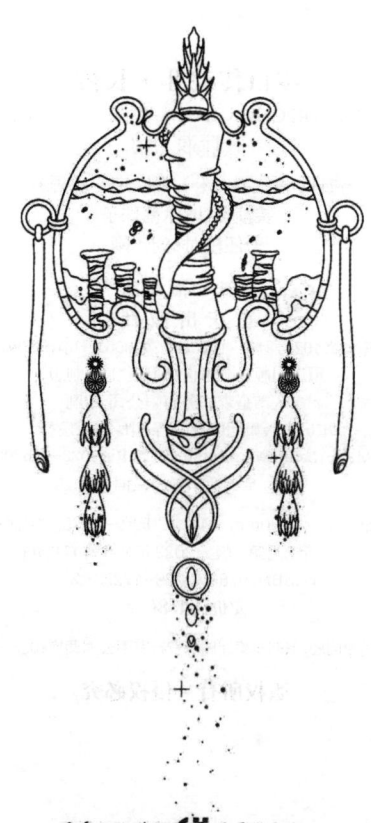

图书在版编目(CIP)数据

零日传说.Ⅱ·长夜/陈虹羽著.—重庆:重庆出版社,2023.2
ISBN 978-7-229-17228-2

Ⅰ.①零… Ⅱ.①陈… Ⅲ.①长篇小说—中国—当代 Ⅳ.①I247.5

中国版本图书馆CIP数据核字(2022)第199109号

零日传说Ⅱ·长夜
LING RI CHUANSHUO Ⅱ · CHANG YE

陈虹羽 著

责任编辑:邹 禾 许 宁 郭思齐
装帧设计:冰糖珠子
责任校对:刘 刚

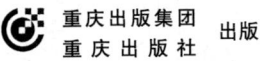
重庆出版集团 出版
重庆出版社

重庆市南岸区南滨路162号1幢 邮政编码:400061 http://www.cqph.com
重庆出版社艺术设计有限公司 制版
重庆市豪森印务有限公司 印刷
重庆出版集团图书发行有限公司 发行
E-MAIL:fxchu@cqph.com 邮购电话:023-61520646
全国新华书店经销

开本:890mm×1230mm 1/32 印张:15.75 字数:366千
2023年2月第1版 2023年2月第1次印刷
ISBN 978-7-229-17228-2
定价:64.80元

如有印装质量问题,请向本集团图书发行公司调换:023-61520678

版权所有 侵权必究

目 录

第一章　先锋官　　　001

第二章　皮囊　　　　039

第三章　苏醒之魂　　077

第四章　铜与铁　　　130

第五章　冷雨之海　　184

第六章　迷雾　　　　253

第七章　囚困　　　　308

第八章　愚者们　　　356

第九章　同伴　　　　414

第十章　终极一战　　459

尾　声　　　　　　　492

第一章 先锋官

1

　　树城的十月,天空阴沉沉的。
　　三名少年并排走在银桦街。
　　这里位于老城区,紧挨着一个市政公园。公园日渐凋敝,杂草丛生,成为不少流浪汉的栖居之所。原来住在周围的很多居民都搬走了,现在成了一个人烟稀少之地。老旧的街道,老旧的楼房。落叶掉在地面,然后风干,然后碎裂。
　　这一次,他们是受先锋官临终所托,前来找到"那个人"。
　　几幢八层高的筒子楼立在荒草间,入口处,"永安公寓"几个烫金字锈迹斑驳。
　　"小白,先锋官让你找的人真的住在这儿?"陆星移有些疑惑。

零日传说Ⅱ·长夜

白凌霄也不确定自己有没有听清先锋官的话，心虚地说："应该没错吧。"

沈放问："这个人一直都住在树城吗？先锋官让他继任，那他一定是很厉害的猎人了，为什么我们之前都不知道他？"

"问我我也不知道啊。"小白摊手。

几个人继续朝里走着，找到编号为"3"的那幢楼。

他们进入楼房。本来就是阴天，加上这个楼采光又不好，楼梯间阴森森的。上到六楼后，他们小心翼翼敲响了601的房门。但敲了十几下，完全没人响应。

小白沉不住气，加大了敲门的力度，从笃笃笃变成砰砰砰。

还是无人响应。

敲门声惊动了隔壁大婶，她推开门，一见是三个小屁孩，顿时摆出长辈的架子，"别敲了，哎哟，吵死了。"她上下打量着三人，一脸狐疑，"你们敲错门了吧，找他做什么？"

阿星一听，这个大婶似乎话中有话，赶紧顺着说："阿姨您好，不好意思打扰到您了。这个人怎么了，找他有什么问题吗？"

大婶完全无视了阿星，目光落在沈放身上。沈放有点心不在焉，小白在后面戳了下他的背，他才反应过来："啊？哦，阿姨，您是我们要找的人吗？"

"不是，你在说什么啊。"小白把不在状态的沈放推到后面，"阿姨，我们是要找住601的人，您知道他去哪儿了吗？"

大婶嫌弃地看了小白一眼，"这还差不多，问我不就得了，砸门干吗？"随后殷勤地对沈放说，"找他是吧？你跟我说说，找他什么事？"

小白内心翻了无数个白眼，简直对这个连大婶都看脸的世界

第一章　先锋官

绝望了!

沈放有些无奈,使出必杀技——好学生之笑容,露出八颗洁白的牙齿冲大婶笑了笑:"是这样,我们是大学生,教授让我们做一个社会调查。教授给了我们地址,让我们来拜访这个人,不过这个人具体是谁,在见到他之前,我们也不知道。或许这就是教授的用意吧,希望我们自己去思考,和他讨论。"

这套说法得到了大婶的认可,她自认为聪明地接话:"啊,我知道了。实习记者,做深度报告,对不对?"

三人不住点头:"对,对对。"

"这个人有什么好采访的……"大婶嘟哝着,一脸神秘,"我说的话,不会被写在报告里吧?"

"这要看您的意愿了,您愿意让我们写我们就写,不愿意的话,我们一定会替您保守秘密。这是对您隐私的尊重。"

"还挺专业。"大婶点点头,"我跟你们说啊,这个人,我一直觉得有问题。"

"为什么这么说?"

"我想想。他嘛,好像是……对,八年前搬来的。那年冬天他一搬来,我爸就脑梗死了,所以记得特别清楚。他一个大男人独居在这里,平时也不跟邻居打交道,说不出哪儿怪怪的。我记得有一次我老公不在家,我自己搬煤气罐上楼,有些吃力。楼下遇到他,他二话没说就帮我搬上来了。可是那种感觉怎么说呢,就好像他并不是热心肠所以来帮我,只是嫌我搬得费力挡了道,很麻烦,所以才顺手帮我搬似的。搬完了也不跟我说话,就放门口,自己……"

"知道了知道了。"三人对这个话题不太感兴趣,小白赶紧打

零日传说Ⅱ·长夜

岔道,"那他平时都在家吗?今天不在,大概什么时候回来?"

大婶对自己被打断有些不悦,没好气地说:"这就不清楚了。反正这人就算在家也没动静,平时应该上班吧,总是看他早上出去傍晚回来。不过现在是假期,就不好说了。对了,他钓鱼的,有时周末能看到他拿着钓鱼竿骑自行车出去。对,今天他有可能是钓鱼去了。这人作息很规律,应该不会不回家的,你们实在要找他,就等等吧。"

这个情报比较有用,三人谢过大婶,决定去小区门口等这个人回来。

现在是下午三点,应该还有一会儿好等。

他们往破败的马路牙子上一坐,各自掏出手机。小白打开微信朋友圈。

刷新后,第一条就是蒲苇的动态,她好像报名参加了他们学校的校园十佳歌手大赛,而且入围了十强,配图是她穿着修身短裙在礼堂舞台上唱歌的照片,还有后台化妆间的花絮。化了浓妆的她看起来有些陌生,可眼里古灵精怪的狡黠还是那么熟悉。小白感到心里隐隐有些刺痛。

不是说不喜欢她了嘛,干吗搞得这么多愁善感。

小白故作轻松地点了个赞,便继续往下滑屏幕了。很多以前的高中同学还没过刚进大学的新鲜劲,在朋友圈晒着五花八门的大学生活。小白心中感慨,自从踏足异兽的世界,这些都离自己很遥远了。

手机一振,显示收到了新的消息。

竟是蒲苇发来的:"哈喽,怎么样,十一出去玩了吗?"一个

第一章 先锋官

笑脸。

"没有。"小白配了个哭脸的表情发出去。

"长假怎么不出去玩玩?"

"你知道的,我很宅嘛。"

"看到我朋友圈的照片了吧?"

刚刚才点了赞,显然是看到了啊。小白以为蒲苇会说些什么,回复道:"看到了,嘿嘿。"

"喏,帮我投票。"蒲苇非常干脆地发了个链接过来。

原来是拉票。小白带着失望点开链接,正是校园歌手比赛的十强投票。他苦笑了一下,选中蒲苇投票成功,看到结果,她目前排第三。

"已投。排名还不错哦。"

"第三算什么,第一才有用啊!你不会自己投了就完了吧?一点都不够朋友,记得把链接发给你大学同学,让他们也帮我投嘛。"表情是一个飞吻。

"好滴好滴。"小白发了个OK的手势。

小白心虚地抬头看了看沈放,以前这个时候,他又该嘲笑自己没出息了。可现在沈放神情恍惚地支着下巴看天,完全没注意自己这边。正打算把投票链接发送给室友的小白停止了动作。虽然沈放没再提,但心里一定还是很担心宋禾姐姐的吧。

他将手机揣回裤兜,拍拍沈放肩膀:"还在想她吗?"

"嗯?……啊。"沈放勉强地笑了笑。

起风了,风穿过旁边荒芜的公园,摩擦在丛生的杂草上,发出寂寞的沙沙声。小白给阿星使眼色,一直沉默的阿星紧了紧衣

零日传说 Ⅱ · 长夜

领，吸了下鼻子，有些冒失地问："那个，你们失去过重要的人吗？"

"干吗突然问这个……"阿星的话题让人猝不及防。小白有些紧张地去看沈放的表情。沈放无动于衷，但挑了挑眉毛。小白打起圆场，"说起来，我从来没见过自己的亲生父亲，也不知道他是谁，所以也谈不上失去吧。哈，哈哈。"

阿星自顾自继续说："我失去过。而且，是彻彻底底地失去啊。"他掏出一枚怀表，摁下暗扣后表盘弹开，表盘内侧镶嵌着一张照片，是一名英气逼人的少年抿嘴微笑的标准照，"这是我哥哥。"

这还是阿星第一次提及自己的家人，小白凑过头去看："咦？跟你不太像嘛。"

"是啊。他总跟我说，我像妈妈，他像爸爸。"

"怪不得。"

"可惜，他十八岁时就死了。"

阿星闭上眼睛仰起头，任飕飕的凉风吹过面庞："我对爸爸妈妈印象不深，他们在我四岁时就去世了，当时的很多细节我都记不清了，后来哥哥也并未跟我细讲。他们留下大笔遗产，我和哥哥的生活倒不必担心。只是听说姑姑觊觎我父母留下的财产，是哥哥一直与他们斡旋，那时他只不过十二岁罢了。他总是很沉默，有很多心事。很多时候，我一点也猜不透他在想什么。可他对我很好。因为有他保护我，虽然没有父母，我也像个被娇惯长大的孩子。直到——

"直到我十岁那年。他带我去海边。我们贪玩，雇了艘船载我们去一座人烟稀少的小岛，想探险什么的，还带了帐篷，想在

第一章　先锋官

小岛上过夜，跟船夫说好让他第二天早晨再来接我们。就是在那座岛上，我们遇到了异兽。

"一只巨型海蟹。

"我也不知道说它是蟹准不准确。它比我所知的任何蟹都要大得多，身体直径足有一米，浑身棘刺，一对红螯如长着锯齿的铁锤。

"后来的事我就看不到了。哥哥把我护在身下，用背帮我挡住攻击。直到最后一刻，仍然捂着我的眼睛，让我不要看。他说的最后一句话是，'阿星，以后没人保护你了，你要勇敢起来啊'。

"这时一位猎人出现，救下了我。"

在讲述这些时，阿星的语调已不太有波澜，可见这段刻骨铭心的回忆已在他脑海里来回重播很多遍了。白凌霄没经历过这样的事，不知该怎么安慰，只能听阿星接着说："被救下后的一段时间，我只是一味地哭泣、逃避。结果姑姑以领养的名义收留了我，同时变卖了父母留下的房子，接管了他们的遗产。直到某一天，我发现自己成了寄居在她家里的被施舍的人，我才知道哭泣和逃避是没用的。如果我一开始就能坚强起来，说不定能守住那幢房子，那里由有很多我和哥哥的回忆，可惜太晚了，可可曾经拼命守护的东西在我哭泣和逃避时被夺走了，再也找不回来了。亲戚为了不落人话柄，供我读贵族学校，给我吃好的用好的，可实际情况是怎么回事，只有我自己清楚。也许是命运安排吧，我竟然也有猎人血脉，后来被那名当时救下我的猎人引领着，加入了猎户座。我想，如果我变得和他一样强，或许就可以救下更多人。

零日传说 Ⅱ · 长夜

"但九个月前,这名猎人也在行动中牺牲了。我转学到树城念书,加入了你们的队伍。

"喏,这就是我的故事。虽然我没有哥哥成熟,身体也不像他那么强壮。可我希望,现在的我,至少能抬起头说和他一样勇敢吧。活着的人有什么办法呢?只能带着亡者的遗愿,加倍努力地活下去。"

小白吃惊地看着阿星,开始明白这个看上去秀气又温柔的男生为什么会拥有那样坚毅的眼神。

阿星害羞地推了推眼镜:"不要同情我啦,失去重要的人这种事,我已经慢慢能接受和理解了。即便现在,我也会难过和哭泣,可难过和哭泣是为了更好地站起来往前走,而不是为了裹足不前。沈放,你不是还没有彻底失去她吗?只要往前走,未来的某一天,那个已经成长得很了不起的我们,一定会和重要的人重逢的。到那个时候就可以释怀地跟他们说没有让他们失望了。你也希望宋禾姐姐再见到你时,你已经是很厉害的猎人了吧?"

沈放张了张嘴,但没有很快回答。

小白站起身,"沈放,我还从没见过你这么失魂落魄的样子。以前遇到什么事,都是我慌得要命,全靠你镇定地解决了。这次啊,"他挺直胸膛伸出手背,"就换我来支撑你吧。"

阿星也起身将手掌覆在小白手背:"现在,你们这样的伙伴对我而言就是最重要的人。并不是我保护你们,也不是你们守护我。我希望我们是可以互相支持的战友,一直……"

两个人期待地看向沈放。

"我明白了。"沈放慢慢站起来,将手掌盖在阿星手背。

"沈放,哪怕这段时间你状态不好也没关系。只要你不会继

第一章　先锋官

续消沉下去，我就能等到原来的你回来的那天。至于这段时间嘛，你只管继续前行，背后就交给我吧。"

"还有我。"

"……多谢。"

三个人的手紧紧握在一起。

"一、二、三，噢！"

远处，一个男人骑着自行车，晃晃悠悠而来。

"你们看，是不是他？"

男人背一个渔具专用背包，穿青灰色夹克，戴一顶丛林迷彩的暗色奔尼帽，眼睛沉在阴影里，整个人就像从黑白照片里走出来，因此车把上挂着的那个红色塑料桶显得有些违和。他径直骑进永安公寓小区，将自行车停在3号楼下。

小白他们赶紧跟了上去。

车很旧了，随便停也不会被偷。男人拎着桶上了六楼，在601门前掏出钥匙。

三人挤在楼梯口没再往前，白凌霄琢磨着措辞。

男人先开口了。他转头朝他们招了招手："你们几个小鬼，别藏在那儿了。"

他的语气还算和蔼，并不像他这个人看起来那么冷漠。三人稍微松了口气，走到他身边，开口自我介绍。

"大叔你好，是先锋官让我们来找你的。这是沈放、陆星移。我叫白凌霄。"

男人转动钥匙的动作停顿了一下，他转过脸，看了看小白，随后回过头继续转动钥匙，拉开门，邀请三人进屋。

零日传说Ⅱ·长夜

屋里非常整洁干净，地上的瓷砖虽然是有些过时的款式，但被擦拭得一尘不染。他们有些犹疑，不知要不要换鞋。

男人看出他们的窘迫，说道："别换了，我也没有多余的拖鞋给你们。"他将夹克脱下，挂在门背的挂钩上，随后将渔具放进柜子。红色塑料桶里有两条鲫鱼，他将桶放进厨房水池，并拧开水龙头，让水滴进桶内。

这是个开间。进门左边是开放式灶台，右边是卫生间。往里摆着一张双座的沙发，沙发对面是写字台和电脑。再往里是一个很大的横放着的书柜，将房间隔开，书柜背后露出一张单人床的一角。

"坐吧。"男人说。

三人看了眼房间的布局，只好一起挤到那张双人沙发上坐下。男人继续忙他的，用电热水壶接了壶水烧上，又在碗柜里翻箱倒柜了一阵，好不容易找出三个杯子。

三人面面相觑一阵，小白开口："大叔……你和先锋官认识吧？"

男人眉峰一蹙，随后点头道："啊。"他停下手中的动作，拉出电脑椅，坐到小白他们对面。

"他……他牺牲了。"

男人动了动嘴唇，沉默半晌才说："是啊。看到你们来找我，我就大概猜到了。"他自嘲地笑了笑，"怎么牺牲的？"

小白绞着手指，局促地说："那天我们在营地遭到了异兽的大规模袭击，先锋官是为了救我才……被一头猰貐……"

"为了救你。"男人重复了一遍。

小白观察着男人的表情，他不确定男人强调这句话是什么意

第一章　先锋官

思，怯怯地说："对不起，我……"

男人却自顾自说道："他也救过我。"他声音难以掩饰地颤抖着，"上次他为了救我，失去了一条腿。这次为了救你，失去了生命。我真是欠他太多了。"

"大叔，你振作些。"小白赶紧掏出那半颗兽爪，"先锋官临死前交代我来找你，说让你接替他的位置。"

男人接过兽爪，握在手里端详了一阵。他起身走向书柜，从里面拿出另外半颗。两颗兽爪的断处紧密地切合在了一起。"我曾对他说过，无论什么时候，只要带这颗兽爪来，不管什么忙我都必定帮他。结果十八年来他都未曾有求于我，好不容易来了，却是……"

书柜里的另一个东西吸引了小白注意。

那是一枚赤金的猎人徽章。

他不由自主走过去，伸手想取出那枚徽章看看，刚碰到就被男人喝止了："别动。"

小白条件反射地缩回手，一扫刚才伤感的气氛，变成星星眼："大叔，你是赤金猎人？"

阿星沈欣闻言也围了过来。他们看了看徽章，眼里全是崇拜，但没敢伸手去碰："大叔，这是您的徽章吧？金色的……好厉害！"

"是啊是啊，"小白点头，"大叔，你是我见到的第一个活着的赤金猎人啊！"

男人明白过来，这几个少年只是对赤金猎人的身份感兴趣。他为自己刚才过激的反应有些懊恼，但还是不动声色地将徽章拿

零日传说Ⅱ·长夜

了出来，捏在手里。徽章背后刻着的名字，他不想被人看见。他生硬地辩解道："这枚徽章不是我的，是我一个朋友的遗物。"

少年们相信了他的话："那你的朋友一定很厉害了。"

"回去吧。你们带的话，我知道了。"男人下了逐客令。

"那……那你是答应了？"

"承诺了的事当然要做。"男人摩挲着兽爪，目光深邃地望向别处，似在自言自语，"这一切终究还是来了。"

"大叔，那我们以后……"

"还和以前一样，跟着你们队长行动，有任务我会派下来。至于这段时间猎户座的其他事，交给我处理。"

"那我们就走了？"小白有些不放心。好歹是先锋官最后时刻交代的任务，这个大叔到底靠不靠得住？他还想再说什么，但被阿星拉着出了房间。

男人见少年们离去，站到窗前等他们从楼洞走出来，目送着他们远去的身影。

那半枚还沾着死去故友血迹的兽爪，被他紧紧握在手里。

2

十一假期还剩几天。小白想回家看看老妈。

赶了一个多小时公交，他终于回到熟悉的小区。胳膊上挂着菜篮子的大婶们仍围在一起喋喋不休，下棋的大爷们还是吵吵嚷嚷，宠物狗满院子撒丫子跑。一切都一如往常，这个世界看起来一点也不像即将被异兽攻陷的样子。

可一想到，说不定此处地下就有一处异兽的窝点，小白不寒

第一章　先锋官

而栗。

门卫大爷呆呆地坐在门口的藤椅上，望着落叶。他看见了白凌霄："小白，学校放假回家啦？"

"嗯。天冷了，您怎么不回屋啊？"

"我家开开丢了几个月了，我总还觉得它会回来的，想等等它……"

开开就是那只被门卫大爷收养了六七年的小狗，后来被兽人赤召捉了去。小白耳边回响起赤召处决它时它那绝望的呜咽声，渐渐握紧双拳。他不忍心告诉大爷开开再也回不来了，只好苦笑了一下。

那他的泥巴还回得来吗？

这么久了，泥巴一直没有回来找他。

小白鼻子一酸，赶紧离开了这里。

回到家，老妈正在厨房准备午饭。她迎出来："昨晚你打电话说今天要回家，我一大早就出去买菜了。有你最爱吃的油焖大虾，到时多吃点。"

"好。妈，用我帮你择菜吗？"

"哟？这才读了几天大学，怎么变得这么懂事了？"

小白搬了个小板凳坐到厨房，一边剥豆角，一边琢磨着要怎么开口。老妈正埋头切菜，并未察觉到他的异样。终于鼓足勇气，他开口问："妈，长这么大了我都很少问你……但还是想知道……"

老妈终于停下手上的动作。这么多年小白都不提，让她对往事有些迟钝了。此刻她才开始警觉："你想知道什么？"

"我只在很小的时候问过你为什么我没有爸爸吧？那时候你

零日传说Ⅱ · 长夜

说你会给我找一个爸爸的，后来你确实给我找了个爸爸。虽然长大了我知道，继父并不是真正意义上的爸爸，我觉得还是不问比较好……但现在……"

"突然说这些干吗。"老妈在围裙上抹了抹手，"你是不是听说什么了？"

"没……没有。只是好奇……我的亲生父亲，他……还活着吗？"

老妈愣了愣神："死了。"

"这样啊。"小白吸了吸鼻子，听到这个消息倒也没多难过，毕竟名义上是父亲，说到底还是个从来都没接触过的陌生人罢了。可老妈知不知道他是猎人？小白试探着问："那，他是个怎样的人呢？"

"你的亲生父亲，他啊，是一个，"老妈陷入沉思，"是一个不适合当父亲的人。"

"为什么这样说？"

"现在的爸爸不是挺好吗？"

"是挺好没错，但还是想知道……妈，你也没跟我说过外公外婆的事。别人都有爷爷奶奶，外公外婆吧？爷爷奶奶，呃，我是指现在这个爸爸的，过世得早，爸爸那边也没什么继续往来的亲戚。我记得小时候有一个远房的舅舅带他的孩子来过我们家一两次，就再也没别人了。外公外婆呢？"

"人都没这么久了，还提这些干什么。"

"妈，跟我讲讲吧，我不是小孩子了。"

老妈沉默了一阵，重新背过身切起菜，说道："就因为他不是一个适合当父亲的人啊。我年轻时不懂事，为了和他在一起跟

第一章　先锋官

父母断绝了往来。后来他……死了，我也没脸再跟父母和解。那时候我独自一人来到树城，就没想过要再回去了。"

"外公外婆不喜欢他吗？他是不是有哪里不好？"

老妈想了想说："小白，很多时候，并不是'好'或'不好'这么简单就能定义一个人的。"

"那他……有没有什么不同寻常的地方？"

"没什么大不了的，别问了，我记不清了。"

"哦。"

小白不再说话。他继续剥着豆角，想着先锋官临死前的话。

亲生父亲是四脉之一林修家的人，因此自己才能拥有林修家的特殊能力濒死之魄，关于这一点倒是没什么疑问。叶乔也说过，林修家销声匿迹了十几年，看来那个男人的确是不在这个世上了。

真是遗憾啊，竟没能和亲生父亲见上一面。他和异兽战斗时是什么样子的？如果他活着，自己说不定就能从小接受训练，成为像索伦那么厉害的少年猎人。如果有索伦那么厉害，就能守护想守护的东西了吧？这么想来还真是超级不甘心。这种不甘就好比一个穷小子穷到十八岁，才知道父亲给自己留下了巨额遗产。可是因为父亲没留下银行密码，即使知道有遗产也取不出来。可从另一个角度看，如果父亲还活着，自己就不会来到树城，也就不会认识沈放他们了，不是吗？

正想着这些乱七八糟的事，手机响了。

是王梓发来的消息："嗨，后天有空吗？"

小白几乎忘记王梓了，现在他才恍然想起这个女孩。他放下剥了一半的豆角，擦了擦手，一边回复一边去卧室，"应该有的，

零日传说 II · 长夜

怎么啦?"

老妈在身后喊:"你这孩子,怎么事儿做一半就走了?"

"妈我想起来有点事要忙,剩下的豆子你剥吧。"

老妈恢复如常的语气,又开始唠叨。

小白刚回卧室,果然王梓打来了电话,他关上房门接起,那边传来兴奋的声音:"你有空就太好啦!知道后天有音乐节么?我有票,一起去吧。"

"音乐节?"

"我的乐队会上场表演,来帮我捧场吧。就当是上次扔下我一个人吃韩国烤肉的道歉,怎样?"

"咦,你还有表演?"既然王梓这么说,小白就没法拒绝了,可他不确定猎户座会不会又突然派什么任务下来,只好说,"如果没事的话我一定去给你捧场的。"

"那就这么说定了。这次可不许再放我鸽子啊。"

是夜凌晨,睡梦中的白凌霄被一阵轻微又刺耳的玻璃敲击声吵醒。

他装作熟睡没有动,仔细倾听声音的来源,确定是有锐物在轻轻敲卧室窗户的玻璃。应该不是小偷,小偷不会弄出这样的声响。那么能半夜到五楼窗外敲窗户的,只能是异兽了。

小白绷紧了神经,武器倒是带回家了,放在床底下,但装在登山包里,并不方便立即取出来。写字台上好像放了把剪刀,可以应急用一下。他在脑海中演练了一遍行动过程,确定无误后,翻身而起,迅速拿起写字台上的剪刀,闪身到窗户边。

看清外面的东西后,他又惊又喜,小声叫了出来:"泥巴!

第一章 先锋官

怎么是你?"

他赶紧打开窗户放泥巴进屋。泥巴一进来就给了小白一个生扑,亲昵地往他脖子上蹭。小白享受地和泥巴嬉戏了一会儿:"好了好了,下来吧。你变得好沉,我抱不动你了。"

小白和小蜥蜴面对面坐在地上。现在它足足超过了半米长。

"你这小东西,怎么过这么久才回来找我?我还以为你再也不会回来了。"

泥巴把前爪搭在小白的胳膊上,像是在安慰他。

小白看着泥巴,傻笑了半天,又仔细检查了它身上:"你有受伤吗?"

泥巴摇摇头。

"那天你被怪鸟叼走后……对不起,我没能救你。"

泥巴呼呼地叫着,好像在说"没关系"。小白拍着它的头,心疼地问:"它们没把你怎样吧?你怎么逃回来的?"

小蜥蜴用肢体语言将那天之后发生的事表演了一番,大意是被巨鸟叼走时本以为要完蛋了,结果巨鸟只是把它放在坑里和其他异兽排在一块儿。其他异兽看了看它好像也并没有在意。它这才明白那些异兽对它没有恶意,也没拿它当回事,当即想溜走,却被拦了回来。后来那些异兽以为它是一伙的,还给它分配了任务,它趁乱偷偷逃走了。本来想去学校找小白,但学校人太多了,而自己又变得这么大,不敢招摇过市,只好一直藏在家附近等小白回来。

"原来是这样。对了,你是怎么上到五楼来的?"小白看了看泥巴背上的那对翅膀,"之前还只能扑腾呢,该不会现在会飞了吧!"

零日传说Ⅱ·长夜

泥巴得意地点点头，展开背部的翅膀在房间里盘旋。

"好了好了，知道你会飞了，快停下。喂！柜子里的东西被你撞掉了！"

泥巴收起翅膀，重新蹲到地上，歪着头看小白。

小白眼里闪过一丝阴翳。泥巴能毫发无伤地从异兽巢穴逃回来，说明它的确是异兽，它们对它才没有防备。虽然早就明白了这一点，但当这点真的被证实，心里还是有些堵。异兽到底是种怎样的存在呢？在猎户座的描述里，它们与地球生物是水火不容的两个世界。可他和作为异兽的泥巴，不是明明可以相处得很愉快吗？

"泥巴，你是我们的伙伴，会永远站在我们这边，对吧？"

"吱！"泥巴一甩头，蹭在小白身上。

小白抚摸着它："我还以为失去你了。你能回来真的太好了。"

绿光莹莹亮起，最后慢慢落在小白身上。泥巴重新进入小白体内，成为他胸前的那块胎记。

3

到了和王梓约好去音乐节的那天。

这两天猎户座都没什么事，小白感到奇怪，还专门打电话问了叶乔，叶乔说上面没安排任务。于是这一天，小白早早到了约好的西郊音乐公园门口等王梓。

四周人头攒动，都是来音乐节玩的时尚男女。

身后有人叫小白名字。

第一章　先锋官

　　他回过头，王梓从公园里朝他走来。她扎着丸子头，涂了很有范儿的复古红色口红。上身是中性风的短款黑色夹克，下身是超短红色格子裙。过膝白色长筒袜，配一双玛丽珍黑皮鞋。

　　这身搭配其实有点奇怪，可王梓精致中带一丝帅气的五官和一双又细又直的大长腿，竟和这身装扮完美地融合在了一起，好像漫画里走出来的女孩。

　　小白看傻了，只能右手使劲掐左手，才勉强忍住没有露出一脸傻笑。

　　怎样才能不卑不亢有风度地和漂亮妹子说话？这是小白十八年来的人生里从未仔细思考过的课题。现在，只能硬着头皮上了。

　　"嗨。"他微笑着挥了挥手。

　　"快进去吧。"王梓把门票递给他。

　　"我还以为已经到得很早了，没想到还是你先到。你怎么是从公园里出来的啊？"

　　"嘿嘿，我要表演嘛。一大早和乐队的朋友把乐器运过来，正在后台调试呢。"

　　"你的乐队叫什么名字？"

　　"硬糖。"王梓说，"不过还没什么名气，我们只是暖场的乐队。"

　　"那也很厉害了。"小白由衷感慨。

　　"你平时喜欢听什么歌？"

　　小白心虚地笑了两声："没什么特别的，你呢？"他没好意思说出来，自己手机里存的歌，充分体现出一个死宅的审美，除了女团就是动画插曲。

零日传说 Ⅱ · 长夜

"我喜欢摇滚。"她比了个摇滚的手势,"Rock and Roll。"

小白不禁想着,如果叶乔不是猎人而是个普通的女孩,会喜欢什么呢?想到这里他笑了,如果她不劈斩双刀,就不是自己认识的那个叶乔了。

王梓发现小白在发呆:"抱歉,我只顾自己喜欢了,忘了你可能不感兴趣。"

小白回过神:"没有没有,我觉得很好。"

两人走到位置偏一些的一个舞台,另一支乐队正在上面表演。王梓说:"我待会儿要表演的舞台就是这个了,他们唱完就该我们'硬糖'上去暖场。你站这里等我一会儿。"说着她钻进后台。

白凌霄在一群摇头晃脑的乐迷中呆呆地抱手站着。台上的乐队表演完了,轮到暖场时间。王梓走上舞台,径直坐到架子鼓后;吉他手和键盘手是和她年纪相仿的两个男生。三人开始演奏。

这时,台下站在第一排的一帮男生,不知从哪儿变出一堆灯牌和条幅,一边举着一边大声喊:"王梓!王梓!王梓!"

王梓没有理会他们,视线在人群里找到白凌霄,冲他眨了下眼。小白举起手摇了摇。

那帮男生回头看着小白,眼神里带着杀气。小白赶紧缩回手,抱歉地笑了笑。他想起以前被叶乔军团找茬的事,该不会王梓也有粉丝军团吧?!

暖场乐队的表演时间只有几分钟,下一支正式乐队准备好上台后,他们就下场了。退场后,王梓过来在人群里找到小白:

第一章 先锋官

"刚才的表演怎么样?"

"我一直想的是,被你抡鼓槌砸会很痛吧……"

"喂!你就不能想想别的吗?"虽然嘴上这么说,但听到小白跟自己开玩笑,王梓还是满脸的开心。

"对了,你乐队另两人呢?"

"我让他们守场子啦,下一次再暖场有键盘和吉他就够了。我带你逛逛?"

"好。"

两人在公园里走着。这次音乐节有四个舞台,王梓说要带小白去主舞台看看,待会儿有她喜欢的乐队演出。

和这样一个耀眼的女孩走一起,引来了很多目光。总是习惯畏畏缩缩走路的小白只好昂首挺胸,尽量让自己看起来挺拔一些。

小白问:"刚才你看到没?台下都有你的粉丝了。"

"那哪儿是什么粉丝。"王梓一脸嫌麻烦的表情,"我们学校管院大三的徐维北,听说过吗?"

这个名字很耳熟,小白想了半天,记起是室友提过:"他在追你?"

"嗯。"王梓语气有些不快,"可我不喜欢他,已经拒绝过了。不知他从哪儿打听来我会参加音乐节,举什么灯牌,丢死人了。"

经历了高中长达三年的暗恋,小白对一切单恋的男生有着无限同情,哪怕那个男生是富二代。对单恋者的同情压过了对富二代的讨厌:"他喜欢那么做就随他去好了,其实也没有影响你什么。"

"你这人到底搞不搞得清状况,干吗帮他说话?"王梓噘起

零日传说 Ⅱ · 长夜

嘴,粉拳砸来。

"救命,"小白捂住头,"我可不是你的架子鼓啊!"

两个人玩了一整天,直到晚上最后一场表演也落幕。

出了公园,打车的人很多。王梓看一时半会儿打不到车,提议说:"我知道附近有条小吃街,要走一会儿,我们去吃夜宵?"

小白点头:"我请你好了,就当是上次的赔罪。"

"上次?"

"就是你约我吃烤肉,我却有事走了。"

"哦,这个啊,我已经没放在心上了。"

小白觉得两个人有些尴尬:"你乐队的朋友呢?叫上他们一起吧。"

"他们自己去吃了。"王梓脸红了红。

这种情况,白痴都该知道这女孩是什么意思了。小白当然也知道。

喜欢这个女生吗?

当了十八年的透明人,突然有美女对自己表白,怎么可能不昏头呢?可是,并没有"喜欢",也并没有"心动"。只是虚荣心在作祟罢了。

小白只好装傻。

离开公园那一片,街上就很冷清了,没什么行人。两人并肩安静地走着路,王梓突然问:"白凌霄,你谈过恋爱吗?"

"啥?"

"那个……"王梓欲言又止。

第一章　先锋官

突然，一台银色的兰博基尼跑车超过他们，一个180°旋转挡在他们前面。一台黑色的玛莎拉蒂紧跟上来，停在兰博基尼后方。

徐维北从兰博基尼上下来，甩了甩头发。后面的玛莎拉蒂上走下来四个小弟，保镖般一字排开，站在徐维北身后。

徐维北看了小白一眼，眼神里满是不屑，随后对王梓做了个邀请的手势："我送你回学校。"

"不用了。我要先去吃点东西。"王梓说。

徐维北故意撩起衬衫的袖口，露出卡地亚手表。他看了眼时间："九点二十分。我知道有家法国私房菜餐厅很不错，可惜它需要提前一个月预订。不过没关系，我跟老板很熟，我现在就给他打电话，开车过去一小时，到了那边，就能吃到正宗的法国菜了。对了，我会让他为每一道菜都准备好不同的配酒。"

小白在内心吐槽：大哥，你这个逼装得有点过了。

王梓拒绝："不用了。我吃不惯西餐，路边的大排档就很好。"

"那你选地点。随便哪儿都行，我带你去。"

"我已经和朋友约好了。"王梓看了看小白。

这时，徐维北才不乐意地正视了一眼站在一旁的白凌霄。他的目光里充满敌意，好像在说"识相就赶紧滚"。

被一个气势汹汹的富二代和他的四个保镖一起这样盯着，小白浑身不自在。向来气场就弱的他，还没适应自己在普通人面前已成为强者的事实。他下意识地往后缩了缩："那个，王梓，既然他约你，那我……"

王梓退后一步拽住小白衣角，悄声在他耳边说："你别走。

零日传说Ⅱ·长夜

他这样纠缠我很久了,我不想去。"

"哎?"小白浑身一凛。

该怎么形容小白之前的人生呢?

从来没被女生喜欢过也就算了,甚至从来没被女生期待过。

而现在,一个喜欢他的女生,楚楚可怜地向他寻求帮助,期待他能成为一个盖世英雄,保护她免遭侵害。

小白心里顿时有了万丈豪情。他深深吸了口气,将背挺直,往前跨了一步,吞了口唾沫,义正词严地说道:

"抱歉,她都说不想去了。请你们让一让。"

徐维北不敢相信这个之前还缩头缩脑的男生竟敢向自己挑衅。他也往前跨了一步,逼迫地站在白凌霄面前,狠狠盯着他:"你小子别不知好歹。"

"你喜欢她的心情我可以理解,但像无赖一样缠着也太没品了吧?"

"我想你还不太搞得清状况。"说完这句,徐维北身后的四个小弟围了上来。

小白扫视了他们一圈,撸起袖子:"正好练练手,本大爷好久没跟'人'打架了。"他把"人"字咬得特别重,当然,其他人不可能明白他这句话的意思。

"臭小子,跩什么跩,再不走就别怪我不客气。识相的话现在就走。"

"你们确定要跟我打?现在后悔还来得及。"

这句话在其他人听来也很装逼过头。这时候倒是王梓担忧起来,直拉小白的衣角。

第一章 先锋官

徐维北同情地看着小白,跟小弟一起哈哈大笑:"嚯,还挺有气势。小伙子很幽默嘛。"

"我没开玩笑。"

王梓终于不忍道:"徐维北,你不要为难我朋友,今天不管他的事。你要我跟你吃饭,我跟你去就是了。"

"你不是说了不想去吗?不想去就别去。"小白挡到王梓身前,冲徐维北摇摇头,"不要以为有点钱就了不起,以为女生看见有钱人就会往上扑。你这种死皮赖脸的人,女生更不会喜欢了。你该不会是霸道总裁电视剧看多了吧?霸道总裁也要看脸的,长得帅才行啊。但你却长这样。"小白用食指推起鼻孔,做了个鬼脸。

徐维北被激怒了,"不给你点教训,你是不是以为动动嘴皮子就能解决一切问题?"他转头冲身后的小弟们说,"没听见王梓同意去吗,请她上车。"

两个小弟上来挟住王梓,把她塞进兰博基尼里面。徐维北伏在车窗边对她说:"等我解决掉那个杂碎,就带你去吃法国大餐。"

"徐维北,我都同意跟你去了,你还想怎样?别动他!"王梓有些怕了,声音里带着哭腔。

小白冲她点点头,让她不要害怕。

徐维北砰的一下关上车门,并上了锁。

王梓拍打着车窗:"徐维北!你想干什么?"

五个人把小白围在中间。

两人一左一右把小白架起,另一人直直冲小白的脸挥拳而来。小白刚想回击,脑海里突然闪过一幅画面——

零日传说Ⅱ·长夜

刚经历了一场和异兽的血战，一片狼藉的地下猎人营地指挥厅。

奄奄一息的先锋官用尽最后一丝力气，气若游丝地说着：

"濒死之魄。"

"你是猎师四脉林修家的后人。你们家族的特殊能力，是晕过去后苏醒第二意识的'濒死之魄'啊。"

小白收回拳头，静静等着这一拳结结实实砸在自己鼻骨上。

不过是几个混混罢了，又不像遇到异兽那样有生命危险。既然不能冒险跟异兽试验，那为什么不利用他们再验证一次自己到底是不是猎师四脉后人，到底有没有濒死之魄的能力？

想到这，他彻底放弃了抵抗。

拳头如雨点般砸下，脸上，胸部，腹部。可是和异兽的攻击比起来，这些攻击又轻又慢，实在不痛不痒。嗓子里泛起一丝腥味，小白啐了口带血的唾沫，静静看着这些人。

徐维北之前还担心小白敢这么轻视自己，莫非有几把刷子，没想到上来就被打趴下了。他放心地把一切怒火和不快都发泄到了小白身上，狠狠踢了小白几脚后抱手在一旁："别用那种不服的眼神看着我。你以为你谁呀？现在求饶还来得及，跪下来叫爸爸我就原谅你。怎么？不爽？像你这种连手都不敢还的，一开始识相些走掉不就好了。出个屁的头啊！傻逼。"

小白只是冷笑了一声。

"还敢笑，给我接着打！"

"我……笑你们……动作太慢了……"

第一章　先锋官

"你什么意思?"徐维北推开一个小弟,亲自走上来抓起小白衣领,一个巴掌扇过来,扇得小白耳朵里嗡嗡作响。徐维北手掌亦有些吃痛,咬了牙握成拳,揍在小白喉结上。

这一拳着实不轻,小白捂着脖子猛烈咳嗽道:"不错。这一下……勉强像点样子。"

"你不想活了?"

"有本事……就打倒我。"

王梓还在拼命砸车窗:"白凌霄,你怎么样了?徐维北,你快停手,我已经报过警了!"

徐维北装出一副惊慌的样子:"怎么办,警察快来了,我好害怕呀。"他拎起小白,"看来要快点解决掉你才行。"他转向小弟,"没听见他嫌你们慢,要求你们快点打倒他吗?别掌握什么分寸了,给我下狠手!"

听到这句话,两个小弟从腰上取下了甩棍,另两个则从车上取出高尔夫球棍,一波更猛烈的攻势袭来。小白倒在地上,终于感觉到自己身体开始吃不消。视线中多了很多细小的密密麻麻的黑点,如铺天盖地的群鸦。远处的灯光渐渐模糊不清,最后眼前彻底一黑,失去了意识。

似乎只有几秒的停顿,白凌霄重新苏醒了。他能感到徐维北踢了几脚倒在地上的自己:"这小子不行了,走。"

五个人朝车那边走去。

先锋官临死前说过的话回响在耳边:"白凌霄,你的'濒死之魄'并不只是让你苏醒后眼睁睁看着一切发生。集中注意力,坚信这一切并非幻觉,你便可以由第二意识操控身体。"

· 027 ·

零日传说Ⅱ·长夜

不远处,王梓愤怒的哭喊变为恐惧的抽泣。

白凌霄试图控制身体。混蛋,快点动起来!他集中起精神,感受着身体的每一个部分。血液在流淌,心脏在鼓动。脚趾、手指、四肢……像一个被定格的人突然解除了锁定,白凌霄从地上站起身。

他张了张嘴,这次喉咙听话地发出了声音:"我说,你们啊,不要太无法无天了。"

正要打开车门坐进驾驶室的徐维北愣住了,奇怪地转头看向白凌霄,像在看一头怪物。

"你不是已经晕过去了么?"

"很不幸,如你所见,并没有。"

徐维北的表情重新恢复轻松:"别强撑了。刚才的揍还没挨够吗,还是被揍成傻逼了?你今天非要找死是不是?"

白凌霄扭动了一下脖子,颈椎咔咔作响。脸上全是擦伤,他勾起带血的嘴角,露出一个阴沉的微笑:"哪儿来那么多废话。"

"我今天没工夫陪你玩。"徐维北摁开车锁,手放在门把上掀起车门,扭头命令另外四个小弟,"别理他了,走。"四个小弟涌向那台玛莎拉蒂。

浑身应该已经散架、刚才还在十几米外的白凌霄毫秒之间便已闪身到徐维北身后,一把钳住他的手腕,把正要上车的他拉了出来。白凌霄将他的手腕狠狠往内折,关节发出咔嚓的断裂声。徐维北疼得大声叫嚷:"松手!松手!你们愣着干什么,快给我把他解决掉!你他妈的……"徐维北正要破口大骂,对上了白凌霄冰冷的目光。

这道目光凉透骨髓,和刚才那个看起来就很衰却还嘴硬的小

第一章　先锋官

子判若两人。徐维北被这道目光深深震慑,不由自主地闭上了嘴。

两个小弟冲上来,欲像刚才一样把白凌霄架住。出乎他们意料的是,这个已伤痕累累的少年变得十分难对付——不,不是难对付,而是完全不是他的对手。白凌霄上半身几乎没有动,只是将腿向后踢了几个不可能的角度,便瞬间将他们踢倒在地。

白凌霄手上加了力气:"早就告诉你们了,做任何事之前先想清楚后果。"

另两个小弟扑上来。白凌霄用另一只手攥紧徐维北的衬衣,竟然将他举了起来,砸向他们。

两个小弟不敢硬接,赶紧跳开,徐维北重重摔在地上,发出一声咒骂:"靠!干吗不接住我?"

白凌霄轻轻拂去自己脸上的血:"你们啊,太弱了。要说富二代,你们比索伦差远了。要说打架,你们比叶乔差远了!"

几人听不懂白凌霄的话。两个小弟各自拿着一根棒球棍,却一副准备随时逃走的样子,不敢上前。

白凌霄就这样在他们的注视下轻轻拉开车门,伸手把王梓从车里扶下,头也不回地扬长而去。

直到拐过墙角看不到他们,王梓才慢下脚步。

但她看着白凌霄满是伤、面无表情的脸,觉得非常陌生。这种陌生让她不敢开口说话,只得跟在白凌霄身后。

到了路口,白凌霄伸手拦了台出租车。王梓上车后,他跟司机报了学校的地址,但并没有一同上去。

王梓几乎有些殷勤地问:"你不搭车一起回学校吗?"

"我回家。跟学校是两个方向，你先走吧。"

"那你……"

"没事，我自己可以回去。"

"哦。"王梓低头，有些失落，"刚才……谢谢。"

"不用。"白凌霄说，"我不是为了你，你不用道谢。再见。"没等王梓回答，他关上了车门。

4

十月中旬。

芬兰和挪威北境交界处的雪原上，一幢古堡屹立在漫天纷纷扬扬的风雪中。去年的积雪尚未融尽，今年的新雪又覆盖了上来。这幢古堡方圆数十里不再有其他建筑，它像是被彻底遗弃在这里一般，孤零零地等着那群奔赴此地的猎人。

兰彻斯特公爵身着一袭暗绿色纯羊毛大衣，环抱双臂，笔挺地站在瞭望台上，和古堡一起静静等待着。奥斯汀管家站在一旁："阁下，外面冷，回屋吧。"

"不。"公爵决然地拒绝了，"几十年来四脉又一次聚首，我当然要站在这里迎接他们。"

"可惜林修家自那个林修平失踪后，再也……"

"哼，那个来自中国的平民。"公爵的声音里充满轻蔑，"有何可惜。"

古堡属于兰彻斯特家名下。这个区域是异兽出没的通道口之一，兰彻斯特家修建它是为了在这边狩猎方便。今年以来，猎户座的地下营地接二连三沦陷。联络长发出号令，召集猎户座议事

第一章 先锋官

团聚会,即包含联络长、六大先锋官和猎师四脉当家在内的十一人,商量接下去的对策,并向公爵借用这幢古堡作为议址。

索伦坐在室内窗前,望着外面的雪,搅拌着杯子里的咖啡。

雪地里出现一个移动的黑点,第一位客人到了。

"奥斯汀,这位客人就你去招待吧。"

"是。"管家伏了伏身子。

打开大门,将来者让进屋:"克拉克先生,欢迎。您到得真早。"

克拉克是欧洲区先锋官,一名伟岸的英国中年男子。他大约四十多岁,身着咖啡色山羊皮飞行夹克,目不斜视,径直走进古堡,穿过长廊:"我从英国来,比其他人近。"

几句简单的寒暄之后,奥斯汀带克拉克先锋进入位于长廊尽头的会议厅。

会议厅里摆着一张圆桌,克拉克先锋拉开一把椅子坐下:"给我来点喝的。最好是锡兰红茶,想必公爵定有准备吧?"

"当然。"奥斯汀退了出去。

坐在偏厅的索伦冷眼看着这一切。

莱昂抱怨:"这个克拉克也太傲慢了。"

索伦说:"傲慢倒没什么不好。他是个直爽的人,有什么说什么,总比耍小手段的人强。"

先锋官又接连来了两名,由奥斯汀一一迎进会议厅。

这时,雪地里出现了一位女子的身影。她戴着一顶防寒皮帽,只露出一小团脸。她的皮肤是黄褐色,亚麻色的头发编成两条长长的辫子,一条搭在胸前,一条抛在背后。驼色斗篷罩住了她的身体。这身装扮让人猜不透她的年龄。

公爵走下瞭望台,来到门口。

奥斯汀见公爵来了,鞠躬道:"这儿交给我就行。"

"这位女士我要亲自迎接。"

公爵脸上浮起微笑,一直静静目视着女子走近,随后以猎人礼相见:"这位想必就是艾斯小姐了吧。"

女子点点头:"公爵阁下亲自相迎,是对我感到好奇吗?"

公爵笑而不语。

"放心,我现在是艾斯家族的当家,年龄不是问题。"

"你误会了。我跟令尊有过几面之缘,对他很是景仰……"公爵这时才看出来,女子约莫二十出头,比他想象中还要年轻。

女子直截了当地打断公爵:"可惜他已经战死了。"

"抱歉。"公爵拧起眉,看不出是真心还是假意,"这是猎户座的损失。别站在门外说话了,请进。"

女子进门后默不作声地脱下防寒帽和斗篷,露出里面修身的毛呢连衣裙。奥斯汀见机上前接过来,帮她将衣帽整理好挂在衣架上。

先锋官又陆续来了几位,大家坐在会议室,各自喝着不同的茶饮,相互沟通着情报。他们已得知了原亚洲区先锋官的死讯,也得知他给自己找了一名替代者。所有人都想看看那名替代者究竟是何方神圣。

约定的会议时间到了。除了已消失十几年的林修家外,目前没到场的只有那位新的亚洲区先锋官和图坦家族的人。

候在门口的公爵看了看怀表,交代奥斯汀等最后两名客人来

第一章　先锋官

了后直接带去会议厅，随后进了房门。路过偏厅，他稍微顿了顿，还是生硬地招呼道："索伦，跟我一起来。"

因为前一天已经吩咐莱昂跟索伦说好了，今天的会议要他旁听。索伦并未表现出过激的反抗情绪，只是"嗯"了一声，跟在公爵身后进了会议室。

虽说是圆桌，房门正对的座位空着，公爵径直坐了过去。他旁边还空着一个座位，但索伦并没去坐，而是走向靠窗户的一把椅子坐下，并往外圈挪了挪。

这时，一名头发卷曲的男青年莽撞地跑了进来："抱歉，我是不是来晚了？"

因为跑得太急，他没刹住脚步，一下撞到了靠近门口正喝咖啡的北美区先锋官麦卡锡身上，咖啡洒了麦卡锡先锋一身。奥斯汀有些失态地紧随其后跑进屋："恕在下失职，没能让图坦先生走慢些。"

"不是你的错，怪我来太晚了。"男青年随口一说，同时瞥见公爵身旁的空位，便走过去坐下，这时才发现麦卡锡先锋正擦拭身上的污迹，于是赶紧起身道，"抱歉！我没看见……"

联络长皱起眉："图坦，你快三十了吧，怎么还这么冒冒失失的？"

男青年嘿嘿地赔着笑脸。

奥斯汀说道："麦卡锡先锋，不介意的话，请随我前去换一身干净的衣服。"

麦卡锡轻哼了一声，离席而去。

男青年挠了挠头自我介绍道："真是不好意思，我来得太急了。我是四脉之一图坦家族的当家。希望我刚才的出场没给大家

· 033 ·

零日传说 Ⅱ·长夜

留下坏印象。"

克拉克将茶杯放到桌上，鼻子里发出哼的一声："当然不会。不过图坦先生，身为猎师四脉，连脚都刹不住可不怎么合格啊。上阵杀敌的事，你们到底还能不能行？"

"克拉克先锋，话可不能这样说。"公爵缓缓道，"年轻人虽然鲁莽了些，但驱杀异兽，是我们四脉必须承担的责任。"

克拉克没想到自己埋怨图坦的话会引起公爵这么大的反感，作为欧洲区近年来崛起的最强猎人，猎户座长期以来对四脉能力的仰赖早已让他不忿。说到底，在异兽大规模进攻的情况下，区区四个家族——现在可能只剩下三个了——能起到多大的作用？在他看来，这种唯身份论的说法简直是邪恶的纳粹思想。但在这个场合下，他只能压下怒气沉默。

大家都嗅到了火药味，一屋子人噤若寒蝉。

面对猎户座历史上从未遇过的危机，房间里的每个人都遭受了巨大的损失，面临的威胁却不减反增。除了图坦这样似乎莽撞不靠谱的青年，没谁有好脾气。

这时，屋外的长廊响起一阵脚步声，众人统一将目光投向房门。

不会是换衣服回来的麦卡锡先锋，他的脚步刚劲有力；此人的脚步声则不紧不慢，也很轻盈。若不是大家一时沉默，还真不太容易注意到。

门被推开，进来的是一个穿着朴素黑色夹克衫和棉布西裤，脚踩一双千层底布鞋的黄种人。

在座的人没有谁认识他，但每个人都知道了答案——这就是他们今天最想见到的人，新任的亚洲区先锋官。

第一章 先锋官

来者对所有人行了个礼:"各位久等了,第一次来这里,语言不通,走了很多冤枉路……"说到这里,他才想起来自己说的是汉语,愣了一愣。

公爵显然早料到了这种状况。他微微欠身,用同样流利的中文请他入座,然后换成英语胸有成竹地向大家介绍:"这位是亚洲区先锋官,穆云先生。哦对了,我为他安排了一位翻译,就是犬子。"他指了指坐在一边的索伦。

大家面面相觑,没人听过"穆云"这个名字。

奥斯汀带着换好衣服的麦卡锡先锋返回会议室,看到所有座椅都坐上人后,他默默退出房间,并带上了门。

"好了,我们开始吧。"公爵发话。

"且慢,"一直没有说话的艾斯小姐突然开口,"恕我直言,公爵,您以前见过这位穆云先生吗?现在是非常时期……"

"我理解你的心情,艾斯小姐。"公爵清了清嗓子,艾斯的父亲正是因为一名人类叛徒给出的错误信息才落入异兽陷阱牺牲的,"如你所言,我的确没有见过穆云先生,但我在中国的朋友已经确认了他的身份。"

"就算他身份是真实的,"克拉克先锋道,"他一个名不见经传的猎人,怎么能担当得起指挥一个区域与异兽作战的重任?"

有几名先锋官响应了克拉克的这个说法。

公爵没有理会,只打开了一份投影文件,开始播放一些年代久远的影像资料片段:"我想大家一定没有忘记多年前发生在中俄交界的那场北境狩猎战吧?"

除了联络长、公爵和受到争议的亚洲区先锋官,所有人都窃

零日传说 Ⅱ·长夜

窃私语起来。

四方凶兽只能被封印不能被杀死的事情，在座的人都很清楚。但即便被封印，这些超强的异兽也不会放弃挣脱，因此才需要猎师四脉在封印后一直看守。

十多年前的亚洲区，就发生过穷奇几乎挣脱封印的事件，同时又有大批异兽集聚进攻。幸亏林修家当时的当家林修平正值壮年，在他的带领下，几十名经验丰富的猎人参与了作战。遗憾的是，他们没有发现穷奇挣脱封印只是一个更大陷阱的开端，消灭猎户座亚洲分支才是异兽更残暴的目的。那场战争非常惨烈，参战的猎人几近全军覆没，林修平亦在那场战争后失踪。这让亚洲区实力大减，幸运的是，猎人们也几乎杀光了当时那些异兽，并重新封印了穷奇。

公爵解释道："大家都认为参加那场大战后活下来的仅有前阵子牺牲的亚洲区先锋官，据我查证，其实还有一名幸存者，就是这位穆云先生。他和林修平、亚洲区先锋官素有交情，因承受不住朋友牺牲的打击，选择了隐退。"

"是的，正是在下。"穆云的表情里已经看不出什么痛苦了，他风轻云淡地说，"那场战斗中，我犯了一个致命的失误，不仅让我失去了最好的兄弟之一，也葬送了十数名战友的性命。因为内疚和重伤，我退出了猎人的日常任务，慢慢习惯于成为一名普通人。真没想到……"他自嘲地笑了两声，"十几年过去了，穷奇竟成功挣脱了封印，这一次引发的危机夺走了我另一位好兄弟的生命。希望各位理解，我此时复出，并没有别的想法。只是，"他加重了语气，"血债必须血偿。"

"欢迎你回来。"公爵拍了两下手掌，"我想以你的作战经验

第一章 先锋官

接任先锋官,在座的各位应当没有异议。"

其他人没再发话。

联络长见所有人到齐,说道:"那么,现在正式开始会议吧。"

"等等,"穆云略带歉意地举手说,"公爵阁下,贵府好像有客人拜访啊。"他看了看窗外。

众人朝窗外望去,并没有一个人影。这时他们才陆续反应过来——窗外飘来埋伏着的异兽的气息。

由这名刚刚被自己质疑的新晋先锋官提醒,所有人脸上都有些挂不住。公爵的脸色更是铁青,竟然让异兽埋伏到自己的城堡,简直是一种耻辱。像宣誓主权般,他拔出佩剑,不悦地走向窗边,趁那群窃听者还没反应过来,如一道闪影推开窗户一跃而出。

三只一尺多长的四耳鼠贴在窗户角上,本正在偷听屋内的动静。公爵的出现令它们吓了一跳,立即沿着外墙四散。无论去追哪一只,都会顾此失彼。

但这种专门打探消息的异兽对公爵来说简直小菜一碟,这是自己的府邸,而自己从来都自诩为四脉中最强的一家,怎么能便宜了这些畜生?只见他在跃出的同时已快速点动剑尖,两只四耳鼠立刻封喉,另一只则被砍断了腿,从墙上掉了下去。

刚刚落地的公爵一振腕,这只四耳鼠被切成了八块掉入草坪。

"对付这种小杂碎也这么认真吗?公爵今天有些失态啊。"站在房间里观望的克拉克说道。

零日传说Ⅱ·长夜

"这里可是他的地盘。"麦卡锡回答。

就在此时,一阵风声惊得两人突然回头,竟然是穆云抓起一只骨瓷碟向窗户的窗帘丢去,并在接触窗帘一刹那旋转回来。穆云翻身跃起,堪堪在骨瓷碟落到地面的一刻接住了它。

一只四耳鼠沿着窗帘和墙壁的缝隙掉落到地板上。

"麻烦管家请人收拾一下,小心点。怕脏了公爵的地方,只是让它昏了过去。"穆云说着,若无其事地把碟子重新放回自己面前。

所有人都用一种不可置信的眼神看着他,似乎明白了他当年为什么能从那场战争中全身而退。

索伦不动声色坐在一旁,亦掩饰不住眼中的惊讶。

第二章　皮囊

1

"啊啊啊啊啊啊，不爽！"

麦当劳里，小白将一杯可乐重重摔在桌面，引来旁人频频侧目。他吐了吐舌，压低声音接着抱怨："亏我发觉自己越来越厉害了，正下定决心投身猎人的战斗事业，可现在倒好，突然不派任务给我们了，这算什么事嘛？"

"也派了任务吧。不是让我们负责树城的日常巡逻么？"阿星劝道。

"阿星啊阿星，你这人就是太包子了，这也叫任务？一年到头能有几只异兽出现在城里啊？而且现在它们有了地下巢穴，更不会随便出现了。叶乔队长还能跟着她爸去当个帮手，我们仨彻底成了边缘人，要无所事事到什么时候啊？那个新的先锋官大叔

零日传说Ⅱ·长夜

上任后什么事都不交给我们,是不是上次见面给他留下的印象不好,他觉得我们靠不住?"

"对啊。"沈放点头,"光让我们巡逻,巡逻了半个月,一次异兽都没遇到。"

"而且连巡逻这个任务都是我们实在无事可做、问了他他才安排的。要是不问他,是不是就没我们啥事儿了?我可是猎师四脉啊,竟然轻视我。之前不是还说什么情况已经很危急了吗?我看他们一点都不急。"

"这么说起来,我们是真的被看扁了?"阿星恍然大悟。

"废话!"

"我有一个办法。"沈放说。

"什么?"小白和阿星把头凑过去。

"去找薛老大,跟他们小组一起行动。"

"跟南宫那个怪小子一起?"

"也没什么大不了的吧。要不你说怎么办?"

"看来只能这样了。"小白点头,"阿星,你一起去吗?"

"我当然跟你们一起行动了。"

"好。那就这么决定了。"

沈放跟何念念打听来薛荣的行踪后,三人一起去店里找他。

他正改装着一台机车。听他们说明来意,只懒懒地抬了下眼:"你们确定要跟我行动?"

"是。"

"我希望你们先明确一点,我带领的小组接到的任务可不像你们的那些小打小闹,什么送标本之类的。另外,我的队伍里不

第二章　皮囊

许有任何一个人拖后腿。"

被人戳到痛处,小白有些不爽:"送标本那次纯属意外。"

"我不管你是不是意外,我只看结果。我刚才说的那些话,你们到底明不明白?别以为这是开玩笑。"

"……明白。"

"再有,如果叶乔问起来,我不会为你们兜底。"

"明白。"

"想清楚了就一起出发吧。收拾些行李,明天出发,进山林扎营。"

"啥?明天就要去山林?"

"怕了?"

"那、那当然没有!"

薛荣神秘地一笑:"上次我们在那里遇到了穷奇。这次再去碰碰运气。"

一行人带着装备进了山,在铺满落叶的山地上扎好两顶帐篷后,薛荣掏出一柄带掌托和瞄准的弹弓,看样子似乎是要打猎。

让小白他们没想到的是,连何念念也心照不宣地掏出了个一模一样的玩意儿。

小白好奇地问:"你们该不会打算用这玩意儿对付异兽吧?"

"不是,这是我们的下午茶加餐。光吃压缩饼干有什么意思?"薛荣说。

"加餐?"

"你小子看好了。"

薛荣和何念念将小石子架在皮块上,拉开橡皮绳,朝树林里

零日传说 Ⅱ·长夜

嗖嗖弹射了几下。几只麻雀掉到地上。不是因为打不到别的鸟,而是因为大部分都是保护动物了。

南宫熟练地生起一堆火。那三人将麻雀清理干净,架在火上烤起来。

小白他们觉得新鲜,兴奋地围在火堆旁流口水。

薛荣指着对面半山腰的一个山洞:"看到了吧,那儿也是一个异兽巢穴的入口。"

小白握拳:"那为什么不直接进那里去,跑这儿来守着干吗?"

"没准备好就随便进去就是送死。"薛荣道,"不过如果遇见异兽,就可以好好开荤大吃一顿了。"

"吃异兽?"小白、沈放和阿星一阵恶寒,何念念显然对薛荣这种没个正经的玩笑免疫了,一脸见怪不怪。南宫更是面无表情,只是默默坐在何念念旁边。

等待食物烤熟的这段时间里,薛荣拿出他的狙击步枪,用一块鹿皮巾小心翼翼地擦拭着。枪身黑得发亮,小白有些羡慕,伸手去摸。

"薛老大,这把枪好帅啊。"

"赫克勒-科赫的MSG90。"薛荣举起枪管,从目镜里往远方望去,透过圆形的镜头仰看着被枝丫割碎的天空。

"可惜猎户座有规定不让用。薛老大,你用冷兵器也很厉害吧,解决掉那些异兽应该也没什么问题,为什么一定要用枪呢?"

"他们有他们的道理,我也有我的理由。"

看着跃动的火焰,薛荣想起一些久远的往事。

第二章 皮囊

十六年前,也是在一个这样的山林。

那年夏天家里买了车。到了周末,父亲载上一家人自驾去山里避暑。度假村修建在山顶,汽车在盘山公路上行驶。前天下过雨,路面有些滑。

那时的薛荣十二岁,还是个无忧无虑的少年。第一次全家自驾游让他很兴奋,他趴在车窗边目不转睛地看着沿途的景色。

"妈妈,这边的杉树好高啊!有几百年了吧?"

"妈妈,看那里,有松鼠!"

"妈妈,你说这儿会有小猴子么?"

母亲没有搭话。薛荣终于注意到她脸色有些苍白:"妈妈,你怎么了?"

"路太陡了,我恐高,还有点晕车。"

山路一侧是峭壁,另一侧是陡坡。薛荣看了一眼陡坡,其实没那么高。下方的山谷中有个湖泊。湖水是墨蓝色的,深不见底。

不过他觉得没什么好怕的。他挽起妈妈的手:"妈妈,不用怕,我会保护你的。"

父亲哈哈大笑:"听见没,小荣长大了,是男子汉了,都说能保护你了。"

母亲脸上露出宽慰的表情。

行驶到一个拐弯处,前方突然出现一块滚落的巨石。父亲急着打方向盘,车身一颤。母亲条件反射地紧紧搂住薛荣。好在躲了过去。薛荣从后视镜看到父亲抹了抹额头。一家人不再说话,好让父亲全神贯注地驾驶。

薛荣继续看着车窗外。

零日传说Ⅱ·长夜

一道黑影出现了。

"那是……"

话还没说出口，车子就被一股巨大的力量击中，朝陡坡翻去。

刚才还一脸虚弱的母亲不知从哪儿迸发出强大的力量，翻身紧紧护住薛荣。薛荣被母亲护在怀里，听到她怦怦的心跳。好在树林茂盛，车往下滑跌了百余米后就被树干拦住，停了下来。

第一反应是，还活着。

母亲松开怀抱，用手捧着薛荣的脸，嘤嘤哭道："小荣，你没事吧？小荣。"

薛荣帮母亲抹去眼泪："我没事。"

父亲撬开车门，小心翼翼地把母亲和薛荣抱出来。不幸中的万幸，他们都有绑安全带的习惯，检查一番后发现一家人只受了点皮外伤，并无大碍。松了口气后，父亲给度假村的人打电话，那边说很快会派人过来营救。

一家人在泥泞的山地里等待着。

父亲皱着眉："奇怪，刚才明明没被石头砸中，怎么会突然……"

"爸爸，我看到了……"薛荣在想怎么形容那个怪物，老实说，他没看清，"一条长长的……"

"你看见什么了？"

薛荣呆住了。他怔怔地指向父亲身后。

一条几十米长的……怪物。

顺着薛荣和母亲惊惧的眼神，父亲缓缓转过头。这头怪物前半截像一条长满鳞甲的蛇，但它后半截有九条尾巴，这让它看上

第二章 皮囊

去像一只头部是蛇形的巨大章鱼。父亲显然已陷入极度的恐惧，但他还是紧紧握着扳手，一步步后退到母亲和薛荣身前，试图护住他们。

然而并没什么作用。

那头怪物扬起一条尾巴，从尾端喷射出一团胶质黏液。这团物质如子弹般贴上父亲胸膛，竟然很快将他身体彻底融穿了。

那团胶液，竟然具有可怕的腐蚀性！

几秒钟后，父亲倒在了地上。身上没有一滴血流出来。

薛荣还记得父亲那张扭曲了的脸。那张脸贴在泥土上，眼睛瞪得极大，嘴几乎是狰狞地张开，大吼着："跑、快跑啊！"

母亲回过神，拉起薛荣的胳膊跌跌撞撞狂奔起来。两个人惊慌地喊着救命，心中却绝望无助。

这鬼地方怎么可能有人来救命？

就算有人来，也不过是白白送死罢了。这怪物到底是什么东西？

九尾蛇在地上窸窸窣窣地蹿行，很快将母子俩堵在深潭边上。母亲搬起一块石头，朝蛇头砸去。石头撞在巨蛇的鳞片上，发出咔咔的声音，却不能对它造成任何伤害。

母亲见状，竟然抱起薛荣，跑了几步将他扔到九尾蛇身后，同时自己飞身扑向蛇头，紧紧抱住这恶心可惧的怪兽，希望能够卡住它的七寸。她很清楚这一切都是徒劳，但她只能这么徒劳地抗争，好为薛荣争取哪怕一分一秒的时间。和父亲一样，母亲的整张脸也都扭曲了，对着薛荣大喊："跑，快跑！"

"妈妈！"

"跑啊！你快点跑……"

零日传说Ⅱ·长夜

她的声音戛然而止,双眼失去神采。然后,她保持着这种死死搂抱的姿势,再无声息。

薛荣看了看四周,他已经无路可逃了。

如果说父亲倒下时他心里涌起的是恐惧、绝望、悲伤,那么此刻,他整颗心都被一种名为憎恨的情绪填满了。跑到哪儿去?又怎么活着?

他捡起一根树枝,和九尾蛇对峙着——

不,不是对峙。只是想在死之前至少伤到这头怪兽一点。

巨蛇再次发出窸窸窣窣的声音,扬起一条尾巴。

"扑倒!"一个男人突然从一侧岩石上跳了下来,抱着薛荣滚了几圈,堪堪躲过九尾蛇尾端射出的东西。

男人翻身而起,甩手一扬,一柄弯钩出现在他手中。他举起弯钩,回旋着掷出去,那弯钩如收割庄稼般绕着九尾蛇的尾部疾驰,齐刷刷斩断了它的九个尾端。随后,弯钩重新回到男人手中。

失去攻击部位的巨蛇陷入狂怒。它扭动身躯,蛇尾因剧痛凌乱地挥舞着,似乎非常痛苦。谁料那些舞动的蛇尾只是幌子,它悄悄用一条长尾从后方裹挟了薛荣。

巨蛇举着薛荣,狠狠盯着男人,像是在威胁他。

但它并未料到,还有另一名猎人在场。那名猎人从岩石上跳下来,手中的大刀从上向下贯穿了巨蛇扁平的脑袋。

获救的薛荣在喝下鸥脑酒后并未忘记一切,才得知自己竟有猎人血脉。他想也没想便加入了猎户座。

救他的第一名猎人就是后来收养并训练他的义父。第二名猎人,是前不久牺牲的先锋官。

第二章 皮囊

薛荣感激义父,却对先锋官的行为耿耿于怀。因为那天,先锋官随身带着一把气枪。

那个度假村开展了狩猎项目,爱好者可以领取气枪到附近打些野兔之类的。先锋官明明有枪,只要他远远开枪射击,自己的母亲就很有可能可以幸免于难。可他却刻板死守猎户座的守则,一定要跑上前以刀应战。

薛荣永远不会忘记那一天,血水冲散泥土,翻涌着腥味。直到现在他仍然不喜欢闻到泥土的味道,好在火堆哔剥燃烧着,炙烤出麻雀的肉香。

小白注意到薛荣盯着火焰发呆,好奇地追问:"薛老大,猎户座不是规定了不能用枪吗?"

薛荣拿出他的秘制调料,一边撒在烤麻雀上,一边说:"我小时候,一家人开车去山里玩,结果遇到了九尾蛇。父母为了保护我都死了,正好山谷里有两名猎人在钓鱼,他们赶来救下了我。"薛荣添了一把柴,"可有个人当时明明有枪的,他要是开了枪……"

"那个人也太过分了!性命攸关,怎么那么死脑筋?是谁啊?"小白打抱不平地问。

"是先锋官啊,就当我原谅他了吧。"薛荣盯着火堆,"猎户座为了守护家园驱杀异兽,他们的前提是隐藏异兽的踪迹、维持世界的太平假象。但我常常想,是不是为了这样的所谓规则,就值得让猎人无谓牺牲、让猎人的家人承受伤痛?在我看来,驱杀异兽只有一个前提:不让它们造成伤害。我用特殊钽制成子弹,确保能将它们打死。至于它们死了尸体消不消失,我管它那么

零日传说 Ⅱ · 长夜

多？再说了，只要想办法处理不就行了吗？"

阿星注意到薛荣说救他的猎人是在山谷里钓鱼，还和先锋官一起。这让他联想起永安小区的那个男人："薛荣哥，你听说了吗，先锋官去世后，我们应他遗言去找了一个男人继承先锋官之职。那个男人也很喜欢钓鱼。似乎是名隐退的猎人。"

薛荣明白了阿星所指，"你是说我义父就是那位新上任的叫穆云的先锋官？"他若有所想，"还真有这个可能。他救下我时就已经退隐了，除了偶尔和先锋官碰面聊天，几乎不接触猎户座的事。可惜义父从未告诉过我他的名字。"

"为什么会不告诉你名字呢？"

"我总感觉，他好像不想提及自己的身份。对了，我曾在他家看到过一枚赤金徽章。他曾经应该是很厉害的猎人吧。"

"穆大叔也有一枚赤金徽章！但他说是朋友的。"

"你们说的那个穆云先锋官，就住在树城？"

"是啊。"

"那我想他不是义父。我并不是树城人，义父救我的那个山林离树城十万八千里。"

"穆云先锋也是后来才搬到树城的。"

薛荣沉思："说起来，义父在八年前确实不辞而别。之后我也因为别的原因搬到树城当了联络员，但再也没有见过他。"

"八年前？"小白叫出声，"隔壁大婶说过，穆大叔正是那年搬来树城的。"

"这就很奇怪啊。"阿星思忖道，"你们有没有发觉，新的先锋官在刻意隐瞒身份？"

沈放点头："假设他们是同一人，当时他便向薛老大隐藏了

第二章 皮囊

身份;而后那天我们去找他时,你们记不记得他不让我们动他的徽章,我们一碰他就很紧张的样子,说是朋友的?其实他不是怕我们弄坏,而是因为徽章背后刻着拥有者的名字!"

一直没说话的念念开口了:"听你们说了这么多,能先确定的是这个人至少不是坏人吧?当年他救下并收养了队长,包括先锋官能在临终前把整个亚洲区的猎户座托付给他,可见他一定是个值得信赖的人。他有什么理由要隐藏身份呢?"

"哎呀,这种奇怪的大叔多多少少有些秘密,我们怎么猜得透?"小白凑到火堆前,流着口水问,"薛老大,我都快饿死了,可以吃了吗?"

"嘿,吃吧。"念念笑着说。

"那我们就不客气了。"小白沈放阿星三人大快朵颐起来。

小白一边啃着骨头,一边含混不清地说:"其实啊,还有一件事我比较在意。"

"什么呢?"

"念念、南宫,我先问你们一个问题,你们不要介意哈。"

"什么?"

"你们的父母家人,都还好么?"

"我爸妈都还好⋯⋯"念念回答。

"念念,你出生在猎人家庭,并不是像我们这样因为鸥脑酒的筛选和'唤醒计划'而加入的吧?"

"嗯,他们虽然是猎医,但还是有些身手的,遇到普通异兽,自保不成问题。"

"南宫,你呢?"

南宫咬着嘴唇,表情有些痛苦。他低着头:"我的整个家族,

零日传说Ⅱ·长夜

只剩我一个活着的人。"

"呃……对不起，我不是故意要让你想起那些伤心的往事……"

"没关系。"

"那个，我其实只是想印证一个猜想。听到薛老大说起他小时候的遭遇那一刻，我就在想一个问题。为什么我们中的那么多人，家庭都不完整？我嘛，从生下来就没见过父亲。阿星的家人也……"

"猎人的血统，"薛荣很明白小白的意思，打断他直接解释道，"有人把它当作荣耀，但它也是我们悲剧的根源。"

"果然是这样。"小白喃喃道。

薛荣继续说："异兽能分辨猎人血液的气味。它们攻占地球并不急于袭击普通民众，而是先集中剿灭猎人的有生力量。而那些带血统却未经过系统训练的普通人便成为毫无反击之力的受袭者。所以，并不是我们运气不好恰巧失去了家人。这样的命运从某种程度上说，是注定的。"

"沈放，要叫你爸妈小心些啊，没事别去人少的地方了。"

沈放皱了皱眉："他们不会有事。"

小白还想说些什么，南宫突然站起身："你们听到什么声音了吗？"

一阵像是打哈欠的呜呜声在风中响起。

薛荣立即反应过来。"不好！是神辉，快捂住耳朵，不要听！"

"神辉？"小白一边捂耳朵一边发问。

第二章　皮囊

"一种异兽。"何念念道,"它发出的声音能将人催眠,使人陷入昏迷。"

"还有这么变态的技能?"

薛荣拾起一片落叶卷成叶哨,放在唇边吹起来,试图以哨声破解神辉发出的音波。南宫见状也做了个叶哨吹响。可这招似乎毫无作用。

即使捂住耳朵,那阵声音还是无孔不入地钻进脑海。头越来越沉,快要失去意识。小白强撑着,努力不让自己晕过去。他不确定这种催眠能否唤醒濒死之魄,更不敢冒险尝试。

这样下去不是办法,薛荣扔掉树叶,端起枪跌跌撞撞地想去探寻声音来源,以斩断源头,但显然即便是他也已力不从心。

他朝远处漫无目的地开了两枪,除了惊起一些林间的飞鸟,并未让声音停止。

所有人陆续倒下。

在经历了一瞬的意识黑暗后,白凌霄的濒死之魄苏醒了。

他试着动了动食指。好险,幸好能醒,要不然此时被异兽攻击,岂不是全体牺牲?

要快点驱动身体才行。

趴在地上的白凌霄集中精神操控身躯,前方突然传来簌簌声。

难道有异兽从附近隐藏的洞穴里出来了?

他用视线余光瞥去,看见倒在地上的南宫站了起来。

南宫站起身的动作异常利落,显然刚才并未真的晕厥,只是装样子。他检视了一番其他人,发现大家都倒在地上后,鬼鬼祟

零日传说Ⅱ · 长夜

祟地走向山林深处。

白凌霄心里一惊。

南宫有问题！

待南宫走远，白凌霄抓起武器，悄无声息地跟上前。

2

奥地利，位于格拉茨郊区丘陵地带的兰彻斯特庄园前。

一台劳斯莱斯古斯特缓缓驶入，在城堡门口停下。司机下车后毕恭毕敬拉开后座车门，将车里的男人和少女迎下。

早已站在门外恭候的奥斯汀管家将两位客人请进室内："二位请。公爵已经在书房等你们了。"

"公爵近来可好？"

"感谢关心，他很好。"

"这次千里迢迢请我前来相见，是有什么要事吗？"

"您见了他便知道了。"

走进书房，一名金发少年坐在偏桌，心不在焉地搅动杯子里的咖啡。兰彻斯特公爵则立马从老爷椅上站起身，笑脸相迎："叶先生，欢迎。一路上还好么？下人有没有什么照顾不周的地方？"

"阁下客气了，一切甚好。"

公爵将目光移到男人身旁的少女身上，表情有些暧昧："几年不见，令爱已长这么大了，让我想起艾斯家的小姐。不过，令爱看起来比她还要英气几分。"

"令郎的剑术也越发精进了。前些日子小女遇险，听说还是

第二章　皮囊

少爷前去相救的，多谢。"

听到男人提及自己，索伦仍旧搅着咖啡，甚至没有瞥这边一眼。

一番寒暄后，公爵对索伦说："我和叶先生有事要谈，你带叶小姐去园子里转转吧。"

少年和少女对视了一眼，两人脸上都写着无奈。

"是。"索伦点点头，和叶乔走出书房，并带上了房门。

"叶先生，你知道我两年前就投资了一个实验室，找人对异兽的DNA进行测序。猎户座官方今年起也在做这项工作。不过，我们要比其他人早一步知道结果了。"

男人面色一凛，不由自主地凑近了公爵，压低声音问："结果已经出来了？"

"正是。"公爵转身在保险箱上转动了几下，随后从里面取出一份报告，递到男人眼前，"请看。"

男人翻阅着。

公爵道："一共测了十种异兽的DNA序列。虽然样本不算很多，但结果还真是让人大吃一惊。"

男人越看眉头皱得越紧，一脸不敢置信："竟是……这样？"

"真相确实超出我的预估，我刚得知时也十分震惊。不过——"公爵脸上浮现出意味深长的微笑。

男人立刻明白了公爵的意思。"正因为如此，我们的计划才更有可能得到它们的支持，不是吗？"

公爵哈哈大笑。

男人正色道："知道这个结果的还有谁？"

零日传说Ⅱ·长夜

"除你我二人外，只有我的管家奥斯汀先生。"

"那些研究人员……"

"想想看，全世界每年有多少失踪人口？"

男人眼里闪过一丝讶异，随后露出理所当然的微笑。

"另外还有一件事想请叶先生帮忙留意。"

"公爵阁下请讲。"

"亚洲区新上任的先锋官，穆云。"

"怎么？之前查到的那些资料有问题？"

"资料没问题。"公爵道，"只是直觉告诉我，这个人会很麻烦。"

"我听说他身手很是了得，只因之前就是一个怪人，除了和前任先锋官、林修平有来往外，几乎没有任何社交，因此猎人等级只是白银，没人注意到他。即便是在那次北境狩猎战中，他大部分时间也只是作为暗哨配合其他人。"

"那段影像资料确实显示那场战争中有这个人，只是画面不太清晰，并不能完全确定面孔。"

"阁下是对他的身份有怀疑？"

公爵道："十八年前，林修平失踪后再没出现过，四脉之一彻底断了。但他是不是真的死了，谁也不知道。我怀疑过这人就是林修平，但这人的武器是一把兽齿和特殊钽相嵌而成的弯钩，上次来古堡时见过，并非林修家惯用的。但十八年能改变太多东西。"

"这倒和穆云的记录吻合，穆云的武器的确是一种回旋钩，但具体形状就不知道了。"

"嗯。"公爵略一沉思，"这一切只是我没有依据的猜测，总

第二章 皮囊

之,还麻烦叶先生帮我留意一下。"

"知道了。"

索伦带叶乔在庄园里漫无目的地闲逛,穿过鲜花小径,后面是一大块草坪:"抱歉,刚才父亲说的话有些失礼,请你不要放在心上。"

叶乔挑了挑眉,"我并不在意。长辈是长辈,他们有他们的想法。我们是我们。"她深深吸了口气,岔开话题,"施泰尔马克不愧是绿色之州,空气真好。"

"家乡在这点上确实是令我骄傲。"

"难得一见,不切磋下吗?"叶乔将双刀从背上抽出来。

"也好。"索伦拔剑出鞘。十一月的冷风里,剑刃寒光四射。

"那我就不客气了。"叶乔说着踏步向前,双刀十字交叉,到索伦身前时朝两边劈开。索伦巧劲一挑,化解了这波攻击,同时拧身跃起,剑尖轻点在叶乔刀面,一个翻身从叶乔背后刺去。

叶乔知道兰彻斯特家的剑是出了名的柔中带韧,自己袭承的"死神的双刀"刀法却是以硬朗为主。以柔克刚,刚本身就不占优势,除非找出索伦剑法中的破绽。她不待回身便挥舞双刀罩住自己,荡开索伦的剑气,然后在转身的一刹那大开大合地对索伦连劈六刀。

索伦轻笑一声:"乔,光靠力量是赢不了我的。"

"那这样呢?"叶乔双刀挟着风声,夹住索伦的剑,想以此克制他的攻击。索伦却突然抖动手腕,剑在他手中发出铮铮之音,剑锋随着他手腕的抖动而波动。

波动传至叶乔手臂,令她腕力一松,差点握不住刀,只好赶

零日传说Ⅱ·长夜

紧松开。几招下来，她完全被索伦压制住，但却令她更加热血沸腾。"不愧是四脉之一，果然厉害！"

"连你也以血脉来评判一个人的优劣吗？"

"当然不是。对手越强，只会令我更想赢而已。"

索伦露出会心的微笑。

叶乔开始发力，既然无法从对方的破绽入手，便发挥出双刀硬朗的优势。只要刚能强硬到一定程度，便是柔也化解不了的了。她加快劈斩的速度，刀刃发出破空之声，如冷锋过境。

远处传来莱昂的声音。

"少爷，您——噢，我的天啊，怎么打起来了？"

索伦一边拆解叶乔的攻势一边说："别大惊小怪的，好好看着吧。这个女孩可比你要强啊。"

"我……"莱昂有些委屈，但还是住了口，观望着战局。

"乔，你犯了一个错误。"

"什么？"

"就是跟我比速攻。"话音刚落，索伦的剑穿过叶乔的刀光，停在她喉咙前一毫米之处。再往前一点，剑尖就戳到叶乔的皮肤了。

叶乔收起刀来，心服口服："是我输了。"

索伦转向待在一旁的莱昂："什么事？"

"公爵和叶先生已经谈完事了，请你们回去用餐。"

"知道了，我们整理一下就过去。"

两人往回走，莱昂在斜后方跟着。

索伦突然问了叶乔一个很奇怪的问题："不管你父亲让你做什么，你都会听命于他吗？"

叶乔脸上闪过一丝戚然:"索伦少爷,不觉得这样问很失礼么?"

索伦一愣:"抱歉,是我唐突了。"

3

白凌霄跟在南宫后面走着。

暮色四合,山间起了夜风,地面落叶瑟瑟,倒是遮掩了脚步声。

绕过一个土丘,前方密林之中,数十头异兽排成方阵,像在恭候什么到来。

站在方阵最前方的,是那头狮鹫。

南宫出现后,所有异兽齐齐跪拜在地。

白凌霄躲在不远处的一棵树干后面,震惊无比。

但他只能悄悄看着那边发生的一切。

南宫脸上露出从未有过的温和笑容,他环抱住狮鹫的脖子,抚摸着它颈部的毛发。狮鹫亲昵地在他脸上舔舐着。

南宫开口说话了——不是人类的语言。

但这种语言像是在哪里听过。

对了!之前探索异兽的地下巢穴,那个聚集着几百头异兽的巨坑里,它们就是这样说话的。

这是异兽的语言!

白凌霄因过于震惊而全身变得僵直。他靠在树干上,原来如此。原来如此!怪不得异兽如此通晓猎户座的行踪,原来是猎户座内部有南宫这样的内奸!

零日传说Ⅱ·长夜

——可是也不对。如果南宫仅仅是内奸，为何异兽对他如此尊重？

围绕着南宫的异兽们似乎起了争执。但随着南宫说了几句话，争执很快便平息了。又过了一会儿，异兽们开始一一离去。离开前，它们再次向南宫行礼。

当所有异兽离开，南宫整理了一下头发和衣服，开始往回走。

白凌霄心头一紧，是继续回去装昏迷，还是就在这儿跟南宫对质？再或者，趁他不备，直接把他解决掉？

逃避不是办法。就让我这猎师四脉之一林修家的后人会会他吧！

这么想着，白凌霄低声召唤："泥巴，出来。"

小蜥蜴应声而出，悬停在半空。

南宫似乎并未发现异样。他像在思虑什么似的，眉头紧锁。等他路过白凌霄藏身的大树时，白凌霄带着泥巴跨了出去。

"真是惊人的画面啊，南宫同学。"

南宫明显一愣。他能感到这个白凌霄和平日里的小白有所不同："你没有晕过去？"

"啊，你还不知道吧。我身上流淌着林修家的血液，这个能力叫做濒死之魄。"

南宫之前并未和白凌霄他们一起行动，对于白凌霄四脉的身份尚不知情。此刻听说，面容一动，但又很快恢复平静，"是我疏忽了。原来如此。"他扭头用一种更诡异的眼神盯着白凌霄的宠物，"把它也叫出来，是要和我打么？"

第二章 皮囊

白凌霄将手中的刀和盾震得咔咔作响:"你为什么背叛人类?"

"我从未背叛我的族群,亦从未对人类抱有恶意。"

"你什么意思?为什么和异兽串通?"

南宫表情冷峻,内心却激烈地斗争着。

白凌霄继续逼问:"你最好解释一下。"

像是终于做出了决定般解脱,南宫释然地笑了笑,"你这句话说错了。并不是我和异兽串通在一起,而是……"他开始解衣服的纽扣,缓缓将衣服一件件脱去,直到整个上半身裸露出来,他才转身背朝白凌霄,"我本来就是——兽人啊。"

凛凛寒风之中,他背部琵琶骨处两道明显的伤痕毫无保留地展现在白凌霄面前。而在他的腰椎下方,还有一个被裤子半遮的明显疤痕。

"看见了吗?"

白凌霄脑海里一片空白,嗫嚅着:"看见了。"

悬停在白凌霄身旁的泥巴更是急促地"咕咕"叫着,同时耸动鼻孔,仔细嗅着吹来的风里携带的南宫的气味。

南宫重新穿好衣服:"我本来就是兽人。只是削去双翼,割断尾部,脱去毛发,修整成了人类的样子。也正因为如此,我才能藏身在你们之中,活到现在。我之所以承受如此大的痛苦,并不是为将你们人类,将你们地球现有的生物彻底摧毁。我是……"南宫停止了叙述。

过了半晌,白凌霄才意识到南宫停止了叙述,厉声催促:"快说,你是为了什么?"

"现在还不到告诉你的时候。我只希望你相信一点,我对你

零日传说Ⅱ·长夜

们并无恶意。"

"我凭什么相信你?"

"泥巴也是异兽,你为什么相信它?"

听到南宫质疑,泥巴嘶嘶地咧出尖牙。

白凌霄无法回答这个问题,正愁怎么辩驳,突然脑海里跳出一件事:"……刚才薛荣的叶哨明明可以破解神辉的声音,你却用另一种哨声干扰了他,导致他的破解失效,是吗?"

"是的。"

"可你也只是为了让我们昏迷,从而好和那群异兽碰头。异兽并未对大家发动攻击?"

"当然,就像你看到的,他们很安全。"

白凌霄脑子里飞速闪过从前的画面:"那次我们护送标本,深渊闪电出现故障,有只会喷火的怪鸟来袭击我们。是你让狮鹫来救了我们,对吗?"

"对。"

"还有……上次在地洞里,你放走狮鹫是故意的?"

"是。"

"那头狮鹫和你是……什么关系?"

"自从护卫我们家族的神兽奇美拉被兰彻斯特家杀死,狮鹫种群便是我最忠诚的仆人。"

"可之前在一幢废楼里遇到它,它对我们并无好意,似乎还在欧洲杀死了索伦的伙伴。"

"那时它并不听命于我,它以为我死了。"

"你刚才是说,索伦家杀死了你们家族的神兽?"

"说来话长了。我虽然生气,第一次见到索伦有些失态,但

第二章 皮囊

并不记恨。因为我知道，站在猎人的立场，杀死异兽是他们的本责。"南宫的眼瞳里氤氲起愁绪，"但我们南宫家的神兽奇美拉被杀死，确实如蝴蝶效应般让一切朝更坏的方向发展。"

"你什么意思？"

"下次有机会再解释吧。"南宫定了定神，"我说，你要一直保持这么不友好的姿势吗？"

白凌霄并未收起刀和盾："即使你以前未对我们下杀手是真的，但我怎么知道你没有别的目的？"

"你想一想就会明白。就算我有目的，可如果我对你们有恶意，你们早就死了一万次。"

"你既然是兽人，又对我们没有恶意，那到底是为了什么？"

"我需要你们的帮助。等时机到了，你们会知道的。"

"那时机快到了吗？"

"大概……快了。"

白凌霄见南宫说话诚恳，而且这么久以来的确没有伤害过大家，握刀的手便渐渐垂了下来。但他仍旧皱着眉，疑惑地紧紧盯着南宫。

"非常感谢。"南宫将右手放在胸前，伏了伏身。

"他们快醒了吧？"白凌霄往回看了看。

"是啊。"南宫点点头，"你等会儿能什么都不提吗？"

"这些话你既然能告诉我，最好也告诉大家。"

"告诉你是因为被你撞见了。时机还没到，等时机到了，我保证会告诉大家一切。"

白凌霄不置可否。

"作为感谢，我再给你提个醒吧。"南宫看着泥巴，嘴角挂起

零日传说Ⅱ·长夜

一抹耐人寻味的笑容。

"什么?"

"还记得上次赤召为什么要捉你吗?"

"因为他以为我是四脉之一,体内封印着他们的什么神兽。"说出这句话,白凌霄心里一惊。他看向泥巴,而泥巴还不知道发生了什么,睁着无辜的大眼睛看着主人。

"结果呢?因为你体内蹦出来的只是小蜥蜴,因此他以为找错人了。可现在已经确定你是林修家的人,那这只小蜥蜴,究竟是什么?"

"住口!"白凌霄冲上前,将刀架在南宫脖子上,"你是想威胁我?"

南宫冷静地继续说道:"不管它是什么,我建议你不要让更多的人知道它是曾封印在你体内的异兽,也不要让更多的人知道你四脉的身份。否则异兽一定会继续来抢夺它,而猎户座那些人,一定会选择——杀了它。"

白凌霄狠狠瞪着南宫。

"神兽身上似乎隐藏着什么关键信息,对想毁灭地球的异兽而言至关重要,这一点连我都不清楚。你说,如果让猎户座的猎人知道神兽的重要性,他们还会留下这只小蜥蜴吗?哪怕不确定它是不是神兽,他们会冒这个险吗?哪怕只是让薛荣知道了,对异兽恨之入骨的他,会怎么做?"

"他……本来就知道它的存在。"

"但他并不知道赤召当时抓你的具体原因。"

一阵沉默过后,白凌霄收起武器。

泥巴委屈地趴到地上,贴着白凌霄的小腿。白凌霄蹲下来摸

第二章 皮囊

着它脑袋:"乖啦,没事了。你才不是什么坏蛋。"

泥巴一边呜咽,一边瞪着南宫。

南宫在身后说:"抱歉,我无意威胁你,只是迫不得已。你替我保守秘密,我也不说出神兽的真相。协议达成?"

白凌霄闷哼一声。

白凌霄让泥巴回到了体内,和南宫羽回到火堆旁。薛荣已经醒了。

他目光如鹰,直直看着南宫:"你干什么去了?"

南宫不紧不慢地说:"我和小白刚才醒了,就去那边看了看,想抓到那只神辉,可什么也没找到。"

"是这样吗?"薛荣看向白凌霄。

"啊?"白凌霄感到意识一晃,像是上课正在神游一瞬间突然回过神来的感觉,刚才还满满的气场一下子消散了,咦?是原本的意识苏醒了?他缩了缩脖子,有些后怕地看了一眼南宫,嘿嘿傻笑着回答,"是、是这样啊。"

"一般神辉的声音能让人昏迷半小时。你们现在去找它,当然找不到了。"

"哦。"小白点了点头,偷偷去看南宫,发现南宫并没有看自己。他呼了口气,几乎不敢相信刚才发生的一切,不过南宫似乎的确没什么恶意,小白决定先不想这件事了,如果他表现出什么迹象再告诉大家也不迟,他摇着沈放和阿星,"你们两个白痴要晕到什么时候,快醒醒啦!"

薛荣自言自语:"真奇怪。"

"怎么了?"小白问。

· 063 ·

零日传说Ⅱ·长夜

"利用神辉的声音让猎人陷入昏迷是异兽一种很恐怖的战术。猎人一旦失去意识，异兽便能轻而易举杀光在场的所有猎人。神辉已经很久没出现过了，关于它的记载我也是在书里看到的。包括那个哨音抵消术，可能还是我没做对。"薛荣满脸疑惑道，"奇怪的地方就是，这么有效的战术，异兽的使用为什么少之又少？而且就今天来看，我们晕过去后，异兽也并没对我们发动致命攻击。"

"呃，是很奇怪。"

"只有一种可能。"

小白有些心虚："那是啥？"

薛荣仍然盯着南宫看，似乎试图看出破绽。而南宫的表情没有任何变化。"那就是，异兽的目的并不是杀死我们。它们只想利用我们失去意识的时间做一些事。可如果它们要秘密进行什么行动，绕开我们不就得了？不绕开我们却这么大张旗鼓地弄晕我们，只有一个可能，就是它们的行动和我们几个人之中的某一人或某几个人有关。虽然我不愿意相信，但这是唯一说得通的解释。我们里面，有内鬼。"

阿星的声音从背后传来："你们在说啥？内鬼？"

"你小子可算醒了！"如坐针毡的小白赶紧挪到阿星身旁。

这个时候，何念念却突然插话，不紧不慢道："未必是您想的那样。"

"那你怎么解释？"薛荣靠树桩而坐，跷起二郎腿，若即若离地看着南宫和她。

"神辉是种没有攻击性的异兽。之所以在以往的战斗中极少遇到异兽使用神辉战术，是因为神辉喜欢独来独往，以独只出现

第二章　皮囊

为主。而且神辉在自认为不安全的地方经过，总会一边走一边发声。这片山林对它而言正是个有危险的世界。它持续发出声音，只不过是为了催眠附近的生物，确保自身安全罢了。"

这个牵强又莫名其妙的说法让薛荣一时语塞。他知道何念念的家世，这不会是乱说。

"念念说的并不是没可能。"南宫见何念念醒了，慢慢移过去坐在一边，给她倒了水。

何念念轻声说了一句谢谢，继续娓娓说道："而我确实听爷爷说起过，有一次一个村子的人大白天的突然都睡着了，连在田里干活的青壮年也不例外。当他们醒来后，据回忆就是听见了那种奇怪的哈欠声。可他们也并未在昏睡后遭到异兽的攻击。"

"照你们这么说，只是恰巧有只神辉经过这里了？"薛荣讽刺道。

"就是这样吧。"南宫点头。

这还是小白他们第一次在野外驻营过夜。

这几天都阴沉沉的，到了夜晚尤其阴冷，一行人围着火堆取暖，小白搓着双手。

沈放躺在一边。这家伙睡了快两小时，竟然还没醒。

小白将搓热的双手捂在脸上："薛老大，如果穷奇一直不出现该怎么办？"

"等。"薛荣说。

"那得等到什么时候啊？"

"作为猎人，连这点耐心都没有？"

"呃……"

零日传说 Ⅱ · 长夜

"猎户座有一个监测网，能监测到空间波动。如果异兽是从异界穿越而来，猎人便可以在监测网的通知下去空间波动之处等候，这种情况，通常最多也就是两三天便能等来猎物。可我们这次不同。"

"你是说，穷奇并不是从'通道'过来？"

"对，据我们掌握的消息来看，穷奇应该是长期潜伏在地下巢穴，它被钽兵器伤过，应该没法再回异界。我们只能在这里等它出来。但它总会出来的，因为它不得不寻找食物。"

小白一脸苦相："万一它特别抗饿怎么办？还有，你也说了，它在对面那座山头啊，万一它就在对面那座山找食物怎么办？"

"对面那座山的攀登难度更大，没有确切消息前，不必无谓地浪费体力。上次我检查过了，这边有它的足印，也有它的粪便，它应该经常到这边行动。即使它不来也没办法，猎人必须学会等待。"

"话是没错……可薛老大，你该不会忘了……我们还是学生吧？翘课这么多天会被劝退的。"他看向其他人，寻求声援。

阿星、念念和南宫都毫不在意的样子，说道："我们有体育特长生证明，已经请假说去集训了……"

"喂！你们……"小白吐槽，"南宫同学也就算了。阿星、念念你们哪一点像体育生啊？"

"但我们体能确实比其他同学强呀。"念念笑道。

薛荣无赖地说："他们都是自己解决的。猎户座不负责解决和任务冲突的私人生活问题。"

小白一头黑线："还有没有人性了！要不然猎户座给我发工资也行啊，总不能让我大学毕不了业找不到工作吧？"

第二章 皮囊

"叶乔没跟你们说吗?猎户座是有悬赏任务的,要不职业猎人早饿死了。"

"啥?"

"哦,你们还在新手练习阶段,应该没接过悬赏任务。"

薛荣臭屁的态度让小白有些恼火,可他说的也是事实。小白只好嘴硬地辩解道:"是新的先锋官根本不给我们安排任务啊!"

薛荣看了看表:"时间不早了,你们回帐篷休息吧。男士轮流守夜,我先来。"

"那我守下半夜。"南宫说。

野外过夜并不像想象的那么浪漫,小白一夜都没睡安稳。

这一次他又很快醒来。看了看表,是凌晨四点多。其他人还在睡,他想起南宫说的要守下半夜,于是披上衣服轻手轻脚地走出帐篷。

火堆早熄了,一团黑影静静靠在旁边的树桩上。小白走过去,确认是南宫后坐到了旁边。

"你不睡了吗?"南宫问。

"睡不着啊。"

南宫没接话。

小白抱起胳膊蜷成一团:"你怎么不生火?好冷。而且有火的话,也不容易被异兽或是野兽袭击。"

"我不觉得冷,想着有光可能会打扰你们睡觉,就干脆任它熄掉了。"

"这么细心?"

"因为我把你们当成伙伴啊。"

· 067 ·

这话让小白心中一滞。"昨天那件事……我还是想不明白。"

两个人沉默了一阵。

小白接着说："还记得我们是怎么认识的吗？你为了何念念来找沈放的茬儿，我们莫名其妙就打了一架。那时候我就觉得，你这个小子真古怪啊，古怪得有些讨厌。你喜欢何念念，对吧？"

南宫没有否认。

小白心虚地看了看薛荣的方向，用几不可闻的声音问道："你……你这个身份，喜欢她会有结果吗？"

过了好一会儿，南宫才说："不会。"

"那你还喜欢啊。"

"我只想默默守护她而已。"

"像你这样可怜的暗恋者，一般来说我都有感同身受的同情，哈哈。"小白笑了两声想示好，但不知怎么笑声怪怪的，"就直觉来说，我相信你说的对我们没有恶意。"

"……谢谢。"

"那你到底是为了什么？我想不通。"

"薛荣已经察觉到异样，我感觉瞒不了太久了。"

"到时你会把你的理由告诉我们？"

"嗯。"

"那我就先不问了，反正问了你也不会说。我其实想问你的是另一件事。"

"什么呢？"

"泥巴，它真的是……是它们侵占地球的关键吗？"

"四方凶兽是基因突变的产物，要几十上百年、遇到极其罕见的基因突变，才能产生一头。它们没有种群，仅此一只，但几

第二章 皮囊

乎不死,且无比强大。我们家族的神兽奇美拉死后,至今没有再诞生过新的奇美拉。但这头蜥蜴……我其实从未在异兽族群中听说过它,但它却被如今异兽世界的领袖视作比四方凶兽更重要的神兽。那它应该要比奇美拉更可怕。抛开强大的攻击力不说,它在遇到致命伤或者是被封印后,竟可以恢复成幼体的形态,再重新发育。这样的神兽掌握在那帮兽人手里,绝不是什么好事。"

"如果不想杀死泥巴,还有别的办法阻止异兽的进攻吗?"

"守护好四方凶兽的封印,不要让它们出来。最近异兽的攻击十分躁动,据我推测,除了已被人目击的穷奇和海德拉,卡托布莱帕斯和羽蛇神说不定也已经挣脱了封印,正隐藏着伺机而动。"

小白沉默了很久,终于说:"我知道了,谢谢。我会……阻止四方凶兽的攻击的。"

4

比想象中要快,驻营的第三天下午,他们等待的猎物出现了。

这天,大家埋伏在穷奇脚印出现过的地方,静静等着。突然,头顶的树叶如雨点般掉落。趴在地面的众人抬头,只见穷奇竟从空中斡旋着落到一棵巨树上,对着他们的藏身之地咆哮。

虽然他们身上都披着伪装网,但很明显,穷奇发现了他们。就像薛荣之前告诉他们的,这种伪装对厉害的异兽来说用处并不大,只是为了防止被普通异兽发现影响任务。这时见穷奇现身,

零日传说Ⅱ·长夜

他们便或站或伏，摆出各自发动进攻最有力的组合阵型。

穷奇嘶鸣一声降落在地，毫不在意地停在六人让出的包围圈中，转了一圈，傲慢地扫视这几名不知好歹的人类。

所有人都握紧了武器。薛荣早已给枪膛里上了一颗特殊的"子弹"，拉动枪栓，冷峻地直指这头猛兽。

异兽停了下来，将头面对着白凌霄。

向来缩在人后的小白这一次没有后退。他挺直了背脊，旋出圆盾的齿刃，准备全力迎战。这是他第一次直面穷奇。他终于看清了这头传说中的异兽，巨大强壮的双翅长在一头近三米高的巨虎两胁，翅羽及遍布全身的硬毫均是黄黑相间，如同虎皮。它背上的硬毫每一根都有手指长短。这头异兽气势如虹，如果说第一次遇见狮鹫时小白的感觉是即将面临一场屠杀，那么此刻，他的感受是自己已经成了它的食物，只需它一张口，自己就会被撕碎、吞下。

但他有必须迎战的理由。

穷奇发出短促的吼吼声，像在嘲笑对手的弱小。就在这时，它竟以想象不到的迅捷甩出尾巴，如皮鞭般扇落薛荣手中的枪，同时向前一蹿，龇着獠牙直奔向小白。

小白将盾护在心脏的位置，挥刀向前。

"白凌霄，躲开，正面硬攻，你都不够它塞牙缝的！"薛荣大喊。

"我躲够了，也逃够了！"

话虽如此，但白凌霄并没有硬撞穷奇，而是在最近的地方将盾牌沿着地面丢向穷奇。

那正是穷奇下一步落脚之处，异兽见状立即猛烈振了几下翅

第二章 皮囊

膀，减缓了降落的速度，也让小白躲过了这一击。

何念念和阿星同时在左右两侧以最快速度射出连珠箭，封住穷奇能去的所有方向。但穷奇只是将硬毫收缩紧紧贴在身上，仿佛一层铠甲，旋转着翻了几个身便用翅羽将箭矢撞开。空气中只有两片飞羽飘落下来。

趁这个空当，薛荣已捡起枪，重新瞄准了穷奇。

"队长，朝它腹部射击！"何念念喊。那是它最柔弱的地方。

薛荣却并没这样做。他几步蹬上一棵树，站在高处，直直朝穷奇背上毫刺最密的部位射去。而穷奇在中弹后只是稍有停顿，不痛不痒地抖了抖身体。

沈放皱眉："老大，这样做子弹只会镶进它皮肤里，根本伤不到它要害。"

"谁说我的目的是伤到它了？"薛荣吹了吹枪口，"我的目的就是让子弹镶进它皮肤。四方凶兽是杀不死的，只能封印。"

"杀不死？"沈放咒骂了一声，"怎么可能！"说着竟一脚踩到阿星肩头，用力一跃，扑向穷奇。他右臂长挥，将爪刀插进羽缝钩住翅根，穷奇吃痛，不自觉地收缩翅膀，反将爪刃紧紧夹住，沈放另一只手立刻狠狠扎进翅膀内侧，用力划开。这近乎自杀式的攻击起了作用，穷奇胸前被划开几道血淋淋的口子。

沈放一击即中，不敢稍作停顿，赶紧松手跳下，躲开了抽过来的长尾。

随着穷奇挥动翅膀，插在羽缝的那只爪刀掉落下来，沈放滚身抓住，正准备再次寻找机会进攻，没想到穷奇即便受伤也是不退反攻，径直朝刚刚给自己创伤的沈放而来。

"沈放！"小白担心地叫出来。

零日传说Ⅱ·长夜

委身穷奇腹下的沈放如异兽的盘中之餐。穷奇一掌拍下，小白不敢想象这掌拍在沈放身上的后果，闭上了眼睛。这时只听一声枪响，薛荣再次开枪，打在穷奇的掌心。沈放迅速从穷奇腹下滚出。

"沈放，在我的小队里的行动就要听我的命令，你想乱来到什么程度？本次行动目标已达成，按预定路线撤退！"薛荣道。

沈放回身一看，穷奇一只翅膀已经沁出鲜血，顿时士气大涨："既然能伤到它，为什么不继续追击？四方凶兽也不过如此嘛。"

小白附和："对啊，这次行动我们还什么都没做呢，能杀死它岂不更好？"

"要我说多少遍，它是杀不死的，你们两个疯了吗？"薛荣说。

"不试试怎么知道！"小白将手中的圆盾掷出，圆盾回旋着冲向穷奇。但穷奇这次已有准备，一挥翅便将圆盾反砸过来，小白伸手想接，竟被带着滚了出去。

似乎是真被惹怒了，穷奇突然对着他们张开巨口发出一声长啸，一股血腥臭气如罡风割面，平地卷起一阵狂风。落叶碎草漫扬起来，所有人甚至都站立不住。

"不……对……"阿星一边努力站稳身子，一边惊恐地对着穷奇大叫，"你们看！"

沈放抬头去看那头巨兽，它身上的伤正以肉眼可见的速度愈合着，不禁大惊失色。

"古书里关于它的记载很多，猎户座的战斗历史中关于它的战斗细节记载却少之又少。没想到它所谓的'杀不死'，竟是指

第二章　皮囊

这种超强的愈合力。"阿星感慨。

"沿山道跑进峡谷，那里很窄，它进不来。"薛荣命令道，"我说过，在我带领的行动中，不许有人死亡。绝不许！"他朝穷奇扔了个烟幕弹，顿时浓烟四起，所有人都看不见彼此了。小白虽心有不甘，但理智告诉他听薛荣的是对的。他不希望上次营地被异兽突袭的死亡惨剧再发生了，于是转身撤退。

一行人刚跑出没几步，后方突然响起念念的惨叫。

但惨叫只有最初的一句惊呼，之后便是她坚毅的声音："不要管我了。你们快跑，跑啊！"

"怎么能不管你？"是沈放的声音。

小白知道沈放要回去救人了，自己也停下了逃跑的脚步，往回折返。可浓烟阻挡了他的视线，他看不清其他人的方位，不敢贸然出击。与此同时，他听到薛荣拉枪栓的声音："你们继续跑！我的行动里，不许有人比我先死！"

薛荣冲进浓烟，因看不清目标，只能对着天空放了几枪，以枪声震慑异兽。穷奇嘶吼起来，吼声回荡在整个山林，让人无从判断它的方位。

然后，一切寂静了。

几分钟后，浓烟渐渐散去。

那边的一头巨兽和两个人，以一种奇怪的姿势扭在一处。

何念念的腿受伤了，摔倒在地；南宫护在她身上，碧蓝眼瞳发出幽幽蓝光；穷奇大张着黑洞洞的吞噬之口，似乎正要撕咬，却被南宫用拳头抵住了上颌，动弹不得。

血从南宫指缝间流淌下来，他肩部也被抓出极深的伤口，同

零日传说Ⅱ·长夜

样滴着血。

黑红色的血。

穷奇的鼻孔抽动着,可以看出它正在仔细嗅着什么。它看南宫的眼神变得无比复杂。凶恶、愤怒、惊奇、费解,甚至——有一丝恐惧。

发现其他人围上来后,穷奇终于放弃了进攻,丢下他们转身朝山林深处飞去。

薛荣端着枪,既没有做瞄准的动作,也没有放下:"你……并不是人类?"

南宫没有否认,也没有说话。任黑红色的血继续滴着。他发光的蓝色眼瞳慢慢恢复了正常。

"只有兽人,才可能拥有如此之大的力量。之前你一直隐藏了实力吧?"

沈放和阿星惊得下巴都要掉了,两个人嘴一张一合,却不知道要说什么。被南宫护在身下的何念念眨了眨眼睛:"南宫同学,你的伤……"

小白紧张地看着南宫和薛荣。

"你为什么要混进我们?"薛荣审问道。

"为了……生存。"

"继续。"

"并不是所有异兽都想攻占地球、杀光所有地球生物,也有一些愿意和地球生物共存。"

薛荣脸上写着怀疑。

南宫反问道:"难道所有人类就是铁板一块么?难道人类历史上就没有出现过派系斗争?哪怕是同类,派系之间的斗争也流

第二章 皮囊

淌着鲜血，铺陈着尸体。我们所经历的和你们所经历的没有不同，只是现在，在兽人的社会，愿意和你们共处的派系斗争失败，想要杀光你们的派系正在准备最后的进攻。"

"我承认你说的有道理，但仍旧非常可笑。你们跑到别人家来，说要一起住，跟把房子的主人赶尽杀绝相比只是五十步笑百步罢了。我们为什么要和你们共存？抱歉。我不能放过你，这是立场问题。"薛荣举起枪，食指搭住了扳机。

"你想杀死我，我也无话可说。"南宫看了何念念一眼，咬牙道。

何念念从地上站起来，一瘸一拐走过去挡在南宫身前："队长，南宫同学救我好多次了。他……不是我们的伙伴吗？就算是兽人又怎样？"

薛荣一动不动。

南宫说："念念，你……不用管我。"

何念念却问："这就是你隐藏感情的原因吗？"

这句话只有念念和南宫两人能懂。南宫明白了念念的意思，轻轻"嗯"了一声。

"总不能老让我欠着你人情。让我也保护你一次吧。"

何念念往前走了几步，抵住薛荣的枪口。

薛荣微微蹙眉，似乎也不是真的想开枪。

站在后面的南宫摘下手腕上佩戴的猎人专用通信器，放到地上，随后深深鞠了一躬："这些日子能成为你们的伙伴……荣幸之至。再见。"

说完，他转身跑进了山林。

"喂！"小白回过神，大叫道，"南宫！你要去哪儿？"

零日传说 Ⅱ·长夜

山林里的落叶哗哗响着,声音越来越小,逐渐平息。南宫并没有回答。

薛荣收起枪,不知是生气还是遗憾地说了声"臭小鬼"。他拾起南宫的通信器,揣进兜里,伸了个懒腰,抬头看了眼天空:"啊,任务结束了。回家吧。"

"这次的任务目标到底是什么啊?"

薛荣露出得意的笑容:"射入穷奇后背的那一发子弹带有一个微型卫星定位装置,后面我们就可以监控它的方位了。"

"监控它方位干吗?"

"当然是干掉它了。"

"不是说它是杀不死的吗?"

薛荣眉毛一挑:"我也说过,它们是能被封印的。"

第三章　苏醒之魂

1

思修公共课上，小白坐在教室最后一排，趴课桌上呼呼大睡。

直到下课，坐旁边的室友应飞戳了他几下，他才揉着眼睛醒过来。

"干吗弄醒我，几点了？"

"醒醒，该吃午饭了，去晚了食堂又排超长的队。"

"哦。"

王力杨说："你整天见首不见尾的，快赶上神龙了。上周一周都没来学校，基础专业课老师有点名，还在小本本上记了名字，说期末要扣分的。"

"不会吧？"

零日传说Ⅱ·长夜

"走啦走啦,吃饭。"应飞催促道。

几个人走出教室,看到了站在楼梯口的王梓。

室友们一脸"我懂"的表情,留下小白一个人。小白尴尬地挠着头,走上前去。

"一起吃午饭?"王梓问。

听说王梓被评为大一新生的四大美女之一,旁边路过的男生都不由自主地扭头看她。当然,开学的新生篮球赛上小白也出了不少风头,学校里知道他的人并不少。所以看到这两人在一起,路人们并没露出一脸中学时的路人看到小白和叶乔在一起那种鲜花插在牛粪上、好白菜都被猪拱了的嫌弃加嫉妒。

这让小白轻松了一些。他故作镇定地回答:"好啊。"

两个人一起去了食堂,一人拿了个餐盘,排到队伍后面等着打菜。

虽然比中学的食堂大很多,排队的场面也壮观很多,对话里还夹杂着五湖四海的口音,但这样熟悉的场景,让白凌霄不可避免地产生了一种恍若隔世的感觉。

排在前面的同学吵吵嚷嚷着。

"阿姨,多打点饭!"

"好嘞。"

"我靠,凭什么你这份菜里的排骨比我的多啊,分我一点!"

"我运气好,怪我咯?"

"阿姨,我吃牛肉面,加辣加醋不要香菜。"

"好好好知道了。一份牛肉面,加辣加醋不要香菜!"

"阿姨,那边那菜里是什么啊,土豆还是萝卜?"

第三章 苏醒之魂

"萝卜,要不要?"

"啊,那不要了,我要这个。"

……

不知道为什么,听到这些嘈杂的声音,小白居然有种要落泪的冲动。

异兽会怎样侵袭这个世界呢?当它们消灭了猎户座,是要把这一切全都抹去,如同人类热热闹闹的日子从未在地球上存在过一样吗?还是像南宫说的,这只是异兽里一部分派系的想法。另外的一些派系,只是想来地球和人类一起生活?

问题是,凭什么一起生活啊?

虽然觉得南宫并不坏,但就像薛荣说的,堂而皇之说要去别人家跟人一起生活,脸皮也太厚了。

"那个,白同学?"

"啥?"

"想吃什么?到你了啊。"

"啊?哦!"小白回过神,食堂阿姨正拎着菜勺催促:"快点,没想好就让后面的同学先来。"

"哦,我要这个,这个和那个。"小白随手指了三个菜。

和王梓在餐桌上面对面坐下。王梓说:"上次的事,还一直没找到机会谢谢你呢。"

"什么事?"

"音乐节啊,徐维北……"

"噢。"小白满不在乎地摆摆手,"那没什么。"

"本来想问你有没有受伤的,可我总感觉你好像在躲着我……"

零日传说 Ⅱ · 长夜

再后来我鼓起勇气给你打电话,却打不通。听你同学说,上周你一直没回学校……"

小白不知该怎么解释,干脆闷声不说话。

王梓看出了小白的敷衍,适时打住话题:"算了,也没什么。只是觉得应该当面跟你道谢。"

"路见不平,拔刀相助嘛。"小白故作活跃,"朋友被人欺负,当然不能袖手旁观了。"

"只是……朋友吗?"王梓用几不可闻的声音问了一句。

小白假装没听到,大口大口地嚼着米饭。王梓也没再问。这种平常的生活,好像离他越来越远了。

加入猎户座以前,满脑子想的都是怎样让老妈答应买那辆狂跩酷炫的山地车,怎样追上喜欢的女孩子,怎样让成绩变好一点,这类问题。

现在他在想,怎样封印穷奇呢?去问问新的先锋官吧,那个怪大叔说不定知道。

树城大学背靠一片杂草丛生的荒地,有围墙围着。

围墙拦不住沈放。他没事就翻到那块荒地上练习刀法。有时叫上小白,有时就自己一人。

同学叫他一起去图书馆一起吃饭或者一起去打球,他都拒绝了。如果不是去找小白,他就独来独往。上课也是一个人坐到教室的角落,一言不发地做笔记,刷题。他知道同学怎么议论自己,都说这个人整天装什么装,以为长得帅了不起啊?他懒得回应。仍旧有女生打听到他的手机号表白,不过他完全置之不理,懒得再一一拒绝了。说实话,一直假装彬彬有礼,明明生活得一

第三章 苏醒之魂

点也不快乐还要假装阳光热血，让他感到疲惫。

现在他只想变强。

毫不相干的人觉得自己冷漠那就让他们觉得好了。

荒地的杂草几乎有一人多高。沈放陷在草海里，挥着爪刀冲跑，如收割机般在荒地里割出一道道印子。

宋禾失联后，他一直这样浑浑噩噩地生活着。

之前怂恿着小白一起加入猎户座，不过是因为自己想要得到宋禾姐姐的认可，想要保护宋禾姐姐。可如果那个人不在了，他才发觉什么守护地球不被夺走之类的说法全是屁话。如果连身边的人都不能保护，那些口号不是很可笑吗？反而是小白，一开始畏畏缩缩，现在倒像打了鸡血一样。居然会被这种虚无的大道理激励，真不知该说他单纯还是幼稚。

从小到大，那家伙不一直是这样吗？竟然还是猎师四脉。

想到小白，沈放眉头紧锁的脸稍微笑了一下。不过这个笑应该很难看很苦涩吧。

爪刀的锋刃非常锐利，几乎在和枯草接触的瞬间就能将它们切断。枯草碎成一截一截，纷扬得漫天都是。

既然已经失去了目标，为什么不停下、不退出？

可能因为潜意识里还抱着最后一点点希望？

沈放不知道自己现在这样的状态算不算一名优秀的战士。没有牵挂，也不畏惧死亡。只想着强一点，再强一点。不是还有伙伴吗？能保护谁都好，不想再无能为力地看着伙伴出事了。

榕树中学高三的体育课。

800米测试。

零日传说Ⅱ·长夜

　　一向不起眼、看起来弱不禁风的陆星移遥遥领先。仅仅两圈跑程，竟能比第二名提前半圈跑完。用时2分12秒。
　　女生在一旁指指点点。
　　"这不是上学期才到我们班的转学生吗？"
　　"我对他完全没印象耶。"
　　"他本身就是体育特长生，经常不来上课在训练的。"
　　"噢，怪不得跑这么快。可外表完全看不出来呀，他有一米七吗？没有吧。"
　　"嗯，看起来就是一个变态正太。"
　　"正太就正太，干吗说人家变态？"
　　"反正我觉得怪怪的。你知道他从哪儿转来的吗？"
　　"不知道，怎么了？"
　　"我帮班主任登记学籍册来着，他以前在江北一所贵族中学念书呢。"
　　"贵族中学？"
　　"嗯，听说是那种顶级的贵族中学。"
　　"那他很低调嘛。"
　　"我觉得不是低调。你想想，好好的读着贵族中学，干吗转到我们这种公立中学来？还换了城市。肯定是在原来的地方混不下去了。"
　　"有道理。"
　　陆星移并不知道这些女生在怎样讨论着自己。他坐在看台上发呆。
　　测完800米的男生们打闹成一团。稍事休息后，他们拿了篮球，生龙活虎地去了球场。并没有谁想起来问问这个孤僻的转校

第三章 苏醒之魂

生要不要加入。

不知这是转校生独有的特殊待遇，还是他独有的特殊待遇。

在江北念贵族学校时就是这样。

接管父亲遗产以前，姑姑在一家小公司做文职，工资少得可怜；姑父也只是一家互联网公司的普通职员，整天加班，还比不过那些刚毕业的年轻人。听哥哥讲，父亲脑子活络又肯吃苦，年轻时起就自己创业，后来企业做大，赚了不少钱，姑姑就总觉得是父亲把她的时运占了，两家人关系一直不好。奶奶病重那几年姑姑也完全不管，都是父亲和母亲在照顾。而姑姑接管父亲的遗产后，立刻辞去了工作，恢复了自己好吃懒做的本性，整天琢磨着怎样打扮得更像阔太太，但因为自身不具备那种气质，所以无论怎样打扮都只像个俗气的暴发户。偶尔开家长会她去学校，同学们的家长都对这个毫无品位可言的女人敬而远之。有一次还闹出大笑话，她开的宝马M4停车时和旁边一台车剐了一下，车门上被划开道口子。她就在停车场耍泼，大声喊，谁他妈不会停车啊，把车位占得那么挤，剐坏我的宝马啦！不多一会儿就有不少学生跑来围观。最后保安过来悄悄告诉她，赶紧走吧，别人车也剐花了，那是台宾利慕尚，得五六百万。她脸色一变，一边小声嘀咕自己不好好停车怪谁啊一边灰溜溜地走了。

同学问阿星："喂，那个蠢女人是你妈吗？"

"……才不是。"

"那她为啥来给你开家长会？"

"她只是我姑姑……"

"那你妈妈呢？"

阿星回答不上来，只能用拳头解决问题。哥哥不在了，再也

零日传说Ⅱ·长夜

不会有人替他出头,再也不会有人保护他了。

瘦弱的他总是被打得伤痕累累。

即使转到榕树中学,不用再受同学们的排挤和嘲笑了,但仍然是空气般的存在。

还好认识了小白他们啊。

这时,揣在裤兜里的手机响了。陆星移掏出来一看,是"叶乔大姐头小分队"的群,之前小白建的。正事大部分都是通过专用通信器传达,所以这个群虽然建了好几个月,但聊天记录少得可怜,只有小白时不时发上来的冷笑话,还一点都不好笑,每次自己都礼貌地回个大笑的表情,沈放说小白蠢,叶乔从来不说话。

又是小白发来的冷笑话。

"有只小蜥蜴在洗澡,洗着洗着就没了,为什么?"

五分钟过去都没人回。

阿星只好发了个"为什么"过去捧场。

隔着屏幕都能感受到小白那家伙无聊又自以为是的表情:"因为小蜥蜴是泥巴啊!哈哈哈哈哈哈哈!"

"哦……"

群里一阵沉默,这次的笑话太冷,连沈放都没出来说小白蠢了。

又过了一会儿,小白突然很严肃地说:"如果我要去封印穷奇,你们会跟我一起吗?"

今天没什么事,叶乔去了学校。放学后,她去找何念念结伴回家。

第三章 苏醒之魂

她仍然自带"生人勿进"气场,在走廊上打闹的男生看到她来了,自动让开一条道,大气都不敢出地站在两侧对她行注目礼。

而她对此完全不以为意,等何念念收拾好书包走出教室后,拉着她扬长而去。

男生呆呆目送她远去的背影,感叹着:"女神果然就是女神啊。"

直到在注目礼中走出校门,念念才拍了拍胸口:"跟你走一起真是太高调了。"

"是吗?我完全不在意。"

念念无奈地笑了。

叶乔从书包里掏出一个首饰盒,递给念念:"喏,这是前阵子我去奥地利给你带的伴手礼。"

念念一脸惊讶地接过来:"施华洛世奇?难为你居然会买首饰了耶!"

"我不懂这些,只是网上查了一下,说这个牌子是奥地利的,就买了。"

"好吧,果然还是不能期待你弄明白这些女孩子玩意。"念念揭开首饰盒,里面是一枚发卡,纯银质地,点缀镶嵌着彩晶的星星,"哇,好漂亮!我很喜欢,谢谢。"

"说什么谢谢。要不是你们家当时的救治,我爷爷就活不下来了。也不会有我了。而且现在我们也是……朋友吧?给朋友带伴手礼不是再正常不过了么。"说出"朋友"这两个字时,叶乔觉得心里涌起一股暖意。不知怎么,她想起小白那张白痴的脸。这就是朋友吗?

零日传说 II · 长夜

"乔,你知道形容一个人美貌的最高境界吗?"

"不知道。"

"美而不自知,说的就是你这样的人吧。明明这么好看,却天天不是校服就是衬衣牛仔裤。衣服不是黑色就是白色,还对饰品什么的完全没兴趣。啊,羡慕死了。那时候刚进高一,你知道吗,我第一眼见到你,就觉得这个女孩子真是又酷又美啊!是那种男生会喜欢女生也不会嫉妒的。没想到居然能在猎户座认识,成为朋友。每次想到都觉得不可思议。"

叶乔出神地看着远方:"我也很羡慕你啊。"

"我?"

"算了,不说这个了。"

"对了,南宫同学他……他是……"

叶乔看着念念欲言又止的样子:"我听说了。"

"也不知道他会怎么样。"

叶乔不太会说安慰人的话,只是搭住念念脖子,拍了拍她肩。

手机振动起来。

她拿出手机,好几条未读消息。她点开微信,第一条是小白下午发的。他在群里问其他人要不要跟他一起去封印穷奇。

阿星第一个回复:"如果你决定去做,那就一起吧!"

刚才的消息是沈放的回复:"奉陪。"

然后是小白的刷屏:"队长队长队长!叶乔队长!在不在在不在在不在?快出来,就等你发话了!!!"

"才几天不管他们就这么乱来。"叶乔嘴上抱怨着,脸上却露出微微一笑,修长的手指在手机上快速敲出回复,"怎么,突然

第三章 苏醒之魂

斗志爆发了吗?"

"啊!你终于说话了!"小白很快回复,"怎么样,一起吗?没你不行,"撒娇的表情,"带我们一个呗?"

"去找先锋官商量一下战术吧。"

叶乔将手机重新揣回兜里,抿着嘴唇。

念念好奇地打量她:"你居然笑了,这种表情只在女生收到喜欢男孩子的短信时会露出来哟。"

"瞎说什么。"叶乔赶紧收起嘴角的笑意。可过了好一阵子,她还是喃喃地说,"他们都在成长啊。"

永安公寓。

小白联络上穆云先锋官后,他约了时间,让他们去家里找他。

白凌霄,沈放,陆星移三人站在601室门口,敲响了房门。

来开门的男人还是那身钓鱼时穿的衣服。他把几个孩子请进门,然后用电水壶烧了开水,冲了三杯速溶果汁。速溶果汁粉是从一个超市袋子里拿出来现拆的,像是专门为小白他们的到来而做的准备。他将热腾腾的果汁递到三名少年手中。

小白捧着杯子,咕咚喝了一大口:"啊,好烫。大叔,这是啥?"

"你们不知道吗?"

三个少年摇摇头。

"那你们平时喝饮料都喝什么?"

"可乐、冰红茶什么的咯。"

"哦……"男人为自己的过时感到有些难堪,不知道该怎

零日传说Ⅱ·长夜

回答，只好又问，"那你们要喝茶吗？"

三名少年微笑着礼貌谢绝，他们显然并未注意到穆云的窘迫。小白直入主题："大叔，我们想好了要去封印穷奇，你知道方法吗？"

男人这些天的确在做这方面的准备，但他没想到这群孩子居然冒出了这种想法。他声音变得冷峻，斩钉截铁地说："我不同意。"

"哈？为什么啊？"

"这件事超出你们能力范围。"

"叶乔队长会跟我们一起去的！薛荣哥也说过要去。"

"太危险了，可能会死，不怕吗？"

"当然不怕！我们去有危险的话，其他人去不也照样有危险吗？再说了，这么多人，不会有问题的。上次我们和它交过手了，不过如此嘛。"

"这件事可不是光有热情就能做成的。"

"所以我们才来问你怎么做啊。"

男人缓缓道："封印凶兽需要'神器'，神器只有四脉有。"

"所以我们才要去。"小白冲动道，"我是林修家的人，要完成林修家的任务啊！"说完他有点后悔。想到这个男人似乎不知道自己体内的小蜥蜴，而且听自己这么说后他也并没有很吃惊，似乎早就知道，才松了口气。

"不过，"小白有些低落，"可惜我从来没见过父亲，也没见过神器。"

穆云紧紧皱着眉，像在进行激烈的心理斗争。

"大叔，"小白重新声色激昂地说道，"这件事我已经决定了。

第三章 苏醒之魂

今天来并不是征求你的同意,而是询问你方法。如果你不说,我们就只能按照自己的方法来了。"

"你这孩子还真是……"男人没说后半句,只是无可奈何地点了点头,"好吧。如果你们非去不可,那这次行动就由我来领衔。"

"欸?"小白不敢相信,"你是说,跟我们一起?"

"对。"

"太好了!那神器……到底是什么东西?你知道在哪儿吗?"

"神器一共四套,很久很久以前由先知赐予四脉,每一套并无不同。因此……"

阿星灵光一闪,抢答道:"我们可以向索伦借,如果他愿意来和我们一起行动就更好了。他很厉害的吧?"

男人点点头:"正是这样。"

由小孩出面去向兰彻斯特家借用神器,倒是很好地解决了他的难题。

小白想着索伦战斗时的样子。同样是四脉,什么时候才能变得跟他一样强呢?

"没想过要跟其他孩子一样过平常的生活吗?"男人突然问。

"以前什么都不知道的时候,每天都盼着能与众不同,成为超级英雄;可是刚加入猎户座那段时间我反了,做梦都想回到以前平常的日子。但现在,我觉得非常幸运。对于我而言,这样的日子,就像梦一样啊。"小白说。

中年男人走进那家蒸汽朋克风格的机车模型店时,薛荣正坐在橱柜后面,手里玩着一把蝴蝶刀。

· 089 ·

零日传说Ⅱ·长夜

"联络员……薛荣。"男人的声音里有些迟疑。

从昨天接到通知,说穆云先锋今天会来找他下达任务起,薛荣就一直紧张地期待着这次会面。这是他第一次见新任先锋官,也是那个极有可能是自己义父的人。

听到男人叫自己,薛荣克制着心里的起伏,缓缓收起蝴蝶刀,抬头注视着来客。

老了一些,但五官绝不会错。

果然是他。

薛荣低下头,继续玩蝴蝶刀。

男人走到柜台前,不动声色地从衣兜里掏出一枚银色徽章,这是猎户座新近给他配发的,沿袭了穆云失踪前的猎人等级。他将背面塞到薛荣眼下,上面刻着"亚洲区先锋官·穆云"字样。

徽章类似于猎人的身份证。这种确认身份的方式,只适用于两个初次见面的猎人。

于是薛荣也按照猎人初次见面的规矩,有些赌气地说出了这一联络点的接头暗语:"本店只卖正版模型,如果只是想随便看看,慢走不送。"

男人并未恼怒,按规矩回答:"巴克119,猎刀中的经典款,店里还有存货吗?"

"穆云先锋吩咐吧,有什么事?"薛荣问。

面对薛荣的较劲,男人败下阵来:"小荣,都多大的人了,怎么还跟小孩子似的赌气?"

薛荣从男人手里拿过那枚徽章,看着背面:"穆云。这就是您的名字?以前您可从未告诉过我。"

男人愣了愣神。

第三章　苏醒之魂

"这些年我一直在琢磨一件事，现在更确定了。"

"什么？"

"那时候您收养我，虽然教我猎杀异兽的本领，但我却只见您和先锋官有私人接触，从未见您掺和猎户座的事。那时我就很奇怪，您这么厉害的猎人，为什么总是隐去自己存在的痕迹？现在不得不出山，竟然用起了假名。穆云根本不是您的名字，恐怕只是您随口取的吧。您究竟是谁？"

"小荣。"

"嗯？"

"你很聪明。我隐藏自己当然有不得不隐藏的理由。不要追问任何一个男人他的秘密，这是男人之间相处的基本礼貌。"

"啊。还真是和以前教育我的语气一模一样。"薛荣伸了个懒腰，"您了解我的，什么礼貌规矩之类的，我从来都不在乎。我只是觉得，不知道的话有点遗憾罢了。毕竟您是……我非常尊重的人。"想了想，薛荣又补充道，"曾经是。"

男人并未介意薛荣的话，只说，"不能坦诚相对，抱歉。"随后正色道，"我是来给你任务的。根据定位，基本能确定穷奇的活动路线了吧？"

薛荣点头，指着电脑上一张地图和红线标出的轨迹，一副公事公谈的样子："我每天都监测着，它最近很少到地面，基本上在这个位置活动。我推测那是它的老巢。"

"很好。"男人说，"准备地下行动装备的事就交给你来办了。八人份。"

"八个人一起去？"

"我带头，你、索伦、叶乔、何念念、白凌霄、沈放、陆星移。"说到后面几个名字时,男人一脸无可奈何,"这几个小屁孩是连体婴吗?非要一起。"

"放心吧,他们不会拖后腿的。这就是他们的行事作风啊。"

"其实一旦有四方凶兽出现,就必须刻不容缓地重新封印它们,以免它们凑齐。即使那群小鬼不来找我,我也打算亲自去做这件事的。时间紧迫,五天后行动。能准备好吗?"

"没问题。"

交代完正事,男人放松下来,拍了拍薛荣的肩。"这么多年不见,你做事更成熟了。要是不那么执拗……"

薛荣打断道:"八年前为什么不辞而别?"

"看到你能够独当一面了,我也有自己的事要做啊。不辞而别可能是因为——我不太擅长告别这种事。我还有别的事,先走了。"

男人转身推开店门,一股冷风嗖地灌了进来。

"老爹!"薛荣紧了紧衣领大声道,"放心吧,您交代的事我会办好的!"

那是薛荣少年时对男人的称呼。男人停了一秒,然后头也不回地走进了寒风里。

2

中国,川云交界,北纬27°、东经100°附近的山区县城。

说是县城,其实只是山间平地的几排房舍。炭黑色的大众帕萨特从通入这里的唯一一条泥土坡道缓缓驶来。因在山路上行驶,底盘沾了不少泥,说起来也不算什么豪车。但和周遭环境相

第三章 苏醒之魂

较,仍显得有些扎眼。

中青年男女可能都进城打工了,这里只有老人和小孩。几个孩子围上来,伸手在车身上抚摸,嘴里发出突突的拟声。老人则在一旁嚼着烟叶或槟榔,麻木地看着这辆车,没有一丝表情。

索伦推开车门,信步走下。一头柔软的金发在风中熠熠晃动。

这估计是这些一辈子没离开过大山的山民第一次见到活生生的外国人。

小孩们都呆住了,手摁在车上,一时不知是进是退。老人走上前把小孩拉到一边,带着一丝警觉死死盯着这名少年。

索伦扫视了一圈,没看见那几个熟悉的身影,只好重新回到车上。

似乎又过去了两小时,一辆酷路泽在前、一辆颠簸不止的面包车在后陆续抵达了。酷路泽门打开后,小白第一个冲下车,撑着膝盖大口呼吸山里的新鲜空气,"靠,颠死本大爷了!"他转头对后面的面包车喊,"薛老大,你们还行不行?这么重要的任务,就不能派一辆高级点的保姆车吗?"

薛荣从窗户伸出头:"你真当猎户座都是土豪?就这路,你们的酷路泽都不好开,保姆车更不行。还是我这样的面包车实惠,颠坏拉倒。"

小白看见了停在一旁的大众,上前招呼。

索伦下车:"你们来迟了。"

薛荣从面包车的驾驶室跳下来:"迟是迟了一点儿,可我们这车怎么能和你的比啊,是吧,索伦少爷?"

零日传说Ⅱ·长夜

索伦并未理会薛荣言语中的揶揄，只轻轻哼了一声。

薛荣转而去和山民交涉，只见他塞了一卷钱给山民，然后那些老人就不管他说什么都不住地点头了。

他招呼索伦和叶乔把车停到村民晒谷子的空地，车停妥当后，大家把装备从行李箱中一件件往外取，也没有避讳地拿出武器。那些山民见了这些刀剑，也一副爱答不理的样子。

山民们不是没接触过这些年进山探险的驴友队、户外团，哪一个不带些所谓的生存工具？

薛荣准备的物资分别装在七个防水登山包中，他将包分发给众人。在他自己的那个包里，还有好几把枪。虽说这次行动人员众多，但他向来相信枪才是最靠得住的伙伴。

大包很沉，小白不满："为什么只有七个包？不是八个人吗？"

"索伦少爷要拿'那个'。"薛荣努努嘴。

索伦打开车盖，从中取出一只皮革手提箱。箱子看上去很沉，他拎出来时，肩膀明显倾斜了一下。

看到这个箱子，队伍里顿时升起一股肃穆的气氛。一向冷若冰霜的叶乔都眼睛一亮："这就是封印凶兽的神器，'次元囚笼'？"

索伦点点头。

叶乔没有提出要打开箱子看看，只道："竟能参与封印行动，我的荣幸。"

其他人默然，小白虽然心里好奇，一时只好闭嘴。

薛荣说已经跟村里人说好借住一晚，他们答应腾出三间空房。休息后明天一早出发。

第三章 苏醒之魂

这里的房舍依山石而建，平顶土墙。借住的这家主人准备好晚饭后，大家围坐着吃起来，而那个做饭的女人则远远待在一旁，时不时看这边一眼。

过了一会儿，一位老人走了过来，看上去很德高望重的样子。他讳莫如深道："你们来这里干什么？"

"探险嘛。"薛荣随口答道。

老人撅了撅胡子："话我说在前面，这座山里有怪兽。"

薛荣继续啃着手里的玉米，不动声色："老大爷，您眼花了吧，这世上哪儿来的怪兽啊。"

"不是我吓唬你们。她，"老人指向做饭的女人，"她男人就是被怪兽咬死的。"

"哦？那怪兽长什么样子。"

"看到的人都死了。还有个捡了条命回来，疯了。"

一桌的人交换了下目光，都了然于心。这个山村与世隔绝，附近又有进入异兽巢穴的通道口，有异兽出没再正常不过。

"既然是来探险的，有怪兽就更刺激了，嘿嘿。"

老人摇着头叹了口气，一副觉得这群年轻人无药可救的样子："别怪我没提醒你们。"

夜里，小白、沈放和陆星移一个房间。这里的卧室构造很奇特，正中间一个火炕，周围三面是床，三人正好一人睡一边。

火炕烧着，暖和是暖和，就是有股烟味儿。小白睡在靠窗的那面墙下，他将窗户打开一条缝，清新的山风涌进屋子。秋冬之际，山间的虫鸣已有些微弱，断断续续。唯有枯叶被风吹落的沙

· 095 ·

沙声持续响着。

床很硬，小白仰躺着枕在手上。他突然发现这个角度正好能看到窗户外的一线天空。漫天繁星让他几乎晕眩，他叫出声："哇，你们快来看。"

"干吗？"沈放兴味索然。

"很多星星啊。"

阿星挪了过来，沈放也只好蠕动到这边。

三个少年裹着被子坐在窗前，呆呆看着遥远的星空。

"能看见猎户座吗？"小白问。

阿星照着曾在书上看到的描写仔细辨认了半天，最后放弃了："这个角度太小了，找不到。"

小白突然说："那个，谢谢你们。"

阿星吸了吸鼻子："谢什么？"

"谢谢你们能陪我来吧。说到底，封印穷奇又不是什么非要我们去做不可的事。当时我问你们要不要一起来，还以为你们会骂我抽风的。"

"疯一次有什么不可以。"沈放说。

"大哥，你别一副看透生死的样子好不好？"小白吐槽。

随后，小白想起沈放最近消沉的原因，和阿星对视了一眼，一阵沉默。

宋禾失联已快两个月，如果她还活着，一定早就有消息了。这一点大家都心知肚明。

失去重要的人就像心上的一道伤口，不管再怎么坚强，总是需要花时间才能带着它继续往前走。不是伤口愈合了，只是装作伤口不痛了而已。

第三章　苏醒之魂

可是自己呢？小白不知道。好像自己随时做好了失去重要的人的准备。夏天时所有伙伴被抓走，一切线索都断掉了，自己居然想过就当他们从未存在，就当一切从未发生。其实不是不难过，可作为一个从小到大所能拥有的幸福都十分稀少、总是生活在失望中的小孩，早早就告诉自己"没有什么重要的人""没有什么东西是属于自己的"，也算是一种自我保护吧？这样就可以在失去时装作很轻松地想，反正也不曾拥有过嘛，没了就没了。

现在渐渐变得不一样了。他一点点发觉，有可以依靠的伙伴真好啊。后背可以交给战友真省心啊。他觉得自己需要着别人，自己也被别人需要着，因此对这群和自己一起战斗的人有了非常深的依恋，他已经无法想象失去他们该怎么办了。

可他也知道，想要不失去的方法并非逃避，而是战斗，先下手斩除所有能让他失去的根源。

"你们怕吗？"阿星突然问。

"紧张是有一点。"小白回答，"但绝不害怕。喂，你们可要活着。"

"这里最需要担心不能活下来的是你吧？"沈放说。

"不要小看我，这些日子我变强很多的！"

"放心吧，不会让你死的。"

"喂，你说这话是什么意思，谁也不许死才对！"

"嗯。"

"别光嗯了，答应我，不要每次都随便去送死。"

沈放没有回答。

小白接着说："新的先锋官大叔似乎很厉害的样子，还有薛老大，索伦，叶乔。对了，还有那个叫'次元囚笼'的神器。绝对没问题的!"

"是啊。"阿星点头。

"睡觉吧,睡饱了明天才有力气。"

三人各自回到自己的床上。炕火烘烤着后背,山风却拂着面,小白静静躺着。"晚安。"他说。

那边传来两人的均匀的呼吸声。

3

第二天一大早,吃过当地特色的荞麦面后,队伍背着装备出发了。

再往里走的山路并不通车,只能靠步行。

虽然有"路",山间的羊肠小道也不好走。这里终年潮湿,碎石路面长满苔藓,一不注意就会打滑。众人侧身而上,必要时还需手脚并用。

这样一来,之前的训练便体现出作用了。和叶乔让人在楼房、高架桥上爬上爬下的魔鬼训练相比,这种山路并不算什么。唯一的问题是,背上沉重的包袱蚕食着体力。

走了四个小时,接近中午,小白的体力到达极限。越深入山林,路就越不好走,一开始的碎石羊肠小道变成了怪石嶙峋的陡坡,已来到人迹罕至的地方。但去那个山洞要绕到山体背面,后半段路程几乎要攀岩而行。穆云先锋看了看大家的脸色,命令先找块平一些的石头休息,之后再一鼓作气进山洞。

一行人坐下来,吃着压缩干粮。

薛荣拿出一个微型平板电脑,操作一番后观察着屏幕。

第三章 苏醒之魂

小白凑过头去："这是什么？"

"洞穴的地图。"

"这……这怎么可能，我们没人进去过，怎么绘制地图？"

薛荣得意地一笑，解释道："这当然不是准确的地图。但这些天，我根据卫星定位监测到的穷奇活动轨迹，制作了一个大概路线。这个路线虽然不能完全反映出洞穴内部的全貌，但照着这个路线走，一定能找到那家伙。你看，它现在在这儿。"薛荣指向地图里一个闪烁的红点，随后将整张图缩小，另外一个闪烁的绿点出现在屏幕上，"这是我们，这里是洞穴入口。"

"靠，这简直是外挂！"小白感慨，"就像游戏里的地图，完全成了上帝视角，我方在哪儿、敌人在哪儿都标出来了。我们只要朝着红点移动就行，是吧？"

"理论上是的，但实际情况要复杂得多。首先我们无法探测穷奇所处位置的海拔，或者说深度。有时图上看着是连续的路线，说不定有高度上的落差。其次，如果今天它活动到没标示路线的地方，我们就需要探路接近它。"

"这点困难算什么，已经比没头苍蝇乱撞强多了。"

"更重要的是，我们只标记了穷奇的点，我们并不清楚里面有多少别的异兽。"薛荣长吸一口气，"事实上，里面肯定有很多异兽。"

但小白信心满满，摩拳擦掌地催大家快吃好了继续赶路："连穷奇都不怕，还怕别的？"

"对。而且，地下洞穴对大体形的异兽会有限制，我们行动起来更灵活。"叶乔竟然顺着小白的话说。

"叶大小姐，你又不是不知道，有些地下洞室的空间大得超

零日传说Ⅱ·长夜

乎想象。"薛荣说。

"薛荣，既然已经决定出战，我就不会再自寻担忧了。我希望我的队员也是。你就别再吓唬新人了。"

薛荣不服气地嘘了一声，转向索伦："索伦少爷，麻烦你现在给大家讲解一下'次元囚笼'的用法吧。"

听到这个，一行人顿时安静下来。

"好。"索伦拨动密码锁，咔嗒一声，锁开了。他缓缓掀起箱盖。

小白屏住呼吸目不转睛地看着。

箱子里的东西很……正常。

正常是指，它并非想象中那种造型华丽的圣物。从知道有这玩意儿的存在起，小白就总把它跟魔法联系起来。他动漫看多了，随时可以脑补出一堆魔法道具。而箱子里的东西并不具有那种浪漫主义色彩。

"次元囚笼"总共七个部件。其中五个外形相同，像小型手电；另外的一个是把小型手枪，还有一个是黑色多面体匣子。

索伦解释道："封印行动需五至七个人一起完成，这个手电状的东西可以发射出'光面'。你们可以把'光面'理解为某种屏障，到时几人配合，用光面将目标完全围在其中。这么做的意义是限制目标行动，为之后进行真正的封印做准备。困住目标后，启动这个多面体匣子，它可以激发一个四维空间。等四维空间包裹住异兽，这时由另一个人用这把枪射击四维空间，诱发维度塌缩折叠，恢复小匣子的状态，异兽便会被封印在这小匣子里面。"

众人消化着他的话。

第三章　苏醒之魂

阿星问:"那这种封印方式只对四方凶兽有用,还是对所有异兽都适用?"

小白心中一凛,阿星果然思维敏捷,每次总能发现问题所在。按理说,普通异兽和四方凶兽并无本质差别,如果次元囚笼能封印四方凶兽,当然也能封印普通异兽了。

索伦的表情却变得很复杂:"不仅对所有异兽适用,对人类也……同样适用。"

"欸?你说这个东西也能封印人类?"小白惊道。

阿星却很快理解了:"想想也是。从原理上讲,所谓的'封印'其实就是一个把异兽装进高维空间的过程。虽然还解释不了这种技术是怎么实现的,但它当然对所有生物都通用。"

久未发话的穆云先锋看向索伦,意味深长地问道:"兰彻斯特公爵的研究,已经进行到这个地步了吗?"

索伦面部肌肉抽搐了一下,瞬间恢复平静:"看来阁下果然知道很多事。"

"公爵资助了一个实验室进行各项研究,这并非什么秘密。多亏了他的研究,才能搞清楚这么多奥秘。"

索伦感觉得出来,这个男人表面上是夸赞父亲的实验,实则另有深意。他没说话,父亲的研究他了解得不多,但父亲的那些手段,他并不是没听说过。

"索伦少爷,你刚才说这个封印对人类也适用,"薛荣道,"该不会已经进行实验验证过了吧?公爵还真是和传言中一样雷厉风行。"

索伦面色一红:"父亲有父亲的手段,他是他,我是我。"

氛围一时有些尴尬,何念念赶紧玩笑道:"是啦,索伦同学

· 101 ·

零日传说 Ⅱ · 长夜

才不是那样的。"

阿星也挠着头在一旁嘿嘿傻笑。

叶乔却想到了另一点:"如果这种封印技术有如此高深的科技含量,将神器赐予四脉的先知又是什么人?"

她的问题让众人不寒而栗。在人们普遍的意识里,远古智者会一些奇门巫术不是怪事,可要说他们能制造出这样道具,怎么想都很奇怪。

小白打了个寒颤。但他很快便一如既往地,决定把想不通的事都抛到脑后。"好了好了,这些问题以后再想。穆大叔,我们休息好了,该出发了吧?"

后半段路程非常难走。他们需攀在岩壁上,往山体另一侧挪动。这耗费了不少时间,当他们赶到山洞口,天已经黑了。穆云判断了一下情形,决定晚上先在洞口处驻营,明天再进去。薛荣自告奋勇先去探路,沈放申请跟他一起,于是两人便戴着头灯离开了。

留守的人生起火堆,静静等待着。

小白以为他们怎么也得有一阵才回来,结果还没半小时,两人便神色凝重地返回了。

薛荣坐到火堆旁,咔咔掰着手指关节:"真不走运,进去大概一公里就遇到个裂开的大洞,一条坡度超过70°的陡坡通向下面,没别的路可走,看来必须从陡坡下去才能进入异兽的巢穴。"

"有多深?"叶乔皱眉。

"我们用电筒照了照,没照到底。如果那是山体运动造成的

第三章 苏醒之魂

裂隙,深度就不好说了。对了,可以根据地图计算。"薛荣马上打开地图,按照穷奇的运动轨迹,入口的确是条约两公里的长直线,他一边念念有词一边从平板电脑里调出计算器,"除去一公里,剩下的一公里如果全是陡坡往下的话……那就几乎是条接近三公里的陡坡。垂直高度是……从我们现在海拔2000多米处直接降到地下500米!"

小白没太搞清楚运算过程,可是光听这个结果就让他起了一身鸡皮疙瘩,"也就是说,我们好不容易上了山,又要从山体内部重新下到地下?"

"这倒不一定。"阿星说,"这只是在假设这段距离全是70°陡坡的前提下。"

薛荣点头,"的确如此。其实刚才的计算没什么意义,也可能下去一段距离后,又是平地往前了。"

叶乔钻进睡袋,"所以你们还要为这种无意义的猜想讨论到什么时候?"

"叶大小姐,不要那么冲嘛,我们只是随口聊聊都不行?"薛荣道。

"我从来不为未知的事进行过多的思虑和担忧。我只知道,不休息好,明天就没办法战斗了。"

沈放也跟着钻进睡袋:"这一点我同意大姐头的。"

薛荣一时找不到话反驳,只好道:"你们睡吧,我先守夜。"

这天实在太累,小白一夜无梦。第二天,他是被滴在眼皮上的露水弄醒的。

十一月的深山寒露冰凉,他一下醒了过来,正好看见滚圆的

零日传说 II · 长夜

初日从山间升起,光线散射在云雾之中。

那个不苟言笑却在这些孩子面前有些腼腆的男人坐在洞口。

他赶紧撑开睡袋挪了过去:"大叔,不是说轮流守夜的吗,干吗不叫醒我?"

"我年纪大了,没那么多瞌睡,看你们睡得香,就让你们多睡会儿。"

先锋官在火堆上架起一口不锈钢锅,倒了半锅水进去,又放了几块军用快餐,煮成一锅早餐。

"孩子们,开饭了。"他叫道。

大家围了上来。这种早餐虽谈不上美味,不过昨天体力消耗很大,现在也饿极了,所有人便狼吞虎咽地吃起来。

"您就是薛荣哥的义父吧。我们听他讲过,"念念捧着自己的小碗,眨着眼睛盯着先锋官,"没想到是位这么温柔的大叔啊。"

男人不知道自己此刻该做什么表情。

"快吃吧。"他说。

吃完后,一行人便正式向洞穴进发。

如昨晚薛荣所说,前面一公里是一条直道,随着往里走,空间稍微有收缩狭窄,但直径仍差不多有三四米。之后,面前出现了石壁将路堵死,一条陡坡如铲子般直插进地下。

薛荣拿出尼龙绳,将大家按三三二的编制系在一起。

坡壁并不是很光滑,上面时时有岩石突起,一行人专心往下走着,小白小声抱怨:"要是是光滑的就好了,就能像滑梯一下滑下去了。"

"如果是光滑的我们可就下不去了。"薛荣道。

第三章　苏醒之魂

裂隙，深度就不好说了。对了，可以根据地图计算。"薛荣马上打开地图，按照穷奇的运动轨迹，入口的确是条约两公里的长直线，他一边念念有词一边从平板电脑里调出计算器，"除去一公里，剩下的一公里如果全是陡坡往下的话……那就几乎是条接近三公里的陡坡。垂直高度是……从我们现在海拔2000多米处直接降到地下500米！"

小白没太搞清楚运算过程，可是光听这个结果就让他起了一身鸡皮疙瘩，"也就是说，我们好不容易上了山，又要从山体内部重新下到地下？"

"这倒不一定。"阿星说，"这只是在假设这段距离全是70°陡坡的前提下。"

薛荣点头，"的确如此。其实刚才的计算没什么意义，也可能下去一段距离后，又是平地往前了。"

叶乔钻进睡袋，"所以你们还要为这种无意义的猜想讨论到什么时候？"

"叶大小姐，不要那么冲嘛，我们只是随口聊聊都不行？"薛荣道。

"我从来不为未知的事进行过多的思虑和担忧。我只知道，不休息好，明天就没办法战斗了。"

沈放也跟着钻进睡袋："这一点我同意大姐头的。"

薛荣一时找不到话反驳，只好道："你们睡吧，我先守夜。"

这天实在太累，小白一夜无梦。第二天，他是被滴在眼皮上的露水弄醒的。

十一月的深山寒露冰凉，他一下醒了过来，正好看见滚圆的

· 103 ·

零日传说 II · 长夜

初日从山间升起,光线散射在云雾之中。

那个不苟言笑却在这些孩子面前有些腼腆的男人坐在洞口。

他赶紧撑开睡袋挪了过去:"大叔,不是说轮流守夜的吗,干吗不叫醒我?"

"我年纪大了,没那么多瞌睡,看你们睡得香,就让你们多睡会儿。"

先锋官在火堆上架起一口不锈钢锅,倒了半锅水进去,又放了几块军用快餐,煮成一锅早餐。

"孩子们,开饭了。"他叫道。

大家围了上来。这种早餐虽谈不上美味,不过昨天体力消耗很大,现在也饿极了,所有人便狼吞虎咽地吃起来。

"您就是薛荣哥的义父吧。我们听他讲过,"念念捧着自己的小碗,眨着眼睛盯着先锋官,"没想到是位这么温柔的大叔啊。"

男人不知道自己此刻该做什么表情。

"快吃吧。"他说。

吃完后,一行人便正式向洞穴进发。

如昨晚薛荣所说,前面一公里是一条直道,随着往里走,空间稍微有收缩狭窄,但直径仍差不多有三四米。之后,面前出现了石壁将路堵死,一条陡坡如铲子般直插进地下。

薛荣拿出尼龙绳,将大家按三三二的编制系在一起。

坡壁并不是很光滑,上面时不时有岩石突起,一行人专心往下走着,小白小声抱怨:"要是是光滑的就好了,就能像滑梯一下滑下去了。"

"如果是光滑的我们可就下不去了。"薛荣道。

第三章 苏醒之魂

"为什么?"

"你考虑过之后怎么上来吗?"薛荣反问。

小白被提醒后一阵后怕,回头望了望上方。此时下去了有一两百米,已经看不到洞口。

一股沉重的压迫感袭来。

以前搭乘"深渊闪电"也下到过很深的地下,但因为知道还能再乘它回去,这种压迫感并不强烈。而此刻,一想到这个洞不知有多深,而完成任务后还要重新攀回地面,小白感到头皮一阵发麻,似乎整座山都压在了自己身上。

他甩了甩头,将这些杂念甩出脑海。

下行了近两千米后,他们进入到一个溶洞洞室。

这里只能靠电筒照明,并看不清洞室的全貌。大家四周观察了一下,这个洞室大概有几十米高,洞顶和四周都长满石笋,并出现了三条岔路。

薛荣根据实地行进完善着地图,表示还要继续往前直走。

这一路超乎想象地顺利,虽然不时有陡坡让他们越来越深入地下,但竟没遇到异兽。那个代表穷奇的红点起初还在移动,现在已静止了近一个小时,他们照着地图前行,路线基本没有问题,离它越来越近。

除了脚步声和呼吸声,洞里静如死寂。这种不寻常的平静让大家愈发毛骨悚然。

"不觉得奇怪吗?"阿星发问。

念念点头:"这里明明是异兽巢穴,可走到现在却什么都没遇到,确实太奇怪了。它们像不像是在故意引我们去某个地方?"

"就算是陷阱也只能去了。"薛荣道,"都来到了这里,不可能退回去，不管怎样也要去看一眼。"

穆云先锋道："薛荣的话没错，大家加倍小心前进。"

走进一条岔道后，根据地图显示，红点就在他们前面几百米处。

他们一点点朝红点靠近着。所有人都不由自主握紧了武器。

然而出乎意料的是，当他们走到这条岔道尽头，面前出现的不是穷奇，而是一个深不见底的深渊。深渊里升起雾气，让人根本无法看清下面的状况。

地图上，代表我方的绿点已几乎和红点重合，这意味着，穷奇就在面前这深渊之中，等待着勇士的到来。

众人面面相觑。根据智能手表显示，此处海拔仅几十米，也就是说，他们已经进入山体内部很深的地方，面前这个深渊直坠入地下！

这实在是一个进退维谷的境地。面前除了黑暗就是黑暗，上不见顶，下不见底，也看不见对面。猎物似乎触手可得，却又遥不可及。

小白想起之前"深渊闪电"出事后，那个位于地下一千多米的空洞。当时他位于那个空洞就产生了如飘浮在无尽宇宙中的错觉，现在的感觉比那时还要更糟。那时虽上不见顶，但好歹能踏在地面。而此时此刻，他感到自己完全悬空了。只要往前踏出一步，就将无止境地坠入地狱。唯一的退路在身后，可他不能退。他必须迈出坠入地狱的步伐。

就在所有人思索着对策之际，薛荣开口了。

"在这儿干站着是没用的，我先下去试试。"

第三章 苏醒之魂

"我和你一起。"沈放说。

"不必了。"薛荣强硬地摆摆手,"送死一个人就够了。有力气留着待会儿战斗吧。"说着,他开始拿出尼龙绳往自己腰上绑结。

"等……等等。"阿星像想到了什么。

众人看向阿星,他咬了咬嘴唇,思忖着说:"有没有可能……异兽就是为了将我们引向这个深渊,穷奇根本不在下面?"

"卫星定位显示明明就在……"沈放反驳的话刚说了一半,他随即也明白过来。

"是的,就是这样。那枚追踪器在这里,但并不完全代表穷奇就在这里。会不会它们已经发现了那个追踪器,然后将它取了出来,放到这底下?"

穆云先锋想了想:"按照我们对兽人智慧的了解,也不是不可能。而一旦我们通过绳索下去,整个过程几乎只能任人宰割。"

这时,索伦站上前道:"让我看看。"

"对了!"小白叫道,"兰彻斯特家族的能力,能在黑暗中看到活物的!"

众人关掉电筒,避免灯光造成干扰。索伦静静注视着万丈深渊。

半晌,他说:"距离太远,看不清具体形态。但可以确定,下方有热源。"

"好了,都到了这里,不可能放弃了,不管怎样,也要下去看看的。"薛荣将绳子一端系在一个石笋上,朝众人挥了挥手,打开头上的电筒,"等我消息。"说完,便纵身往深渊中一跃。

时间一分一秒地流逝。众人屏住呼吸,探头注视下方,薛荣渐渐成为一个光点,一点点没入深邃的黑暗之中。

这时,地面轻微震动了一下。

"不好。"穆云暗道,一手持着武器摆出防御姿势,一手轻轻搭住绳子。

索伦和叶乔的第一反应也是一样。他们扑上前提了提绳子,然而一切正常,绳子另一端传来重量的垂坠感,显然薛荣正有条不紊地下行着。

几个新人也模仿着这些有经验的猎人,警惕地观察四周。

"发生什么事了吗?"小白小声问道。

话还没说完,一头巨型穿山甲般的生物从他们脚下破壁而出,所有人站立的地面剥离开来,如山崩地裂,他们往深渊中坠去。

4

小白张着嘴,却连叫也叫不出来,只想着完了完了,这下连穷奇的毛都没摸着,竟要全员葬身在这深山之中。

让他奇怪的是,这一刻他竟然没有一丝恐惧,脑海在一瞬时的空白后开始飞快闪现从前的画面:老妈在厨房里一边切菜一边唠叨的背影,上学放学骑着单车往来了好多年的梧桐大道,打打闹闹的同学,加入猎户座以来经历的每一次战斗……

好像下坠了很久,又好像只是一刹那。

可能连他自己也没意识到,即使在跌落的过程中,作为一名猎人的他仍旧紧紧握着武器。拿着武器准备战斗的姿势,已成为他的本能。

第三章　苏醒之魂

然后，一股刺骨的寒冷将他包裹住了。

坠落的速度开始减缓，但他变得无法呼吸。冰冷让他意识清醒过来，他迅速察觉，自己并未摔得粉身碎骨——悬崖底下是一个地下湖。

本已绝望的小白萌生出强烈的求生意志，随后陷入更深的绝望：他根本不会游泳。

他吞了好几口水，手和脚使劲扑腾，却无济于事地继续沉下去。

混蛋，好不容易有了活下去的希望，根本不想死啊！

本大爷可是……猎师四脉林修家的……人。和异兽战死也就算了，被淹死算什么？

好难受，憋不住了……

其他人呢？他们应该都会游泳吧，他们没事就好。

真没用啊，竟然死在不会游泳上。要是能活下来，一定要去学会游泳。

都什么时候了还痴人说梦，没办法活下来了吧？

要放弃了吗？

萌生出"放弃"这个想法的瞬间，一个声音在小白脑海中响起：

"让我出来。我可以救你！"

欸？

就像盲人看到了光、垂死之人抓住了救命稻草一般，浑浊的思绪登时澄明起来。小白一个激灵，他都忘了，还有泥巴！

黑黢黢的深水之下，绿光荧荧亮起，一只长着翅膀的小蜥蜴——不，它不再是小蜥蜴了。不经意间，它以可怕的速度成长

零日传说 II · 长夜

着。此刻的它，已是一头接近两米长的生物，双翅刚劲有力，四肢也生出利爪。这个形态并不是什么蜥蜴，而小白很熟悉这个形象——

这是西方传说中的龙！

泥巴从绿光中出现。意识快要涣散的小白感到被一股力量托着往上腾起，他不由自主地抱紧了这股力量之源。

很快，小白借助这股力量冲出了水面。

他大口呼吸了一口空气——

活过来了。

随后，小白发现自己正骑在一头"龙"身上。这头"龙"悬停在低空，他现在来不及想泥巴是怎么长成这样的问题。他焦急地看向下方的湖面，若干条长度超过二十米的巨蛇在水中翻腾，所有人都在水中和这些巨蛇鏖战着。非常明显，猎人们处于下风。阿星和念念的弓箭完全无法发挥作用，他们只能用弓体抵抗着；索伦一只手紧紧拎着箱子，另一只手执剑出击，同时还要保持不沉下去，也有些力不从心。

一旁的岸上，一个熟悉的虎首人身的兽人站在那里。

小白叫出声："赤召！"

赤召并未像往日那样不可一世地发出对人类的嘲讽。他看着白凌霄，目光炽热，既欣喜又畏惧。随后小白反应过来，赤召并不是在看他，而是在看他骑着的这头"龙"。

湖中的战斗也像时间定格般停下了。

所有人，所有生物，都讶异地看着这头从湖面腾空而起的"龙"。

第三章 苏醒之魂

赤召发出兴奋得不可遏制的桀桀笑声:"我们果然没有找错,这孩子果然是林修平的儿子,当年那个意外的封印体!"

林修家的血脉?在场所有尚不知情的人面容一惊,看着小白。这个冒冒失失、半年前还常常被吓得屁滚尿流的少年?

赤召突然单膝跪地,俯身说道:"神兽啊,我们终于找到您了,请您带领我族走向最荣耀的胜利。"

湖中的巨蛇也整齐排开,摆出俯首帖耳的姿态。小白这才看清,巨蛇一共五条。它们尾部开叉,如同两只锐利的钩子。

落在湖中的猎人不敢妄动,只是趁着这空当慢慢划水后退,上到岸上。

"泥、泥巴……"小白在"龙"的耳边结巴道,"他们在跪、跪拜你吗?"

并不是以往那种温柔的"嘶嘶"声或者"咕咕"声作为回答。

"龙"在盯着赤召打量了数秒后,仰头对着深渊上空发出嘶鸣,鸣声如台风过境,肃杀地嚣叫着,在这无边无际的深渊中盘旋回荡。

赤召说起了兽语。

他说得铿锵有力、抑扬顿挫,如古老的召唤。

"龙"显然能听明白。它静静看着赤召,浑浊的目光渐渐变得澄澈。

白凌霄紧张得心在嗓子眼怦怦跳动。此刻的他如一个骑虎难下之人,悬在半空,既不能跳下,也不能逃离。他只能抱着"龙"的脖子。

"泥巴,你……你是我的宠物……不,不仅仅是宠物,你不是我的伙伴吗？我们大家都很喜欢你的，"他看向地面的其他人，"对吧？"

下方的猎人因过于震惊而沉默着。

"说话啊！你们不都觉得它很萌的吗？它不是救过你们吗？现在怎么都不说话了？"

仍旧，沉默着。

"算了。"小白摇摇头，抚摸着"龙"，"你知不知道，当我发现自己拥有你的那一刻，有多高兴？我以为自己终于有了一个神秘的伙伴，将永远陪着我、和我同生共死的那种。你可以藏在我体内，当我需要时就能出现，这简直比我最不着边际的幻想都要酷炫。你是我活到现在的生命里得到过的最好的礼物了。因为胸前难看的胎记，我一直都不自信，慢慢就变成了个又衰又白痴又不起眼的中学生。可当我知道那个胎记代表着拥有你，我开始觉得自己是世界上最幸运的小孩，之前那些倒霉的中学生活算个屁啊！只要不失去你，让我再当回那个倒霉蛋我也愿意，哪怕喜欢的女生总拿我当备胎我也愿意。你……也承认我是你的伙伴，对吗？"

"哼。"面对白凌霄这一番对"龙"的告白，赤召不屑一顾，只恳切地对"龙"说道，"神兽，不要听信这花言巧语。我们时刻恭候着您的回归。"

"龙"的目光有些迷离、疑惑。

"泥巴，不管你是什么，你会做出怎样的选择，我都……很喜欢你。"小白长长呼了口气，像骑士般挺直了背。现在他别无选择，只能相信自己的伙伴。

第三章　苏醒之魂

半晌,"龙"再次嘶吼起来。它双目闪着红光,在深渊中展翅起飞,拉升一两百米后,转身张嘴喷射出炽热的烈火,对着湖面俯冲直下。

火焰灼烧着湖水,很快湖水变得滚烫,浓雾滚滚蒸腾。湖中的巨蛇开始拼命挣扎。这是一个好时机,岸上的阿星和念念搭箭上弓,绷弦而出,虽一箭不足以使它们毙命,却箭箭射穿了它们的身躯。那些窟窿中流出浑浊的血水,将湖面染得一片血红。

它们翻腾着巨大的身体到了岸上。然而在岸边作战,远程和近战武器搭配的猎人们占有优势,先锋官道:"这是钩蛇,攻击方式是用尾部的叉钩扫刺敌人。小心躲避!"

"龙"转而将火焰喷向岸上。

"泥巴,停下来。不要再喷了,会伤到伙伴的。停!"小白叫道。

"龙"发出红光的双眼渐渐熄灭,火焰停止了。

钩蛇虽然巨大,但上了岸后并不是猎人们的对手。穆云先锋几乎以一敌三,弯钩在他手中既如锐利的锋刃,又如灵活的飞刀,迅速切割着钩蛇巨大的身躯。索伦的剑优雅而迅速,薛荣并未用枪,但戴着指虎的他亦勇猛无比。本已坠入异兽陷阱、落入绝境的猎人迅速扭转了形势。

显然,"龙"没有选择赤召那边。

赤召见状,仰天发出有节奏的啸声。

阿星很快反应过来:"大家小心,他在叫应援!"

唯一能和"龙"抗衡的,只能是穷奇了。

索伦看着头顶的黑暗,低声道:"猎物要来了。"

一缕黄黑色的羽线显现于黑暗之中,并急速扩大为一头巨兽的轮廓，从高空俯冲而来。展翅斡旋的它几乎是"龙"的三倍大，直接振翅扇在"龙"身上。尚未发育完全的"龙"无法抗衡，一下撞在石壁上。小白摔了下去。

　　好在只是落在湖中。刚才的火焰让地下湖表面沸腾，但被巨蛇一搅，湖水并不算烫。
　　沈放想起小白不会游泳，纵身跃入水里，拎住小白的衣领后开始上浮。
　　小白突然冒出个想法——
　　让第二意识来掌控身体吧。那个意识显然更坚强果决，也更懂得如何去战斗。
　　于是他用力推开了沈放。
　　沈放焦躁地拖住小白往上踏水，而小白像秤砣一样挂在他身上，似乎有意不想上去。他讶异瞪眼去看小白，用眼神说着：白痴，你想死吗？赶紧上去啊！
　　没在水中的小白无法开口解释，又挣不过沈放。该怎样让这家伙明白自己此刻的想法？情急之下，他只好双臂紧紧摁住沈放双肩，目光切切地看着他：
　　十多年的好兄弟。一起长大的好伙伴。一起哭一起笑的好朋友。一起加入猎户座，就算仍然是菜鸟，但可以把背后放心交给对方的好战友。静下来，听听我心里的想法吧。再帮我一次，接下来的时间，换我来逞一次英雄。
　　沈放似乎察觉到了小白的意图，他开始停下踏水的动作。晃动的水光里，两人眼神无声地交流着：
　　你相信我吗？

第三章 苏醒之魂

相信。

那么不要动,就这么等着。

我不动,就这么等着。

你能撑得住吗?

我会一直撑着。

谢谢。

混蛋。

渐渐地,小白的眼神变得迷离,他感到意识正逐渐抽离,最后一瞬,他拉了拉沈放的衣角。

晕过去之前,他感到沈放正托着自己拼命往上浮。

随后,破开水面,第二意识苏醒了。

"怎么下去了那么久?"穆云先锋焦急的声音。

"太好了,能上来就没事了。"是阿星。

沈放大口喘着气。"水底下那么黑,我找了他很久啊。"他没有说出两人在水下用眼神交流的事。

白凌霄睁开眼,左手拿盾、右手握刀站起身,赤召和穷奇已站到对面。

真正的战斗要开始了。

5

赤召身上缠着的三条黄蛇以人眼几不可见的速度飞向这边,迅速锁定了目标,直指最强的穆云、索伦和薛荣。深渊中光线昏暗,但先锋官和薛荣仍侧身闪了过去,能在黑暗中看清猎物的索伦更是挥剑将黄蛇斩成两截。然而他没想到的是,变成两截的黄

零日传说Ⅱ·长夜

蛇仍然能动，转而分别缠住了离得最近的白凌霄和沈放。

白凌霄没有看到泥巴的影子，但想来它不会有什么危险，赶紧集中精力应对面前这些麻烦。黄蛇算不上威胁，只见他旋出圆盾的齿刃，齿刃切开黄蛇身体，解除了捆绑。沈放也以爪刀钩断了自己身上的那条。但当他们解决这些麻烦时，穷奇已近在咫尺。

巨翅飞虎俯冲而下，铁翅扫过地面，众人纷纷躲闪，却因脚下崎岖摔倒碰壁。

先锋官最先调整姿势，挥起弯钩将黄蛇切成若干段。"这种蛇就像蚯蚓，斩成两截是杀不死它们的，只能剁碎！"

薛荣双拳快速而急促地挥动着，只几秒就用指虎将黄蛇砸成肉泥。

出乎他们意料的是，刚才赤召呼叫应援的啸声并非只召来了穷奇。幽暗的洞穴之中，几十头各色异兽从四面八方围了过来。

异兽的数量令所有人大吃一惊，索伦微微蹙眉："都是些传说中喜欢来东方的异兽。"

"果然还是枪才靠得住。这个时候，不用枪就等着集体牺牲吧。"说着，薛荣从背包里抽出一把机枪，不客气地抱枪开始射击。但薛荣并没有直接射击赤召，而是向着异兽聚集的溶洞上方扫射，悬吊在上空的钟乳石纷纷掉落下来，那些密密麻麻聚在一起的低等级异兽出于对热兵器的本能恐惧，乱作一团，根本无心躲避从天而降的石锥，死伤无数。

赤召没想到薛荣这么凶暴，发出一阵心痛的嘶吼。他跳出隐身之处，让众异兽看到自己，使它们微微恢复了秩序。这时第一个弹夹已经打空，薛荣不得不暂停射击，单手换装弹夹。

第三章 苏醒之魂

但赤召已经抓住这个时机,一边寻着遮蔽物一边弹跳着冲了过来。阿星和念念不断射箭,奈何溶洞中石笋和钟乳石众多,只有少量射到赤召面前,也被他轻松躲过。

有了赤召以身示范,尚活着的异兽重新围了上来。

薛荣等赤召冲到面前,一挥拳打在他面颊,指虎嵌入赤召唇面,赤召疼得嗷嗷直叫,用巨大的蛮力将薛荣拎起来扔了出去。沈放和白凌霄赶紧上前补位,对赤召展开了左右夹击。

另一侧,穆云、索伦、叶乔和穷奇鏖战着。

和长着巨大羽翼的穷奇搏杀,穆云回旋弯钩的战术无法发挥效力,只能将其攥在手上,攻守兼备地找机会对它造成伤害。

穷奇狂怒地攻击着这个丢进人群根本找不到的普通男人,它知道这个人对自己造不成致命伤,但这个可恶的人类似乎对它的身体构造非常清楚,每击中一次,几乎都打在了裸露皮肤下的血管和神经上。而另外两个虽下手没这么老辣,但明显也很有战斗经验,相互配合更是默契,有几次都深入到它身下,差点将刀或剑刺进它腹部。

但穷奇并没有因此乱了阵脚,自己这方有几十头异兽,而对方只有仅仅八人——如果不算那个异兽叛徒的话。

喊,哪门子神兽?!它当时在半空中看得很清楚,摔到石壁上的那只蜥蜴滑进了地下湖,再也没敢出来。

薛荣观察了一眼战况,喊道:"白凌霄,沈放,你们去解决那些杂碎异兽,念念、阿星,你们从远程辅助。等我先解决掉这位兽爷。"

零日传说Ⅱ·长夜

"是!"

那几名少年拖住了异兽群,薛荣专心对付赤召。这个兽人不像普通异兽那样凶猛,却有着超乎寻常的战术,非常善于利用地势和自己身体特长,而近战也的确不是薛荣最擅长的,支撑到现在已有些吃力。

赤召看出薛荣颓势,加快了进攻。薛荣节节败退。赤召一掌将薛荣推出去好几米,薛荣仰面摔倒在石滩。

赤召一愣,确认这不是薛荣使诈,便四肢并用地奔下石壁。

这时,他突然发现薛荣两手从裤腰上抽出两支短枪。砰砰两声,两支枪几乎同时开火!

赤召内心冷笑,这种状态下匆忙开枪,自己又是从上向下占据主动,根本不可能射中。

但他几乎是立刻就察觉到自己上当了——其中一支枪射出来的不是子弹而是线刃。

该死!赤召脑子里跳出这个词的时候,已经感觉到脖子一冷,接着被一股极细的绳子紧紧绕了两圈。

他刚要跳开,突然背上被重重一撞,惊慌之下失去控制,直直向下飞去。

是白凌霄跳下来将他踢向了右侧石壁上的一处凸起。

自由下落的赤召突然感觉身体一滞,接着再次缓缓下滑。他挣扎着抬头向上,看到薛荣抓着绳子的另一端,并对着他举起了另一支枪。

他想咒骂,可惜已经发不出任何声音,只呕出最后一声绝望的嘶吼。

"好小子,干得不错。"薛荣夸小白。

第三章 苏醒之魂

"还没完呢!"白凌霄并未放松警惕,继续奋力与那些杂碎异兽搏斗着。

"这些嘛……这样解决掉就可以了。你让让。"薛荣说着,已重新端起了机枪,朝对面扫射。几十头异兽死的死,逃的逃,转眼四散无踪。

听到赤召绝望的吼声,穷奇攻击的脚步稍微乱了一瞬。

穆云敏锐地感觉到了穷奇行动的迟缓。很明显,它依然有着无穷的力量,但心理上已经背负了沉重的负担。这可能是唯一的机会!一旦穷奇恢复冷静,哀兵必胜,那才是大麻烦。

穆云和叶乔、索伦谁都没有注意到,之前穿破石壁的那头巨型穿山甲正悄悄从岩洞上方爬过来,准备偷袭他们三人。

"小心!"白凌霄叫道,同时掷出圆盾。圆盾砸在穿山甲背部,几乎溅出火星,同时被它背部的硬甲弹了回来。

阿星和念念朝它射出几支箭矢,有一支插进了它的腹部,却似乎并未对它造成威胁。

薛荣举枪朝它扣了几下扳机,却没有子弹了。他只好重新用回闸线枪。线缠到它的身上,薛荣只轻轻一扯,它就支撑不住身体的重量,直直掉进了地下湖中,水花四溅。

"泥巴来支援我们了!"阿星突然大喊了一声。

"你说什么?"白凌霄没明白阿星的意思。

之前那名少年和"龙"的对话穷奇听得一清二楚,"泥巴"就是他给神兽取的名字。现在听到有人喊出这个名字,它心中一凛——刚才那声巨大的水响,竟是那个叛徒破水而出的声音?

· 119 ·

零日传说 Ⅱ · 长夜

穷奇不由自主地回头。

它没有看到那条"龙"。

就在这一刻,它感到喉咙和腹部同时一凉——

它知道自己中计了。

穆云用腿抵住穷奇喉结,用弯钩割开了穷奇喉咙。索伦则将细剑直直插入穷奇心脏。叶乔将双刀一收,冲那边的阿星喊:"干得好。"

索伦直视着面前的男人:"穆先锋,你此前……真的只是位名不见经传的猎人吗?"

穆云只笑了笑,却没答话。

索伦嘴角一提:"你的身手是我见过的猎人里最熟稔、最优美,也最决绝的,而且很善于利用战机。听说你复出接任职位后,猎户座给你发了白银徽章?将你定级为白银猎人实在太保守了。"

"这些话留着任务完成后再说吧,现在,"先锋官大喊,"开始封印!"

索伦迅速打开箱子,握着多面体匣子,想了想,抛给了穆云:"最关键的一步,拜托你了。"

"多谢信任。"

他又对薛荣说:"你习惯于用枪,这把射线发射枪就交给你吧。"

"OK。"薛荣接过枪。

索伦自己拿起一个光面发射器,同时将另外四个抛给其他人。

第三章　苏醒之魂

就在要跳起来接住这玩意儿的瞬间，白凌霄感到一阵心悸。他难受地捂住胸口，直到原本的意识苏醒，心悸的感觉才停止。

恢复原本意识的小白发现，光面发射器已被站在身旁的沈放接到了手中。

所有人都拿着"次元囚笼"的部件，除了自己。

小白不满地嚷起来："给、给我一个啦！这……封印穷奇难道不是我的使命吗？不要跟我抢啊！喂！"

"小屁孩，你以为这是玩游戏？"薛荣握着枪，用他向来吊儿郎当的语气说。

这让小白更窝火了。

"这次行动是我发起的吧？是我叫你们来的吧？喂，阿星，把你的给我啦！不给？呃，念念，把你的给我！"

那两个一向最谦让的人，此刻也只是一脸糊弄的笑容，完全没有放弃手中武器的意思。

能封印四方凶兽之一，向来是猎人最高的荣耀，多少猎人都不曾拥有这样的机会。握着"次元囚笼"部件的猎人被唤醒了热血，没有人想要放弃。

小白哭丧着脸不甘心地站在一旁。

"白凌霄。"叶乔用一贯冷冷的口吻命令，"你作为机动，确保仪式顺利进行。"

只是放风吗？小白满是不甘心，却也没办法，只能气呼呼地站在一旁，看着封印开始。

山体内部。

如同地狱的深渊之中。

· 121 ·

零日传说Ⅱ·长夜

几乎遍布全球地表之下,四通八达的异兽洞穴一隅。

暂时被打倒的穷奇。

封印正在进行。

索伦、沈放、叶乔、阿星、何念念五人都向着顺时针第二个人的方向摁下发射器的开关,五面数丈高的黑色光面如屏风般升起。他们用光面将穷奇围了起来。之后,他们将光面向前推进,慢慢缩小穷奇的活动范围。

在封印凶兽的过程中,虽然用匣子封印是决定性步骤,但用光面控制它们才是最难的。战场是动态的,没有凶兽会束手就擒,如何配合默契地在恰当的地点用光面把凶兽天衣无缝地围住,才是最关键的一步。

虽然叫"光面",却是不反射任何光线的纯粹的黑色,它隔绝了众人视线。

五人终于将穷奇围了个密不通风,他们看向穆云,穆云正要摁下高维匣子的启动开关,突然传来一声穷奇的怒吼。

所有人一愣,随即看见伤口已愈合大半的穷奇开始向着黑色光面冲击。但这些光面仿佛具有着橡胶般的实体,穷奇一时竟难以突破。

拿着发射器的几人突然感受到了巨大的压力,只得死死撑住。

但所有人都看得出来,光面正在被它撕裂。

小白来气,冲着穷奇喊:"都说了确保封印顺利完成是我的责任,你给我老实一点!"他掷出手中的圆盾,如有神助一般,圆盾嗖地飞过去,深深扎入穷奇皮肤。

但这并不能阻止它疯了般横冲直撞。

第三章 苏醒之魂

众人正面面相觑，不知道该如何应对之时，空中传来一声"龙"的嘶鸣。

他们都忘了，还有那头"龙"！

除了小白，所有人都在此时提心吊胆起来——它这个时候出现，会站在哪一边？

小白却满脸堆笑。

果然，"龙"鸣叫着从上方飞入黑色光幕，然后只听穷奇一声惨叫，光幕上的压力一下子没了。接着，是一阵撕咬声，终于，一切再次安静下来。

穷奇暂时被"龙"制服了，动弹不得。

穆云下令："还愣着干什么，就是现在。"

所有人反应过来，再次各就各位，"是！"

光面重新将穷奇包围，然而"龙"也位于包围之中。先锋官没有停顿也没有犹豫，启动了小匣子，将它掷到光面空间的上方。

那里出现了一幅巨大的曲面。

手握射线枪的薛荣早已瞄准四维空间，他用左手对着穆云比了个OK的手势，右手做好了随时扣动扳机的准备。

"喂，等一等啊！你们是怎么回事，泥巴还在里面，它也是我们的伙伴啊！"

阿星和沈放有些犹豫，他们看向其他人。

叶乔和索伦一脸冷若冰霜，念念咬着嘴唇，表情有些不忍，但似乎也并没有要停下的意思。胜利总是伴随牺牲，对于这个道理，这些日子猎户座的危机让他们有了更深刻的认识。何况牺牲的只是一头异兽。

薛荣已完成自己的动作，一副不关我事的样子。

"孩子，抱歉。"穆云说，"它是异兽中最强的战兽，只是现在还没发育为完全态。当它成为完全态的那天，势必与人类为敌，与其那时无法与它抗衡，不如现在就……"男人的声音温厚而沉静，"放弃吧。至少到此为止，我承认……它是我们的朋友。"

先锋官对着薛荣点了一下头，薛荣右手食指微动，肉眼不可见的射线子弹以光速射入被激发的高维空间之中。

收束就要开始了。

小白几乎要哭出来了，这个男人知不知道自己说的话有多残忍冷酷？"你不是也承认它是我们的朋友吗？在我的概念里，没有拿朋友当枪使这一条。这是沈放，阿星，叶乔，索伦，薛荣，念念，甚至南宫教给我的道理。哪怕现在你们都忘记了自己曾教给我这个道理，但我不能忘记。"小白哭着喊出来，"绝不能对朋友见死不救，这是我的猎人守则第一条！"

说着，他一头奔进光面的包围之中。

"白凌霄，你干什么？出来！"穆云声音颤抖。

叶乔皱着眉，但她知道，现在最好不要停下来。如果让穷奇逃出，会让更多的人死去。

"小白，你搞什么鬼？"沈放叫道。

"不要管我了！"小白说。

在这个比黑暗更黑，几乎已开始扭曲的空间内部，小白将刀刺进穷奇喉咙："泥巴，你快跑出去吧，我在这儿盯着它！"

第三章　苏醒之魂

头顶上，这个扭曲的空间开始朝小匣子内折叠收缩。

"快跑啊。我没事的，还想被关进高维空间看看是什么样子呢，嘿嘿。"小白眼睛里还挂着眼泪，脸上却挂着傻笑，对他心爱的泥巴说道。

"龙"就像它还是小时候那样，亲昵地在小白的脸上蹭了蹭，发出"咕咕"的撒娇声。

"纵星有坠……"小白闭上眼睛，小声念道，但才念了一半，突然又说，"呸呸呸，进入高维空间又不一定会死，背什么誓言啊。我还会再出来的！"

"龙"静静陪在小白身旁。

"真的不走吗？好吧，到了那边，有你陪我也好，至少不会被这头穷奇欺负了。我们一起找办法出来。"

这时，响起一个熟悉的声音。

"小白，说句话！"

"欸？"

"大声点儿。"

"说什么？"

"够了，我知道你的方位了。"

两条细线穿过光面射进来，缠绕在小白身上。小白一下想起来这是谁了。

宋禾姐姐！

一股力量从线上传来，拉着他往外。

但泥巴已有半截身子没入混沌。虽然自己向外拽它，但似乎难以与这种空间吸力抗衡。

·125·

零日传说 Ⅱ · 长夜

小白突然想起什么。"对了,泥巴,快回我身体里。快!"

"龙"眨了眨眼睛,明白了小白的意思,瞬间化成光团沿着小白手指回到了他的体内,重新变回那个难看的胎记。

小白被缠在身上的线拖出去的瞬间,曲面彻底缩回那个多面体小匣子,从空中掉了下来。

穷奇被封印了。

小白捡起那个匣子,不敢置信地问:"穷奇已经在这里面了吗?"

"是的。"索伦从小白手中接过匣子,装进箱子中。

阿星和念念上来扶起小白:"你刚才吓死我们了啊。没事吧?"

小白推开了他们。"你们很过分啊。"

穆云先锋在前面,和小白面对面站着。小白看不清他的眼神,只能看见他胸前起伏着,像是情绪有些波动。但他声音仍然很沉静:"孩子,下次不要这么乱来了。"

"牺牲重要的伙伴换来的胜利,有意义吗?"小白反问。

穆云像被问住了一般,半晌才说:"让伙伴牺牲,自然有活着的人一生都去背负这个枷锁。但不让伙伴牺牲,或许会死去更多无辜的人。"

"算了,你们从来没把它当做伙伴。"

"它……呢?"阿星问。

小白想了想,没说实话:"和穷奇一起被封印到那个小匣子里了啊。"

叶乔站在一旁:"你忘记我的猎人守则了吗?第一条,不做

第三章 苏醒之魂

无谓的牺牲。"

"并没有忘。可我说了,我也有自己的猎人守则。刚才的情况下,你的第一条和我的第一条相悖了。更何况,我还没打算要牺牲呢。"

叶乔愣了一下,这个从认识以来一直对自己惧怕有加的少年是第一次这么理直气壮地顶撞自己,奇怪的是,她并未觉得被冒犯。甚至觉得自己一直坚信的那些东西,隐隐有些动摇。

她回想起第一次见这个少年的样子。他胆小怕事,总是闯祸。在训练他时,叶乔心里没少翻白眼。可为什么,自己居然会被他改变?

索伦一边收拾着箱子,一边道:"我曾以为送死是非常愚蠢的行为,不过你刚才的举动倒让我有些感动。认识你很荣幸。"

另一边,三个人静静地站着。

一个少年一脸傻笑地看着那名女子,另一个男人看那名女子的眼神则多了些心疼和温柔。

半晌,脸上脏兮兮的女人说道:"你们别看我了啦!这里用水不方便,小俩月没好好洗澡,也没镜子,更没涂什么护肤品,我知道我现在又臭又难看……但你们也不需要用这么惊讶的眼神看我吧?"

薛荣和沈放两个人移开盯着宋禾的视线,表情复杂地敌视着彼此。

其他人围了过来。

小白叫道:"宋禾姐姐,你居然没事!天啊,你居然没事!你知不知道,自从你失联后,沈放都快得抑郁症了。还能再见到你真是……"小白抹了把眼睛,"真是为沈放感到欣慰啊!"

念念和阿星都咳了一声。小白这才注意到薛荣的目光,赶紧住了嘴。

"我也想早点出去啊,"宋禾见此情景,笑道,"可异兽这地下巢穴路线和地形都太复杂了。与其打不着方向胡乱地越走越深,不如等待时机。"

"上次在猎户座营地出事的地方离这儿很远吧?你怎么到这里的?"

"当时我的队员全军覆没,我被异兽引入洞穴深处就迷路了,智能通信器被异兽吐出的酸液腐蚀了,完全没法使用……"

"那你的手……"薛荣和沈放异口同声,然后继续敌视。

"幸好当时我身边有水,赶紧清洗了,虽然受了伤,还不至于残疾,现在已经基本可以活动了。"宋禾挥了挥仍包着纱布的手腕,"我可是靠着强大的生存技能活下来的啊!我想着是在地下,应该往上走,总能回到地面,没想到毫无头绪。最后还是跟踪了异兽,才找到这附近的。对了,这是哪儿?"

"这在一座山里面,这个地方,"小白看了看智能手表,"海拔是负35米。"

"那其实离地面不远了吧?"

小白摇摇头:"上面是一座山,从这儿得再往上走几千米才能出去。"

"怪不得!"宋禾恍然大悟,"我也觉得往上走了很远,怎么也该回到地面了,不知为什么就是到不了,还以为是感觉出了错。原来它们的洞穴竟能通到山体内部?哼,真是不能小看它们。"

第三章　苏醒之魂

"在地下这么久,很辛苦吧?"何念念上前,稍微给她检查了一下关节、皮肤。

"还好我命大,发现一个废弃的矿坑,在里面找到一些照明设备和工具,甚至发现了医疗箱。我还找到了地下河,解决了喝水的问题。不过这一个月来,天天从地下河里抓鱼焖了吃,腻死我了。出去以后这辈子都不想吃鱼了。

"对了,我给你们说啊,今天差点又错过你们。我本来是朝另一个方向探索的,结果后来发现异兽疯了一样逃窜,很多还带着伤。我悄悄返回来,才找到你们的……

"好了好了,你们看我一个月没说话都憋成什么样了。我们先出去吧。对了我给你们说啊……"

第四章 铜与铁

1

奥地利，兰彻斯特公爵府。

管家奥斯汀敲了敲书房的门。

公爵道："进来。"

奥斯汀走进去，站到公爵面前，报告道："少爷拿了'次元囚笼'去中国参与的穷奇封印任务已达成。"

"果然不出我所料。"

"少爷身手敏捷，向来不会让您失望。"

"我并不是对他的身手有信心。我是对那个穆云有信心。"

"您的眼光一向很准。"

"上次虽然只是解决几只鼠人，我已发现他的身手绝非常人可比，这次封印穷奇的行动竟能顺利完成，更验证了我的想法。

第四章 铜与铁

中国有个成语叫'能者多劳',就让他多出些力,打乱一下异兽进攻的节奏,我好推进我的计划。"公爵脸上浮出深沉的笑容,"明天执行一次新的狩猎,都准备好了吧?"

"准备好了。"

这次狩猎依然由兰彻斯特公爵亲自出手。

绵延的山脉覆盖了积雪。他脱下羊绒披风,递到身后的奥斯汀管家手中,露出一身墨蓝色军装制服,和油亮的黑色军靴。一枚赤金徽章别在他的制服左襟,无言地诉说着主人的赫赫战功及荣耀。尽管这些年他从未停止和异兽的搏杀,但总归年纪大了,连肚子也恼人地鼓出一团。原本合体的制服,腹部那三颗扣子变得紧紧绷在扣眼里,看上去有点勉强。

制服是今年新做的。他呵斥了让他重新量尺码的裁缝,让裁缝还是照以往的尺码做。那个尺码从他三十五岁起就没变过了,他不想承认自己的形体正在一天天走下坡路。

其实何止是形体呢,一切都是。

除了经验和智慧。

尤其是现在,他觉得自己从未如此清醒、明确过。

在他对面,是一头三头犬刻耳柏洛斯,三头犬身披黑毛,背脊上几条暗红色的长鬣如隐隐燃烧的火焰。它弓起背,露出尖利的獠牙,喉咙里发出咯咯声,眼瞳警觉地定在眼眶里,直勾勾瞪着五米外的那个男人。

四五十岁的男人很难对付,它知道。他们的体能虽然不如二三十岁的青年,但经验完全可以弥补上体能的短板。何况,他们还远远未到"老去"的程度。

零日传说 Ⅱ·长夜

公爵左手理了理腹部那几枚紧绷的纽扣，右手轻提着自己的佩剑。

其实，今天这种任务由普通猎人出战就可以了。但他跟那名接下任务的银猎打了招呼，自己替他赶了过来。

他要做一件从未有人做过的事。

三头犬后腿一蹬，弹射出七八米，接着几乎是快得看不清地再一蹬，便已直直扑向公爵。

它中间那颗头的嘴已经张到最大，獠牙上挂着涎水。

它高高举起前爪，眼看就要一爪扑杀下来。

以往这个时候，公爵早一剑挑破它喉咙了。

但这一次，公爵甚至都没有挥剑出击。他猛地卧向地面，却半途灵巧地翻身朝上，剑尖轻点向三头犬的腹部。

三头犬本也是佯攻，真正冲公爵咬去的是左右两颗头颅，可公爵的动作完全超出它意料，匆忙间前爪已着地，肚皮上多了几道并不致命却很屈辱的血口子。

它逃不回异界了。

三头犬似乎也明白了公爵的意图，对着公爵的三颗头齐齐低声喘息。

突然，它再一次发起助跑，一跃而起。

"小心！"远远站在一旁的奥斯汀管家焦急地叫道。他并不是担心公爵的实力，但现在公爵明显是在冒险，虽不至于有性命之危，可即便只是轻伤，自己也难辞其咎。

"不错，挺活跃的。"公爵脸上露出一丝满意的微笑，这微笑甚至有些邪恶。

第四章　铜与铁

三头犬似乎毫无经验般完全不再防守,但从每一口每一爪看都是杀招却又十分老到。然而这种搏命在赤金猎人面前并没有任何意义。公爵手握长剑,挥舞起来如臂使指,一番黑影寒光,几乎是单方面压倒性的优势。

三头犬的速度渐渐慢下来。它全身布满血珠,每一寸肌肤都火辣辣地燃烧着,却没有一处致命伤。赤金猎人对力道的精准掌控让它愤怒,更多的是恐惧。

它知道自己可能将面临比死亡更可怕的结局,它既逃不回异界,也逃不出长剑舞出的无形牢笼。它的三只头颅开始变成沉重的负担,几乎无力撕咬,只是在大口喘息着,每一次呼吸都像是在吞吐火炭。

然而公爵并没有因为轻松而放松精神,他仔细地听着三头犬的喘息。够了,再这样下去会伤害心肺功能的。他心想道,右臂随即轻轻一振,剑锋一下压住三头犬右前腿。

三头犬右腿一软,整个瘫了下去。它挣扎了几下,却连头颅也无法抬起。

它只听到"抓起来"三个字,便昏了过去。

远处的盘山路上,一辆福特箱式货车摇摇晃晃地行驶着。奥斯汀迅速将这头地狱犬的三张嘴戴上铁制的嘴套,又锁上了它的四爪。他将巨犬拖进一副带滚轮的铁笼里,用一张大塑料布将笼子罩住。完成这一切后,他向公爵点头示意。

奥斯汀推着笼子,公爵走在旁边。公路并未通往这处人迹罕至的山腰。要到他们泊车的地方,还得走上一阵。

山道湿滑狭窄,奥斯汀小心地跟在公爵身后,想了想,还是

・133・

零日传说Ⅱ·长夜

开口道:"公爵阁下,加上之前的两头,这是您捕捉的第三头异兽了……"

"我让你找的驯兽师,有合适的人选了吗?"

奥斯汀说:"有了,是个马赛人,名字叫布鲁。"

"噢?猎狮族?"公爵抬了抬眉角。马赛人是草原之王狮子最怕的敌人,传说马赛男人的成年礼便是猎杀狮子。在广袤的非洲草原上,再厉害的狮子闻到马赛人的味道,也会一溜烟跑掉。

"不一样。这人小时候和狮群一起长大,成年后才被带回人类社会。没有家人,现在在一家野生动物园当饲养员兼警卫。"

"把这个人找来。"

2

风吹过树城,吹过这座内陆城市东郊的树城大学,卷起地上为数不多的几片枯叶。

十二月,正是一年里最冷的时候。南方没有暖气,只有瑟瑟寒风。校园里的梧桐和银杏都掉光了叶子,枝丫在阴白的天空下仿如秃刺,一派萧瑟。

而宋禾平安无事,沈放整个人完全满血复活了。

他每天都跟打了鸡血似的,不是约小白打篮球就是去操场夜跑。

每次运动时,总有些女生在一旁围观。

沈放行云流水地耍着帅。中学毕业后没有严苛的校规了,不用再留千篇一律的寸头。沈放头发渐长,打篮球时,随着他轻盈地跃起,头发便在风中扬起,篮球也随之投进篮筐。

第四章 铜与铁

小白吐槽:"别耍帅了,宋禾姐姐又不在。再说那些女生又不全是来看你的,现在我也有粉丝啊。"

"有喜欢的人了吗?"

不知为什么,听到沈放这么问时,脑海里竟闪过叶乔冷冰冰的样子。而一想到封印穷奇那天,叶乔面对同伴有可能的牺牲,那决绝又冷漠的模样,小白有些生气。他赶紧摆手,"没、没有!"说完他才意识到,自己很长时间没有去看过蒲苇的朋友圈了。大概真的完全不喜欢那个人了。高中三年的青春啊!

"干吗那么紧张?我听说外语学院的王梓在追你哦。"

小白陷入伤感:"你没有这种感觉吗?现在跟他们就像隔着什么东西,不在一个世界了。"

"是啊。"沈放叹了口气,"我们离普通的生活越来越远了。"

"这么久了,也没有南宫的消息。"小白喃喃道。

"问了阿星,说南宫再也没回学校上过课了。"

"另外有件事,虽然你应该感觉到了,但我还是想提醒下你。"

"说吧。"

"你难道没觉得,宋禾姐姐跟薛老大是一对?"

"就算是又怎样。"沈放满不在乎地说着,同时绕过了小白的防守,一个三步上篮,篮球在篮筐上旋转了几圈,最后从筐里坠下,"得分!换你进攻。"沈放把球扔给小白。

"喜欢的人有男朋友了,不会失落吗?"

"这就是我和你最大的不同啊。喜欢一个人,只要她幸福就可以了。我不会失落也不会放弃喜欢的感情,反正我还年轻嘛,还有很多时间可以慢慢喜欢。要说有什么非做不可的事,大概就

· 135 ·

零日传说 II · 长夜

是想要变得再强一点。"

"白痴,不要突然这么肉麻啊。"

这个周末,小白再也不想陪沈放去耍帅了。最近没有任务,难得清闲,他像一摊泥一样瘫在宿舍的床上,裹着被子,睡得昏天暗地。

同样裹成熊一样瘫在床上的还有室友周南和应飞。王力杨起床了,在下面戴着耳机打游戏。

宿舍响起敲门声。也不知敲了多久,几乎变成砸门了,一向一睡着就不省人事的小白这才从梦中惊醒。他支起身子,看到在下面玩游戏的王力杨,冒起一股起床气:"去开一下门啦!"

王力杨这才取下耳机,转过脸迷茫地问:"啥?"

床上,三个裹成蚕蛹的男生从被子里露出还没睡醒的脸,冲他喊:"去!开!门!"

"噢,马上。"王力杨在游戏中完成了一个漂亮的三杀操作后,才冲门外喊:"来了来了。"

打开门,是隔壁宿舍的一个同学。

"白凌霄在吗?"

"找你的。"王力杨冲小白的床铺喊,随即一屁股蹲坐到电脑前,接着刚才继续游戏。

小白应道:"在在在。什么事?"

"刚才下楼买包子,遇到有个人说找你,让你下去一趟。"

"谁?"

"不认识。"

"男的女的?"

第四章 铜与铁

"男的。"

小白翻了个白眼,重新躺回床上:"不见。"

"他让我把这个给你。"那个同学把一个亮闪闪的东西扔到小白床上,"话我带到了,你自己看着办哈。"话说完,他瞥见王力杨电脑屏,热情地凑过去,"杨哥,还玩撸啊撸?现在都玩王者荣耀了,手机上玩方便。"

"那个操作太低端了,没劲。"

"那是对你这样的高手而言嘛。先别玩撸啊撸了,来王者带我升段位啊。"

"那你等我把这局打完。"

"成嘞。杨哥带我飞!"

小白在床单上摸起隔壁同学带来的那枚亮闪闪的东西——

一把钥匙。

奇怪。

他想了想,抓起手机给沈放打了过去:"你搞什么鬼啊,有事找我打电话不就行了吗?干吗神神秘秘地让同学传话,还给我一把钥匙?"

宽阔的荒草场,风掠过枯草,发出碎裂的声音。

沈放停下脚步站在草间,将有些过长的额发拨到脑后扎了个髻。风吹过枯草,吹在他俊朗的脸上,扬起一些散下来的发丝。他从背包里拿出武器,准备开始练习刀法。

成为猎人以来,只要不出任务,他每天都要坚持两个小时以上的练习,从未间断过。

自己得比别的猎人更努力。现在打了鸡血,他更是如此。

零日传说Ⅱ·长夜

这时,他的手机响了。

一接起小白的电话,劈头盖脸就是那么一句,让他莫名其妙:"我才没工夫找你呢,什么钥匙?"

"咦,不是你?"

"你个白痴还在睡懒觉吧?这么搞不清状况……"

"要你管。"

"哼,你等着看吧。不加紧练习,小心以后执行任务时拖我后腿啊!"

"我拖你后腿?别搞笑了,"小白用被子捂住头,小声嘀咕,"本大爷可是堂堂猎师四脉林修家的传人。"

沈放眼里闪过一丝阴翳,刚才还不正经地跟小白斗着嘴的声调突然冷了:"喊,那有什么了不起的。"

"开个玩笑嘛。"本来想问问沈放怎么回事,最后还是没问出口,只再确认了一下,"刚才找我的真不是你?"

"不是。我要开始训练了,没什么事我挂了。"

"哦。"

沈放将手机塞进背包内袋,然后将背包随手扔到一旁。背包落下,歪歪倒倒。

刀起,草扬。

挂了电话,白凌霄觉得有必要下楼去见见那个神秘人。

会是谁呢?薛老大?穆云大叔?这把钥匙和他们要安排的新任务有关吗?为什么不是叶乔来安排任务呢?

带着满心的疑惑,小白挣扎着从被窝里钻了出来,穿好衣服,抓着那把钥匙下了楼。

· 138 ·

第四章 铜与铁

风呼呼刮着。现在快十点了,大家不是待在宿舍就是在自习室,楼下几乎没什么人。小白环顾四周,没发现任何一个熟悉的身影。

是恶作剧?被人整了?

他有些懊恼,再次扫视四周,确定没有熟人后,转身就往宿舍楼走。中学时,那种老被人恶作剧的不好的回忆又涌上心头。

"真过分……"刚要抱怨,停在宿舍楼下角落里的一台摩托车出现在小白的视线里。

他心中一震。那是一台黑白相间的超级公爵摩托车,他认得的。

有个家伙,第一次见面时骑的就是它,让他羡慕又嫉妒了好久。

他下意识地选中一个方向,拔腿追去。追什么呢?大概是期望那个人还未走远吧。他狂奔着出了宿舍区大门,在远处转弯的街角,那个身影一闪而过。

真的是南宫。

"南宫,等等!"小白大叫,同时更发力地追上前去。然而等他到了那个街角,已经再看不到南宫的身影了。

前方是一个十字路口,没什么行人,偶尔驶过一辆车。小白对着那里喊:"别走,我还有很多事要问你啊!"

无人回应。

南宫的身影像蒸发掉的一滴水,再也看不到了。

小白捏紧手心的那枚钥匙,嘀咕着搞什么鬼,慢慢走在返回宿舍的路上。

宿舍楼下,那台超级公爵静静停着,像一头静伏着的野兽。

零日传说 Ⅱ·长夜

果然是南宫那家伙的坐骑。

小白想起和他第一次见面时,他还是个害羞的怪小子,有着与面容不相称的蛮力,骑着这种极具狂野之美的机车。当时还想这小子好怪啊,但知道了他的兽人身份后,一切便都说得通了。

南宫体内果然还是流着兽类的血,总喜欢这些野性玩意儿。

小白摇了摇头,将钥匙插入锁孔,迈腿跨上座位。心跳加速,他的血沸腾起来。

吸了口气,小白摁下启动钮,发动了车子。

胯下传来突突的抖动和隆隆的轰鸣,舍管阿姨在后面喊:"那个同学,学校里不许骑摩托车!"

小白回头抱歉地一笑:"阿姨对不起啦,我这就把它骑走……"然后一踩油门,离弦而去。

速度让人感到刺激的痛快。刚飙出去时还有点害怕,等平稳行驶了,小白浑身的每一个细胞都兴奋起来。

出了校园,他便围着学校的建筑向一个方向绕过去。风像刀子一样刮在脸上。还记得自己第一次见到南宫的车子时,表现得大惊小怪。南宫曾说有机会出来一起骑,结果后来一直没能一起骑车玩过。那小子还记得当时说过的话吗?

小白很快到了学校背面的荒草地。听说这片地被一家什么科技公司买了,打算修建一个研发中心,结果因为资金问题一直没动工,就闲置到现在。这里一直是沈放的秘密训练场所,小白偶尔也来。

正在练习刀法的沈放听到机车的轰鸣声,转头看去。

小白将车停下,一边走向沈放一边说:"跟你说,南宫刚才

第四章 铜与铁

来过了。"

"南宫?"沈放惊讶地看了看小白身后,"他人呢?"

"没见到。他把这台摩托停在楼下,让人把钥匙捎给我,自己先走了。"

"他那个人嘛,从一开始就很奇怪。"沈放席地坐下。

"是啊,既然都来了,为什么不跟我们见一见呢?搞不懂他在想什么。"小白坐到沈放身旁。

"谁知道。"

小白这才发现沈放脸上有些细碎的伤口:"喂,你怎么回事,脸在流血。"

沈放抹了一把,满不在乎地说:"可能是训练时被这些草割到了吧。"

"大哥,你是来训练的还是来自残的?"

"一点小伤,没关系。"沈放说着,一跃而起,身子腾空旋转了两圈,同时双手扬起爪刀,无数枯草被切割成碎片,在空中纷纷扬扬。

"喂,只有我在场,就不用耍帅了吧?"小白吐槽。

沈放没怼回去,只是默默叹息了一声。不知为什么,他看起来有些低落。

这时,他们同时收到了通信器传来的信息:

"下周六上午十点,树城广场见。不必带武器。——叶乔"

3

总是阴天的树城难得出了太阳。阳光透过薄雾洒下来,让人

零日传说Ⅱ·长夜

感到像离开了阴仄的牢笼。

一行人聚在树城广场，叶乔、薛荣、宋禾、何念念、阿星、连穆云大叔也在。小白和沈放见到阿星，立刻扎在了一起。他们仨好一阵子没碰面了，有说不完的话。人到齐后，小白他们上了叶乔的 FJ 酷路泽，其他人则上了薛荣的破面包车，往出城的路开去。

"大姐头，要带我们去哪儿？"挤在后座的沈放问。

"去机场。"

"机场？要去很远的地方执行任务吗？干吗不早说，我一点准备都没有。"被夹在中间的小白大喊。

"不必准备。只待一晚，明天就回来。"

"所以到底是去哪儿？拜托，大姐头，能不能不要每次都给我们惊吓？"沈放追问。

"哦，也不是不能告诉你们。是去上海。"

"哈？上海？"阿星和沈放同时惊讶道。

小白却只感到心中一沉。

一听到这座城市的名字，他脑海深处的某根神经便立刻被电到了一样，生出一阵不是滋味的感觉。但到底是怎么了呢？好像忘了什么重要的事，却一时想不起来是哪件事。

"是有任务吧？为什么又不让带武器呢？"阿星问。

"只是一次普通出行。现在地下不太平，还没彻底摸清'深渊闪电'隧道的损毁程度，在检修完成前，非必要情况就不靠它出行了。这次是坐民航航班，当然不能带武器。而且我们这次不去人烟稀少的地方，不大会遇到异兽；就算有，也有当地猎人处理。"

第四章 铜与铁

叶乔居然一口气说了这么长一串话！挤在后排的三人面面相觑：大姐头似乎心情不错。

"所以到底是去上海干吗呢？"

"就当是……"叶乔想了想，嘴角浮起一抹轻笑，"团队旅游吧。"

"猎户座还有团队旅游这种项目？"

"对啊。"叶乔一个急转拐进小路，"不可以吗？"

沈放一头撞上车门："大姐头，你开车慢点啊！"

"可是还有一小时飞机就要起飞了。"

"喂！！！"

终于在起飞四十分钟前赶到了机场，走快速通道，几个人被叶乔赶鸭子一样推上了机舱。还好赶上了，大家一边系安全带一边松了口气。

飞机在跑道上加速滑行，随后慢慢升空，在云层之上航行。成为猎人前连远门都没出过的小白居然是第一次坐飞机。他把额头贴在舷窗上，看着窗外变幻的云。

上海。他在心底默念着这座城市的名字。为什么一听到这个城市的名字，就觉得心底有一些刺痛？到底是忘了什么事呢？

突然，一个女孩子的面容从脑海中闪过，一串声音随之涌了出来：

"小白，帮我买奶茶嘛。"

"小白，后天是我生日，你也来玩哟！"

"小白，作业借我抄一下。"

"小白，帮我拎会儿这个袋子。"

零日传说Ⅱ·长夜

……

这些声音最后层层相叠，和脑海里那个挥之不去的笑容重合在一起。

好像心脏被枪直接击中一般，白凌霄一下子钉在了椅背上。

对啊，怎么会差点忘记她了呢？那个喜欢了整个高中的人，此时此刻就在上海读大学啊。

这次去上海，会遇到她吗？如果遇到了，要说什么呢？

一想到这些，小白开始紧张，手心也沁出了汗。

下午两点半，飞机降落。停稳后，一行人排在其他旅客的队伍中出了舱门，穿过栈桥，朝机场到达口走。

终于来得及好好参观一下机场了。小白透过机场大厅的落地窗，看到好多飞机停在外面。他兴奋地招呼同伴："喂，沈放、阿星，不来跟飞机拍个合照吗？"

"不要。"沈放干脆地回答。

阿星一脸无奈地笑。

"喊，不拍拉倒。"小白念叨着，将手机调成前置摄像头，努力伸长胳膊，把自己和身后的机群框在镜头中，傻乎乎地比出胜利的手势自拍。

"又不是战斗机，客机有什么好拍的？快走啦。"沈放喊。

"别急，等会儿，再拍一张就……"

还没等叶乔发作，薛荣已经走到了小白身边，一把钳住他的肩将他拖走了："臭小子，别跟个没见过世面的幼稚鬼一样。出门在外，别给咱们丢脸。"

"放开我啦！"小白掰开薛荣的手臂，"啧，你还挺有集体荣

第四章　铜与铁

誉感的嘛？不过又没人知道我们是谁，普通人都不知道有……猎户……"小白降下声调看了看左右，"我们看起来，不就像个旅行团吗？旅客拍个照怎么啦……"还要继续抱怨的小白一瞥眼，不经意看到了叶乔投向自己的目光，只得赶紧闭了嘴。那个目光带着怜悯，仿佛在看一个智障。他脸颊有些发红，赶紧将手机揣进裤兜，疾步跟上了走在前面的人。

　　因为没带什么行李，大家都没办托运，一行人成为这一趟航班里最先走出去的乘客。今天不知有哪个明星要来，接机的粉丝举着横幅，像丧尸一样黑压压地站在出口处，饥渴地扫视着每一个从到达口走出来的人。小白看这阵仗，吓得缩着脖子躲在后面。

　　一名矫健的中年男子费力地推开粉丝大军，迎上走在最前面的穆云先锋官，伸出了手："穆先生，辛苦了。"他看了看跟在穆云身后的年轻人，自我介绍道："叶明诚，是来接你们的，跟我走吧。"

　　小白像看到救星一样，恨不能扑上去抱住大腿。

　　穆云伸手和那人用力一握，看上去正式得有些生分："有劳叶先生了。"

　　小白一直盯着这位叶明诚看。他星目剑眉、棱角分明，羊毛衫外套着一件长款的驼色呢子大衣，虽然不再年轻，但看上去不怒而威。无论他说话的语气神态如何谦逊低调，都仍散发着无法阻挡的傲气和疏离感，这让小白有些不舒服。小白突然注意到，他呢子大衣下的外套前襟上，别着一枚银色徽章。小白撇了撇嘴，什么嘛，原来只是个银猎，这不跟索伦、宋禾姐姐还有穆大叔一个等级吗？有什么好跩的。

零日传说 Ⅱ · 长夜

两人结束寒暄后，跟在穆云身后的叶乔突然朝这位叶先生叫道："父亲。"

父父父父……亲？

小白、沈放、阿星惊讶地张大了嘴。小白看了看穆大叔，他倒是毫不吃惊的样子，显然早就知道了这层关系，这么看来，他应当跟这位叶先生认识。可是，既然是认识的人，干吗还要这么正式地自我介绍和客套呢？

搞不懂。

更搞不懂的是，叶明诚见到叶乔后，脸上丝毫未流露出温柔的表情，只是不动声色地点了下头便不再看叶乔，再次转向穆云道："车子停得有些远，要麻烦你们跟我多走几步，抱歉。"

这人虽然说话很客气，但语气冷冰冰的。小白悄悄跟沈放和阿星吐槽："啧啧，我终于知道叶乔为什么总是一副谁都欠她钱的表情了，原来是家族遗传。"

阿星推了下眼镜："某种程度上说，她比她父亲要好一些……"

像是听到了他们的讨论，叶明诚回过头朝这边看了一眼，小白对上他的眼神，感觉这个人的眼神如鹰隼般锐利，仿若能洞穿一切。之前还对他银猎的等级满不在乎的小白，被一股强大的气势压倒，赶紧不再说话。

穆云先锋官比叶明诚矮半个头，身形也不如叶明诚魁梧，两个人走在一起一对比，穆大叔看上去倒像个普普通通的中年男人。同样是银猎，两个人的实力差多少？在上次封印穷奇的行动里，穆大叔的表现显然要比同是银猎的索伦厉害得多。这位叶先生会比穆大叔更厉害吗？猎人只分四个等级，似乎同样等级的猎

第四章 铜与铁

人在能力上却会有不小的差异。话说回来,至今仍没亲眼见到过赤金猎人战斗呢……

小白兀自胡思乱想着。那边,像是为了打破沉默,穆大叔客套道:"叶先生怎么亲自来接我们?叫个年轻人来就可以了嘛。"

叶明诚摆了摆手:"无妨。"

本以为他的话很少,但他只停了一下,便反问穆云:"穆先生,你先别说我了,倒是你,好像也是对这群孩子的事很上心啊,这么忙,还非要跟他们一起来。"

"他们都是好苗子啊。"穆云似是而非地回答。

"当然。"叶明诚点点头,"前阵子你带着一群新人干的那件大事,在所有人中引起了不小轰动啊。"

公共场所不便提及猎户座和屠兽的事,不过小白知道,叶明诚指的前阵子穆云带他们去封印穷奇那件事。

穆云自嘲地笑了两声:"哪里全是新人了,有你女儿叶乔,还有索伦公子和薛荣的帮助。"

叶明诚也附和着笑了笑,笑声听起来却别有深意。他不再继续这个话题,从呢子大衣的口袋里掏出车钥匙摁下,一台停在不远处的商务车响了两声回应。"刚好九座,我来开,你们上车休息一会儿。到饭店大概需要四十分钟。"

叶明诚拉开副驾驶的门,请穆云上车。穆云摆了摆手:"让叶乔坐吧,你们父女常年分开执行任务,难得碰面。"说罢,他推开后面的车门,坐到了第二排的座位上。

薛荣坐在穆云旁边,宋禾跟何念念坐第三排。"挤后座三人组"照例挤在最后一排的座椅上。

零日传说 Ⅱ · 长夜

行驶出机场停车坪，车子很快上了高速。小白看着车窗外掠过的高楼，有点担心，却又有点期待着偶遇蒲苇——这个名字似乎都已经有点陌生了。可是冷静之后，他很快就意识到自己这个想法太过天真。就算在树城，也没那么容易与一个特定的人偶遇，更何况是在大上海。

沈放浅浅地戳了一下坐他前面的宋禾肩头，柔声问："宋禾姐姐，你知道我们这次是去做什么吗？"

小白这时赶紧补刀："喂，我记得你之前问叶乔时可没这么温柔……"

沈放偷偷用脚后跟狠狠去踩小白，脸上倒是保持着绅士的微笑，等着宋禾回答。宋禾转过身，仿佛没有听到小白的话一般，安慰道："小放，别管那么多了，就当是出来放个风，好好玩吧。我听说这次准备的酒店很不错的，能眺望黄浦江的江景……"

小白一听，来了兴致："是吗是吗？今天晚上我们能住高档酒店吗？"

"对啊。"宋禾看着小白的样子，噗嗤笑出声，"小放，你的这个朋友真好玩。"

"他哪里好玩？只是没见过大场面而已。"沈放撇撇嘴。

"干吗这样说我！"小白一巴掌扇在沈放背上。

"小声点儿，没见老爹在睡觉？他前几天一直在外面追踪异兽，这次是为了你们，才在昨天连夜赶回来的。"坐在前面的薛荣突然转过头来，正色嘱咐道，之后又对宋禾说，"你前几天也很辛苦，睡会儿吧，别老跟那几个小屁孩聊天了。"

小白和阿星对视一眼，两人都一副"你懂的"的表情。薛荣不希望宋禾老跟沈放说话，想不到薛老大也是个很别扭的人嘛。

第四章　铜与铁

"啊，行。那我休息会儿，小放你们自己玩啊。"宋禾将椅背往后放了一些，脱了大衣盖在身上，蜷在座位上闭起眼睛。

沈放撑着下巴，茫然地看着车窗外掠过的高架护栏，不知在想些什么。

叶乔父女也一直没话，一时间车厢里安静下来。小白想说点什么，但很快也陷入了自己的思绪。真的只是出来玩吗？一定不会这么简单。但看大家的表情，似乎也不是什么危急的事。所以，来上海到底是要做什么呢？

汽车驶下跨江高架，又沿江往北行驶了几分钟，随后在一幢绿色的尖顶洋楼前停了下来。和隔江相望的东方明珠、金茂大厦等几幢现代摩天大楼相比，这幢洋楼并不高。然而它斑驳的花岗岩墙体及拱门设计，无不彰显出一股古典、庄严的格调。

叶乔从副驾驶位上下来，推开后面的车门，让大家陆续下车。穆云看着饭店大门，像是自言自语："果然翻修过了。"

"大叔，你之前来过吗？"小白好奇地问。

穆云"唔"了一声，既没肯定也没否认。

小白仰起头，看到了"和平饭店"几个烫金字，倒也不大，中规中矩立在门厅屋檐上。在迎宾邀请的手势下，一行人穿过旋转门，进了内厅。门廊地面由铮亮的乳白色大理石铺就，廊顶是古铜镂花吊灯，吊顶及墙面随处可见文艺复兴风格的雕饰、彩玻。

"果真是高档酒店，比我想象的还豪华。"小白压低了声音跟沈放和阿星感慨。在这种地方，他突然觉得浑身不自在起来，连走路也变得拘谨了。平时大咧咧地迈步，现在只能昂首挺胸，强

零日传说Ⅱ·长夜

撑气场地小步前进。

"这就是和平饭店,很有名的。"沈放道,"有一百多年历史了,很多社会名流都在这里入住过。"

"你怎么知道?"

"呃,我爸妈不是经常出差吗,记得听他们提起过。"

小白啧啧赞叹:"看来猎户座还挺舍得下血本啊。"

来到前台,叶乔报上一行人名字后,很快领取了房卡。预订的都是双床间,叶明诚接过一套房卡,主动将同一房间的另一张递给穆云:"先锋官,他们都是年轻人,难免贪玩,不介意咱们两个无趣的中年人住一间吧?"

穆云接过房卡:"当然不介意。"

叶乔跟何念念同住,宋禾单出来了,不过这次还有其他猎人住在这里,正好有她的朋友,她们住在一起。叶乔将剩下的唯一一个房间的两张房卡递出去,对小白、沈放、阿星、薛荣说:"只剩一间房了,你们四个就挤一挤吧?"

"哈?"刚才还沉浸在一种尊贵的幸福感里的小白,感到自己瞬间又被打回了平民的原形。

叶乔没理会他的诧异,补充道:"我听说这家店的单人床也很大的,睡两个成年人没问题。"

小白很想说"不要",但还没说出口,叶乔已经将房卡朝他们扔来,"就这么决定了。"小白只得本能地伸手去接。薛荣接住了另一张房卡,勾住小白脖子,"得了,总比出任务时在野外睡帐篷好吧?"

"那是……那是出任务,但这回不说是团队旅游吗?反正都

· 150 ·

第四章　铜与铁

那么大方让我们住高档的酒店了，多开一间房又不会死。"

"你该不会真以为我们是来旅游的吧?"叶乔反问。

"明明是你自己不告诉我们来干什么……"小白小声嘀咕。

"反正也没多余的房间了，就这样。"叶乔斩钉截铁道，"先回房间收拾休息一下。"她抬起手腕，看了一眼通信器上显示的时间，"现在是四点三十。六点钟，准时回这里集合。"

小白他们找到了自己的房间。进屋后，其他人马上就要往柔软的大床上倒，小白赶紧拦住他们："喂，等一下! 先别弄乱被子，等我拍张照片。沈放，这家酒店真的很牛逼、很有名吗?"

"你想干什么?"

小白的脸上涨红了一阵，他没有回答，只是说："就是拍张照片纪念而已。"

房间是欧式装潢，地毯和壁纸都很典雅，小白将这一切框在手机镜头里，摁下了拍摄键。为什么要这么做呢? 他也说不清楚。只是想要……对，想要吸引她的注意罢了。

"你拍好了吗? 我们能休息了吗?"薛荣问。

"好了好了，你们请。"

其他几个人赶紧找地方横七竖八地躺了下来，阿星扑在床头的枕头上，一脸沉溺："啊，好软……"

"薛老大，你该不会也卖关子，不告诉我们这次来到底有什么事吧?"沈放问。

薛荣侧躺在床上，用手支着头，看了沈放一会儿，脸上的表情有些复杂。随后他干脆平躺了下去："反正待会儿你们就知道了，是好事，但也不必太放在心上。好好玩吧。"

零日传说Ⅱ·长夜

小白现在并不是很关心猎户座让他们来这里的理由,也并不急于知道待会儿有什么事。他跟其他几人打了声招呼,便自己出了门。

他想多拍几张酒店的照片。

小白在迷宫般的建筑里穿梭。壁画,玻璃的圆穹顶,露台,以及能眺望到的黄浦江对岸的陆家嘴。他小心翼翼地取景,把这些显得很高端的细节拍了下来。

之后,他挑了九张照片,包括之前拍下的飞机,发到了朋友圈。

他编了个由头:

"实习的公司组织出差,到上海了。住和平饭店,感觉很棒。"后面配了几个大笑的表情。

他并不是要炫耀,因此这条朋友圈屏蔽了所有人,只给那一个人看见。那个人,一定会对这种场所感兴趣吧?

小白说不清自己为什么要这样做。他很心虚,心脏怦怦地乱跳。

不是已经不喜欢蒲苇了吗?但又像想证明什么似的,既然不能让她知道自己是勇猛的屠兽猎手,那至少让她知道,自己并不是那种一无是处的衰小子吧。

做完这一切,他像完成了一项重要任务般,舒了口气。但很快他发现自己的心情变得更紧张了,他几乎舍不得将手机调成待机,而是一直开着微信,不停刷新着。

蒲苇什么时候能看见呢?她会回复吗?回复的话会说什么呢?

小白捏着手机回了房间,那几个人都呼呼睡着了。他坐到沙

第四章　铜与铁

发上去,一边给手机充电,一边继续盯着手机。

但是,蒲苇一直没有回应。

时间显示是下午五点五十,小白揉了揉脸,终于依依不舍地将手机揣回裤兜,叫醒其他人:"别睡啦别睡啦,该去楼下集合了。"

几个人收拾好,朝大堂走去。

大堂里只有叶乔跟何念念,叶乔见小白他们来了,招呼道:"走吧,我们去宴会厅。"

"不等其他人了?"

"穆先锋和我父亲先去了,宋禾找她朋友去了,我负责带你们。跟我走吧。"

"原来大老远跑来上海,就是为了参加宴会?"

"可以这么说。"

小白又掏出手机看了一眼,朋友圈仍旧没有新提醒。他悻悻地跟着大家搭直梯到了楼上,出了电梯门,发现这层楼并没有什么特殊布置。小白以前跟父母去参加过婚礼,哪怕就是之前高三毕业的毕业晚宴,都会有宾客签到台啊礼仪小姐啊什么的。他本想这么豪华的酒店,一定也有这些,可这层楼完全看不出有晚宴举办的样子。

叶乔推开一道紧闭的双扇门,招呼小白他们进去。

门内终于有宴会的样子了。欧式古典宫廷风格的大厅里摆了四张圆桌,已经有不少人围桌而坐,但其中大部分人小白都不认识。前方是一个舞台,布景很简洁,但不失大气。

叶乔看了一圈,穆先锋跟她父亲正坐在前排右手边的桌旁,

零日传说 Ⅱ · 长夜

于是带小白他们坐到穆先锋那边,她自己则坐到父亲一侧。

菜已经上齐了,包括热菜,但没人动筷子。这时,小白终于发现了奇怪的地方:这样一个高档宴会,竟没有服务人员,而且宴会厅的前后两道门都紧闭着,显然是不想让外人知道宴会的内容。前方舞台的一侧有张小方桌,上面整齐陈列着十数只表盒大小的精致盒子。

"来的都是猎人吗?"小白悄声问薛荣。

"对。"

来参加宴会的猎人看上去大多年纪不大,和小白他们相仿,但这段时间以来和异兽越来越频繁的战斗,令他们一张张年轻的脸庞上写满了风霜和凝重,像小白这样没心没肺的倒是很少。

人陆陆续续到齐,叶明诚对身旁的穆云说:"穆长官,真没想到您百忙之中还能抽空来参加新人的晋级仪式。本来是打算我去宣读晋级名单的,既然您来了,就您去吧。孩子们一定会很受鼓舞。"

两人谦让一番,最后还是穆云走上舞台,讲道:"欢迎各位。你们都是'唤醒计划'启动以来,亚洲区最优秀的新人。"他顿了顿,继续说,"就在今天,你们之中有过突出表现的,将被授予青铜徽章。"

4

刚才还喧哗的厅内突然变得安静下来,所有新人都盯着穆云,脸上带着期待的表情,等他说出后面的话。

小白之前完全没朝这方面想过,得知这次到上海竟是有机会

第四章 铜与铁

晋级,他感到体内的热血一下子沸腾了起来。这种感觉,就好像在游戏里苦练了一年的角色终于升级了。他摸了摸胸前别着的玄铁徽章,恨不能立马换上青铜的。

薛荣瞥了一眼他激动的样子,泼冷水道:"先别这么激动,先锋官可没说到场的每个人都有份。"

"欸?"小白顿时蔫了。他看向舞台,旁侧的小方桌上陈列的精致盒子里就是装的新徽章吧?只有十几只,但今天在场的新人怎么也有三十名。他看了看其他人,看起来都很厉害的样子。再想想自己加入猎户座以来的表现,怎么想都算不得突出。看来这次升级有点悬。

刚才沸腾起来的血,一下子冷了。

"原来不是每个人都有份啊。"他喃喃自语。加入猎户座以来,沈放的表现一直都比小白突出,如果要从叶乔小分队里选一个人获得这份殊荣,一定非沈放莫属。

可恶,居然又一次被沈放那家伙超过了。

不过,小白一直很有自知之明,虽然有时候也会有小小的期待,但其实并没有太强的好胜心。现在他对自己能升级不抱期望了,反而看淡看开了。于是他开始观察桌上的菜,计划着待会儿开吃叫要从哪一份开始。

这么高档的酒店可不能白来,大吃一顿也是好的!

"下面,请念到名字的人到舞台上来。"

穆云从信封里抽出一张纸,开始读名单。念到的名字里有不少其他国家的人,小白没仔细听,反正又不认识还难以记住。他看着面前精致的菜肴流口水,不耐烦地等名单赶紧念完,却突然

零日传说Ⅱ·长夜

听到自己的名字。

"白凌霄。"

"哈?刚才是在叫我?"小白一脸不敢相信,用手指了指自己。

"对啊,"阿星推着小白后背笑道,"是你没错,快上台吧。"

紧接着,陆星移跟何念念的名字也被先锋官念了出来。三个人都小声地"耶"了一下,站起身,想等沈放被叫到后一起上去。

但穆云停止了宣读。

"以上,就是这次晋级青铜的人,祝贺大家。纵星有坠,惟心不坠。"

"喂,穆大叔,没搞错吧?"白凌霄一下子忘记了场合,冲动地冲上台,伸头去看穆云手里的名单,"是不是少念了一个名字,沈放呢?"一边说着,他的视线一边在名单上扫视,然而名单上并没有沈放,"我们……"小白看了看随后上台的阿星跟何念念,"就说我好了,我比沈放弱多了,为什么连我都可以晋级,却没有他?"

所有人都诧异地看着这名冒失的少年,但小白根本没注意到,也管不了那么多。穆云并未和他置气,而是和蔼地低声说道:"别妄自菲薄了,你们上次在封印穷奇的任务里表现出色,让你们晋级,是整个猎户座高层的意思。"

"那次行动沈放也参加了的吧?"小白说着,回头去看台下坐着的沈放。沈放的表情里既看不出失望,也看不出沮丧。不,这么说也不准确。他的表情里有失望,但又有一种"果然如此"的坦然。他像是早料到了这一切,面无表情地直直坐着,将食指放

第四章　铜与铁

在唇前，勉强咧嘴露出一抹疲惫的笑容，对小白摇了摇头，示意小白别再追问了。

小白还想再打抱不平，但看到沈放那个样子，突然不知该怎么做了。

好像自己再追究下去，只会让沈放更尴尬。

他只得呆呆地站在舞台上。

其他新晋级的年轻猎人掩饰不住兴奋，发出阵阵喧哗。一名资深猎人上了台，依次为大家戴上新的青铜徽章。

但小白完全没注意这些。他一直伸长了脖子去看台下的沈放。

那名猎人前辈开始替他佩戴徽章，挡住了他的视线。

"好不公平。"旁边，阿星小声说。

"他是不是得罪过谁啊？"小白问。这是他唯一能想到的解释了。

"但平时我们撑死也就跟穆云长官接触，再不就是叶乔，哪有得罪过人？而且我们三人都是一起行动的，他能得罪谁呢？"

站在另一旁的何念念听到他们的讨论，不禁也皱起了眉头，但她想的却与小白和阿星完全不同。她出身猎医世家，对猎户座和猎人的了解比这两个半路出家的男生多得多。她心底原来就有过一些猜想，现在，这猜想正不断扩大，仿佛已经被无声地证实了。但她没有说出来，反而是对小白解释起别的："等级也不能说明什么。薛荣哥很厉害吧，不也只是青铜吗？难道他和我们一个水平？还不是因为他不守规矩，不符合猎户座的要求？至于沈放嘛，肯定也有相应的理由，只是我们不知道而已。但不管他是什么等级，他的能力我们都看得到啊。等级不过是给别人看的

零日传说 Ⅱ · 长夜

罢了。"

"又不是说等级高就能压别人一头什么的……我们也没有指望凭等级证明什么……"小白想着措辞,"只是……只是作为猎人,多多少少会在乎吧?徽章不是猎人的荣耀吗?大家不都是为了能成为赤金猎人而努力吗?"

"荣耀,到底是由一枚徽章决定,还是由守护这个世界的决心来决定?"何念念反问。

"拿荣耀这种虚无缥缈的词讲大道理是没错,可努力了很久,却没得到肯定,心里一定超难过的。"小白小声埋怨。何念念虽然算不上大美女,但一看就是被家人宠爱着长大的女孩,在同学间人缘也很好吧。她那样的人当然可以说不需要徽章来证明荣耀什么的。但对于小白来说,因为没有自信,所以觉得这种能证明能力的徽章和来自他人的承认,非常非常重要。不过他转念想了想,沈放那么自信,说不定就像薛老大一样,对这种玩意儿丝毫不在乎呢。想到这里,他又向沈放望去,看着他那满不在乎的脸,也稍微放心了一点。

台下,叶乔皱眉看着在舞台上心不在焉的小白,低声叹了口气:"那个人什么时候才能成熟一点啊?"

这一切,都落在坐在她旁边的父亲叶明诚眼里。从那个冒失的少年突然冲上去向穆云质问名单时,叶乔就一直紧张地盯着他。

自己常年在外,一年里难得和女儿见上一次面,平时也很少和女儿沟通,就算通话,也多是跟任务有关,即便如此,他也很少见她如此紧张过。他突然想问一问女儿此时在想什么。

第四章 铜与铁

"那个，叶乔啊，"常年与各色人等周旋练就得游刃有余的社交本领仿佛一瞬间消失了，面对青春期的女儿，他几乎要刻意用上定力，才能将舌头捋直，最后却是干巴巴地问了一句，"你好像对那个白凌霄很在意？"

"啊？"叶乔惊讶地侧头看向叶明诚，当明白父亲问话里所指的含义后，她感到脸颊一阵发烫，随后故意装作没听懂父亲话中的含义，顾左右而言他，"当然会在意了，他是林修家的后人。我很好奇这个有着林修家血统的人到底有什么特别的。"对于叶乔来说，小白的身份不是什么秘密。前阵子参与封印穷奇行动的全员尽人皆知。

叶明诚眉尾挑了一下。叶乔的回答完全出乎他意料，他没想到，如此重要的情报，竟是这么巧合得来的。林修家的后人！刚才还不在状态的那些社交周旋技巧瞬间回来了。他没有表现出任何表情，而是像早就知道、这不是什么大事般，点点头"唔"了一声。

按年龄推算，这个毛头小子就是失踪近二十年的林修平的儿子？但以前从没听说过林修平有什么儿子，猎户座里也从来没有过这号人，如果林修平的儿子一直在猎户座，四脉之一也不至于断掉。这么说来，这小子是通过"唤醒计划"才扩招进来的新猎人。对，他刚刚晋级，是个新猎人。那他对自己的身份是从一开始就知道，还是最近才知晓的？他知道林修平的下落吗？

这些念头也就是在"唔"的那一声的半秒钟内，便飞速在叶明诚脑子里转过了。他故意贬低道："对林修家的后人早有耳闻，没想到是这样一个沉不住气的毛头小子。"

叶乔果然急于替那小子辩驳："父亲，他才刚加入猎户座一

零日传说 Ⅱ · 长夜

年，而且是前任先锋官牺牲时，才把这个秘密说出来的。之前他根本不知道自己是四脉的事。"

明白了。原来如此。

前任先锋官知道这个秘密，随着这个秘密一起冒出来的，是当年跟着林修平一起失踪的"穆云"。

那个穆云，果然很可疑。叶明诚心中产生了一个大胆的猜想。

像完成了一次再自然不过的父女闲聊一样，叶明诚微笑着转头去看站在舞台一侧离自己并不远的穆云，并没有发现穆云刚才其实也在看着他。

所有新晋级的青铜猎人佩戴好徽章返回座位后，穆云特意提到叶乔。叶乔是当天唯一由青铜晋级为白银的猎人。听到让自己上台接受白银徽章，她微微吃了一惊。在她这个年纪就取得白银徽章的猎人，猎户座历史上并不多见。

然而微微的吃惊之后，她心里更多的却是新的期待和渴望。她从记事起就跟着父亲训练，随后又在"死神的双刀"门下修行，年纪不大但资历匪浅。在她心里，拿到白银徽章只是早晚的事，现在叫到她的名字，不过是意料中的事提前到来。一般来说，有十几年经验并出色完成过几次任务的猎人，要拿到白银徽章不会太难。赤金徽章却并非如此。虽然从等级上看两者只差一级，但猎人等级越向上差距越大，白银级根本无法与赤金级相较。赤金徽章只授予真正的、传说一般的强者。拿到赤金徽章，需要的是神迹再现般的实力。

可望而不可即的赤金徽章啊！

第四章 铜与铁

叶乔站在台上，在众人瞩目下接受了白银徽章。她紧紧握着拳头，在心底默念：纵星有坠，惟心不坠。

小白羡慕地看着站在台上的叶乔，英气、挺拔。自己什么时候能像她一样呢？或者说，他心底冒出一点小小的欲望：自己什么时候才配得上站在她身边？这个想法太贪心了，他甩了甩头，不打算继续想下去，这时看到坐在身旁的沈放正羡慕又失落地发着呆。小白心中一动，拍了拍沈放的背。沈放耸耸肩，没有说什么，但小白感受到了他想说的话。

两人默契地，没有提起刚才沈放晋级失败的事。

叶乔回到座位后，台上的穆云并未发表什么慷慨激昂的演讲，只是让大家开始吃饭，随意一些就好。

小白突然反应过来，整场宴会，并没有提起"异兽""猎人"之类的字眼。除了奖品是徽章外，这场宴会和任何一所学校的表彰大会没有区别，或许和公司的年会也没什么区别吧。也就是说，猎户座虽然明目张胆地把活动搬到了台面上举行，但其实并不会有普通人发现什么。就算有陌生人从紧闭的门外闯进来，或者在门后面偷听，也发现不了异样。

猎人，果然还是一个只能在黑夜的暗影里存在的身份啊。不会有普通人知道他们正在做些什么，以及，他们正在经历怎样的战斗。

想到这里，小白失落地叹了口气。

"赶紧吃吧，我都饿啦！"阿星看了一眼失落的小白和沈放，故意活跃气氛。

"对呀，快吃快吃。"何念念也说。

零日传说Ⅱ·长夜

　　小白是真的饿了，早上在树城广场集合后就没吃东西，只在飞机上吃了一小盒难吃的鸡肉饭。现在他看着满桌子精致的菜肴，食欲大盛，立刻夹了一颗非常精致的珍珠丸子放进嘴里，故意夸张地说："噢，好好吃！沈放，你赶紧尝尝。高级饭店做的菜就是不一样……"

　　薛荣看了一眼沈放，对穆云和叶明诚坐的方向询问道："长官，能喝酒吗？"

　　叶明诚没接话，而是询问地看向穆云。

　　穆云像商量般跟叶明诚说："就让那群小鬼喝一些吧。"

　　"好嘞。"薛荣放下碗筷，出了宴会厅。过了一会儿，他抱着一箱五粮液走了进来。

　　"本来想要二锅头的，店里没有，只能麻烦组织破费了。"他嬉笑着说。

　　一箱酒是六瓶，四桌人喝，倒不算多。他给其他每桌拎去一瓶，然后再拎出一瓶打开，给自己这桌人都满上。

　　"猎人不能喝醉。大家随意。"说完，他一仰头，将小酒杯里的酒全部倒进了嘴里。烈酒烧过他喉咙，他皱着眉，张了张嘴想说什么，但又什么都没说，叹息一声坐下了。

　　其他人只是抿了一小口，只有一个人像薛荣那样，将整杯酒一滴不剩地灌下。

　　这个人是沈放。

　　"沈放，我不记得你以前很能喝啊。别喝醉了，待会儿我和阿星还得把你抬回去呢。"小白担心地看着沈放。他怎么了？他内心其实还是在意没晋级的事的，对吧？

　　"让他喝。"薛荣说着，又给自己和沈放满上了酒杯。两个男

第四章 铜与铁

人互相看着对方,目光锐利,眼中有火,似乎要看进对方的灵魂深处。但他们都没有说话,只是再一次干了杯里的酒。

小白和阿星面面相觑,不知这两人在干吗。突然,小白视线的余光瞥见了坐在另一桌的宋禾。他好像明白了。

靠,该不会是为了女人?

刚才还很担心沈放的小白哭笑不得,挤进那两人中间将他们分开:"我说你们啊,都是成年人了,别这么幼稚好不好。不就是情敌嘛……"

薛荣根本没搭理小白,倒是没头没尾地冲沈放说了一句:"喝这种酒,要容易得多吧?"

沈放没搭话。

两人间有股火药味,小白正不明状况,宋禾拉着她的朋友过来了。她跟大家介绍道:"这是我的好朋友,来自日本的北条诗织。以前我们一起训练过。"介绍完后,她附到薛荣耳边说,"早听说你是我男友,专门要过来看你的。"

北条见状,明白了这个不羁的青年就是好友宋禾的男友。她举起酒杯,冲薛荣晃了晃。宋禾解释:"她不会中文。"

北条看上去二十几岁,穿着黑色的紧身衣和包臀超短裙,以及一双黑色的过膝长靴,露出截雪白的大腿。她头发盘在脑后,一缕发丝从额角右侧垂下来。全身上下唯一的亮色,是薄唇上一抹鲜艳的正红。

小白偷偷跟沈放和阿星品评道:"日本的女生果然不怕冷啊,和动画片里一样,大冬天也会把腿露出来。不过嘛,这位大姐是成熟范儿的,哈哈,我还是更喜欢卡哇伊的风格。"

沈放白了小白一眼:"你这个二次元死宅!"

· 163 ·

零日传说 II · 长夜

小白说:"有什么关系嘛,反正她又听不懂。"

阿星说:"之前不就见过她了吗,在舞台上是她给我们佩戴新徽章的。"

"刚才是她?我完全没注意。"

北条朱唇轻启,露出一口白玉般的贝齿,冲众人明艳地一笑,右手握杯,左手轻掩,将杯中的酒一饮而尽。她低声跟宋禾说了几句日语,宋禾翻译道:"她说很高兴认识大家,以后有机会要一起合作呢。"

一向不苟言笑的叶乔郑重地站起身,冲北条行了个猎人礼,随后又鞠了一躬,恭敬地问候道:"前辈好,希望有机会能得到前辈指教。"

宋禾翻译给北条听,北条笑了笑,说:"OK。"

众人一片点头哈腰,待北条离开后,何念念仰慕地感叹:"这就是传说中的北条小姐啊。"

"怎么,她很有名吗?"

念念点头:"她是猎户座近百年来第二年轻的赤金徽章获得者。"

"什么?"小白沈放阿星大惊,"你是说,她是赤金猎人?!"

"对啊。全日本最优秀的猎人——前年,也就是北条小姐二十三岁时便获得了赤金徽章。加上又是个大美人,可是很出了一阵风头。听说她保持的纪录是,只要有她在场的战斗,至今从未有过同行战友死亡。所以,她是个值得百分百信赖的同伴、队长。"

"哇……"三人托着快掉地上的下巴,一时神往。

何念念看着那三人,接着说:"不要以为这是巧合,也不要

第四章 铜与铁

以为这个纪录没什么了不起。北条小姐从十四岁起就开始正式参与行动,十八岁起开始领衔,亲历的战斗大大小小少说也有近百次,从未有过同伴死亡哦!"

"厉害啊……"

"大姐头好像很崇拜她?"沈放问。

"嗯,她是乔的偶像。"

"对了,刚才你不是说她是第二年轻的赤金徽章获得者吗?那最年轻的是谁?"阿星问。

"这是我听爷爷说的了。最年轻的,就是当年猎师四脉之一,林修家的林修平啊。"

"林修平?那……那就是我的亲生父亲了?"小白一惊。

"嗯,听说他非常有天赋,即使在四脉的后人里比起来,也是一等一的。可惜,"何念念轻叹一声,"我从来没见过他。反正这些年,再也没有人见过他了。"

虽然对那个叫林修平的男人没什么父子之情,听到这个名字,就像听到一个有血缘关系的陌生人,但越听人提起,就越是好奇。那样一个传说中的猎人,那样一个从未见过面的爸爸,当年为什么抛下怀孕的妈妈消失了呢?真的像妈妈说的那样,已经去世了吗?

小白心里泛起一丝失落。如果自己从小就有个很厉害的父亲,说不定人生就会不一样了。"他是在北境狩猎战中牺牲的吗?"

何念念摇摇头:"不知道是不是牺牲了,我记得好像是失踪。不过……我这么说你别介意,和异兽的战斗,被异兽吞食而尸骨无存的猎人不在少数。所以对猎人而言,有时失踪和牺牲是

零日传说Ⅱ·长夜

同义词。"

"哦。"小白没再追问。说到底，就算有血缘关系，也只是一个素未谋面的陌生人。他不愿意给那个抛下妈妈和自己的男人太多关心，于是抛开脑子里的各种杂念，将一份清蒸帝王蟹转到自己面前。小白看了看其他人，他们好像心思都不在吃饭上，干脆夹了一整条蟹腿到自己碗里，很快将蟹肉剥了出来，蘸上调味的酱醋汁，胡乱塞进嘴中。真鲜啊。小白舔了舔嘴唇，在几乎将每道菜都吃过一遍后，终于满足地打了个嗝，扶着肚子瘫在座椅上。

沈放没少喝酒。开的那一瓶五粮液，几乎被他和薛荣两人喝光了。这两个人不知怎么回事，默默无言地一杯接一杯喝。酒过三巡，沈放站起身，要去洗手间。

"我陪你去？"看着双眼发红的沈放，小白担心地问。

"我没事，不用。"沈放摆摆手，离席而去。

薛荣半眯着眼看着沈放的背影，摇头轻哼了一声，放下酒杯，紧随在沈放之后。

等他们走远了，小白才偷偷跟去洗手间。

这两个人太奇怪了，该不会打起来吧！

洗手间的门紧闭着。

小白扭动把手，然而门纹丝不动，好像从里面反锁起来了。

他疑惑地将耳朵贴在门上。

里面，传来薛荣的声音：

"你根本不是猎人。退出吧。"

第四章 铜与铁

5

　　头发，是什么时候长这么长的呢？

　　此刻，本应有很多事值得沈放思考，然而，微醺的少年满脑子里想的都是这一件无关紧要的事。

　　有多久没去理发了？不知不觉都挡住眼睛了……

　　脚步踩在光洁的大理石地板上，那些过长的额发分割着视线，好像也把世界分割了，一切变得又恍惚又虚幻。醉了吗？少年深深地吸了口气，从裤兜里掏出随身携带的橡筋，像每次开始训练前那样，熟练地将额发捋到脑后，扎了个髻。

　　一个烟斗的标志。洗手间到了。少年推门而入，趴在洗手台，捧了把凉水掬在脸上。

　　有人进来。

　　少年抬脸，透过镜子看到是认识的人后，他没有理会，继续捧着凉水洗脸。

　　来的人是薛荣。

　　第一次接触，觉得这人吊儿郎当的。后来看到他举着枪出场的样子很酷，顿时佩服得五体投地。再后来，知道了他是宋禾姐姐的男朋友。

　　也没什么吧？谈不上嫉妒。有点羡慕而已。

　　羡慕……对，羡慕这些人，天生就是同类。而自己，不过是一个再怎么努力想要融入，也融入不了的傻瓜。羡慕薛荣，打出生起，就比自己更配站在宋禾身旁。

　　进来的年轻男子在确认洗手间只有沈放一人后，反手将门

零日传说Ⅱ·长夜

锁上。

少年轻轻笑了一声，撑着洗漱台直起身："怎么，有话要对我说吗？"

来者开门见山。
"你根本不是猎人。退出吧。"

"你在说什么。"沈放将别在左襟的徽章示意给薛荣看，"哪怕是铁的，难道你不承认它作为猎人身份的标志吗？"
"别跟我绕弯子了，也不用假装听不懂我在说什么。沈放，屠兽不是小孩子的游戏，你没有血统，很危险的。放弃吧。"
沈放愣了愣神："血统这种东西很重要？"
"你以为血统是什么？不用我再跟你讲一遍吧，猎人的身体拥有比普通人更强的修复愈合能力。受到同样的重伤，很多普通人很可能就挂了，而猎人却可以幸存下来。"
"不受伤不就行了。"
"别说这种自大的话，要想不受伤，赤金猎人也做不到。"
"血统这种东西，看不见摸不着，现代医学也无法从血液里检验出来。你凭什么证明我没有呢？"
"你是不是忘了这个？"薛荣从上衣内袋摸出一支液体。
看清那是什么后，沈放没有说话。
鸱脑酒。
"我问过宋禾了，第一次遇见异兽，她没有让你喝。第二次遇见异兽，叶乔给过你一支，但你那时已经猜到了这支酒的作用，所以耍了点小把戏骗过叶乔，同样没喝吧？"

· 168 ·

第四章　铜与铁

沈放继续沉默着。

"你现在敢喝吗？只要你有血统，就一切如常；没有血统的话，就会失去今天内的短时记忆。"

像一个组合玩具搭上了最后一块部件。咔嗒一声。

这枚最后的部件就是薛荣的这几句话，搭扣在沈放的心脏上。一个从来不被人知晓的秘密，完整地，现形了。

沈放仰起头，长长地呼了一口气。

像被揭穿时那样无处可躲地慌张，又像，终于不用再掩饰那样，一身轻松。

"你们早就知道了吧。第一次被赤召囚禁，我的伤口比你们愈合得慢很多，你们就猜到了。这次不让我晋级，也是这个原因吧？晋不晋级的，我无所谓。不过，一直不点破不是很好吗？为什么现在要点破？"沈放觉得自己有些醉了，不过是平常的几句话，说出来却心酸得无法忍受。他几乎是带着哭腔才把这些话说完。

薛荣的语气虽然冷冰冰的不带任何情感，却比之前软了很多。"还记得吗，在之前的战斗里，宋不队里的人全部都死了。别看她在旁人面前不表现出来，但她非常伤心。你知道她的，平时看起来有些任性，其实非常重感情。"他无声地叹了口气，"你死了的话，不怕她难过吗？我真的不想再看到她为了失去的战友偷偷流眼泪了。"

"你觉得我会死？"

"牺牲的猎人越来越多了，以后的任务只会更难，不好说。"

零日传说Ⅱ·长夜

薛荣突然恢复了之前坚硬的语气，"就算不为宋禾，我也必须将同伴死亡的可能性降到最低，把本可以避免的因素提前避免掉。已经让你胡来了那么久，不能再胡来下去了。如果别人不好意思对你开这个口，那就由我来当这个恶人好了。别逞强了，小屁孩。"

沈放口不择言："别说这么冠冕堂皇的话。你……你这么做，只是不愿意让我有机会和宋禾姐姐一起作战。你想让我离她远些，却……却找来这种理由劝我退出。"

刚才还一脸严肃的薛荣噗嗤一声笑了。他越笑越止不住："你是说，我今天跟你说这些，是因为吃你的醋？我犯不着这样，你对她来说，只是个比其他小朋友更需要关心的可爱小朋友而已啊。好好过你该过的生活，别掺和这种危险的事了。"

"我从来没想过要和你争她。"若不是赌气，沈放当然清楚薛荣不是因为宋禾才来劝自己离开，却还是不由自主地说，"但你处心积虑地让我离开，真是……一点男人该有的样子都没有。猎人的身份不是由血统决定的，而是由驱杀异兽，和守护重要东西的决心。你敢说你的决心比我更坚定吗？"

"哈，"薛荣不知道自己怎么了，看着沈放认真的样子，他笑得停不下来，可能是酒精的作用吧，"当然了。"他点点头。

"别说得那么肯定。你啊，敢和我比一比吗？"沈放摆出格斗的姿势。

"喂，"薛荣终于恢复了正常。他觉得脑子有些缺氧，"在厕所？打架？"

"你有血统，但我要告诉你，血统不能说明一切。小白还有四脉的血统呢，他比得过你们吗？"说着，沈放双手一撑洗手台，

第四章　铜与铁

飞身而起，双脚踢向薛荣胸口。

6

站在门外偷听的小白猛然听到沈放提到自己，还是拿自己作反面例子，刚还替沈放捏一把汗的他在心底咬牙大骂。

这个白痴，果然还是那么臭屁！

突然，一个人从后面拍了拍小白肩膀。

小白吓了一跳，回头一看，是清洁阿姨。

"先生，您要进去吗？"

"啊？呃……那个……"

洗手间里传出砰砰的打斗声。清洁阿姨一脸狐疑。

小白支吾着打了个哈哈，"那个……门好像坏了，我的朋友在里面，怎么都打不开。可能有点抓狂吧……"他拍了拍门，"沈放，你们在里面干吗呀？门能打开了吗？清洁阿姨要来打扫了。"

打斗声停了停，薛荣的声音："哦，应该能打开了，这就出来。"

又是砰砰两声，接着门丁了拉开了。

然而走出来的人却是沈放，他身后，薛荣正倒在地上揉着屁股。

清洁阿姨看了看这几个人，拎着拖把和水桶一溜烟跑了。

沈放回头，对躺在地上的薛荣冷冷地说："你用枪用得太久，格斗的本领已经生疏了。你并不比我强，抱歉。"

小白大张着嘴，视线在两人身上来回打转。怎么回事，难道

零日传说 II · 长夜

沈放已经比薛老大还厉害了？

薛荣起身低喊："你这臭小子！趁我扭头跟阿姨说话时偷袭……喂！站住！"

沈放没有站住，而是大步返回宴会厅。快要走进人群时，他停下了脚步，回过头低声但坚定地对跟上来的薛荣说："随你怎么说好了。但我不会退出的。"

薛荣看了看他，再不做声，像什么事都没发生一般走向餐桌。

"沈放……"小白叫了他。

原来他没有猎人血统吗？自己太粗心大意了，竟完全没发现。其实回头想想，迹象很多。比如第一次被狮鹫袭击，三个人都多处骨折，但自己和阿星很快就好了，沈放却过了两三个月才恢复利索。还有上回，把大家从赤召的关押中救出来后，叶乔就曾与沈放针锋相对过一段时间，看来那时叶乔已经发现沈放的秘密了，她虽未明说，其实也是在暗示沈放自动退出。再有，那一次聊起家人，因为有血统，所以容易受到异兽攻击，沈放的父母却从未遭受过……

"怎么了？"沈放问。

可是，沈放一直在很努力地训练吧。就像他说的那样，血统不血统的，有什么关系呢？只要大家小心一点，就不会有事了。连封印穷奇那么危险的行动都执行过了，大家不都好好的吗？

想到这里，小白说："我会一直和你一起战斗的。"

"别突然跟我表白好吗？"沈放别扭地移开视线，看向别处。

过了好一会儿，他又小声说："谢谢。"

宴会差不多快结束了，小白习惯性地掏出手机看了一眼，竟

第四章 铜与铁

看到屏幕上显示着一条未读消息。

他顿时紧张得差点把手机掉到地上。

揉了揉眼睛仔细看，消息果然来自蒲苇。小白解锁后进入信息，看到蒲苇问：

"哈，你来上海了呀！晚上有空一起喝杯咖啡吗？"

消息是二十分钟前收到的。很好，如果二十分钟前看到这条消息，一定会迫不及待地回复，那样就会显得自己过于殷勤。不过，小白发那组照片的目的只是想让蒲苇对自己另眼相看一次，他并没想过蒲苇居然会主动约自己见面。老实说，不知怎么回事，他其实不是很想见了。见了面要说什么呢？而且，自己也就是在网上可以假装神气。等真正见到蒲苇，绝对又会厌的。小白定了定神，斟酌着措辞回复："不好意思哈，刚才在忙，没注意手机。"

没有答应，也没有拒绝。

现在是傍晚七点三十。宴会结束了。宋禾拉着北条诗织过来问大家："都说外滩的夜景很美，要一起去逛逛吗？"

"好啊好啊。"大伙都响应道。

小白捏着手机，不知怎么，心里空荡荡的。

沈敝好像已经没事了，正殷切地拿手机查附近的景点。也难怪，宋禾姐姐的提议嘛，他肯定很愿意的。连一向独来独往的叶乔，因为有她钦佩的前辈在，竟也同意一同前去夜游。

看着这群热闹的人，小白觉得有些孤单。他们不是自己最好的朋友吗？所有的朋友、战友都在场，平时的话应该傻乎乎的很开心啊，为什么现在，觉得心里那么寂寞呢？

"那个，我有点累了，先回房间休息，就不去了。"小白最终

零日传说 Ⅱ · 长夜

这样说。

"去嘛，"阿星走过来攀住小白肩膀，"大家一起才好玩啊。你不去，我们会很无聊的。"

小白看着阿星的脸，想起以前参与过的蒲苇的生日聚会。每次聚会，自己仿佛都是一个可有可无的人，即使消失了，也不会有人察觉。而现在，阿星竟然说如果自己不去他们就会很无聊。自己变成一群人的中心了吗？被大家期待着，关注着，这种感觉……

几乎一股热流就要从眼眶里涌出。小白深吸了一口气："那就……"话还没说出口，捏在手里的手机突然振动起来。小白一看，是蒲苇回了信息。她说："我来找你好了。嘿嘿，我学校过去不远，一会儿就到了。你请我喝咖啡，我带你逛外滩吧！"

还是那种不容置否的口吻。

小白投降了。刚要说出口的"那就一起去吧！"被吞回了肚里。他对着那群期待地看着自己的伙伴抱歉道："我真的不去了，你们好好玩。我先回房间了。"然后，没等大家回应，他便转身离开了，就像是逃走。

小白一边往回走，一边在屏幕上飞快敲打着："好的，那我在饭店等你。到了附近给我打电话。"

小白快速地冲了个澡，立刻跑到了大堂等候。在焦灼地玩了一个多小时手机后，蒲苇终于姗姗来迟。

她齐肩的短发染了栗子色，发尾烫了内弯的小卷，身上穿着领口毛茸茸的薄荷蓝大衣，手里拎着一只白色皮包。看到小白后，她高兴地挥手叫他。

第四章　铜与铁

小白觉得喉咙发干，脸上的笑也不怎么自然："你来啦。"

蒲苇拉出身后一个不起眼的姑娘介绍道："这是我大学里的好朋友，跟我一起过来的。"随后又向对方介绍小白，"这是我高中同学，听说跟实习的公司来上海出差呢，很厉害的。"

听到蒲苇这样介绍自己，小白有点骄傲，冲对方点了点头。没想到蒲苇接着竟然说："怎么，要请我们在和平饭店喝咖啡吗？"

小白张了张嘴，这绝对不可能的。他在房间时研究了一下这儿的价目表，一杯最普通的咖啡都要好几十。但此刻他又不知该怎么拒绝，只得焦虑地张着嘴半天说不出一个字。

蒲苇笑了："我开玩笑的啦。走，附近有家星巴克，请我们喝星巴克吧。"

对于小白来说星巴克也蛮贵的，不过他已经如释重负了。

三个人往蒲苇说的那家星巴克走去。

一路上，蒲苇和那个女生窃窃私语，小白变成了以前那样的透明人，默默地跟在后面，插不上话。好在真的很近，没走一会儿就到了。小白买了三杯拿铁，大家围着一张靠落地窗的小圆桌坐下。

"才大一就开始实习了呀？"蒲苇故作成熟地问。

"呃，想多学点东西。"小白听同寝的王力杨提起过，他的好友想进大公司实习，不过大公司几乎不会接收大一的学生去，就算真的进了，也就是打打杂什么的，既学不到什么东西，更不会被派去出差，还住高级酒店，这种事绝无仅有。好在蒲苇似乎也不太了解其中的行情，并未看穿小白的谎言。

"想多学点东西？哈，"蒲苇带着笑意说，"想不到你口中能

零日传说 Ⅱ · 长夜

说出这样的话。你变了嘛,什么时候成上进好青年了?"

"那个,那个……没有啦……"小白看着蒲苇。她还是那么娇俏可爱,而且比中学时更会打扮了,甚至变得更好看了一些。但此刻,在无数次的不死心后,在真正再一次见到这个人的瞬间,小白终于确认了一点:虽然在她面前还是会手足无措,虽然不管她说什么还是条件反射地不会拒绝,但他已经没有"喜欢"和"心动"的感觉了。他只是有点怯场而已。

小白突然有些烦闷。之前是脑子被门夹了吗?居然在朋友圈发高档酒店照片来吸引她注意。为什么要这么做?

蒲苇将咖啡杯捧在手里,放在嘴边,一边小口啜饮着,一边面带微笑抬眼看小白,看得小白很不自在。

小白咬了咬牙,在心底给自己打气道:蒲苇又不是什么凶猛的异兽,紧张个屁呀!就当和一个普通的老同学见面好了。振作一些,自然一些!那么,聊点什么才显得自然呢?搜肠刮肚想了半天,憋出来一句:"对了,你们每周课多吗?学的专业好不好玩?"

蒲苇正要回答,她的手机响了,她拿起来看了一眼,没有接,只是按了静音键放在一旁,淡定地说:"是推销电话,真烦,每天要打好几次,别管他。我们每周课还行,反正比高中轻松多了。有时我还会逃课。"

"逃课嘛……我也是的。"小白想起自己每次出去执行任务,常常一周都不在学校。不过他从没有被抓到,不知道是人品爆发还是猎户座能量真的大。

"谈恋爱了吗?"猝不及防地,蒲苇问了这个问题。

"欸?"

第四章 铜与铁

"哈,我随便问问的啦。上次谢谢你帮我投票哦,我在校园歌手比赛里拿了季军。"

向来觉得帮蒲苇都是理所当然,被她感谢还有些不适应。小白挠了挠后脑勺:"那很厉害啊,恭喜恭喜。"

小白觉得有点尴尬,他虽然很努力,却还是不知该怎样自然地和蒲苇聊天,每个话题都在一次对话内就终结了。他琢磨着该怎样表现得像个周旋在女孩子间的老手,可越是这样想,他越知道自己已经失败了。在蒲苇面前的他终究还是信心全无,像案板上的咸鱼。

然而蒲苇似乎并没有被这种尴尬感染,她还是那样,瞪着一双无辜的大眼睛,忽闪忽闪地看着小白,像在观察一个尽在自己掌握的玩偶。小白那不善言辞的样子让她觉得很有趣,她总是很想捉弄他一下,反正在捉弄小白这件事上她已经轻车熟路了。她故意不说话,就那么盯着小白看。

小白正如坐针毡,咖啡店的门被推开了。一股冷风灌了进来,吹得他打了个寒战。他顺势躲闪开蒲苇的眼神,朝门口看去,是两名女性。

等等……两名女性?

当看清是谁后,他吓得差点滚到桌子底下。

对方显然正冲他而来。要躲已经没用了。

进来的人,是叶乔和北条诗织。

两个大美女气势如虹,一个清冷,一个明艳,就像水仙和红玫瑰,毫不夸张地说,她们一进店就吸引了大部分顾客的目光。然而她们目不斜视,直直走到小白面前。

蒲苇看到叶乔后很吃惊。她和叶乔虽然没有交集,但在树城

· 177 ·

零日传说 Ⅱ · 长夜

中学,叶乔可是无人不知的校花。叶乔怎么会来找小白呢?她想起之前的校园传言,说叶乔是沈放的女朋友。难道沈放只是挡箭牌,小白才是那个和她关系非同一般的人?可是……叶乔能看上小白哪一点啊?

叶乔的脸色比看到小白他们搞砸任务时还要阴沉。小白心中一动,却不是平时犯错时怕队长责备的那种心情。不知怎么,他觉得心就像被捏住了一样,钝痛起来。这种感觉,就好像很多年前,反串巫婆的自己遥遥看着饰演美人鱼的蒲苇,抓不住也留不住,就要失去什么不曾拥有的东西了。他张了张嘴,没有像平时那样叫叶乔"队长",而是直接叫了她名字:"叶乔……"

不是那样。不是你想的那样。

"小白,"叶乔慢慢舒展开紧皱的眉头,很勉强地露出笑容,用从未有过的温和口吻说,"你怎么在这里,我们找你半天了。"

温柔起来的叶乔让小白更为恐惧,哆嗦着回答:"那个,刚好以前的同学在上海读书,所以晚上碰个面……"

蒲苇被抢走了风头,心里有些不爽。她站起身故意问:"小白,她们是谁啊?"

"叶乔你不会不认识吧?至于这位,"小白头疼地看着北条,对了,反正她也听不懂中文,就瞎编吧,"她是公司和我一起来出差的同事。"

"公司出差,那她怎么会跟着一起……"蒲苇用眼神指了指叶乔。

小白正想着要怎么继续编下去,叶乔会意走上前,压低身子双手撑在桌面,用绝对的气场平视着蒲苇,淡淡地说:"公司是我父亲的。我想跟着来上海玩而已。"

· 178 ·

第四章 铜与铁

叶乔在学校总是独来独往,谁也不知道她的背景。她突然说自己父亲有一间公司,好像也没哪儿不对。说完后,她转头看向小白,恢复了严厉的语气:"不是给你派了工作吗?怎么自己跑出来玩?"

"我、我这就跟你们回去完成工作。"小白看了看蒲苇,狠下心说,"抱歉,我得走了。"

蒲苇有点想发作,但她这样的小美女在面对全方位碾压自己的大美女时,心中的不服气难免转化成一种自卑。她只好拉了拉小白的衣角,想留住他为自己挽回点面子:"晚上还要工作吗?不是说好的一起去外滩逛逛吗?"

小白不知要怎么应对,这时叶乔代他回答道:"公司是派他出来工作的,不是来玩的。哪怕你们有约,也只能等下次了。白凌霄,走吧。"

看了看叶乔,再看了看站在一旁从头到尾一言不发却气势逼人的北条诗织,蒲苇收回了手。"白凌霄。"她叫了小白的名字,然而什么也不说,只是蹙眉看他。那眼神仿佛在表示,这次你如果走了,就再也别跟我联系了。

小白低下头,说:"对不起……"

这是他第一次,大概也是最后一次拒绝蒲苇。

叶乔走最前面,小白紧跟在她身后,北条走最后压阵。三个人离开了星巴克。

小白没有回头,他知道,以后再也不会跟蒲苇有什么瓜葛了。

虽然他们本来就没什么瓜葛。

小白曾经以为,一段关系的了结需要特别的仪式,像是正式

零日传说 II · 长夜

外交或者古时候那样,需要两人共同宣布"分手""决裂",或者割袍断义什么的。然而事实上,一段关系的了结根本就没什么特别的。只是不知从哪一天,或者哪一件不起眼的小事起,两个人彼此就将对方归入了自己心里的黑名单。然后,不再联系,老死不相往来。

他长长地呼了一口气。

大概这样,也好?

出了店,小白看到其他人正站在不远处等着。他还没来得及回过心中的滋味,就看到宋禾脸上挂着坏笑走了过来。

"哟,那就是你喜欢的女孩子?"

小白难得的反应大,"没、没有!呃,那是以前的事了!"他看了看叶乔,肯定地说,"反正现在不喜欢了。"

宋禾说:"不喜欢就不要再见面了,有什么好约出来的?"

"是我脑子抽风还不行吗?"小白转移开话题,"你们怎么知道我在那家店?"

"我们逛了回来,一路过那家星巴克就看到你了,你就坐在窗边嘛。本来还想着不去打扰你的,不过我实在看不下去了。"宋禾义愤填膺地说,"小屁孩,让姐教教你。那女孩根本不喜欢你,知道吗?你们坐在一起时,她老是拿手机出来看,应该是有男朋友的。这么晚了出来跟另一个男生见面,怕被人说闲话,所以故意拉一个女生同往。但跟她一起来的那个女生,一看就是个很没存在感的人,所以啊,那只不过是她带出来的挡箭牌。如果她觉得你值得发展,可以找个借口把那个女生打发走;如果见面后觉得你不行,就可以用那个女生当借口和她一起走掉。这不是

第四章 铜与铁

上中学时大家和网友见面就已经常用的招数吗？喊！"

小白被宋禾说得晕头转向。

宋禾见小白被自己说晕了，得意地拍了拍手："所以呢，我就让叶乔进去找个借口把你叫出来。诗织一听说缘由，非要贪玩跟着去。我一想，她跟着去绝对能增加气势，就同意了。我跟你讲，那种女生啊，以后就不要再联系了。值得喜欢的女孩子不是很多吗？比如……"宋禾瞥了眼叶乔，没有继续往下说。

"让这群臭小鬼瞎胡闹好了，你呀就是老爱替人出头，掺和他们小孩子的破事……"薛荣说。

宋禾几拳砸过去："我就爱管，你管得着吗？"

薛荣抱着头："管得着……吗？啊，饶命啊！"

众人打闹着往回走，而小白一路沉默，他偷偷去看叶乔。叶乔脸上一如既往地没什么表情，让人猜不透她的心思。如果，小白心底冒出一个贪心的念头，如果喜欢她……他很快将这个念头甩出脑海，他也知道这太贪心了。对于叶乔那样的女孩，在谈论喜欢或不喜欢之前，得先确定"有没有资格"。如果只是一个连资格都没有的人，大概就只能永远看着她在前方的背影吧。

寂静的深夜。

虽然窗外就是灯火通明、车水马龙的不夜城，但窗户隔音效果很好，再拉上窗帘，房间里就像是与世隔绝了一般。

小白躺在柔软的床上。身边的沈放已经呼呼大睡了，另一张床上也传来薛老大和阿星平静的呼吸。小白想起刚才叶乔走进星巴克将自己叫走的样子，一向沾枕头就能睡着的他居然失眠了。

现在，他明确了一件事——

零日传说 Ⅱ · 长夜

比起蒲苇，自己更在乎那个总是凶巴巴的叶乔。

他刻意避开用"喜欢"去形容自己对叶乔的感觉。什么都不用变，什么都不用想。一直就这样吧。一起出生入死，就很好。

小白胳膊伸到外面抱着被子，突然，他感觉到了异样。

毫无征兆地，他觉得心像被火烧了一样，一股热浪从体内蹿起，眼前浮现出烈火燃烧的景象，耳边响起神兽的嘶吼。

不知过了多久，有可能就几秒，也有可能是几分钟，这股异样的感觉才渐渐褪去。其他人仍然睡得很死，显然刚才看到、听到的一切都是幻觉。

小白正要松口气，一阵荧绿的光芒突然自胸口泛起，从被子里溢了出来。

小白心中一慌。

这些日子太过太平，自己都忘了在封印穷奇一战里，曾偷偷将泥巴从次元牢笼中救了出来这件事。

已经发育为一头"龙"的泥巴，还能像以前那样，好好待在自己身体里吗？

不管怎样，当时所有人都以为泥巴已经被封印，现在绝不能让其他人知道泥巴的存在。

小白努力想去控制，然而那团绿光失控般越来越强，最后盈满了整个房间。

旁边，传来两声薛荣的咳嗽。

小白迅速翻身而起，强撑着最后一点力气，打开房门跑到走廊。绿光渐盛，小白几乎喘不上气。深夜的酒店走廊寂静如灭，没人会注意到这个异样的少年。正靠在墙上喘息，楼梯间拐角处闪过一个异常高大、披着兜帽长衫的身影。

第四章　铜与铁

谁？小白立刻警觉。

仿佛听到了小白心中的疑问，那个身影转过头，拉下兜帽。那张脸不是人类——那分明是一颗牛头长在人身上，那是一名兽人！这个牛头兽人目露凶光，意味深长地在小白身上扫视着。

小白往后缩了缩。

不知对方是何用意，在令人毛骨悚然的一笑后，那牛头人重新戴上兜帽，匆匆离去。

随着他的离开，小白胸前的绿光渐渐散去，那股灼热的躁动也平复下来。一切，又像从未发生过一样。小白虚脱了似的瘫倒在地，大口喘着气。

深夜继续寂静着。

第五章　冷雨之海

1

忙了一天，兰彻斯特公爵回府时已经是晚上了。

一名下人迎上来："公爵阁下，中国来的叶先生是下午到的，已经安排他到客房休息了。"

"好，很好。"公爵转头吩咐奥斯汀，"你准备一下。等会儿我叫上叶先生一块儿去那里看看。"

"不必特意准备，我这就下来。"穿戴整齐的叶明诚从二楼走廊探出半个身子，跟公爵打过招呼，他快步走下楼梯。

公爵迎上一步，握手寒暄后，立刻安排奥斯汀带路，一起朝地下室走去。

不同于公爵府邸其他地方的整洁华丽，刚推开地下室的门，一股动物特有的腐臭味便扑鼻而来。阴暗的房间内，两侧各有三

第五章　冷雨之海

个铁笼，里面关押着一些中小型异兽，上次捕捉的三头犬刻耳柏洛斯也在其列。它不复神气，此刻垂头丧气地蜷缩着，看到有人来了，也只是动了动眼珠，嘴里偶尔发出呜呜的呜咽声。

"暂时没有合适的场所，只能先把地下室腾出来临时一用，叶先生见笑了。"

"没什么。"虽然经历过无数次与异兽的搏杀，但初次见此场景，叶明诚还是吃了一惊，"但是坦白说，即使看到这些，我对您的计划仍持谨慎态度。它们毕竟是同类，如何令它们自相残杀呢？"

"在人类眼里，所有兽类都是同类。但训练好的猎犬可以帮人类捕猎野兔，鳄鱼也经常和蟒蛇相争。它们虽然都是异兽，但并不是同类。我相信，它们是会互相攻击的。"

叶明诚微微一顿，点头道："公爵雄才伟略，一旦成功，必定名垂青史。"

公爵大笑了几声，看得出并非伪装，他的确心情很好："驯兽师也有了合适的人选，现在就差找个合适的地点，建个专门的场所了。"

"它们来这里有多久了？"叶明诚问。

"这一头是半个月前来的，"公爵指向一头蛊雕介绍道，之后指向三头犬，"这一头是一周前。虽然说驯兽最好是从幼兽开始，但我们显然得不到幼兽，只能拿它们试验。不过你看，它们对人类的攻击性已经大大减弱了。动物并非如人类想象的那么蠢，异兽尤其如此。智慧和恐惧是双生子，只要它们懂得恐惧，就一定能被驯服。我相信，在摸索到恰当的训练方法后，要不了多久，它们就会……"公爵没有把话说完。

· 185 ·

零日传说 Ⅱ · 长夜

叶明诚意会地点点头,"我这次来,除了受公爵邀请,看一看这个计划的进展……"他压低了声音,"其实还有一件事。"

"噢?"公爵看了看身后的奥斯汀,示意叶明诚但说无妨。

叶明诚却仍是看了看门口,才说:"我查到林修家的消息了。"

"噢?"这句话显然让公爵震惊不小,"你是说……林修平的消息?"

"不,"叶明诚摇了摇头,"是林修平的儿子。"

听到并不是林修平的消息,公爵脸上露出失落之色,转瞬又诧异道:"他儿子?他有儿子?"

"一开始我也不知道。不过,那个少年的身份是之前死掉的亚洲区前任先锋官临死前说出的。当年,他不是跟林修平还有穆云一起号称'铁三角'吗?应该假不了。"

"那孩子现在在哪儿?"

"很巧,他是索伦少爷的朋友。上次索伦少爷去中国封印穷奇,就是跟他一起。"

"哦?有意思。"公爵右手握拳,拇指摩擦着食指的第二个关节,"奥斯汀,索伦呢?"

"听说最近去地中海沿岸追查一头水螭的踪迹了。"

"哦。什么时候回来?"

"不清楚,您知道的,少爷他经常不打招呼就……这回他去地中海,我还是听莱昂说的。"

"无妨,这事不急。对了,莱昂开飞机的技术怎样了?"

"理论没问题了,也驾驶过几次,但毕竟实操经验不足。"

"这阵子你再训练他一下。"

第五章　冷雨之海

"是。"

索伦半个月后才回来。

他一进门,莱昂就迎了上去,又是接包,又是接他递来的外套。

"哎哟,少爷,您总算回来了。我每天没事时都在窗前看外面,今天可盼到您了。"

"有急事吗?"

"那倒没有,可是我很担心您啊。最近常常听到猎人出事的消息……您又总是单独行动,不带个帮手……"

索伦疲惫地挥了挥手。

莱昂闭上嘴,没有继续说下去。

索伦想起了那张棕色卷发下总是脏兮兮的脸。大部分时候,他都喜欢独行,因此曾经非常不满猎户座分了那样一个小子给自己做搭档。但那孩子死后,索伦就再没跟人搭档过。

在中国参与的那几次集体行动算是例外。

窗外,淡白的阳光正打在微微晃动的枯枝上。这是一年里最冷的时候。

"怎么样?这次您去地中海,听说是追踪一头水蜥……"

"已经解决了。"索伦快步往卧室走着,"我先冲个澡,吩咐厨房帮我准备一点简餐就行。"

莱昂拎着包,吃力地跟在后面:"但是……少爷,公爵说……说今天晚餐一起吃。"

索伦眉头一皱,随即平淡地回应:"那好吧。"

零日传说 II · 长夜

洗过澡后,索伦换上了睡袍,一头金发湿漉漉地挂着水。他就这样去了餐厅。

公爵已经坐在长桌的主位等着了。索伦想坐到饭桌的另一头,但餐盘摆在公爵旁侧紧挨着的座位。他只得走过去坐下。

公爵看了眼心不在焉的索伦,张嘴想说什么,但最后只是说:"回来了。"

"嗯。"

公爵顿了顿,转头对身后的仆人说:"开始吧。"

前菜端了上来,是开胃的烟熏三文鱼。精致的白瓷盘里,薄切的鱼片以螺旋状堆在一小撮芦笋丝上,旁边点缀着薄荷、柠檬片。

"你尝尝,今年新做的。"

"是。"

父子俩无言地品尝着仆人精心准备的美食。

第二道菜是芝士焗蘑菇。刚出烤箱的蟹味菇、杏鲍菇和花菇鲜嫩明艳,散发出浓郁香味。

父子俩仍旧无声地吃着。

主菜是迷迭香烤羊排,配佐餐面包片。随后上的是洋葱汤。

直到吃完这一切,父子俩都没说话。

甜点是苹果派。

面皮烤得金黄薄脆,一层面皮,一片苹果,一共五层。表面勾了枫糖浆。

这时,公爵终于生硬地说了一句:"这种千层苹果派,你小时候最爱吃的。"

索伦切下一块送入嘴里,热乎乎的暖甜在口中化开了。

第五章　冷雨之海

"这些年,我们很少在一起吃饭,我都不知道你喜欢吃什么。"

"什么都可以。"

"也对。猎人常年在外,要吃什么也没得选择。"

"嗯。"

"前阵子去中国怎么样?中华料理闻名世界,想必有不少美味。"

"朋友带我去吃过一次烧烤,感觉很不错。"

"噢?你在中国认识了不少朋友吗?"

索伦停下刀叉,警觉地皱起眉头:"您想怎样?"

公爵没在意索伦的冒犯,如常说道:"这些年你总独来独往,我很高兴听到这个消息。"

"哦。谢谢。"

"有没有想过邀请你的中国朋友来家里做客?"

索伦疑惑地看向父亲。

公爵知道,太虚伪便无法说服索伦。他坦诚地说:"我听说有个叫白凌霄的少年,是猎师四脉林修家的孩子。林修平失踪那么多年了,我很想问问他知不知道父亲的情况。"

"那您直接邀请他不就行了。"

"我发出邀请不是不行。只是你们年龄相仿,想必也有共同语言。他们来了,还是要你接待才好啊。"

"那随您便。"

"不过……"公爵顿了顿,成功引起了索伦的兴趣,"最近'深渊闪电'在检修,搭民航又有各种不便,不如你和莱昂去接他们过来吧。"

零日传说Ⅱ·长夜

　　一直心不在焉的索伦终于有了精神，但他又不想在父亲面前表现得太明显。他继续吃着苹果派，假装不经意地问："开飞机去接他们吗？"

　　到底还是小孩子。公爵脸上闪过一丝笑容："是的。"

2

　　元旦假期。

　　因为怕阿星一个人无聊，小白和沈放约了他出来一起玩。三人碰头后，夹心饼干一般挤在南宫送给小白的超级公爵上，小白在最前面驾驶，阿星在中间，沈放殿后。这台摩托车大是挺大，但一次坐三个人也太勉强了。小白虽然小时候看过不少机车杂志，可毕竟还没骑过真正的摩托车，加上挤着三个人，现在更是小心翼翼，把速度控制在了25码的"安全线"内。

　　正因为骑得慢，车身反而更不稳了，一路走着蛇形，摇摇摆摆。

　　"喂！你们都挤上来干吗？这可是南宫的遗物……不对不对，是遗产……也不对……反正这是南宫留下来的东西，小心压坏了！"小白抱怨。

　　"谁让你骑出来的？没有它我们就去打车了。"沈放说。

　　"我骑出来是我的事，你们可以跑步跟着嘛，就当锻炼……"小白回过头，"你不是最喜欢锻炼了吗？"

　　"别回头，看前面，看路！"连一向温和的阿星也紧张得喊起来。他死死地攥着座椅，"拜托了小白，别在骑车时随便乱看行不行？"

第五章 冷雨之海

"好好好……哼,对我的车技这么没信心吗?"
"是!的!"阿星大声说。
"靠,阿星,连你也看扁我?坐好了。"小白加大了油门。
"不要啊……"

终于,三人压在车上,魂飞魄散地来到了麦当劳。

阿星下了车后,惊魂未定地抚着胸口。沈放也一脸生无可恋。

走进店里,小白用手揉了揉冻僵的脸,点了食物。然后,他们找了张角落的桌子坐下。

狼吞虎咽一阵后,阿星神秘地说:"你们有没有觉得不对劲?"

"什么不对劲?"小白啃着汉堡问。

"已经很久没遇到那种零零散散的普通异兽了。"

"还真是,"小白表示同意,"感觉换了个片场一样,我都快以为自己就是一个普通大学生了。"

"但很可能这其实是假象,说不定背后有阴谋。"阿星一脸紧张。

"哦?有阴谋?"小白不以为然,"一定是上次封印了穷奇,令异兽的实力大为损失,它们害怕了吧!"

沈放说:"我也觉得有些不对。我来理一下时间线哈,你们看看。"他将餐盘里的垫纸抽出来,用薯条蘸番茄酱在上面画着,"这是一年多以前,小白第一次遇到异兽。那之后,树城这个小地方常常有异兽出没,小白总是比我们更容易遭到异兽袭击,直到他去年暑假被赤召用陷阱抓起来。我们知道异兽之所以集中出

零日传说Ⅱ·长夜

没在树城并攻击小白,是因为怀疑他体内封印着神兽。不过当时,小白体内出来的是一只小蜥蜴,赤召以为找错人了,所以那之后树城便很少有异兽出现了。"

"对。"阿星接着说,"而且之前,异兽的出没常常是通过'通道',是从异界直接'跃进'地球的。但近半年来,似乎从'通道'进来的异兽也没那么多了,它们不是把老巢搬到地下了吗?蛰伏在地下的异兽随时可以到地面上,却不会被监测网发现。"

"我们有一个多月没出任务了,好像从上次封印穷奇后,它们就很少出没,不像以前那么嚣张了。"沈放说。

"果然还是怕了吧!"小白得意道。

阿星叹了口气:"我听说,猎户座的监测网只能监测到'通道'的波动,而'通道'只会在被异兽强制打开时才会波动,因此,只有当异兽试图打开'通道',也就是跃进地球前不久,猎人才能得知然后赶过去狩猎。但如果它们就在地球,那便无法监测它们的行踪了。所以,我觉得它们根本不是被我们杀灭了气焰,而是行动更隐秘了,蓄势待发。这可比直接从'通道'过来要可怕得多。果然是有阴谋吧?"

阴谋?小白想起上次在和平饭店遇到的诡异牛头人。他没让其他人知道,本来应该被封印的泥巴还在自己体内这件事,所以也没有向组织汇报牛头人出现的状况。甚至有时他会怀疑,那天晚上看到的一切,会不会只是个梦?于是他心虚地说:"嗯,你们还记得南宫说的话吗?他说四方凶兽的封印全部解除了,虽然我们重新封印了穷奇,但还有另外三头呢。好在他们口中说的那个什么神兽,上次也和穷奇一起被封印了……不过,总归还是有

第五章　冷雨之海

三头棘手的异兽需要处理。如果它们一起发动进攻，再加上那次在地下看到的异兽军团，也够我们受的。"

提到"神兽"两字时，小白觉得胸口胎记的位置灼痛了一下。但这感觉只是一瞬，让他觉得这只是自己心虚下的错觉。

"不过……哎呀，我们别在这儿瞎担心了，就算有阴谋，穆大叔他们这些老猎人怎么会想不到？"小白朝嘴里塞了一把薯条，想结束这个话题。

"嗯。对了，南宫上次说的，并不是所有异兽都与人类为敌，这又是什么意思呢？"阿星陷入思索。

这时，小白放在桌上的手机响了。

大家都瞥见了他收到的信息："明天有空吗？"

沈放一把拿起手机，念道："发信人，王梓。"他点开信息看了看，"哟，头像挺美的，约你明天去看电影。小白，这谁啊？"

小白抢过手机，脸红了："同学。"

"同学？"沈放一脸八卦。

"就是同学。"

"普通女同学会约你一起看电影吗？"

小白没回复，摁掉了手机屏幕将手机揣进裤兜："就是普通同学而已。"

沈放看了小白两眼："之前那个蒲苇，你说过不喜欢了吧？"

"要你管？"

"就是确定一下。不喜欢了吧？"

"不喜欢了还不行？"小白摇摇头。这次是真的，就算说出口，心里也完全不难受了。

"那现在喜欢谁呢？"

· 193 ·

零日传说Ⅱ·长夜

"怎么，一定要有喜欢的人才行吗？本大爷专心屠兽，谁也不喜欢！"小白做了个挥刀的手势。

"反正我是觉得，不喜欢的人，一定要好好拒绝清楚，要不以后很麻烦的。喜欢的人，就要好好告诉她，这样以后才不会后悔。"

"还说我呢，你有好好跟宋禾姐姐表白过吗？"小白嘴上逞强，心里却在想着沈放说的那句话。不喜欢的人，要好好拒绝清楚才行。是吧？就因为蒲苇一直没有好好拒绝过自己，才让自己总是一次次地不死心和一次次地灰心丧气。所以，是不是应该跟王梓说清楚呢？

沈放挠了挠脑袋："没有啊，她都有男朋友了嘛，表白会很尴尬的。但是，她知道我喜欢她的。"

"白痴，你不说她怎么知道？喊，每次说别人都很厉害，到了自己身上，还不是一样。"

"算了。就算她不知道也没关系。"

吃完饭，三个人再次叠在摩托车上，往回行驶。

夜风阵阵，寒冷如刀，小白却觉得身上像火烧一样热。一股灼热的气流从嗓子眼直往外冒。

完了。他舔了舔嘴唇，这种感觉他再熟悉不过，是体内的那头异兽在躁动。车速越来越慢，几乎减到了20码以下，小白咬牙强忍着。

阿星扶额："小白，稍微快点，再慢车就立不住了……"

沈放说："晃是晃了些，好在这个速度就算撞上什么也死不了……"

第五章 冷雨之海

小白已经没力气跟好友插科打诨了。体内的那股火四处流窜，烧得他脑子也晕乎乎的，全身也不由自主地紧绷。

又是那种感觉。平日相安无事的泥巴，此刻正化作火焰般在体内奔腾。它要出来。

泥巴，好好待着，别添乱。小白默默地祈祷。

像是回应一般，脑海里开始响起"吼吼"的嘶鸣。这头异兽并未被安抚，反而更加躁动，小白两眼一黑，三个人连人带车摔在了路边。

"哎哟！"还好速度不快，沈放直接趔趄着跳下了车，挤在最中间的阿星也顺势滚到一边，很快揉着胳膊站起来。

"小白，你搞什么……"

还没抱怨完，沈放和阿星都看到了侧压在摩托车下的小白竟一动不动。"喂，你怎么了？"他们赶紧将小白扶起。

一摸小白额头，湿漉漉的像刚洗了头，竟热得烫手。两人赶紧将小白拖到树下靠着："发烧了吗？刚才还好好的呢。"

小白攥着拳头："没……没事……"

"别逞强了，你这哪里是没事的样子？"沈放担心地说。

"只是普通发烧……"

"送你去医院吧！"

"不、不用……"

沈放和阿星执意要抬小白去医院，小白用所剩无几的力气反抗着。就在小白濒临崩溃的边缘，和上次一样，就在一瞬间，一切又都消散了。

灼热感褪去了，刚才还烫得发软的身体和涣散的意识，一下子恢复了正常。

· 195 ·

零日传说Ⅱ·长夜

"好了啦,我都说了不用去医院,没事了。"小白来不及庆幸,赶紧拍拍手,从地上站起。

"真的没事了?"沈放狐疑地又用手摸了摸小白额头,果然跟刚才判若两人,现在完全是正常体温,一点儿发烧的迹象都没有,"奇怪,"他突然羡慕地小声嘟哝,"发了烧这么快就能好?这就是猎师四脉的血统带来的恢复力吗?"

小白知道沈放的心结,但此刻他没有解释,傻笑了两声打着哈哈:"大概算是吧?啊!车子……"

他们这才想起摔在旁边的那台超级公爵,小白费力将它扶起,心疼地试着发动了下,坏倒没坏,就是车身的漆蹭掉了几块。三人合计着,应该把它送去薛荣的店里保养修复一下。

回到家,老妈又开始唠叨了。

"学校离家这么近,一学期也没回来几次。这元旦了好不容易回来,又跑出去跟朋友玩了。你呀,就不能老老实实在家待着,帮你妈干点活?"

"别了,妈,要是我待家里,你又该嫌弃我睡懒觉、玩手机、玩电脑了。"

"哟,上大学了,顶嘴的本事也见长了。"老妈一边将苹果去皮,切成小块,一边抱怨连连。

不知怎么,小白觉得能这样一直听老妈抱怨,也不坏。

"来,多吃点水果。你住学校里很少买水果吃吧?你呀,不削好递到你手里,就不知道自己吃……"

"好好好,知道啦。"小白左手拿牙签戳着苹果吃,右手滑动手机。

第五章　冷雨之海

那条王梓发来的、没有回复的消息映入视线。

小白想起沈放的话。不喜欢的人,一定要好好拒绝清楚。

好吧,就这么决定了。小白打着字:"抱歉,明天有事,不能和你一起看电影了。"

消息很快回过来:"那……后天呢?"

小白苦笑着摇摇头,她看上自己什么了啊?"你可以约别人去嘛,别等我了。"

又一条消息传来,却是叶乔。

她在"叶乔小分队"那个群里问:"你们几个,想去欧洲吗?"

沈放很快发言了:"大姐头,最近猎户座福利不错啊,又是去上海,又是去欧洲的。"

叶乔说:"不开玩笑,我认真问你们的。"

"要去要去要去要去要去!"小白一连打了好几排"要去"加上好几排感叹号,又接着问,"但是,马上要期末考了,再怎么说,也不能翘掉期末考试啊。"

"那就期末考试之后去。你们三个没问题吧?有护照吗?没有的话这阵子办理一下,我这边帮你们搞定签证。"

"没问题。"三人都这么回复。

小白好奇地问:"队长队长,这次怎么又突然要带我们去欧洲?"

"兰彻斯特公爵邀请的。你们是作为索伦的朋友被邀请到公爵府上做客,以及,白凌霄,你是作为猎师四脉林修家的人,被公爵邀请会面。"

小白脸上表情变幻莫测,一会儿是兴奋与期待,一会儿是吃

零日传说Ⅱ·长夜

惊，一会儿又是沾沾自喜。

这些表情落在老妈眼里，变得非常可疑。她满脸问号："你这孩子，对着手机傻笑什么？"

"我、我没傻笑。"小白赶紧恢复正经脸。

坐在旁边看电视、一直没有说话的继父倒是很直接："小白啊，要是谈了朋友，每个月生活费家里再多给你五百。"

"不是你们想的那样啦！"小白反驳，然后趁他们再问什么之前起了身，"我去洗洗睡了。"

洗漱好了回卧室，小白关上房门滚到床上，又抓起了手机。
给王梓发去那条消息后，她就没有再回了。
虽然有点失落，不过这样也好吧。
曾经期待过的，像青春片里演的那样，等读大学时，要跟舍友称兄道弟，跟女生谈恋爱，参加社团，到处疯到处闹……这种生活，好像不可能再拥有了。
也是曾经期待过的，像热血少年漫画里那样，和一群志同道合的朋友为一个目标而努力，守护最重要的东西。这种从没想过能实现的生活，现在却正经历着。
生活不就是这样吗？总是拥有了一种人生，就错失了另一种。
但现在正经历的这种，还挺酷的吧？
这么想着，小白进入了梦乡。

第二天，小白和沈放一起，将蹭掉漆的超级公爵开去了薛荣的店。

第五章　冷雨之海

薛荣一眼认出这是南宫的车。

"烤漆要重新做。车先放这儿吧。"薛荣忙里忙外,整理着他的工具。小白和沈放站在一旁看着他。

突然,薛荣没来由地问了一句:"他还好吗?"

小白愣了一下,才反应过来这个"他"指的是南宫。

就算南宫是兽人,可到底也是大家的伙伴。

"不知道。我没见到他的面,他托人把车钥匙捎给我,就自己走了。"

薛荣笑了一下:"这倒符合他一贯的行事风格。"

"薛老大,你说,他还会再回来吗?"

"我哪儿搞得懂你们这群臭小鬼在想什么。"薛荣故意这么说,还盯着沈放,因为那天的事小白都听到了,薛荣也没有刻意回避,"真的不打算放弃?"

沈放也注视着薛荣的眼睛:"我说过的话是不会变的。如果连这点决心都没有,就别当什么猎人了。"

"有时光有决心是没用的。如果决心有用,就没人会死了。"

"随你怎么说。"沈放耍起无赖,"你就是看不顺眼我老在宋禾面前晃,想把我赶走。"

和第一次见面一样,薛荣从抽屉里拿出一把精致的小刀,和一个橙子。小刀在他手指间翻飞,很快,那个橙子不仅被削去了皮,也被削去了经络,而橙子仍旧完好无损。

完美的橙子。

薛荣看了看表:"7秒54。还好,正常发挥。"

"薛老大,你是店里永远放着橙子吗?"小白吐槽。

薛荣将刀收起:"看到了吗,这手绝活,我从小时候就开始练。每个第一次看到的人，都会非常吃惊于我在使用小刀时，对于力度的精准控制。很厉害吧？但遇上猛一点的异兽，屁用没有。异兽不是橙子。"

小白继续吐槽："拐那么大弯说这个，你只是单纯想炫技吧！"

"嘿，不是手痒，是想告诉你们，"薛荣耸耸肩，将橙子分给小白和沈放，"遇到异兽，决心没用，技术也没用。不管怎么练，无论多厉害，和异兽对峙，都是把生命交出去的事。生死只在一线之间。沈放，你不是被选中的人，没必要冒更大的险。"

"你说得对。"沈放道，"生死只在一线之间，就算你们有血统，也没把握一定能打败异兽、一定能活下来。这不是和我一样了吗？"

"我们活下来的概率比你大。"

"概率是对整体而言，具体到个人身上，不是生就是死，概率不是百分之百就是零。"

"就是嘛，"小白帮腔道，"薛老大，沈放每天都在很努力地训练，让他跟我们一起吧。我们会小心的。"

薛荣哼了一声，又去忙了。

他其实心里很明白，这群小鬼正在最热血的青春期，从未失去过重要的人，所以，无论怎么跟他们说，他们也不会明白的。

不过……这不也正是他们的可羡慕之处吗？

想到这里，他无奈地摇摇头："一个月后来取吧。"

"啥？"

"这台车。一个月后过来取。"

"好嘞。"小白点头。

第五章　冷雨之海

沈放兜住小白往外走了两步，又像想起了什么，回头对薛荣说："希望下次碰面，我们能愉快合作，不要再提让我退出的事了。"

然后，没等薛荣回答，他推开门，走了出去。

3

地狱般的考试周终于结束了。

这一周简直是修罗场，小白没有一天是凌晨两点前睡的，中间还熬了两个通宵。一学期落下的课都得靠这短短的几天补上，至于会不会挂科，全靠人品。刚回寝室，打算收拾收拾回家的行李，同宿舍坐在电脑前的应飞叫道："啊啊啊，前几天考的几门课分数已经出来了！"

"在哪儿看？"

"在教学系统里啊。"

小白赶紧和周南、王力杨一起用各自的电脑登录到教学系统上，高数这门课下面，小白的分数是红彤彤的35。他痛苦地惨叫："我挂了……果然不出所料啊！"

坐一旁的王力杨淡定地说："这还不容易？我给你改了就是了。"

"啥？"小白知道王力杨电脑水平很高，但这不光是技术问题，做这事胆子也太大了吧？

"我可以帮你改分数。不就是黑进教学系统吗？"

"靠，真的可以？"

"当然，但是……"王力杨不怀好意地笑了笑，"对你来说没

零日传说 Ⅱ · 长夜

用……"

"为啥？"小白更好奇了。

"你挂的是高数啊！教高数的王教授可严了，你课都不去上，被记了好几次旷课，不挂才怪。王教授肯定记得有个叫白凌霄的家伙不及格。"

"哈哈，这个学期他可能就没怎么见过你。"周南补刀。

小白绝望了。

"那正好，"王力杨拍了下手，"这就好办了。"

"怎么？"

"反正教授不认识你，找个朋友替你补考。"

"这……行得通？我听说补考可严了，就是为了杜绝替考的现象，到时监考老师会对比补考单上的照片。"

"过来过来，哥们儿给你们开开眼，但别传出去。"

众人赶紧凑到王力杨电脑前，只见他熟练地打开浏览器，输入了一个路径，随后手指开始在键盘上噼里啪啦地敲击，快到众人根本看不清他是如何操作的。很快他重新登入教学系统，获取了管理员权限，在代码页中修改了几个数值后，他说："好了，你看看自己的资料？"

小白赶紧回到自己的电脑前点开资料，他的头像赫然变成了周南的照片。

"懂了吧！我可以把补考单上的照片帮你换掉。你只需要找到那个愿意替你补考的朋友就行。"

"这容易。"小白如获大赦，填高考志愿时帮沈放报了数学系果然是个深谋远虑的决策，以沈放聪明的头脑和高中学霸的基础，想必考个大一高数不成问题，哈哈，而且沈放也是隔三差五

第五章　冷雨之海

就逃课参与猎户座的行动,教授们同样不熟悉他那张脸,"你等会儿,我发你一张我朋友的照片,你把我的照片换成他,绝对没问题。不会被发现吧?"

"放心,一会儿我设置好时限,一旦打出补考单,就自动恢复回去,神不知鬼不觉。相信兄弟的水平。"王力杨摆出一个自信爆棚的样子。

小白之前听他说过在玩黑客技术,一直没有当真,这次才刮目相看。

应飞和周南开始缠着王力杨问他是怎么当上黑客的。

王力杨说他初中起就开始自己捣鼓研究这玩意儿了。有一个世界级的黑客论坛,每天有人在论坛里发任务帖,黑客接下任务后便开始执行。通过任务难度、悬赏分数,黑客会获得相应积分。现在王力杨的ID已经是论坛里世界排行前一百的老鸟。"我师父更厉害,不过说了名字你们也不认识。总之,他已经是排行第三的大神了。"他得意地炫耀。

看不出树大的计算机系这么卧虎藏龙。小白很好奇,本想再听王力杨讲讲黑客世界的故事,结果沈放打来电话,叫他走了。他之前跟沈放约好的,考完试一起回家。他顺便跟沈放提了帮自己补考的事,沈放虽然很不乐意,在电话里咆哮半天,最后还是拿小白没办法,只得应了下来。

搭在进城的公交车上,小白问沈放:"之前队长说的等放了寒假,去欧洲找索伦玩,没变卦吧?"

"对哦,你问问她怎么样了。"

小白掏出手机,在"叶乔大姐头小分队"群里问:"队长,

· 203 ·

零日传说 II · 长夜

我和沈放期末考完啦,我们还去欧洲吗?"

阿星很快发了一个羡慕的表情:"啊,我要下周三才能考完。"

过了一会儿,叶乔发来消息:"那就下周五出发。"

"啊,真的可以去欧洲。"小白激动地搂住沈放,小声激动地说,"当猎人福利真好!"

可一转念,小白开始有点头疼怎么跟老妈解释这件事。沈放跟父母说一声要出国玩,肯定很轻松就能被答应,但自己和他不一样,这是去欧洲,又不知道得待多少天,很快就要过年了,老妈能同意吗?他发愁道:"我该怎么跟老妈说啊?"

"就说去旅游啊。"

"绝对不可能!你还不知道我老妈?光是我哪来的钱出国旅游这一点,就够她对我酷刑逼问的了。"

"那也简单,自己写个英语邀请函,随便什么学校都行,写好后打印出来,淘宝上刻个章一戳,就说欧洲某高校邀请你去交流学习。"沈放出主意。

小白还是觉得不保险。想了想,他给叶乔发了条信息:"队长,还记得高中时你为了帮我和沈放逃课,搞的那个什么编程大赛组委会通知书吗?"

"记得,怎么了。"

"呃,你能不能再帮我搞个类似的玩意儿?"

"你要干什么。"

"呃,就是这次出去那么久又那么远,我不好跟老妈解释啊。怎么样,能搞到吗?"

没想到她直接打消了小白的疑虑:"这次不用。公爵想得很

第五章　冷雨之海

周到,他用他做校董的高校给你们发了正式邀请函。我马上给你转发电子版,你自己打出来。"

"真的?"

叶乔没理会小白的怀疑,直接把电子版的高校交流生邀请函发了过来。

小白还有一件担心的事,虽然问出口显得很寒酸,可扭捏半天还是硬着头皮向叶乔确认:"这次去欧洲,需要自己花钱吗?"

"不用。"

"那就好那就好……"

小白大舒一口气,只要不花钱,就很好搞定了。小白将邀请函打印出来,回到了家。

吃过晚饭。小白忐忑地将制作好的邀请函拿了出来。

"妈,这个……"

老妈将打印纸接过去看了几眼,然后发现全是外文,根本看不懂:"这是啥?"

"就是,呃,奥地利的一所大学邀请我寒假去参观学习。"

"奥地利?邀请你?"老妈疑惑地又将邀请函翻来覆去看了一遍,但实在看不懂,终于放弃了,"骗钱的吧?"

"不是的,不用花钱。"

"不花钱?"

"嗯,是免费的活动,好不容易才选上的……"

"选上你?为啥邀请你啊?"

"这个……这个是和我们大学的交流项目。"

"是吗?"老妈还是一脸难以置信。

零日传说Ⅱ·长夜

"真的了啦,反正又不花钱,不会被骗的。"

"不会是传销组织吧?"

"传销组织把人骗到欧洲,成本也太高了吧!放心好了,你儿子我一穷二白,没什么好被骗的。你看,这里有大学的章。之前办的护照找出来给我一下啦,组织……我是说学校那边会帮我搞定签证的。"

"我先刷碗,待会儿再说。"老妈收拾了碗筷,走去厨房。

继父在一边帮腔:"我听说欧洲那边签证不是那么容易拿到的,既然学校能帮小白搞定签证,肯定假不了。孩子有这种机会,咱们要多支持啊。"

"话是这么说……"这个消息让老妈一时反应不过来,既惊喜又惊吓,此时不知该说什么好。她本能地不希望孩子独自去那么远的异国他乡,但理智却告诉她,孩子长大了,有这样的机会是件好事。

小白补充道:"妈,你放心好了,沈放会跟我一起去。"

"他也被选中了?"

"嗯。而且,欧洲那边的学校会来人接我们的。不会有事。"

沈放在小白老妈眼中就是那个"别人家的孩子",想不到自己的孩子能和沈放一起被选中,这让她油然产生一股自豪。而且,两个人一起去,互相能有个照应,她便没那么担心了。转念想想,男孩子长大了,总要让他自己出去闯一闯,总担心也没用。她点点头:"还有其他同学吗?"

"嗯,另外还有两个。"

"总共四个人呀。过年前能赶回来吗?"

"还不知道日程怎么安排的呢,到了那边我会跟你联系的。

第五章 冷雨之海

下周五就出发了。"

"这么急？那，那让你爸这两天去银行给你换点欧元。虽说吃住不花钱，身上总得带些。"

"妈，你是说，你同意我去了？"

"瞧把你高兴的。"

"耶！妈，我帮你刷碗！"

继父在一旁问："签证这么儿大能办下来？"

小白点头："学校出面办理加急，好像只需要一天就可以了。"

"挺好。"

小白接过老妈手中的刷碗布，在水池里洗洗涮涮。老妈站在一旁，不知怎么却叹了口气。

"妈，你怎么了？"

"去那边要……注意安全。"

老妈的眼里闪过一丝阴翳，令小白心虚地不敢跟她对视。小白赶紧低头刷碗："我会小心的。"

周五，老妈和继父坚持要送小白去机场。门卫大爷看到拎着行李的这家人，问他们要去哪儿。小白还没来得及回答，老妈就抢着说："我们家小白被选去欧洲的大学交流呢。"

她故意说得很大声，周围路过的大婶听到后都围了过来，虚情假意地对小白赞不绝口，问这问那。

小白一阵心虚，只能以快要误机了为借口，好不容易才摆脱了那群大婶。

去机场的车上，小白抱怨道："妈，你能不能低调点？别弄

· 207 ·

得谁都知道了。"

"那怎么了?你不知道,我有多盼着你能好好长成一个正常的孩子。"

"这话什么意思,难道以前你一直觉得我不正常?"

老妈脸色变了变:"没什么。你能好好学习,还争取到这种机会,我高兴多说两句还不行?算了算了,以后我不跟其他人说了。"

小白偷偷看了看老妈的表情。

老妈有些反常。她知不知道爸爸的身份呢?那个传闻中最强的猎人。如果她知道那个人的真实身份,此刻一定能猜到自己在做什么吧。然而她什么也没说,什么也没阻止……所以,她并不知道关于猎人和异兽的一切?是她太大条了,还是自己伪装得太好了?或者,她只是装作不知道的样子?

小白侧头跟老妈说:"妈,别担心了,我会小心的。"

"嗯。"老妈点点头,但并没有看小白,而是看向车窗外。

到了机场,叶乔他们已经先到了。小白给老妈介绍了叶乔和阿星,说他们是一起被选中去交流的同学。那两人会意地点点头,然后被小白的妈妈拉着说了很多话,什么四个人要一起行动不要走丢了啊,平日里多照顾一下小白啊什么的。他们忙不迭地应承着,直到不远处,一名耀眼的金发少年款款走来。

他太过耀眼,导致众人都没注意到跟在他身后的莱昂。直到索伦给大家介绍:"这位是莱昂,平时照顾我的日常起居,这次去奥地利,大家有什么事都可以找他。"众人才慢慢转头去打量这个青年。莱昂梳了个大背头,打扮得有股和年龄不相称的

第五章 冷雨之海

成熟。

小白老妈有点蒙:"刚才他说什么?"

"啊,那个,"小白挠了挠头,"就说他是那边大学的学长,而另一位是……嗯,相当于国内的辅导员,平时管理学生日常校园生活。"

"是说的这个吗?"

"好啦,妈,你跟爸回去吧。这边我们就要走了。"

索伦走过来,朝小白的父母伏了伏身子:"伯父伯母好,请放心,我们会好好款待令郎的。"

"是是是,麻烦你们了。"小白老妈对索伦很满意,这个外国少年一看就彬彬有礼,显然受过良好的教育。对于小白这次蹊跷的出行,她又放心了不少。

现在这个情况,她自己也觉得再留在这里有些不合适了,只好依依不舍地说:"小白,那我和你爸走了,到了那边记得给家里打电话。"

"知道。"小白朝他们挥挥手。

父母离开后,小白终于松了口气。

叶乔拿出做好签证的护照发给大家,一行人经过VIP通道过了安检,来到登机口。透过机场的落地窗,能看到那架猎鹰2000LC。小白贴在玻璃窗上往外看:"那就是我们待会儿要搭的飞机吗?没有上次去上海的那架大嘛……"

"那是索伦家的私人飞机。"叶乔说。

"卧槽!"听到这句话的小白、沈放、阿星三人,异口同声地叫了出来。

· 209 ·

零日传说Ⅱ·长夜

"私私私私人飞机,"小白惊讶得说话都结巴了,羡慕道,"不愧是贵族。"

莱昂走了过来,他的中文不如索伦那么流利,像临时学的。他用生硬的语调说:"各位,已经准备好了,请登机。"

小白他们跟在莱昂后面,走进了猎鹰飞机内部。通道铺着米色羊毛地毯,座椅是宽敞的真皮沙发。各种设施一应俱全。

索伦换上飞行夹克走来,对大家说:"你们休息吧,全程要飞十几个小时。驾驶交给我和莱昂就行。厨房在那边,饿了可以过去找点心吃。到饭点我会让莱昂为大家准备简餐。另外,飞机升空后会打开无线网络,大家可以上网、看电影。"

"哇……"除了慨叹,小白已经说不出别的了。

同样是猎师四脉,为什么差别这么大?他已经对索伦崇拜得五体投地,至于素未谋面的其他两家,又是怎样的呢?

等索伦进了驾驶舱,小白小声问坐在一旁的叶乔:"队长,你知道猎师四脉还有哪两家吗?"

"来自美洲加拿大的艾斯家族,以及来自非洲埃及的图坦家族。"

"怪不得从来没见过,离我们太远了。加拿大和埃及对我来说简直是异世界……"

阿星接了话:"我最近在资料库里研习猎户座历史,发现猎户座与异兽的战斗一直是分区域进行的,几乎从未有过全球猎人统一联合行动的时候,对吧?"

"是的。"叶乔点头,"一直以来,与异兽的抗衡,其实用'驱逐'来形容比用'战争'更合适。我们本就向来用'驱杀'一词表述猎人的使命。异兽穿过通道,在世界各地闪现,只需当

· 210 ·

第五章　冷雨之海

地猎人前去将它们杀掉就行，没必要全球联合行动，最多隔一段时间互相通个气。即使有跨区域的合作，也多是出于私人关系。因此猎户座的组织里，每个区域的先锋官掌管着当地的行动安排，而所谓的联络长，名义上是宏观统领全球的行动，实际上相当于各方的一个平衡点罢了。"

"但最近危机四伏，是不是有点全球要统一行动的意思了？"沈放问。

"很难说。就像阿星说的，猎户座从来没统一行动过，而且，内里关系复杂。再说世人虽不知道猎户座，但并不绝对，历史上比较悠久的一些王朝都与猎户座有瓜葛。尤其是现在，其实几个大国首脑都知道猎户座的存在，并为猎人行动提供支持，否则凭借今天的监控手段，猎人想隐身并没有这么容易。几大家族背后，其实都有大国的影子。因此，哪怕都是为了驱杀异兽，但几大家族其实仍有竞争，在一定程度上代表了背后大国的影响力。在这种情况下，即便现在有些协调动作，但离真正的联合还差很远。"

"原来是这样。"小白双手枕头靠在沙发，其中的关系太复杂，他懒得去想了。这时，广播里传来索伦让大家系好安全带的声音。

飞机起飞了。

4

奥地利，格拉茨郊区的兰彻斯特庄园。

小白他们在飞机上待了一夜，是黎明时分抵达的。

零日传说 Ⅱ · 长夜

　　车子开到大门口，庄园大门自动朝两侧拉开。莱昂驾车驶入，开上一条两侧种着鲜花的弯道。黎明的微光中，白色山茶花上挂着寒露。车子慢慢停在公爵府邸门前。
　　奥斯汀管家站在门口迎接："欢迎诸位。在下是公爵府的管家奥斯汀，请随我来。"
　　门廊两侧是五米高的罗马柱。穿过门廊，众人随奥斯汀上了旋转楼梯，客房安排在第二层，一人一间。"诸位请稍事休息，为了各位倒好时差，在下暂不叨扰。如果饿了，可以使用内线呼叫厨房准备点心。今天晚上七点，公爵安排了晚宴欢迎诸位。还有什么不清楚的，问莱昂或者我都行。在下先告辞了，傍晚见。祝各位有一段愉快的假期。"
　　大家各自在房间休息，小白给家里打了个电话报平安，之后便倒在床上睡着了。
　　不知过了多久，小白被一阵敲门声吵醒。当反应过来自己身在何处后，他望了一眼墙上的挂钟。挂钟显示时间为六点半，小白一时有些恍惚，不知是清晨六点半，还是傍晚六点半。
　　他揉了揉眼睛，迷迷糊糊地走去拉开房门。
　　叶乔、沈放、阿星穿戴整齐，站在外面。
　　沈放看了看窗帘紧闭的屋内："怎么，还睡呢？"
　　小白打了个哈欠。
　　"别睡了，赶紧收拾收拾，忘记七点有晚宴了吗？"
　　"对哦。"小白的脑子慢慢清醒过来，揉着眼睛说，"那你们等我一下，收拾好一块儿去。"
　　"赶紧的。"
　　小白洗了把脸。室内暖气很足，没必要穿太厚的衣服，他换

第五章 冷雨之海

上了带来的衬衣。但他的衬衣没有熨过,在行李箱里装了大半天,已经皱巴巴的了。他觉得有点不好意思,但找来找去,实在找不出其他更合适的服装。

叶乔看出小白的窘迫:"没事,随意一点,公爵并不是讲究这些的人。"

因为窘态被看出来,小白反而更窘迫了,只能掩饰道:"呃,我是在找手机……啊,找到了,走吧。"

四人一起下楼,有仆人候在旋转楼梯口,看到他们后,引路到了餐厅。公爵和索伦已经在那里等大家了,他们分坐长桌两端,长桌两侧各摆着两套餐具和两把椅子。

看到这个阵仗,小白一时露怯,不知该坐哪里。

公爵起身相迎:"我早就听犬子提起过诸位。随意坐吧,不必拘束。"

和索伦的优雅完全不同,兰彻斯特公爵皮肤泛红而粗糙,上唇留有胡子,身形微微发福,看起来更像一位饱经风霜的军官。他说话声音浑厚,虽然客气,却透出让人不能拒绝的威严。

不只小白,沈放和阿星也没见过这种阵仗。三人求救般看向叶乔。

叶乔使了小眼色:"没关系,随意坐。"然后,她径直走向一把椅子坐下。

小白跟着叶乔,坐到了她旁边的椅子上。沈放和阿星坐了另一侧。

大家都入座后,公爵吩咐仆人上菜。

一听说可以开吃了,一天多没正经吃东西的小白忍不住狂吞口水。前菜端上来,莱昂在一侧介绍:"大家尝尝,这是用雪利

零日传说 Ⅱ · 长夜

酒腌制的鹅肝。"

公爵家的晚宴是欧洲传统的分餐制，每人面前一份，菜品都很精致，但遗憾的是每份就那么一小点儿。小白看了看餐盘旁边摆的好几副刀叉，顾不得思考该如何使用，随意拿起一副叉起鹅肝就塞进了嘴里。还没来得及品出味，已经下肚了，只能眼巴巴地等第二道菜。

公爵周到地招呼着每一个年轻客人，然后催促仆人道："没看见客人在等吗？赶紧上菜。大家都饿了。"

小白对公爵的印象顿时大好。想不到这个大叔虽然是世袭贵族，却很善解人意。

他并不知道，公爵一直在不动声色地观察着自己。这个名叫白凌霄，实则是林修家后人的孩子。

菜接二连三地端上来，菜昂一一为大家介绍，小白根本没心思听，风卷残云般把每样菜都扫进肚里。大概吃了六七盘，他终于觉得饱了。

"啊，好吃……谢谢公爵大叔。"小白见公爵并不是那么高高在上，终于也放松下来。

公爵笑了："喜欢就好。后面几日，让索伦带你们去街上转转，尝尝本地民间很有名的炸猪排，还有啤酒馆里的烤猪手。"

"可以吗？太棒了！"

公爵正色询问："白凌霄，我听索伦说，你是林修家的人？"

"是啊，"小白完全没戒心，一股脑说了出来，"可我从来没见过他。呃，我是指林修平。就连他是我亲生父亲这件事，也是……也是上一任先锋官去世前才告诉我的。"

"令堂也从未提起过吗？"

第五章　冷雨之海

"嗯,她只告诉我,我亲生父亲在我出生前就去世了。现在我和老妈……母亲,还有继父在一起生活。"

"令堂说他去世了?抱歉提起这个,我别无他意。只是猎户座里他的档案一直写的是'失踪'。"

"没关系啦。失踪也好,去世也好,反正……反正只是个我从没见过的陌生人而已。要不是上任先锋官提起,我到现在都不会知道他是我父亲这件事。"

"他是很厉害的猎人,他的离开,是猎户座的损失,我一直很遗憾。"

"是吧!连公爵您也知道他很厉害吧!"哪怕从未见过,小白脸上仍浮起骄傲。

"那是当然。"

小白自豪道:"我听很多人提起过他,都说他是少见的天才猎人。只可惜……要是他还在,从小就教我猎人的本领,我现在一定很厉害了。"

"不必太介怀那些过去的事。"

"嗯,我没太放在心上啦。就像现在这样也不错嘛。"

公爵没再继续这个话题,只说:"我吃好了。厨房给大家准备了甜点,请慢慢享用。我在这里,你们年轻人放不开,就先失陪了。"他放下餐具,起身离席。

公爵使了个眼色。奥斯汀管家跟他回到三楼的书房。

"奥斯汀,你觉得那个少年如何?"

"恕在下眼拙……"

"哼。那个少年平庸之极,枉为林修家后人。"公爵说道,顿

· 215 ·

零日传说 Ⅱ · 长夜

了顿，他又补充，"看来林修家真的不行了，艾斯家和图坦家那两个小毛孩也难堪大任。一切终究还是要靠……"

"当然，当然。"奥斯汀点头，"兰彻斯特家在公爵阁下的励精图治下，无疑已是抵抗异兽的中坚力量。如果那个计划再成功，便……"

两人相视一笑。

但公爵很快倨傲地感慨道："可惜林修平是十九年前失踪的，那时视讯不如现在发达，我竟从未与他谋面。要是能见上一见，我倒要看看他究竟厉害在哪里。"

"即使他还活着，隐退那么多年，也无法与现在的公爵您相提并论了。"

"哼，就算他比我厉害又怎样？靠蛮力拼杀，好比他们中国那个叫愚公移山的典故。一头一头地杀，要杀到何时才能将所有异兽驱逐干净？况且个人能力再强，没有巨大的财力支撑，很多事仍然没法做到。"

"是啊。"

"白凌霄母亲所说的林修平已死亡一事，我认为并不完全可信。那不过是一个母亲给孩子解释为什么没有父亲，惯常使用的一个由头。至于那个穆云……"

"我记得叶先生提起，虽然没有证据，但直觉上还是认为那个人的来历不像他自己说的那么简单。北境狩猎战后，林修平和穆云是同时失踪的。很难说他究竟是穆云，还是……"

"我们可以试探他一下。"

"公爵的意思是？"

"我接到消息，有人在比斯开湾目击了海德拉。我会带索伦

第五章　冷雨之海

出海探察，叫上那几个孩子一起。另外，你把我们要带白凌霄等人一起出海这个消息，传给穆云知道。就说我们要去封印海德拉。"

"是。"

翌日清晨，奥斯汀应公爵之命，前来询问这几位客人，是否愿意助兰彻斯特家一臂之力，共同出海狩猎凶兽海德拉。

"海德拉？那是什么，好像听过这个名字，很厉害吗？"小白一脸茫然。

阿星无奈地叹了口气："一看你就没登录资料库好好看过，这可是猎户座最基本的知识啊。四方凶兽，还记得吧？亚洲的穷奇，欧洲的海德拉，拉丁美洲的羽蛇神，非洲的卡托布莱帕斯。"

"哦哦哦，知道了知道了。也就是说，是个跟穷奇差不多厉害的角色了？"

"对。"阿星点头，"早在古希腊神话时代……"

"好，就这么决定了。一起去吧！"小白没等阿星说完，就握拳挥了挥，"穷奇再厉害，还不是被我们搞定了？海德拉算什么。我们什么时候出发？"

奥斯汀看着这个莽撞的少年。

良好的训练使得他好恶不露于色，但他还是在心底轻视起这个身为林修家后人的孩子，他在公爵面前的评论并非全是阿谀。相比之下，另一名话不太多、眉宇之间暗藏着一丝忧郁，却又显露出坚定的少年就要好很多。眼下这个不停跟白凌霄解释基础知识、看起来很文气的矮个子眼镜少年也不算差。叶乔小姐还是那么出挑，她抱着手，无声地站在一旁。

零日传说Ⅱ·长夜

好苗子很多，血脉却偏偏青睐了一个毫无长处的少年，这就是林修家注定式微的命运啊……

脑海里想着这些的奥斯汀答道："公爵需要几天时间准备，你们先四处逛逛。我们三日后出发。另外，这次出海以探察为主，大家不必太紧张。"

"说什么探察，我们这么多人一起去，要一举把它拿下才是啊！"小白握拳。

奥斯汀鞠了一躬："如此豪爽，不愧是林修家后人。容在下代兰彻斯特家感谢各位相助。"

"嗨，不用客气。上次索伦不也帮了我们封印穷奇嘛。"小白大度地摆摆手。

奥斯汀笑而不语，微微俯着身子，退了下去。

5

出海这天，气温是零下二摄氏度。天空下着蒙蒙细雨和细碎的冰碴。

一行人搭乘公爵的飞机，前往法国布雷斯特，降落在吉帕瓦斯机场。

随后，转乘预定好的专车抵达出海港口。

过了海关，公爵在前方领路，直直朝一个码头走去。海风湿冷，小白裹着衣服。背上的登山包里，装着他的武器。

码头尽头停着一艘小白只在军事杂志上见过的磨砂黑双体舰，舰身画着一位金盔金甲的剑士与一头怪兽对峙的图案。怪兽长着狮子的头，山羊的身，恶龙的尾。图案下方，用德语花体写

第五章 冷雨之海

着"Gold Der Jäger"。

"哇，好酷！"小白感叹。

沈放和阿星也没见过这样的场面，兴奋地摩拳擦掌。

奥斯汀在一旁解说："船体所纹饰的图案，是皇室赐予兰彻斯特家族的图腾。图腾下的单词是这艘战舰的名字，'黄金猎人'号。"

和小白在杂志里看到的双体舰不同，这艘舰船体形巨大，但并未装有炮塔，整体是简洁的隐身风格。

因为被巨大的双体舰吸引，小白他们根本没注意到码头上站着两个小小的人影。

只有公爵一眼就看见了那两个人。他脸上浮出一丝得意的笑容。

看到他们后，小白一开始以为是驾船的水手，直到走近，他才惊呼出声："穆云大叔，薛老大！你们怎么来了？"

薛荣将正在手中耍弄的匕首转动一圈，漂亮地插回腰间的皮套，撇了撇嘴回答："担心你们呗。"

穆云担忧地看了看那群孩子，对迎面走来的公爵说道："公爵阁下，这次出海封印海德拉的任务，不介意再添两个人吧？"

"穆先锋身手了得，肯前来鼎力相助，想必是对拿下海德拉很有信心了。"

穆云没在意公爵话中的反讽，憨厚地笑着说："海德拉毕竟是四方凶兽之一，谁面对它都不会有信心的。我只是得到消息说这群孩子要跟着出任务，不放心，就带了个帮手过来。公爵不会怪我自作主张吧？"

薛荣拍了拍身后背着的胀鼓鼓的大包，补充说："自备

零日传说Ⅱ·长夜

干粮。"

"何必这么见外?"公爵引荐身后的奥斯汀道,"穆先锋,上次的古堡会议,你见过我的管家了。他准备的食物,足够十人吃上一个月。你就是再多带几人,也不用担心吃喝的问题。此次出海只待几天,后勤方面无须费心。"公爵对着舱门做了个手势,"请。"

"多谢。"穆云仰头望了一眼战舰巨大的身躯,随即猫腰跟在公爵后面进了舰内,"不愧是'黄金猎人'号。"

一行人啧啧称赞,鱼贯而入。

和外部的军事风格截然不同,内舱虽然同样简洁,却无处不透出豪华气派,起居房间更是按照旅行邮轮标准设计的。

小白觉得,光是见识到这些,这趟出来就值了。

一切准备妥当后,"黄金猎人"号起锚了。

细雨微风,虽有些浪,但赖于双体舰的特性,一路上非常平稳,连小白这样从未出过海的人也没有晕船的感觉。

穆云和薛荣去了瞭望塔,公爵在指挥室,戴着耳机,盯着各种监视器。据说雷达和声呐已经开启了,正对四周海域进行探测,但这些监视器对小白他们来说实在枯燥,所以看了一会儿后,便由索伦带着到甲板上"巡视"。

其实就是透风而已。

少年们在甲板上走着。

"索伦,你家太厉害了,不仅有飞机,还有大船。"小白小心地摸了摸船舷,羡慕地说。

索伦一时有些尴尬:"这些不过是祖上传下来的财富,跟我

第五章 冷雨之海

并没多大关系。"

"索伦，你一直不太喜欢兰彻斯特家少爷这个身份吗？"叶乔问道。

一段时间以来，因父亲和公爵接触频繁，叶乔跟索伦也接触得不少，两人之间渐渐熟识。叶乔想起第一次带白凌霄和沈放去基地那次遇到鬣狗群袭击，首次和索伦配合作战，当时提到他的姓氏，他似乎就颇为不屑。这些日子接触下来，叶乔更是越来越发觉，索伦总是刻意回避自己的家族身份，他跟他父亲的关系也不太融洽。

"一些往事留下的心结罢了。"索伦脸色一黯，转瞬又恢复如初，"身份说明不了问题，没必要老拿它说事。我佩服实力，和光明磊落的心。"

"说得好。"沈放拍了两下手，发自内心地赞叹。索伦望过来，两人对视一眼，眼神里达成了对彼此的认同。

战舰以25节的速度巡航着。起航一小时后，便看不到陆地了。四周除了海，还是海，墨蓝幽深；零星有些渔船在远处闪现，很快又消失在浪里。

虽然即将面对的是传说中的四方凶兽之一，第一次出海的小白还是被大海的壮阔震撼到了。他站上船舷，眺望着远处，"阿星，海德拉是怎样的？你看过资料库了吧，给我们讲讲吧。"

"海德拉通俗的叫法是九头蛇，生活在水域，但也可以暂时上陆地。它最难对付的地方在于九颗头被砍下后可以迅速再生，不过，这种迅速的再生能力是四方凶兽的共性，倒也不算它的特点。它的特点是，它拥有一般巨兽都不会有也不需要的毒液，而且这些毒液不仅可以通过毒牙注射进猎物体内，还能像眼镜蛇那

· 221 ·

零日传说 Ⅱ·长夜

样远距离喷射。"

"关于它会喷出毒液这一点，大家可以放心，船上准备了防毒面罩。"索伦说，"不过要小心别被它的獠牙咬伤。虽然也准备了解毒的血清，但毒液扩散得十分迅速，且只需0.1毫升便可致命，有可能根本来不及注射。"

"那……万一被它咬伤了怎么办？"小白担忧地问。

"不要犹豫，立即壮士断腕。"叶乔在一旁回答，"别无他法。"

"这么可怕？"

"其实，我从没见过它。"索伦说，"这是它二十多年来首次挣脱封印。目前船上的人里，有与它对战经验的，只有父亲而已。"

"看来这家伙不好对付啊。"沈放道。

"呃，上次去封印穷奇，我们也没经验嘛……"小白想活跃一下气氛。

但大家的表情并未放松。

所有人都意识到，这是一场比封印穷奇更难打的战役，毕竟这是在海上……

沈放突然想起了什么。

"小白，我记得你不会游泳吧？"

"哈？"小白经沈放提醒，才猛然想起了这件事。

他环视了一圈四面茫茫的海水，脸顿时刷白。但他很快注意到索伦正一脸不可思议地盯着自己，只好逞强道："怕什么，又不用跳到海里跟它打。"

沈放拍了拍他的肩膀："我只是随口一提。放心好了，海水

第五章 冷雨之海

浮力很大的,如果掉到海里,你只要放松身子,就能浮起来。"

"说得容易……"

索伦在一旁认真地说:"如果要正面迎战,我们会想办法将海德拉引上船,大家尽量别下水,水下作战我们不占优势。为防意外,战斗时必须穿上救生衣……"

小白汗颜:"好、好、好啦!知道啦……我去瞭望塔找穆大叔和薛老大他们看看。"

站在高处,风也大了许多。湿气令海面上能见度很低,小白趴在瞭望台,看着一无所有的前方。

"什么时候才能找到海德拉呢?"

"猎人大部分时间都在等待。等待猎物出现,等待时机,等待杀死猎物的那一刻。"薛荣说。

"是哦,上次去山林里找穷奇的踪迹,也等了很久。"小白点头。与穷奇的几次对决是他为数不多的实战经验,所以总是不由自主地想起来,作为比照。

"你在这儿守着吧,我去做饭。"薛荣突然说。

"你?做饭?"

"别以为猎人可以不吃东西啊。"薛荣伸了个懒腰,"这次是猎户座行动,船上没有其他人,能做饭的就是奥斯汀,我们不请自来,还是帮忙打打杂吧。再说了,公爵这么好的船,餐厅和起居室可是按邮轮标准设计的,怎能不好好享受一下?"

"做饭还是享受?"小白无语。

"去吧,我和小白在这里守着就行了。"穆云说。

"好嘞老爹,做好叫你们。"

· 223 ·

零日传说Ⅱ·长夜

薛荣走了,剩下小白和穆云单独相处,总觉得找不到什么话说,气氛有点尴尬。

穆云其实更尴尬。虽然年长,其实他同样不知道该怎样和一名少年相处,浑身的不自在。

两人无声地眺望远方,同时在挖空心思想着,该和身边这个年龄差距这么大的人,说些什么。

"小白啊。"穆云先开口打破沉默,"加入猎户座之前,都在做些什么?"

"和大家一样啊,当然是上学读书了。"

"过得好吗?"

小白看了一眼穆云。这个大叔真怪,居然问这种虚无缥缈的问题。

"傻乎乎的呗,反正我那时很矬,有很多不开心的事,但其实心里也装不下什么东西。再不开心,过几天就忘了。"小白顿了顿,"有时想一想,真怀念过去的日子啊。"

"想回到那种普通人的生活?"

"倒也不是,并不是想真的回到过去,老被人当空气无视的滋味可不好受。只是有点怀念而已。有时会想,要是没加入猎户座,现在的自己会在做什么呢?"

"其实平凡、普通的生活很好。"穆云像有什么心事,叹了口气,"要是我有孩子,就希望他能平凡、普通地生活,开心就好。可惜……哎,造化弄人。"

"是呀,可惜大叔你没有孩子嘛。要不你这么开明的人,当老爸肯定不错。你都不知道,我妈老是说我笨啊什么的,她就希望我好好读书考个好大学,可惜我学习成绩不好,嘿嘿。"小白

第五章　冷雨之海

自嘲地笑了两声。

"她呢？她还好吧？"

"啊？谁？"

"噢，你刚才提到你母亲，就顺口问问她还好吗。"

"挺好的。不过她应该不知道我当猎人的事，还整天跟我唠叨到了大学也不能放松学习，这次来这边，还多亏索伦家给了大学的邀请函呢。"

"别太逞强了，遇到异兽，打不赢就跑。"

"大叔，我没听错吧，你是在让我当逃兵吗？这可不像先锋官会说的话。"

穆云笑了笑，不置可否。两人再次陷入了沉默。

等待。这是猎人的等待。

穆云觉得体内热血翻涌。多少年前，自己在狩猎时，就像这样默默地等待过多少次？等待时，身体的每一处感觉都打开了，视线，极目远眺到最远的地方，观察着周围环境里最细微的动静；鼓膜捕捉着空气里的每一丝异响；而嗅觉在一次又一次的呼吸里，找寻着野兽的气味。甚至，似乎连所谓的第六感都能真的打开。

突然，广播里响起薛荣的声音："开饭了开饭了，大家都到餐厅。"

小白被吓了一跳。

穆云拍了拍小白的肩："你去吃吧，我在这儿守着。"

"那你呢？"

"你们吃好上来换我。虽然有雷达声呐，但它们毕竟是异兽，

零日传说 Ⅱ · 长夜

随时都可能出现,不能没人守着啊。"

公爵守着指挥室的监视器,奥斯汀也坚守着他的岗位。
年轻人们饿了,聚在餐厅吃薛荣做的菜。
因为船上不能使用明火,薛荣又用不惯烤箱,最后他用电锅做了一锅乱炖。
众人看到食物,面露难色。
"虽然跟带你们去山里狩猎时吃的烤野兔不能比。不过,你们这种表情是什么意思?"薛荣不满地说。
"这……这种黑暗料理是人类吃的食物吗?"小白吐槽。
薛荣削了他脑袋一下:"有的吃就不错了,要求怎么那么多?下次你做?"
索伦也很无语,只好说:"下次吩咐奥斯汀做就可以了。"
"那怎么好意思。"薛荣马上切换成一脸堆笑,"我们不能在你家船上白吃白喝啊。"
索伦无奈地摇摇头。
"行了,赶紧吃吧。你们得体谅一下我这个常年独居的男青年,就算在家,我自己也是吃这些。"
小白多嘴问了一句:"那宋禾姐姐也跟着吃这些?"
"她啊,"薛荣看了看沈放,"老在外面做任务,就算偶尔回来一次,我都带她去外面的馆子。她做的还不如我呢……"
沈放抿着嘴笑了。他想起小时候,宋禾姐姐来家里帮自己补习,就常常做出难吃无比的饭菜,还要逼自己全部吃光。这么多年过去了,在做饭这件事上,还是一点长进都没有吗?
但很快,他就发觉自己的傻笑正被情敌看在眼里,于是马上

· 226 ·

第五章 冷雨之海

恢复了严肃的表情。

这日常打打闹闹吃饭的场景,让小白想起老妈叮嘱的要回家过年这件事。他遗憾道:"后天就是除夕了,看来今年来不及赶回家过了啊。"

在座的人里除了小白,要么就是家人已经不在了,要么就是家里人各忙各的,没有聚在一起过年的习惯。所有人看了看这个孩子气的少年,谁都没有搭话。

半晌,薛荣说:"乐观一点,如果明天能遇到海德拉,把它解决掉,后天就能回家了。"

大家都知道薛荣这话只是安慰。茫茫大海,要搜寻一头异兽谈何容易?

"希望这次大家都能平安回去。"阿星说。

"放心啦。"薛荣拍了拍胸脯,"有我在,不会让大家出事的。忘记我之前说过的话了吗?我的行动里,不许有人牺牲。虽然这个行动不算我领队,我只是来打个酱油,嘿嘿。"薛荣瞥了眼索伦,索伦似乎已对他老是这么强调麻木了,面无表情,薛荣只好清了清嗓子,"总之,放心好了。"

"你是想达成北条前辈的成就吗?"叶乔问。

"哎呀,别说得好像我效仿她似的。你们别忘了,有我参与的行动里,迄今为止,人员死亡数同样是零。"

"你只是用枪把异兽都轰跑而已吧!"小白说。

"那怎么了?管用就行。"

"你怎么还是老样子。就你这么吊儿郎当,离北条前辈还差很远。"叶乔放下碗筷,"我吃好了,先去瞭望塔换先锋官。各位请慢用。"说完,她转身离席。

零日传说 Ⅱ·长夜

"喂,"薛荣在背后喊,"叶大小姐,你又来了。别老是那么古板嘛。"

叶乔回头道:"你有你的坚持,我也有我的。"

6

这是"黄金猎人"号在海上巡航的第三天——不,准确地说,是第四天。

凌晨已过,轮值守夜的小白站在瞭望塔,鼻子冻得通红。

夜晚的海面很冷。四周的空气里,仍旧弥漫着掺有冰碴的雨雾。

黑暗无际的海面上,只有船身散发出些许光芒。但这些光很快便被黑暗吞噬了。整艘战舰,就像一团漂在海上的幽暗的火。

唯有海浪哗哗拍打船舷的声音,在寂静的夜里被无限放大。

虽然没有鞭炮,但小白还是在零点那一刻按照中国除夕的传统,许了个愿。

"希望所有人能平安回去。"

他并没考虑到,此刻位于东八区时区的中国,天应该已经亮了,正迎来大年初一的第一缕曙光。

指挥室里,索伦正在监听着声呐系统。

和前几天一样,没有任何异常。

凌晨1:41,耳机里终于捕捉到一丝杂音。

索伦心中一动。

来了!

系统飞速运算:目标物大小,身长约20米;距离,2.3海里;

第五章　冷雨之海

深度：海平面下 15 米；方位，1 点钟方向。

当然，同等大小的生物，也可能只是海里一头普通的鲸鱼，或者霸王乌贼。

海平面下 15 米，五层楼的高度并不算小，但在茫茫大海，这个深度几乎相当于浮在海面。这艘战舰吃水深度 11.6 米，那头生物几乎是贴着船底而行。

不管怎样，先追过去看看！

战舰调整到与目标物相同的速度，跟踪前行着。

一小时后，公爵披着睡袍，推开指挥室的门走了进来。

"索伦，你去睡会儿。怎么样，有异动吗？"

索伦点头："有目标了。"

公爵面色一凛："为何不叫醒我？"

"还不确定目标是否为海德拉。也可能是鲸鱼，或者霸王乌贼。"

"我来看。"

公爵拿起另一副耳机，套在自己头上，皱眉倾听，同时注视着屏幕上的计算机分析数据。他问："它这样游多久了？"

索伦看了眼时间。"从发现到现在，一小时十三分。它并未上浮也未下潜，一直匀速游动着。"

公爵肯定地说："不会是鲸鱼。这么长时间，鲸鱼需要浮到水面换气。何况，这头生物的形状细长，前端散开，不是鲸鱼的形态。"

索伦脸上有点发烧。

公爵继续说："也不是霸王乌贼。霸王乌贼生活在深海，在

零日传说 II · 长夜

浅海很少这么长时间保持这个速度匀速游进。"

索伦为自己没想到这些而汗颜。他不想承认父亲在这方面的敏锐，但他不得不赞同，父亲不愧是老辣的赤金猎人。

"还愣着干什么？"公爵不怒自威地命令道，"叫醒大家备战！"

警报响了。

声音不大，但在寂静的海面上呜咽婉转，如暗夜猎人隐忍而坚定的怒喊。

站在瞭望台上的小白一个激灵。

猎物出现了！在哪里？

海面上一如既往的一无所有。

根据部署，这几天所有人都是和衣而眠，听到警报，他们纷纷抓起旁边的快穿式救生衣、护面和武器，上了甲板。

公爵的声音从广播里传来："发现目标，各就各位，按计划行事。甲板分队保持队形，听我和穆云先锋官指挥。"

众人迅速就位。

战舰朝着一点钟方向加速行驶。

小白下了瞭望台，飞奔到甲板，紧紧盯着前方，然而比图像抵达视觉更快的，是海风夹带着腥味涌进鼻孔。他左手持盾，右手握刀，身上的血液开始沸腾。

"准备，目标一百米。狩——猎——开始！"

伴随着公爵的声音，所有人都听到了一阵异响，是战舰水下的不知哪个部位发出的。响声闷在水里，缓慢扩散。很快，响声

第五章 冷雨之海

停了下来。这时战舰已经停下,并关闭了照明,全面进入静默状态,变成了一艘无声无影的幽灵船。

虽护面上有夜视镜,但要看清黑夜海里的情形仍是一件几乎不可能完成的事。

小白只能看到公爵不知何时来到了甲板上,径直走到船头。小白跟过去,紧张地问:"公爵大叔,刚才那响声是怎么回事,不会被它发现了吧?"

公爵冷哼了一声,也不知是肯定还是否定,专注盯着前方,没有搭话。

只有他和索伦能够看见,前方的海德拉果然被刚才的响声吸引,在海面下一个翻转,直直朝船的方向游来。

这是兰彻斯特家的特殊能力——暗神之眼。

兰彻斯特父子双双站在船头,全神贯注地盯着海面。海德拉全速游了一会儿,眼看就要撞到船上,却突然停了下来。因为听不到响动,又看不到目标,这头九颗脑袋的多疑怪兽无声地慢慢上浮,贴着水面,只将其中一颗头露出海水。

噌的一声,几乎是在露出头的瞬间,公爵和索伦各掷出一把飞刀,准确插入这颗头上对着自己这侧的眼中。

"嘶——"伴随着痛苦的嘶鸣,海德拉一下子从海中暴涨起来,九条翻滚纠缠的蛇颈泛着微弱的黑光,裹挟着充满泡沫的海水一下子卷向战舰。

夜视镜毕竟不似"暗神之眼"可以清楚地看到异兽,当其他人被倾泻而下的海水声吸引着转过头去,只看到一团巨大的蛇颈搅在一起滚向战舰,每一颗蛇头都闪烁着两只硕大的红色眼睛。他们来不及冲过去助阵,只觉脚下一空,整艘战舰都倾斜了。这

零日传说 II · 长夜

是海德拉攀上战舰时，海水填空和异兽重力双重作用下的结果。一众人几乎立刻便摔倒在地，滑向大蛇张开的巨口。

但公爵显然料到了这一切，双体船拥有超强的稳定性，很快便恢复了平衡。在巨大的震荡和瓢泼的海水中，突然爆发出一阵刺眼的光亮。

二十余盏探照灯猛然亮起，耀目的光线直刺向欲翻上船的巨蛇。

从完全黑暗到强光爆射带来的猛烈刺激让海德拉不但立刻失去了视力，更感到头痛欲裂，痛苦万分。

戴着护目镜的众人反而很快适应了这种强光，众人立刻按照部署结成战队，冲向浑身带着斑斓暗纹的异兽。

战舰上的所有人中，只有阿星的武器是远程攻击的弓箭。伴随着灯光亮起，他在从地上站起的瞬间便已搭箭在弓，眨眼间射出，连中三颗脑袋的五只眼睛。

但海德拉没有再给众人机会，眼睛被射中的巨大痛楚令它清醒过来——或者说陷入了疯狂。它疯狂地左闪右避，竟迎着强光躲开了射来的其他箭矢——这些箭矢射在它的身上，几乎就是挠痒痒。

在躲避的同时，它竟不忘用其他头上的嘴含住射中眼睛的弓箭和飞刀，并拔了出来。

眼里流出黑血的巨蛇头颅让小白一阵恶寒，但他仍持着刀盾，一步步靠近这头海中怪兽。

在这一刹那，只听到"砰"的一声，海德拉突然痛苦地扭动。

是薛荣！从准备迎战起，他就一直站在最后方的瞭望塔上，

第五章　冷雨之海

端着陪伴他多年的赫克勒-科赫MSG90狙击步枪。虽然这里摇晃得比甲板更厉害，但他还是从瞄准镜里瞄准了海德拉九条长脖子与身体衔接的部位，扣下了扳机。那个部位刚好没在水下，但不像脖子那样胡乱扭动。

水里浸出一团黑血。

虽然早就知道这个中国青年不守规矩，喜欢用枪对付异兽，但这突如其来的枪声还是让公爵愣了一愣，有些诧异地回头看了一眼这个不羁的年轻人。

薛荣倒是坦然地接受着公爵审视的目光。这群古板的老猎人，在发现第一次有人用枪后，不知有多少人用这种眼神看过薛荣，他早已习惯了。他示威似的又拉了一下枪栓，挑起嘴角轻笑了一下。

比起生死，规矩算什么。

海德拉显然没料到有人会用这种武器击穿自己坚硬的鳞片。九条蛇颈翻滚着缩回水里，不甘地仰首嘶叫了一声，在海中搅出一个漩涡，随之潜进了海里。

但从四周翻滚的水浪看，这巨兽并未逃离。

"趁现在，赶紧把工具拿出来啊。公爵大叔，封印四方凶兽要用特殊武器的吧？'次元囚笼'呢？"小白催促。

公爵不紧不慢道："我说过，这次行动只是探察，并未做封印它的打算。因此……"

小白焦急地打断。"啥？你别告诉我没带？"

公爵没在意白凌霄的无礼，只说："就算带了，也不能使用。"

零日传说 Ⅱ·长夜

"为什么?"沈放惊道。

"因为兰彻斯特家的'次元囚笼'中,已经封印了穷奇。非常遗憾,要是林修家的'次元囚笼'还在,就能用来封印海德拉了。"公爵这么说时,双眼有意无意地扫过穆云。

穆云表情并无异样。

"一套'次元囚笼'中,只能封印一头凶兽吗?根据它的工作原理来说,并不应该这样……"阿星思索道。

"并非如此。但倘若要再行使一次封印,就必须将高维匣子中的空间进行三维展开,那么,本来困在其中的穷奇就极有可能逃脱。而且,一旦两头凶兽同时现于一处,冲破囚笼的危险也将大大增加。"

阿星一脸恍然大悟的表情:"啊!确实如此,我早该想到的。"

"公爵阁下,"一直在一旁听着这一切的叶乔,礼貌地冷声询问,"既然没有'次元囚笼',我们对海德拉是毫无胜算的。为何不早说?"

公爵好像并不在意叶乔言语中的质疑,如常回答:"我说过,此行的目的只是探察,所有战斗只是为了保证安全和摸清它的实力。我认为,没必要提前跟大家解释那种无关紧要的信息。是你们自己把我所说的探察和封印等同了起来。"

穆云脸上有些愠怒。他听小道消息说的公爵要带孩子们出海封印海德拉,因此焦急地赶了来。但如果公爵在孩子们面前一直是说的"探察"一词,那对目前的情况,公爵的确没有责任。

这时薛荣也过来了,他扛着枪,歪头道:"那好,公爵既然都说了此行只是为了探察,现在,海德拉我们也看到了,实力也

· 234 ·

第五章 冷雨之海

见识了,该回去了吧?"

公爵没有理会薛荣,径直走到穆云面前:"穆先锋,当年林修家的'次元囚笼',你知道下落吗?这是神赐给猎师四脉的神器,即使林修平失踪了,神器不会跟着一起失踪吧?"

穆云皱了皱眉:"抱歉,你好像问错了人。"

众人陷入僵持,突然,舰身剧烈地震荡了一下。

"又来了,它在撞我们!"薛荣举起枪大步走到船舷,从栏杆间隙探身看出去。然而海德拉潜在水里,他无法看清目标。

"我也没想到能跟海德拉如此近距离交战。目前看来一时难以将它摆脱,倒是我的疏忽,待回去再向大家赔罪。只是此刻不是追究责任的时候,穆先锋,如果林修家的'次元囚笼'在你手里,现在该拿出来了。"公爵道。

向来随和的穆云脸色变得非常难看。他盯着公爵:"阁下为何认为那东西会在我手里?"

公爵也死死盯着穆云,仿佛要看透他的心思。然而,这个中国男人令他难以看穿。

船身剧烈摇晃,但两人却仿佛遗忘了所处的危险境地。

终于,公爵哼了一声,通过麦克风对驾驶室命令道:"返回,全速驶离这片水域,摆脱海德拉!"

"别呀,公爵大叔!"一手拿盾一手拿刀,正摩拳擦掌想大干一场的小白急了,"来都来了,好不容易发现它的踪迹,就这么回去了?我们这么多人呢!"

出一次海成本也不低吧,小白打量着这艘宏伟的战舰,难道有钱人都这么任性,把行动当儿戏?

"是啊,"沈放同意小白,"至少在它身上装个GPS什么的,

· 235 ·

以后也好追踪它的位置。"

"薛老大,你带那玩意儿了吗?上次用在穷奇身上的那种。"小白询问。

薛荣打开枪膛,换下普通子弹,将一枚弹头里镶有微型卫星定位装置的特制子弹上进膛里。"带是带了,但这畜生一直潜在水下,根本没法打中它。"

"它会追过来的。"公爵沉道。

7

战舰引擎再次启动了,它很快加速,以35节的时速全速航行,船的后方拖起长长浪尾。

站到瞭望台观察的索伦清晰地看见,拖曳的浪尾里,有着九颗头的异兽若隐若现,正加速追击这艘战舰。

可怕的是,它的速度竟比全速航行的战舰还快!

索伦紧握着剑,下到甲板上跟大家一起:"准备好,它在后面,马上要上来了!"

"上来?"小白想起了刚才的场景。

话音还未落,众人突然感到船尾往下一沉。九条蜿蜒的蛇颈再次缠上栏杆。

让小白震惊的是,它之前被飞刀刺伤的眼睛,竟已完全愈合如初!

而且和刚才不同,这一次它整个身子都翻到了船上。它浑身覆盖着油亮冰冷的菱形鳞片,粗壮浑圆的腹尾部大概需要五人双手合抱才能围住,其上长着四只短而有力的鳍状肢,如同海豹;

第五章 冷雨之海

身体前端开叉，分出了九条颀长的脖子和头，每一条脖子都能自如行动。

小白注意到，它的九条脖颈都是带着青黑色暗纹的鳞片，但中间那一条脖子的背脊上，有一条狭窄的金线延伸到鼻端。这条脖子也更粗，更壮。

海德拉没有给众人机会慢慢欣赏，九条脖子九张巨口，或缠或砸或咬或喷，立刻冲向众人！

白凌霄、沈放、陆星移、叶乔、穆云、薛荣、公爵、索伦，他们八个人，但是要对付九颗头。

战斗立刻爆发。

公爵率先行动。他虚挥一剑，晃过面前的蛇头，却将剑刃划向右边一颗头颅，一片透明的水状液体喷洒出来，是那颗头颅的眼睛被划开了。但公爵丝毫没有停留，矮身滑过之前被他骗过的那颗头颅，反而冲向左侧的蛇头下，将剑从下向上刺入巨蛇下颌，并借着冲劲划出一道巨大的口子。

一连串动作不过眨眼之间，却连创两颗蛇头，更让这三颗蛇头在慌乱中撞在一起，给其他应战的猎人创造了条件。

不愧是赤金猎人！

小白来不及赞叹，旋出圆盾外圈的齿轮，将盾掷向海德拉。没想到公爵轻易就斩断的蛇颈并没有看上去那么柔软。圆盾打在海德拉的鳞片上，竟弹了回来，且未伤到它分毫。

所以不能硬拼，必须像公爵那样攻其不备和薄弱之处。

就在众人在蛇群般的长颈间搏杀时，枪声再次响起。薛荣扣下扳机，对着海德拉中间带金线的脖子射出了那枚镶有定位装置的特殊子弹。金色脖子上的鳞片坚硬如铁，正好给了子弹阻力，

· 237 ·

零日传说 II · 长夜

令子弹稳稳嵌入了海德拉的皮肤内。

海德拉被公爵重创的头很快愈合了。拥有超强修复能力的它似乎毫不在意众人的搏杀，发疯一样不设防地一股脑冲向薛荣。它没料到，这个它根本没放在眼里的男青年，居然伤到了自己的中枢。

"小心！"叶乔叫道，将双刀一起刺入面前蛇头咽喉，用力朝两边一划，竟硬生生将这颗头割了下来。与此同时，沈放和索伦也重创了他们面前的那颗头颅。

三颗头颅同时受创的剧痛令海德拉狂怒不已，对薛荣的攻击也顿了顿，薛荣正好躲过这一击。

"穆先锋，你这个时候还要隐藏实力吗?！"公爵突然大喊了一声。

应战以来，穆云一直在数颗头颅间躲闪腾挪，虽然伤了海德拉多次，却并非重创。听到公爵的喊声，小白才觉察出穆云的战果甚至还不如叶乔。

其实穆云一直在观察海德拉九条蛇颈的运动规律。这么多长而密的蛇颈竟然从不纠缠到一起，必然有相互避让的特点，否则就会像耳机线一样缠了，还如何战斗？

突然，穆云出手了。

他不断回旋着掷出手上的弯钩。弯钩仿佛能预知九条蛇颈的动作般，灵巧地钻过蛇颈与蛇颈之间的微小空隙，如收割机一样，一颗接一颗割开海德拉的眼睛。一时之间，明亮的眼液与黑血乱溅，如黏稠的雨在四周挥洒。

最后，弯钩直奔那颗中间头颅的眼睛。然而，海德拉只是将这颗头轻轻一侧，不但躲开了弯钩，还如四两拨千斤般改变了弯

第五章 冷雨之海

钩的飞行轨迹。穆云努力停住身子拐向另一侧,才费力地将被挡回来的弯钩接住。

又只是这么几十秒时间,之前被叶乔他们刺伤的三颗头,再次长好了。

战况陷入僵持。

猎人们无法摆脱海德拉,也无法杀死海德拉。再这么下去,只能比谁先消耗掉所有体力。

"这么下去是不行的!"小白冲动地吼道,"明明知道它的头砍了会长,再砍下去也没用。攻击它腹部啊!"

小白这句话在其他猎人的脑中转了一转。

没有神器,自然没法进行封印。要杀死海德拉显然也不可能。既然不能杀死它,那么至少得摆脱它。然而它现在盘踞在船上,无论如何,都得想办法让它重回海里才行,这么看来,必须给它造成足以使之逃跑的重创。

虽然海德拉一时也无法伤到大家,但目前的形势比看起来严峻。

这名少年虽莽撞,要攻击海德拉的腹部也没有说的那么轻巧,但这句话不是没有道理。

公爵命令道:"好,你们吸引它注意。我去攻击它腹下。"

一直在找机会朝海德拉射击的薛荣立刻反驳:"海德拉会让你那么容易伤到它的腹部吗?你们都退下,让我用枪把它轰走。"

公爵冷哼一声,鄙夷道:"枪?这种粗鲁的武器也想和兰彻斯特家的剑一较高下?"说着,公爵突然加力,挥剑砍下了海德拉的一颗头,接着一手搭上它的脖子,旋转着飞身上了脖颈背

零日传说 II · 长夜

部，竟同时把蛇颈划出一条螺旋形的伤口。巨大的疼痛令这条脖子应激地直立起来痛苦地颤抖，公爵则顺势沿宽阔的背部滑了下去。

小白几乎看呆了。

哪怕公爵微微有些发福，但这一系列动作干净利落，没有一丝多余，也没有分毫误差。之前只觉得他独断、傲慢，没想到他竟有如此的实力。那枚赤金徽章不是白来的！

海德拉显然明白了公爵的目的，也感受到了威胁，数条蛇颈立刻扭转向后，想要把公爵咬下来。然而，其他猎人将它的每颗头都缠住了，令它无暇顾及背上的危机。

自开战以来，别人多少都伤到了海德拉些许，而小白要拼尽全力才堪堪能躲过海德拉的攻击，更是未伤到其分毫。心有余而力不足令他焦躁难安，在猎师四脉另一个家族面前，他深知自己背负着其他人对林修家的期望。而公爵不经意投来的皱眉，令小白心中十分不舒服。

这种被人看不起的感觉，多么熟悉，又多么可憎！

为什么自己这么弱？

为什么，身体并不能精确地被大脑指挥，只能下意识地防御？

小白定了定神，决定全力发动一次进攻。他倾尽自己所能，狠命将盾牌对着面前这颗蛇头的巨眼掷出。小圆盾的齿刺终于从蛇头眼皮上划过，令其流下几滴黑血。这颗蛇头震惊于被这个弱小子所伤，愤怒而傲慢地伏到小白面前，张开巨口就要撕咬。

就是现在！

第五章　冷雨之海

　　小白将刀往前一刺，竟扎进了巨蛇口中。可在伤到它的同时，小白只感到胸中一阵刺痛。他不由得用另一只手捂住胸口，失去了防备。巨蛇狂怒，抬起蛇头一甩，不甘放开刀柄的小白连人带刀被甩下了船，掉进海里。

　　"小白！"在小白身旁作战的阿星一时呆住了，他急道，"怎么办，他不会游泳！"

　　"什么？"本在与面前的三条蛇颈纠缠的穆云注意到了小白那边的状况。听阿星说那孩子竟不会游泳，他果断放弃进攻，几步疾跑到小白落水的船舷，抓起地上一捆绳子就扔了下去。而战舰搅起的巨浪里，根本看不到任何人影。

　　趁众人与其他蛇头纠缠之际，公爵将剑狠狠地插入了巨兽腹侧。海德拉吃痛之下，立刻吼叫起来。几乎就在同时，它整个身体旋转了一圈，试图将公爵甩下去。

　　这一甩虽然并没有把公爵甩掉，巨大的尾巴却以巨大的力道向众人横扫过来。叶乔、沈放、薛荣狼狈躲开。公爵疯狂地在海德拉后背上扎刺，只是为了让这怪兽翻过身来。

　　十多下之后，海德拉终于承受不了，但它并没有像公爵所预料地翻滚着露出腹部，而是突然将身了一侧，狠狠撞向栏杆。

　　公爵一个站立不稳，顺着湿滑鳞片摔了下去，即将从悬在船外的巨兽背部落入冰冷海水。公爵只得将剑插进它身体，吊在剑柄上，一时无法行动。

　　薛荣瞄准海德拉的腹部正欲开枪，却被一条蛇头咬住叼向半空。

　　其他人惊慌之下更加着急，甚至出了纰漏被蛇头咬到，幸而

零日传说Ⅱ·长夜

都穿了防撕裂衣而幸免中毒。

只有沈放意识到,此刻的海德拉,露出了它的腹部。

从高高的战舰坠入海水的瞬间,小白被水面拍晕了过去。随即精神一凛,第二意识苏醒了。

海水冰冷刺骨。即使换了意识,不会游泳就是不会游泳。好在穿了救生衣,他拼命蹬腿,总算是浮上了水面。他被呛得咳个不停,并不停喘息。而右手由始至终一直紧握着刀柄,叶乔说的,无论如何,不要抛弃自己的武器。不能松手!抬眼望去,穆云和阿星焦急地从船舷伸头望下来,嘴巴一张一合,但海浪吞噬了他们的声音,白凌霄听不见他们在说什么。

如果再等十秒见不到人,穆云就要跳下去营救了。好在不远处终于浮起一个橙色的身影。"白凌霄,冷静些,往这边来!"他喊着。但突然意识到对方应该根本听不到自己说话,于是他挥着手中的麻绳。

白凌霄会意,拼命朝绳子的方向划水。但海浪翻腾,令他很难控制自己的方向。穆云回头看了眼那边与海德拉的战况,不容乐观,对阿星说:"你去支援,小白这里交给我。我们马上过去。"

"是。"阿星点点头,随即重新回到了战斗中。

白凌霄好不容易抓住了绳子,他心中一哂,自嘲地想,到头来还是叶乔一开始对自己的攀登训练最为管用,这个攀登技能不知发挥过多少次用处了。每次都只是营救自己的狼狈不堪而已。

自己就这样没用吗?

船上的人一定还在与海德拉殊死搏斗,自己却没用到要浪费

第五章 冷雨之海

一个战力来营救。他用嘴咬着刀柄，手脚并用，尽全力以最快的速度往船上攀爬。好不容易回到了船舷，他将刀扔到船上，穆云拉住他的胳膊，将他往船上拎。

是的，沈放意识到，海德拉露出了它最脆弱的地方。

现在，攻击那里！

没有猎人的血统又怎样，照样可以成为最强的猎人。这是自己的机会！

热血涌上沈放脑中，强烈的，想要证明自己的念头，灼烧着他的身体。他感到身体里的每一条肌肉都在微微发烫、燃烧，提供的能量恰到好处，让他的身体变得敏捷、柔软。

那个总是一个人在家，眼巴巴等着永远不会在夜里十二点以前回家的父母的自己。

那个遇到了宋禾姐姐，被照顾和关爱的自己。

那个为了再次找到宋禾姐姐，偷偷倒掉了叶乔给的鸥脑酒，不愿忘记这一切的自己。

那个即使没有血统，也想拼命变强，直到有一天，可以保护心爱的人的自己。

那个每天无论风吹日晒，总是努力练习刀法的自己。

不要辜负了这样的自己啊啊啊啊啊啊！

沈放紧握着爪刀，冲了上去。

这一切，都被挂在船舷上的白凌霄看在眼里。

沈放那家伙竟一个人，毫无防备地冲向海德拉。"沈放！"白凌霄大叫，推开握着自己胳膊的穆云，一纵身翻过船舷，结果摔

· 243 ·

零日传说 Ⅱ · 长夜

了个趔趄，连穆云一起跌倒在甲板。

来不及。来不及了。

白凌霄拼命向前伸出手，好像这样，就能够得着那里的命运一般。

可是，他就这样长长地伸着手，听到了命运的闸刀砍下的声音。

不知什么情况，刚从海里攀上船舷的白凌霄就看见沈放突然冲动地奔向海德拉腹部，双手一挥，爪刀在它腹部凿出几道深深的伤口。然而，海德拉又怎么会允许自己最脆弱的部位被伤害？除了叼着薛荣的那条蛇颈，它的另外八条脖子突然一阵狂甩，将其他猎人扫开，然后像向芯的花蕊那样，朝里弯曲向了腹部。

八张长着毒牙的巨嘴，一起咬向了沈放。

"沈放！小心！小心啊！"白凌霄徒劳地大喊着，身体涌起一阵强烈的心悸。

一连串枪声响起，被叼在蛇嘴里的薛荣听到了小白的呼叫，看到了奔跑的沈放。

笨蛋！找死吗？

我的行动里，不许有人牺牲。虽然这个行动不算我领队，我只是来打个酱油，嘿嘿。

薛荣对着叼着自己的这条蛇颈就是一梭子，生生将这条蛇颈打断，而海德拉似乎忘记了疼痛，八条蛇颈继续咬向沈放，八张巨口齐齐喷出毒液。

电光石火的瞬间，所有人都呆住了——一个身影从上空掉下，刚好将沈放罩住。

第五章　冷雨之海

"臭小鬼，你难道还不明白吗，没有猎人血统的你……"

还没喊完一句话的薛荣，被海德拉最中间的那颗头咬中了。毒牙直直插入薛荣的颈部动脉。

薛荣用力，一脚将浑身沾满黏滑蛇血的沈放蹬得远远的。

"根本承受不住这种攻击啊……"

海德拉把薛荣扔到了一边，像扔一个垃圾袋一样。

啪嗒。

白凌霄跌坐在地上，大脑一室，原先的意识恢复过来。小白看着眼前的情景，呆若木鸡。

自己……好没用啊。

"小荣！"

向来稳重、平和的穆云先锋官，在经历大脑一瞬的空白后，仿若变了个人般，撕心裂肺地喊了一声薛荣的名字，将弯钩住脖子上一挂，飞身出去，冲破冰冷的雨雾！

他怒发冲冠，双眼怒睁，眼白发红，散发出恶鬼般的气场。

他完全失去了理智，抄起薛荣扔在地上的赫克勒-科赫MSG90，同时扯下一串挂薛荣腰间的子弹，上了枪膛，这一系列动作几乎是在一两秒间完成的。随后他直直地向海德拉最中间的长颈走去。

海德拉饶有兴趣地看着这个男人。

甚至连公爵从它背上跳开它也没有多理。

杀死一个猎人的成就让它开心，何况，愤怒的人最好对付。

终于，穆云将弯刀掷了出去，同时飞身奔向另一颗蛇头，直

· 245 ·

零日传说 II · 长夜

接用枪托去砸海德拉巨大的眼睛。

弯钩以肉眼几乎不可见的速度飞出，回旋。海德拉的蛇颈不断扭动、纠缠，在躲避和攻击之间灵巧地应对着。但穆云的弯钩似乎预知了海德拉的每一个动作，每一次飞出都准确无误地将海德拉的眼睛如收割庄稼般切割开来。

其他人都停下来退到一侧，目瞪口呆地看着穆云在九条蛇颈间穿梭。

或许是想一个一个杀死猎人，海德拉并没有再去主动攻击其他人，而是专注于疯了一般的穆云。

因为几个头都在攻击一个目标，海德拉更加游刃有余，却总是在最后一刻被穆云躲开。

而每当穆云换一个位置，原本所在之处便全都鲜血淋漓。

这样的身手，连一向自傲的兰彻斯特公爵，都叹为观止。

他不敢置信地吼道："穆云，你疯了吗？你是杀不死它的。"

"能杀死的。"穆云冰冷而又坚定地说，"只要是生物，就都能被杀死的！"在这么说的同时，他根本没有任何停顿。他抱起枪，对着海德拉受伤的那些巨眼一顿扫射，虽未练过枪法靶心不准，但所击中的那些眼珠子，顿时如烧煳的烂肉，本是肉眼可见的愈合速度竟慢了下来。

众人已经被震惊得无言以对，特别是索伦，更是对穆云说出的那句话瞠目结舌。

杀死海德拉，这是猎人祖先传说里，所谓的"神"，才能做到的事！

被兰彻斯特家奉为圣经的希腊神话里有这样的描述：

第五章 冷雨之海

海德拉是堤丰和厄喀德那所生的女儿。她是在阿耳哥利斯的勒那沼泽地里长大的，常常爬到岸上，糟蹋庄稼，危害牲畜。她凶猛异常，身躯硕大无比，是个九头的蛇怪，其中八个头可以杀死，而第九个头，即中间直立的一个却是杀不死的。

赫拉克勒斯在国王的要求下，带着侄儿伊俄拉俄斯前去杀死海德拉。到了阿密玛纳泉水附近的山坡时，他们看到海德拉蛇怪正在洞内。伊俄拉俄斯急忙拉住马缰绳，赫拉克勒斯跳下马车。他一连射了几箭，把九头蛇海德拉蛇妖引出了洞。海德拉嗞嗞地嘘着气冲到赫拉克勒斯的面前，咄咄逼人地昂着九个头，样子十分可怕。赫拉克勒斯无所畏惧地迎上去，用力一把抓住她，卡得紧紧的。但她却猛地缠住赫拉克勒斯一只脚。赫拉克勒斯举起木棒使劲打她的头，但是打碎了一个，马上又长出一个来。她的一只巨蟹跑来参战，帮助海德拉。它用巨钳咬住赫拉克勒斯的脚。赫拉克勒斯怒不可遏地挥棒将它打死，同时，呼喊伊俄拉俄斯来援助他。伊俄拉俄斯执着火把，把附近的树林点着，然后用熊熊燃烧的树枝灼烧刚长出来的蛇头，不让它长大。这时，赫拉克勒斯乘机砍下海德拉的那颗不死的头，将它埋在路旁，上面压着一块沉重的石头。

是的，在关于祖先、神与异兽斗争的传说里，火器是抑制海德拉再生能力的关键。只要让海德拉同时失去九颗头，它便长不出新的了。而这，千百年来，也只有那位近乎于神的赫拉克勒斯做到过！

现在，眼前这个发狂的男人——穆云——正打算重现神迹。

只是……情况似乎有些不对。

· 247 ·

零日传说Ⅱ·长夜

穆云仍像刚才那样回旋着弯刀,但渐渐地,这些弯刀似乎不是在刺伤异兽,而是像传说中吸引着东方龙的龙珠一样,在引着蛇颈运动。可他似乎逐渐体力不支,这些蛇颈将他围在中间,越来越紧地缠住了他。

就在这时,所有的蛇颈一起,猛地向中间咬去。

"穆大叔……"小白无力地叫道,"小心!"

奇怪的是,这些蛇颈立刻不动了。

不是不动,所有蛇颈都在扭动,只是它们竟然缠在了一起。

瞎了一多半眼球的海德拉羞耻地挣扎着,却没有任何用处,中间那颗带着金线的头被紧紧地缠在中间,嘶嘶叫着,眼睛里盈着愤怒而迷茫的金光,像打量怪物一样,看着它面前那个狂怒的男人。

穆云再一次举起手里的弯钩,此刻的他似乎已冷静下来。双眼的血丝褪去,冲冠的怒发垂下。他举着弯钩,大喘着气,冷冷地看着眼前的巨兽。

海德拉像是清醒过来一般,顾不得它作为四大凶兽的傲慢狼狈逃窜,带着搅在一起的蛇颈滑回海中,慢慢下沉,潜入深海,看不见了。

索伦紧绷又兴奋的神经一松。这个穆云,终究并不是神。

8

天边显出了鱼肚白。雨雾散去,海面在亮云的斜照下,闪烁着粼粼波光。

一切如此平静,好像什么都没有发生。

第五章 冷雨之海

公爵朝驾驶室下了命令："全速回城。"

其他人立刻围上了倒在地上的薛荣。

"我去拿血清。"索伦说着，跑向内舱。

穆云恢复了如常的样子。他没有多说一句话，默默地和小白一起，一人一边将薛荣扶坐起来。穆云用手按住薛荣颈部的伤口，然而血仍旧源源不断地涌出来。血一开始还是鲜红的，但很快就渐渐变黑，显示出中毒的迹象。

"薛、薛老大……"小白不知所措地叫着，声音带着哭腔。

薛荣大口吸着气。可是，他吸的气从气管的窟窿里漏出来，发出噗噗的声音。

叶乔说过，如果不小心被海德拉的毒牙咬中，除了壮士断腕外别无他法。可惜薛荣被咬中的是脖子。

"血清来了！"索伦喊道，围在后面的人主动让开，让索伦给薛荣注射。

但薛荣脸上露出一丝无奈的笑。他知道没有用，但他没有力气告诉大家这个没用了。

"小荣……"穆云的声音有些颤抖。

这对养父子，曾经也度过了一段其乐融融的时光吧。

"老爹，我……我没给猎户座丢脸吧？"薛荣虚弱地说，"迄今为止，有我参与的行动中，从不曾有人死过……至少……没人比我先死……"

"薛老大，索伦给你打了血清了，你会好的！"小白着急道。

薛荣苦笑着摇了摇头。

他又深深吸了口气，费力地抬起右手，叩击在左肩，眼神空洞地看着天空。天上零星的几颗星正一点点消失在将亮未亮的天

· 249 ·

零日传说 II · 长夜

空里。他动了动嘴唇,"就……就把我葬身在这海里吧。这是我的……战场。"

"纵星有坠……惟,心,不坠。"

然后,瞳孔放大,眼皮阖上,手垂了下来。

此刻,除了通信器联系人里没有薛荣的兰彻斯特公爵和索伦,其他在场的所有人,通信器都响起刺耳的蜂鸣。

沈放双腿一软,失神地跪倒在地。

小白抬起手腕,通信器屏幕上闪烁着两行字:

你的战友　薛荣　死亡
于西经 7°39′　北纬 46°12′

日本北海道人迹罕至的雪山里,宋禾正和北条诗织配合,与一群片耳豚战斗。

在日本传说里,片耳豚是一种外形像小猪,但不是缺胳膊少腿就是缺耳少眼的凶恶异兽。只要它从人的两腿之间穿过,便会瞬间吸走人的"魂魄",令人变成一具空皮囊。

其实,片耳豚的嘴上是一个凸起的可以吸血的口器,看起来像猪鼻子,因此才被称作"豚"。它穿过人胯下,吸血的口器插入人的腿部大动脉,能快速吸干其血液,令其变成一具干尸。

北条的武器是一把二尺长的小太刀,她的刀法吸收了一刀流的精髓,但又不像一刀流那么死板。她穿着白色的上衣、白色的袴,外披点缀白色樱花图案的鲜红羽织,如同鲜血般炽烈,一路向前素振着杀去。所过之处,再凶恶的片耳豚也几乎都被一刀一只地解决了。

第五章 冷雨之海

此时,宋禾听到了那声蜂鸣。

她一分心,抬手看了看通信器,屏幕上那两行字让她感到世界有些失真。

在做梦吗?

两头片耳豚看准她这个空当,朝她撞来。

但宋禾立刻反应过来,她大喝一声,举起双手的扎线枪对准它们射出细线。细线紧紧勒在了它们的脖子上。她用尽全力将它们甩飞,线圈收紧,它们的脖子被线勒断,身首两半,各在地上滚了好几圈,泼下几团污血。

"小禾,你怎么了?"现场一片片耳豚的尸体。这些尸体正在慢慢消失。停下攻击的北条发现了宋禾的异样。

宋禾举着扎线枪的双手并未放下。她像定格了一般,也不顾脸上被溅到的几点兽血,只动了动嘴唇:

"现在是在梦里吗?"

北条诗织挥手在宋禾眼前晃了晃,"怎么突然这么问?"她掐掐自己的胳膊,"会痛耶,应该不是做梦吧。"

宋禾平复着呼吸。良久,她缓缓道:"就在刚才,我的一名战友,牺牲了。"

眼角 酸,两颗眼泪滚落而出!

北条面色一沉。"抱歉。"她没有立即劝慰,而是缓缓将刀放回腰间的角带,才轻轻地说,"所有牺牲的猎人都会变成猎户座的一颗星,在天上守护着我们。从成为猎人的那一天起,我们的命就交给星空了。"

"道理我都懂,"宋禾点了点头,"只是没想到告别来得这么突然。"她一点点捏紧手中的武器,几乎要将手指陷进去。

零日传说Ⅱ·长夜

"小禾……"

宋禾抹了一把脸上的眼泪和血,收起悲伤冷冷地问:"有新的任务消息了吗?下一头要杀的畜生在哪里?"

第六章 迷雾

1

奥地利，施泰尔马克州，公爵府。

送白凌霄一行人回树城后，索伦身心俱疲地回到家。

父亲并不在。索伦问莱昂："公爵呢？"

"公爵大人出门办事了。"

"说什么时候回来了吗？"

"没说，他带着奥斯汀一起走的。临走时，奥斯汀吩咐我一定要照顾好您。"

"知道了。"索伦点点头。

看来父亲并不会很快回来。索伦想了想，走进卧室关上门，用通信器拨通了父亲的电话。

这是许多年以来，他第一次主动打给父亲。

零日传说Ⅱ·长夜

  响了有半分钟,连接才接通。通过投影出来的画面,能看到父亲在一处荒草丛生的野外。
  "什么事?"
  "兰彻斯特公爵,"索伦握紧了拳头,"你就毫无愧疚之心吗?"
  "你又要来向我兴师问罪了?"
  "没有'次元囚笼'的情况下,对战海德拉明明不会有胜算,为什么不一开始就让大家知道?"
  "我说过了,那次行动只是探察,遇到海德拉后,我也下达了全速撤退的命令。是你那几个沉不住气的中国朋友,非要与它一决高下。"
  "兰彻斯特公爵,你听好了,"索伦捏着拳头说,"我不知道你有什么打算,可不管你在计划什么,我都不会让你得逞。"
  "幼稚!"公爵训斥了一句,"我不要求你现在理解我,但你最好也别妨碍我。你总有一天要继承我的爵位,到那时你会明白我现在苦心经营的一切。"
  "不。"索伦摇了摇头,"我永远不会明白,也不想明白。"
  "毕竟你身上流淌着兰彻斯特家的血脉!"
  "是吗?这个血脉的特质,就是残忍、不择手段、冷漠吗?"
  然后,他没再给公爵辩解的机会,直接挂断了通信。
  兰彻斯特家的血脉?他恨透了这东西。

  这是一处山谷平坦广阔的腹地。四周环绕的山峰阻挡了人们的视线,令这里极难被发现。刚从布雷斯特返航,兰彻斯特公爵就马不停蹄地前往远郊勘察、为推进自己的计划日夜奔波。他对

第六章 迷雾

着被索伦挂断的通信,有一瞬分神。

"公爵阁下。"奥斯汀管家在一侧道,"索伦他总有一天会明白的。"

"奥斯汀……"公爵叹了口气,脸上少见地蒙上一层疑惑、动容的神情,"我难道真的只是一个为达目的不择手段的冷血男人?"

"每一个改变历史的枭雄,在他所处的时代,总不为大多数世人理解。"

公爵重新恢复了铁面,仿佛起了涟漪的水面重归平静,再也看不出一丝波纹。

"继续。"他命令道。

中国,树城。

回家这天是大年初三。

老妈忙着询问在国外大学交流学习的情况。

"国外的大学是不是修得很漂亮?你拍照片了吗?给我看看。"

小白呆呆地说:"没拍。"

"你这孩子!怎么不拍点照片?那,你们这次去,见到国外的教授了吗?你有没有好好表现?"

"就……还行吧。"

"好好说话,别敷衍我。"

继父在一旁劝道:"孩子肯定困了,让他先休息吧,以后有的是机会慢慢聊。"

"嗯,我有点困。先回房间了。"

· 255 ·

零日传说 Ⅱ · 长夜

小白回到房间，呆了半晌，又想起了什么。

不对，沈放有点不对劲。回来时，他沉默了一路。不能让他一个人待在家里。

小白赶紧拨打起沈放的电话，但那家伙不知在干什么，连着打了几次都不接。用通信器给他打也打不通。小白穿好外套，推门而出，决定去沈放家看看。

"喂，你去哪儿？"老妈在后面问。

"去找沈放。"

"这么晚了，你刚回来又累，不好好休息？"

"不了，我想起有点急事要找他。"

精致装修的大平层公寓里，银灰色遮光窗帘半掩着。少年躺在沙发上，地上是横七竖八的空酒瓶。他也不知道自己这样躺了多久，只是直着眼睛，茫然地看着天花板。头又晕又痛，意识却仍旧很清醒。放在茶几上的手机响了一遍又一遍，手腕上的通信器也响了好几次，但他没有力气去接。

那个打电话的人好像终于放弃了，手机和通信器安静下来。房间重新陷入死一般的寂静。

少年心里隐隐有些失落，好像在往一个无人的悬崖下坠。

他不用担心父母回家看到自己乱七八糟的样子，因为父母多半不会回来。

哪怕是过年。

不知又躺了多久，门铃响了。

门外的人并未耐心等待主人响应，而是很快不耐烦地拍打起门，喊道："喂，沈放！你倒是说句话啊！"

第六章 迷雾

声音很熟悉,是那个从小玩到大的朋友。少年嘴角扬了一下,心中一动,然后,一直压抑在着的悲伤,变成止也止不住的眼泪,涌了出来。

"沈放!你个白痴,快来给本大爷开门!"

一梯一户的公寓有这点好处,就是无论那个白痴把门敲得多响,也不会在这深夜吵到邻居。结果那人变本加厉地大喊起来,少年担心再这样下去,楼上楼下的住户该投诉了。他只能强打起精神,抹了把脸,慢慢从沙发上起身。头重脚轻的他歪歪斜斜地走了几步,一头摔倒在地。他挣扎着想站起,但手脚已经不听使唤。

终于,拍门声停了。

沈放趴在地上,默默等了一会儿,门外不再有响动。

连你也放弃我了吗?一开始那点小小的失落渐渐扩散,最后紧紧包裹了少年的心。他干脆就这样趴着,像受伤的小兽般呜呜哭了起来。

只是想变强一点,只是想和朋友、和喜欢的人一起去战斗,只是想守护重要的东西。

结果,没有血统的自己果然只是一个累赘罢了。

突然,窗户那边又响起了动静。

沈放努力支起身子回过头,只见小白正跟蜘蛛侠一样挂在窗外,拍着窗户。

搞什么鬼。沈放既感动,却又在心底抱怨着,跌跌撞撞走过去将窗户打开。

小白翻进屋,闻到浓浓的酒味,不由得皱起眉头。但看到沈放的样子，不忍再说什么，最后只得叹了口气，拍了拍沈放的肩："我就知道你在家。"

沈放再一次沮丧地靠着沙发滑坐到地上，他眼神迷离地穿过额发，嗓音沙哑地问："那天的事都怪我，是不是？"

小白摇摇头，一边帮沈放收拾满地的酒瓶子，一边说："你要喝酒喝到宿醉也好，要放声大哭也好，随便你，只要这么做能让你好受些。但你现在这个样子，真是太难看了。"他愣在那里想了想，"就像上中学时我们最讨厌的那个谁来着，一遇到点什么挫折，就像丧家之犬一样失魂落魄地缩在座位上，每天都发酸得要命的朋友圈，好像世界上只有这么一件事，一失败就不要活了一样。"

沈放知道小白说的是谁。中学时他还和小白一起嘲笑过那个人来着，那人永远一副死气沉沉的样子，一个大男人伤春悲秋，烦都烦死了。原来现在的自己看起来就像当时的那个人吗？沈放没有反驳，也没有认同。像就像吧。他很想这样消沉一下，不用装阳光热血，也不用装勇往直前。

现在，他只是深深地讨厌没有血脉的自己，也讨厌命运。

小白随便收拾了一下客厅，坐到沈放旁边，"好了，你别这么自大了，薛老大的死，才不是因为你啊。老实说，你知道当天的我有多弱吗？竟然被甩进海里，穆大叔还要分身来救我，这才让那头畜生有了可乘之机。"小白悔恨道，"我们每个人都有责任。要怪的话，我的责任一点不比你少。如果我不偷懒，如果我努力训练，哪怕最低限度学会游泳，说不定情况都会不一样……总有一天，我会将那头异兽了结掉，管它什么四方凶兽！"

"是吗？原来是我太自大了。我连承担责任的资格都没有。"

第六章 迷雾

沈放仰起头，免得眼泪掉下来。

"酒也喝了，想哭就哭好了。但哭过之后，你不要再这个样子了。"

"那我能什么样子呢？如果一个人因为救你死掉，你会怎么办？"

"因为救我死掉吗？不要以为我没体会过这种事。"小白想了想，面对着沈放，"上一任先锋官大叔就是在我眼前，为了保护我死掉的啊。那种内疚是永远也忘不掉的。可是，只因为内疚，就什么都不做，任由自己颓废吗？他救了你，可不是想看到你这个样子。"

"专门翻窗户来跟我说这些吗？"沈放苦笑，"这里可是十楼。"

"你忘了吗，之前的特训，叶乔让我练了好一阵子的翻窗户呢，这个我最在行了。"

"特训……"沈放陷入回忆，"感觉已经是很久以前的事了。这些日子真像一个梦。"

"沈放，从加入猎户座起，我们就什么事都一起经历。你训练得那么努力，大家都看到的。"

"再努力有什么用。没有猎人的血脉，终究……"

"白痴，别这么说啊。我问过叶乔了，她说早在被赤召抓起来那次就看出你没有血统了，所以那以后有段时间比较排挤你。但后来看你一直很努力，就没再说什么。我们都觉得血统证明不了什么。"

"可是……可是就因为我没有血统，才害死了薛荣……"

"还要我说多少次？不是你害死他的。"小白站起身，走到窗

· 259 ·

零日传说 Ⅱ · 长夜

户边,看着窗外远处的街灯,"薛老大那样的人,就算你是一个有血统的猎人,或者说那天是其他人处于你的境地,他都一定会去救的。虽然他看起来满不在乎吊儿郎当,其实比谁都……比谁都靠得住。哪怕自己牺牲,也不想看着战友死掉,这不一直都是他的准则吗?"

"我和你不一样的。他早就让我退出了,是我自己不听,才……算了,不管怎么说都是我的责任,不要再为我开脱了。"沈放站到小白旁边,"说到底,还是因为我太自私了。说什么为了保护宋禾姐姐才加入猎户座,她哪用得着我保护啊?"他握拳砸在大理石的窗台上,"那些都只是我想接近她的借口而已,我不愿面对这样的自己。可恶啊!"

沈放和小白两人,无声地站着。

窗外,远远地有烟花绽开。不知是哪家人在庆祝什么喜事。

沈放深深吸一口气,最终下了决心。"我会退出的。"

"退出?"小白心里一空。

"我会离开猎户座……"

"我不准你这么说!"不知哪里冒出一股无名火,小白恨铁不成钢地揪住沈放衣领,"你以为你是谁啊,想加入就加入,想退出就退出?我们辛辛苦苦走到今天,你现在要说放弃吗?薛老大的死,就换回一句你退出?"

"你放开我!"沈放掰开小白的手。

小白挥起拳头,眼看就要揍在沈放脸上,沈放没有躲避,只是直直看着小白。

终于,拳头还是在离沈放一厘米的地方停下。

"别以为只有你难过,我们都很难过。有本事,就背着你的

第六章 迷雾

负罪感,努力往前走啊!连我都在这么做啊!你给我振作一点……"小白突然没了力气一般,心里怕得要命。他害怕沈放真的就这么沉沦,更害怕从小一起长大的伙伴就这么离自己而去。

"谁说我不振作了。"沈放淡淡地说,"只是,我不能装作什么都没发生,不能再像以前那样一意孤行地赖在猎户座了。你们说不在乎我有没有血脉,都承认我是猎人,其实你们还是在乎的,你们会不自觉地觉得我没有血脉所以承受不了异兽的攻击,所以在行动中总是会分心想着来保护我。不管怎样,我都会拖累大家。"

"那你到底想怎样?"

"我已经想清楚要怎么做了。"

"你到底想清楚了什么,给我说明白!"

沈放疲惫地笑了笑,说着别的:"读中学时,你总说羡慕我。你不知道,我有多羡慕你。"

"你知不知道你这个样子衰死了?"小白嘀咕了一句。他心里升起一股深深的无力感。

"小白,你会成为一名优秀的猎人的。"

"那你呢?"

沈放摩挲着别在左胸的徽章。玄铁,有一点摩擦的刮痕,却更显沧桑。他小声却坚定地说:"我也会。"

"欸?你刚才不是还说要退出猎户座?"

"退出猎户座,不代表我不再当猎人了。徽章在,武器在,猎人之心也在。"沈放右手握拳,叩了叩心脏。

小白瞬间明白了沈放的意思。"搞什么啊,到头来,你还是这么自以为是……"他抱怨着砸了沈放一拳,脸上却终于露出放

· 261 ·

零日传说Ⅱ·长夜

心的神情。

那个总是知道自己该做什么的沈放,又回来了。

"我会偷偷行动的,别告诉其他人。"

"好,我保证不跟其他人说。但你自己……要注意安全。"

"我会的。"沈放沉默了一会儿,"我已经没事了。"

"真的?要不……明天去我家吃饭吧?就当吃过年饭了,我让老妈多做些菜。"

"不用了,我很好。"沈放说,"又不是第一次自己过。倒是你,这么晚了,今晚就住我家吧。"

一觉睡醒已是中午。这么几天来第一次沉沉睡着,连日的疲惫与心中的钝痛终于有所缓解。小白和沈放一起去楼下吃了点快餐,送小白离开后,沈放并没有立刻回家。

他坐在小区里,吹着冷风,直到宿醉带来的迟钝有所清醒。

他站起身,决定去薛荣的店里看看。即使主人已经不在了。

那是他这一生都必须要记住的人,和这一生都必须要背负的回忆。

在北上广奋斗的人都回老家了,过年期间的小城总要比平日热闹。街上的各大商场都在搞促销活动,劣质音响震天响地播放着热门歌曲。沈放穿过这些喧闹,绕到树城广场背后的小街。

薛荣的店居然开着门。

真希望走进去,能看到那个人并没有离开,而是一如往常坐在柜台后,玩弄着手中的一把蝴蝶刀,削着永远削不完的橙子。

沈放鼓起勇气进了店。那个人果然已经不在了,在店里忙碌的身影并不是他,而是——看清是谁后,沈放几乎想转身逃走。

第六章　迷雾

听见来人，那个身影回头看了一眼。苍白的脸上，苍白的嘴唇动了动："小放啊。你来做什么？"

沈放感到两条腿都是软的，但他还是站住了。

要当一个成熟的男子汉，是不能一直逃避的吧。

他的嘴唇也动了动。"宋禾姐姐……"

还没说出后面的话，就不争气地哭了。

宋禾没有停下手上的动作，继续整理着薛荣的遗物。

过了一会儿，她问："知道我收到那条消息时是怎么想的吗？"

沈放摇摇头。

"我从小是孤儿，认识薛荣后，他就是我唯一的家人。那一刻，我失去了所有依靠，我好想就这样躺在战场上，随他一起离开。但……"宋禾深深吸了口气，坚定道，"但我还是举起手里的武器，干掉了两头异兽。"

沈放从未如此厌弃自己。这样的自己，根本不配喜欢面前这个女人。

他嗫嚅着："那天……那天是……"

"不必向我描述当时的场景了。我……不需要知道。"宋禾扔来一个东西，"接着。"

沈放伸手接下来物，是薛荣用来削橙子的那把蝴蝶刀。他将这把刀紧紧握在手里。

"它就由你带在身边好了。"宋禾捋了下头发，"你不会忘记他吧？"

"绝对不会。"沈放咬着牙。

宋禾盯着沈放："你那副表情，是在谋划接下去要怎么乱

· 263 ·

来吗?"

"我……"

"你只需知道一点:我们之中,每再死一个人,这世上记得他的人便又少一个,他在这世上的存在便又削弱一次。而只要我们活着,他就会活在我们心中。"

沈放渐渐松开勒出血的手。他点点头:"我明白了。"

他将蝴蝶刀揣进裤兜,触到兜里薛荣的徽章。当时小心翼翼地从薛荣身上摘下,这是他战斗过的证明。他将徽章交到宋禾手里:"宋禾姐姐,它还是由你保存吧。"

宋禾将徽章捏在手心,冰凉的银制品并不带有那个人的余温。

"不会乱来就好……回家吧。"

说完这句,宋禾再次弯下腰去收拾东西,没有再回头看沈放一眼。

沈放推开门,走进凛冬,亦没有回头。

他心里清楚,在真正能独当一面之前,这是他最后一次和宋禾姐姐见面。

再见。他叹了口气,在内心说道。

2

"不要!不要啊!"白凌霄大口喘着气,伸出手。

随后才发现,只是个梦。

梦里,他又遭遇了那一瞬间的场景。海德拉的八颗蛇头咬向沈放,薛荣遮住沈放,却被海德拉咬中。

第六章 迷雾

他翻了个身,抱住被子。别看之前劝沈放时说了那么多大道理,自己一个人时,也不免会悔恨。要是自己能继承那个传说中最强猎人的能力,拥有亲生父亲林修平那样的身手,说不定那天就能阻止悲剧的发生了。

不过说起来,穆云大叔最后爆发时还真是可怕。小白认识的白银猎人里,无论是前任先锋官、宋禾,还是索伦,他们的身手无一能和穆云相提并论。

胸前传来一阵刺痛,灼热感如海浪般一下又一下冲向大脑,令小白意识有些模糊。不好了……是那种感觉。和以前几次不同,以前出现这种感觉总能很快缓解,但这一次无论小白怎么调整呼吸,刺痛和灼热都越来越严重,甚至胸前还盈起了绿色的光芒。小白浑身大汗,大喘着气。这次……控制不住了吧?

一直逃避的,还是躲不过去了……

他只是稍微松懈地这么一想,体内的那股火热便像灵魂出窍般,瞬间脱离出来。

卧室里顿时绿光大盛,竟带着一股烟雾。短暂的震惊之后,绿色烟雾消散,小白看到了从自己体内蹿出的那头异兽。

它比几个月前更大了,现在即使已是蹲在地上,脖颈也几乎能碰到天花板。它背上的双翼已完全发育,在这局促的房间内只能小心地微微舒展,才不致撞翻书架家什。随后,它痛苦地张了张嘴,似乎想咆哮——小白一眼就看到了它喉咙中赤红的火光,接着一股热气扑面而来,他赶紧压低声音安抚道:"别别别!泥巴,别喷火!"

泥巴硬生生压住了这股火焰,只喷出一口热气。但这股气流已然灼热无比,房间内瞬间上升了十几度,本来只穿着裤衩钻出

· 265 ·

零日传说 II · 长夜

被窝的小白,一点不觉得冷。

一人一兽,就这样打量着彼此。

小白定了定神:"无论你长得多大,还是泥巴啊。"

巨兽喉咙里发出细微的嘶嘶声。

小白站到床上,踮起脚拍了拍泥巴的头顶,胆怯中带着些期待地问:"嘿,大家伙,我们仍旧是伙伴吧?"

它一下一下地眨着眼,墨绿色瞳孔里,倒映着少年的身影。有那么一瞬间,它龇起了尖牙,但还是慢慢恢复了温顺的样子。

小白松了口气:"我就知道你是不会变的。"

他抱着泥巴粗壮的脖子,像它小时候那样,慢慢抚摸它。泥巴居然摇了摇尾巴,将下巴搭在小白头上。可它实在太大了,这一摇尾,居然将书桌旁的电脑椅推倒了。

"喂,轻一点了啦!"小白低声责备,"被老妈发现就完了!你觉得我该怎么跟她解释?泥巴,现在不能让大家知道你的存在,别随便出来好不好?每次你想出来,我要拼命忍住,都很难受的。"

巨兽感受到了小白的情绪,从他怀里挣脱出来。像有什么心事般,它也长长呼了口气,带着微微的灼热感。它将头凑到小白面前,静静地看着他。小白与它对视着,它的眼神,从未如此悲伤和痛苦。

他们之间,仿佛有着无比坚韧的维系,又有着无比巨大的隔阂。小白理解不了它的痛苦是什么,只能重新抱住它的脖子,慢慢抚摸:"你小时候呀,只有那么一点大。我可以把你整个抱在怀里。想不到你都长成这么一个大家伙了。但我知道,你是很温柔的,你不会伤害我们,对吗?"

第六章 迷雾

泥巴用鼻子在小白的脸上蹭了蹭,在小白的抚摸下,它一点点安静下来,表情也一点点变得柔和。不知过了多久,小白的怀抱突然空空如也,伴随着一团绿光,刚才还在小白怀里的巨兽重新消失。

小白有些舍不得,呆呆地站在床上。他低头看了看,胸前那个胎记还在。

"又回去了吗?"他自言自语道。

打开窗户散着房间里的热气,小白躺在床上,没法再睡着。天已经蒙蒙亮了。

躺了没多久,主卧那边传来动静。老妈起床了,脚步声冲自己房间而来。老妈急促地敲门:"小白,醒了没?"

"啊?"小白装出刚醒的样子,"你这一敲门,没醒也醒了……"

听到小白说醒了,老妈推门而入:"你在干吗?天还没亮我就听见你房间乒乒乓乓的。"

小白措手不及地抱住被子:"我……"

房间里还有未散去的余烟,老妈捂住鼻子:"啧,好大的烟味儿。白凌霄!你是不是在房间里抽烟了!怎么椅子还倒了?"

"那个……"本来还想找借口,但一时之间想不出适当理由,小白干脆不再辩解,承认自己抽烟说不定更省事。

"你这死孩子,是不是去了大学没人管就学坏了?"

"妈……"

"别叫我。我警告你,不许抽烟!"

小白突然看到书桌上索伦送的礼品盒,脑筋一转,指着那上面的英文说:"不是抽烟啦!是之前朋友送的香,想试试的,没

零日传说 Ⅱ · 长夜

想到……"

"香？那也不行！知不知道木质家具很易燃的？卧室里易燃物又多，着火了怎么办？"

"我这不是都灭了嘛。"

老妈狐疑地看着小白："得了，我去做早饭了。吃饭前把房间收拾好，听见没？"

"知道了……"

小白默默收拾着房间，这时叶乔来了电话。大清早的，小白紧张地接起，捂住话筒小声道："队长……"

叶乔难得不是那种冷冰冰的语气。她的声音听上去有些疲惫："白凌霄，这几天有空吗？"

"有紧急任务？"

"不是任务……想找你聊聊。"

小白松了口气："这么早打电话，我还以为有急事呢！"

"没空吗？没空就算了。"

"不不不，有空。有空的！"

"那就今下午吧。行吗？"

从来说一不二的叶乔居然用了"行吗"来征求小白的意见，小白受宠若惊，满口答应下来。

下午，小白去了叶乔说的那家咖啡馆。

因为春节的原因，很多店都刚刚开业，咖啡馆里人很少。小白一进门就看到只有叶乔坐在那儿，怯生生地走过去："队长，其他人还没来吗？"

· 268 ·

第六章 迷雾

"我没叫其他人。"叶乔理所当然地说。

"啊?"小白心里嘀咕着这到底是什么状况,该不会是……约会?

他坐到叶乔对面,点了咖啡后,一时有些手足无措。

好像认识她这么久以来,还从没独处过。小白有点紧张,期待着叶乔要单独跟他说的话。

结果叶乔却是问:"沈放还好吧?"

好吧,原来是这件事,果然自己想多了。

小白有些失望,心里却放松下来:"我想他已经没事了。"

"去看过他了?"

"嗯。"

"其实你比我更清楚,他是个比谁都固执、比谁都钻牛角尖的人。之前我还怕他想不开。"

"放心吧。他可是沈放啊。"

"他还要继续跟我们行动吗?"

"他说要退出。"小白没有说出沈放说的虽然退出,但会继续当猎人这件事。

"是吗?"叶乔愣了一下,随即道,"这样也好。他原本就不该经历这一切。"

小白深深地叹了一口气。

叶乔看着他,问:"那你呢?你还好吗?"

"我?还好吧……"第一次被叶乔关心,小白很不习惯,但渐渐地,还是把心里的感受一股脑说了出来,"只是,总不能接受薛老大已经不在了这件事,潜意识里总觉得他好像还在,一想起来他不在了,会很失落很失落。我以前还是把屠兽这件事看得

· 269 ·

零日传说Ⅱ·长夜

太儿戏了,也不知道是反射弧太长还是太迟钝,现在才真真切切感受到,是真的会有战友离我们而去这件事。队长,作为猎人,要习惯这种事吗?"小白没想到自己会一口气说这么多。

他看着叶乔,虽然她还没有回答,心里却已经对她充满感激。他知道,叶乔一直不是一个会在乎他人感受的细腻的人,但此刻她却来关心自己的心理状态。说实话,一个人去扛生离死别的那种悲伤实在太孤单了。可是大家都一样悲伤,自己并没有机会跟人倾吐。现在把这些话说出来,小白感到压在心底的大石头终于轻了一些。

"在这件事上,我比你经历的次数更多,却每次都还是一样的难受。这个答案我给不了你。"

"不管经历多少次,每一次的那种痛苦都不会减少?"小白问,"那我们之中,还有人会死吗?"

"只要一直战斗下去……"

"也对。"

"害怕了?"

"好奇怪。"小白轻轻笑了一下,"以前的我是个胆小鬼,明明我应该最怕死才对。但不知怎么的,好像没觉得害怕,就是很失落而已。非要说的话,我啊,并不怕死,只是怕失去重要的战友啊。这种无能为力的悲伤,我不想再经历一次了。"

"知道吗,你真的和一年前不一样了。"叶乔半眯着眼看小白,看得小白有些毛骨悚然,"现在的你很像一个人。"

"谁?"

"还记得吗?我的师父,'死神的双刀'。"

"欸?我像他?"

第六章 迷雾

"听父亲说，师父年轻时也是个又笨又胆小的小鬼。但他只用了十多年的时间，就成为了名震一方的猎人。你刚才那番话，他也说过类似的。别看他在传言里那么厉害，他平时……怎么说呢，也是很逗的，但又会突然严肃起来说一些让人很在意的话。"

"原来传说中的他，这么接地气嘛……队长，你这是在夸我？"

叶乔站起身，双手撑着桌面凑到小白面前，认真看着他的双眼："不想再失去战友的话，要更快地变强才行。这一点，我也会拼尽全力去做到。"

"嗯。"小白的心噗噗跳着，只能呆呆地点头。

"好了，走吧。"叶乔直起身向外走，"沈放退出，薛荣的小队也不存在了，以后何念念跟我们一组行动。"

"队、队长！"小白赶紧跟在后面。

"嗯？"叶乔对着小白站住。

"呃……你不要太勉强了，难过的话，可以跟我讲。"小白鼓起勇气道。

叶乔点点头，重新迈步："我没有时间难过，你们也要快些走出来才行。"

"还有，穆大叔那边……他毕竟是薛荣的义父，两个人……"

"他也会调整好的吧。虽然以前从没了解过他这个人，但不知怎么，大概是一种直觉，我非常信任他。他的实力，深不可测。"

"这倒是。"小白点点头，眼前浮现出那一天，穆云爆发后的场景。总觉得那一刻的穆云和平时的穆云是两个人。虽然有点担心穆大叔，不过想了想，他又觉得自己的担心是多余的。

总不可能唐突地去穆大叔家里看望他,这也太奇怪了。

叶乔看着小白发呆的样子,并不清楚他心里在想什么。有时候她在想,这几个人什么时候才能足够成熟到让自己放心地把背后交给他们呢?话说回来,这几人加入猎户座不过一年多而已,果然还是对他们期望太高了吗?她轻轻地叹了口气:"行了,你好好调整调整,我不希望这次事件影响你下次出任务的状态。"

小白点头:"队长放心。"

3

树城老城区,永安公寓3号楼601室。

男人坐在书桌前,等着他那台过时的电脑启动。

CPU差不多是十年前的型号,显卡也是集成的,可怜的512兆内存有些不够用,显示器是15寸的方屏。三分钟后,系统总算进入了桌面。男人双击蓝色的IE浏览器图标,耐心地等着程序响应。网页终于打开后,他笨拙地敲击键盘,在搜索引擎里输入了"高维空间"几个字。

回车键。

他认真阅读了百科里的解释,随后又点开了几篇科普文章。他想看一些专业论文,但由于没有期刊库的账号,无法下载。

琢磨了一会儿后,他到一个比较火的知识性论坛里提问道:

"高维空间有可能与人体嵌合吗?"

他等了一会儿,刷新页面后,很快有了两个回答。

一个说:题主的问题好奇怪,怎么会想到问这个?

另一个说:假设平面上(二维空间)有一个圆,将一个小立

第六章 迷雾

方体（三维空间）置于这个圆圈内。与圆处于同一平面的其他二维物体无法看到圆内的立方体，但这个立方体却确实嵌合在圆内，且随时能移出来、移进去。以此类推，四维（或者更高维的）物体，是有可能嵌合于三维的人体内的。

男人双手交叉在下巴前，若有所思。

这时，一阵通信器的蜂鸣响起。

男人抬起左腕，但通信器上并无任何新消息。

奇怪……不对！

突然，他心中一震。这阵蜂鸣，明明是从书柜那里传来。

是那只近二十年没再响过的老式通信器，响了。

隐退时，他并未向猎户座组织进行任何报备。在猎户座档案里，他的状态那一栏写着"失踪"。

相应地，原先的徽章和通信器也未上缴，它们被他放在书柜里一个不起眼的角落，铭记或者遗忘着主人曾经的悲伤和荣耀。

他曾经以为，自己再也不会去碰触它们，就像自己一直刻意不去碰触那些记忆。

而且，时隔二十年没动过，这只通信器应该早就没电了才对，为什么……

男人疑惑地走向书柜，打开装着那只通信器的小纸盒子。

这只老式通信器还是当年流行的 BP 机的形状。本应处于关机状态的它不知什么时候启动了，没有背光的液晶屏幕上显示了一条新消息。

他点进去——

零日传说 II · 长夜

"秘来勿回　危险　达"

看到落款"达"字的瞬间，男人浑身一震，几十年前的事瞬间涌入脑海。

当时，猎户座的旧版通信器尚无备用电源，常令在荒无人烟之地蹲守的猎人在紧急状况下无法与外界联络。他的好友，也是微电子通信领域的专家向俊达研发出一种新式电源装置，可以将无处不在的无线电波和光线转化为电能，虽然极为微弱，却能满足收发信息所需的最低功率，只是传递的数据量极为有限，仅几个比特。那时向俊达是和他关系最好的朋友之一，好像拿他的通信器做过试验，可能就是那个时候，向俊达就在他的老式通信器里加入了这个装置。

问题是，自己的这位老朋友早就已经去世了。

而且，没有任何人知道他曾改装过自己的通信器，会是谁暗中启动了它？

"秘来"所指的目的地，应该是向俊达生前工作的猎户座研究中心，位于印度新德里。印度自古就是异兽最常出没的地区，历史上对异兽的研究也卓有成效，英国殖民印度时期对其进行了现代化改造，逐渐演变成今天的全球异兽研究中心，这也是猎户座为数不多的全球基地之一。问题是，研究中心历来是猎户座安全性最高的地区之一，为什么这个人看起来很惊恐？"勿回"说明他显然被监控了，会是谁这么做？必须要让自己知道的事又是什么？

男人皱起眉。

他有一种不好的预感。

第六章　迷雾

突然又一阵蜂鸣响起，男人下意识地看了看手中的老式通信器，才意识到这回是左手佩戴的那只在响。他抬起左腕，是一条新的任务信息。

竟是一次少见的支援调度——这一般只出现于检测到大规模异兽侵入或凶兽级异兽侵入才会有的情况，可能数十年都遇不到一次。

猎户座的监测网仿佛围绕在地球某个次元维度上的弹性网，异兽在试图打开通道、从异界侵入地球时，便会诱发势能塌陷，暴露对应的侵入坐标，猎人才会提前预知异兽出现的大概地点。就像弹性网上放置不同重量的重物，网会发生不同程度的形变一样，同一时空侵入的异兽越多或者越强，形变就越大，一旦突破某一极限，便会要求附近不同距离的猎人支援。

最近一段时间，大量异兽在地球上偷偷集结，躲藏在地底不出来，对此监控网无能为力，这种提前监测到异兽现身地点而分配的任务数量急剧减少，已经数月不曾有一起。

近年来，印度的猎人数量一直在下滑，最近的重点更是集中于研究中心，如果有危险性高的异兽要侵入印度，从周围地区进行调度倒并不意外。

男人点开任务详情，这次支援行动的目的是加强研究中心安防。他的责任，是到印度德沃迪-蒙达山附近狩猎，空间监测网提示那里将有一次异兽入侵。猎户座担心这次入侵会对研究中心造成破坏。

联系老通信器上收到的消息，男人对研究所到底发生了什么更加疑惑，内心隐隐不安。

更令他不安的是，这次支援调度行动本就很诡异，如果可

零日传说Ⅱ·长夜

以,他打算独自前往。但前阵子叶乔刚晋级白银猎人,并且是整个亚洲区猎人在上次的晋级仪式中唯一晋级银猎的。按照惯例,说是试练也好、义务也好,新晋白银猎人会被安排一次颇有难度的行动。这次任务信息,叶乔很可能也有收到。

要让那群孩子跟着自己去冒这个险吗?

男人用双手抹了一把脸,不再多想。

无论多诡异的状况,光在一旁提心吊胆地猜测是没用的。只有先走进那个状况之中,见招拆招,一一将其破解,才是最终获得安宁的途径。

没多一会儿,通信器显示叶乔来电。她果然接到了这次支援调度任务的通知,来向自己汇报。

"长官,请务必让我们与您一同前去。"

以男人对那群孩子的了解,只要叶乔收到了任务消息,即使自己独自去印度,他们也很可能擅自行动。倒不如带他们一起,自己还能保护他们。而倘若他拒绝,只能更激起孩子们的逆反心理。他只得有条不紊地部署了行动计划。

薛荣死后,穆云一月有余没露面。此刻叶乔能感觉出来,先锋官并没有因为悲伤影响决策,而是一如既往的沉稳。挂断通信后,她放下心,随即有些自嘲。作为队长,她已经尽力安慰了组员,但先锋官哪用得着自己去操心呢?

她对这次任务志在必得,经历了上次的打击,全队士气不可能不受影响。必须通过这次行动让大家重新打起精神。

叶乔本来想在"叶乔大姐头小分队"微信群里通知大家的,但刚把手机掏出来,她又打消了这个念头,公事公办地在专用通

第六章　迷雾

信器上编辑了任务信息，在选择群发对象时，她选中了白凌霄、阿星、何念念。

她盯着沈放的名字顿了顿。

白凌霄说那个家伙选择退出了。虽然不知道那两个人在搞什么鬼，不过也好。既然薛荣说过，每次执行任务要将出事的可能性降到最低，没有血统的沈放不应该参与猎户座任何行动，那就听他的吧。

她跳过沈放的名字，按了发送键。

整个寒假，白凌霄隔三差五就去陪着沈放训练。沈放什么都不说，小白也没有问。

两个人默契地不再提起那天的事。

寒假转眼就过完了，时间到了三月。

小白正在课堂上发蒙。这学期开了几门专业课，现在这堂是C语言基础。稍微开会儿小差就跟不上教授的节奏了，小白只能东张西望。此刻，很久没响起的通信器上收到了新的任务消息。小白赶紧点开看，任务要求这周六上午到薛荣店里集合。

晚饭时，小白约了沈放。

"你收到任务了吗？周六……"

沈放摇摇头："没有。"

"噢。"小白扒了口饭，装作不经意地说，"叶乔发的，让我们在薛荣店里集合……是去印度一个叫德沃迪-蒙达山的地方。"

两个人对视了一眼。

沈放看懂了小白眼里的意思，他不希望自己放弃。当然了，自己怎么会放弃呢？他轻轻嗯了一声："知道了，谢谢。"

零日传说Ⅱ·长夜

"别乱来哦。"小白看似一副没心没肺说出这句话的样子,整个人扑在餐盘上,往嘴里扒着饭。不过沈放知道,小白早就不是高中时那个畏首畏尾、总要自己帮他出头的少年了。小白其实是个比谁都心细、比谁都隐忍的人。

"放心好了。"沈放说。

小白抬起眼睛,看着沈放问:"我这样做对吗?"这是让好兄弟陷入危险,还是认同好兄弟的能力呢?

显然,沈放更愿意得到认同。他捏了捏小白的肩:"总有一天,我们会再次一起并肩作战的。"

小白释然地重重点头。

到了周六,接到任务通知的人到指定地点集合。

店门开着,只是老板已经换了另一个略显生涩的年轻猎人。

初春清晨的光线下,店里和以往一样明亮洁净,只是那些带着薛荣气息的物品,之前已被宋禾收走了。现在,对小白一行人来说,这里只剩下橱窗上陈列的冰冷物具:改造机车的零件、陈旧的机车模型、款式普通只是装点店面的小刀。

叶乔像往常一样,对着橱柜后面的新店主说出暗号:"巴克(Buck)119,猎刀中的经典款,店里还有存货吗?"

店主很阳光,但少了一丝薛荣特有的不羁。他推开柜台,走到储藏室前,拉开了门:"欢迎。存货在小店储藏室,请进。"

他似乎听过前任店主的故事,语气里略微有些不自信。

这更让小白想起,这家店曾经的店主将双肩背包挎在单肩上,头一偏,嘴角一扬,示意大家前进的样子。

必须要到一些很细节的事上,大家才会真真切切地感受到,

第六章 迷雾

那个人已经不在了。然而，到处都是那个人存在过的痕迹。

穆云一直没有说话，捏着拳第一个走进储藏室。其他人跟在后面。小白从后面看到，他握拳的双手有些颤抖。

小白在心里说："薛老大，谢谢你救了沈放。我们不会让你失望的。"

4

印度东部山地，德沃迪-蒙达山区。

热带山林中长满巨大的阔叶乔木，虽未到雨季，泥土却已非常潮湿，走在上面尤为费劲。更要命的是，别提异兽了，仅仅是在热带丛林里出没的巨蟒、毒虫，便足以令所有人汗毛倒竖。

不管待会儿会出现的异兽是什么，这个任务，比想象中要难。

在山区步行了两天，一行人才来到经纬度所标注的地点。四周没有任何痕迹，显然，异兽还未到来。

一般来说，监测网探测到空间波动发出任务通知，到异界穿越过来的通道正式形成，短则三五天，长则十余天，越是危险需要的时间越长。算上准备的时间和来这里路程所花的时间，现在是收到任务通知后的第五日。也就是说，这次任务的目标可能立刻就出现，也可能要一周以后。他们需要在这荒无人烟、猛兽出没的热带山林里，一直蹲守着。

在充满瘴气的热带丛林生存，哪怕一天，都是挑战——不是技术上的挑战，而是身体和精神的挑战。

好在，之前一步步累积起来的任务经验，让这群少年对野外

零日传说 Ⅱ · 长夜

生存已经有了适应性。

　　小白和阿星负责生火。趁着这一天的天色还未完全黑下来，他俩忙着去找干柴，然而湿气太重，虽然到处都是树木，想找一些可燃烧的干柴却并不容易。幸好阿星看到一处被雨水冲击后形成的断木堆，赶紧招呼小白一起去。刚想翻捡，突然不知从哪儿落下来一只巴掌大的浑身花斑的蜘蛛，正好掉在小白手背上。

　　"啊！——"小白吓得一个激灵，拼命甩手才将那只蜘蛛甩出去，却正好甩在阿星背上。

　　"啊！——你干吗！"阿星跟着大叫着跳起来，正好又把蜘蛛抖落到小白脚背上。

　　"啊！——"小白吓得使劲跺脚。

　　"怎么了？"何念念跑过来，一眼就看到已经掉进泥里被踩得稀烂的蜘蛛，"我当什么呢……"

　　小白看着手背上殷红的血，哆嗦着大叫："这些热带虫子比异兽可怕多了好吗！"

　　何念念随手捡起一根半米长的树枝，翻了翻蜘蛛的残肢，又抓起小白的手看了看："放心吧，这种蜘蛛没什么毒性，你的手流血，明明是刚刚被树枝划到的……"

　　"啊？划破的啊……"小白有些不好意思。

　　"再说了，谁告诉你异兽中没有昆虫的？异兽里的虫类只会比这个更恐怖，只是我们较少遇到而已。"

　　"你、说、什、么？"小白吓得牙齿打颤。

　　叶乔走来解围："念念，别吓唬他们了。"

　　木堆下的柴火果然是干燥的，还有些枯叶和苔藓，火很快便

第六章 迷雾

点燃了。

小白和阿星又找了一些潮湿的木柴放在一边烘烤，等干燥后就能将火堆高，继续燃烧下去。

火烧旺后，天彻底黑了。除了野果，大家都拿出压缩饼干吃，穆云则在火上架起一口锅，煮着速食粥。

小白突然非常非常想念薛老大。有他在，多半能有烤野味吃。肉食被炙烤后撒上盐巴和辣椒粉，飘出的香气令人沉醉，甚至那些火焰都会在薛荣不羁的话语里燃得更欢快。他还总能拿出一些稀奇古怪的荒野生存工具，让这几个刚刚加入进来的毛头小子羡慕不已。然而现在，每个人只能咀嚼着索然无味的食物。所有人再次清晰地意识到那个人永远不在了、以前的日子永远不会回来了。

无意识地，小白伸了一下酸痛的腰，这才想起背物资的重活落在了他跟阿星身上。当发现背包比之前出任务时重了几乎一倍，才明白薛荣、沈放在时，为大家分担了些什么。

还有，再早一点的南宫……

竟然已失去了这样多的战友。

真的有一天能习惯这种事吗？

不。永远不会习惯。小白在内心自问自答。

现在，小白开始担心沈放。那天透露了任务的信息给他，他会偷偷跟来吗？这里的环境，一个人就算能生存下来，也苦不堪言……不过经历了这么多，他一定比以前更成熟了，是因为信任他不会乱来，信任他要成为一名顶级猎人的决心，才说给他听的。

所以，把这种信任坚定地相信下去就好了。没有什么可担

零日传说Ⅱ·长夜

心的。

小白呼了口气。

"沈放他还好吗?"仿佛心有灵犀般,坐在旁边的阿星问。

"会好吧。"小白答道。

"他会忘掉猎户座的事、忘掉我们吗?"何念念问。

"不会的,"叶乔说,"即使知道了他没有血统,也没谁强迫他喝鸱脑酒。再说,这一年多以来的记忆,就算喝了鸱脑酒也忘不掉的。"

"大家不用替他操心了,那家伙知道自己在做什么。"小白说。

叶乔打量着小白,好像要看穿他的心思:"怎么说得你好像知道他在做什么一样?"

"没有啦没有啦,我只是相信他而已。你们不相信他吗?"

穆云看着这群孩子打闹,他却无法放松紧绷的弦。不能再出任何意外了。他时刻警觉着周围,心里却被那些没有头绪的谜团压得喘不开气。

烘干的木柴加上去后,火堆渐渐越烧越旺,这样便又能烘干更多木柴,进入良性循环。应该不会再有蛇虫或野兽过来了,大家搭好帐篷,钻进睡袋准备休息,轮流留下一人守夜。

直到第四天下午,肉眼终于捕捉到了空气里的波动。

"注意,它们来了。"穆云低声道。

叶乔亦同时注意到了那丝不易察觉的波动,早已拔出了双刀。

另外三个人虽然前一秒还在聊天,但听到穆云的指令后迅速

第六章　迷雾

进入了备战状态。所有人同时隐蔽到十米开外的一株参天大树后。

小白紧紧握着他的刀和盾。

空气一闪，虚空中裂出口子。一只皮肤青黑的……人形生物从裂口中走了出来。

小白心里一惊，这次来的并不是异兽，而是兽人！

陆星移小声惊呼："这难道就是印度神话里所说的……夜叉？"

"应该没错。"何念念点头。

那个夜叉并未朝任何方向走去，只是站在原地四下张望。

所有人都在等待更多异兽从空间通道涌入。从检测到空间波动到通道形成，整整花了九天的时间。如果只是进来一只夜叉，岂不是太浪费了这如此耗时形成的通道？

然而一时并无其他异兽出现。

小白问："我们这么多人，打他没问题吧？"

"理论上讲是这样。但……"

穆云接过话："一定还有更多的异兽要来。空间波动尚未停止，通道应该还没关闭。一般来说，兽人不会单独闯入异界，他会带着他的随从。"

但直到过了三分钟，除了空气仍在几不可见地波动外，仍没有任何动静。

"先锋官，目前来看只有他一人，申请行动，先速战将他除掉。"叶乔说。

穆云思索着。现在看来的确是行动的好时机，总不能因为有人牺牲，就变得裹足不前。他深吸一口气："你们继续待在这儿，

零日传说Ⅱ·长夜

我去解决他。"

"大叔,你一个人……"小白本来想说"能不能行",但回忆起对战海德拉时穆云可怕的表现,转而说,"小心点。"

"放心。"穆云没有回头,提着弯钩走了出去。

夜叉注意到了来者。他的身体迅速以一种人体难以想象的扭曲姿势趴到了地面,这令他看起来像一只巨大的贴地而行的蜘蛛。

还未等他有所动作,穆云的弯钩已经出手了。

面对直飞向自己的弯钩,夜叉并未躲避,而是张嘴露出獠牙,竟似露出邪恶的微笑。他想将弯钩接住,而且是用嘴!

因为他看见了穆云胸前别着的白银徽章。对于白银猎人,他向来不放在眼里。

逗他们玩一下,或者说吓吓他们。

但他不知道,穆云是白银猎人里的例外。

锋利的弯钩飞到夜叉跟前,他甩头张口,紧紧将弯钩咬住。但他立刻就后悔了——准确说,是立刻恐惧起来。

这只弯钩飞来的力道远远超出他的想象。这么咬下去,要么自己的牙齿被撞碎,要么自己的脑袋被划开。危机之下,他惊慌地就势打滚,看上去像是被带得往后退了几米。

锋刃嵌入了他的嘴角,滴下乌黑的血液。虽然狼狈,但毕竟没有受到致命伤,不然半个脑袋都将被削下来!

夜叉恼羞成怒,他甚至有点庆幸这会儿仅独自一人在场,自己刚才的样子看起来一定很蠢。

至于被这个猎人看到……有什么关系呢?刚才自己只是轻

第六章 迷雾

敌,现在这人很快就得死了。

那一边,穆云也同样吃惊。迄今为止,还没有过能接住他弯钩的异兽,更何况是用嘴。

不待夜叉反应过来,他已闪身冲到夜叉跟前,左手狠狠地挥出一记勾拳。

夜叉举臂格挡,不想穆云只是虚招,并不硬接夜叉铁臂,反而突伸右掌,用力砸在弯钩柄上,生生把夜叉的嘴腮切出一道血口,接着变掌为拳,握住钩柄就地一滚,已远远离开夜叉攻击范围。

夜叉耷拉着被刀口撕开的腮,愤怒地连吼数声。

在互相试探出对方的实力后,一人、一兽人,郑重地再次对峙。

躲在树后的小白松了口气,至少那只夜叉不算太难对付。虽然没能速战速决,但以穆先锋的实力,这只是时间问题。

突然,他注意到仍未关闭的空间通道又波动了一下。

他碰了碰叶乔,指向那里。

叶乔倒吸一口气,生出一股不好的预感。

果然,一团黑黑的东西从空间裂口滚了出来。

她不由得喊出声:"穆长官,小心!"

穆云一闪身,正好躲过了那团黑球滚过来的路线。他举了一下手,示意叶乔暂时按兵不动。

但他们的藏身之地已经暴露了。夜叉转动眼球,瞥了一眼树后。奇怪的是,他并未露出吃惊的神情,反而咧开嘴阴森地笑了笑。

· 285 ·

零日传说 Ⅱ · 长夜

哪怕小白已经接受了异兽都长得稀奇古怪这个设定，但那团黑乎乎的球体还是超出了他对生物形态的想象。他声音颤抖地问："那、那是什么玩意儿？"

"你们有没有注意到，那个黑球的表面……好像在动？"阿星用同样颤抖的声音说。

几人定睛一看，顿时头皮发麻——那根本不是一头异兽，而是无数个由人类小臂大的昆虫聚成的团。

真是怕什么来什么，异界的虫！这些黑硬油亮的怪异虫类仿佛三叶虫和蜈蚣的杂交体，连刚才还在鄙视小白和阿星怕虫的何念念也害怕了："这……这怎么打呀？"

似乎察觉到穆云才是最大的威胁，夜叉和异界虫团都只攻击先锋官。

阿星咬紧牙关定了定神，克制着胃里翻滚的恶心感，将箭搭在弓上，瞄准了那团黢黑的球体。

"不行！"叶乔赶紧阻止了陆星移的动作，"现在它们聚成团反而好躲避，如果一箭过去令它们四散开，才真是棘手了。"

"没关系，我这是火箭！"话音未落，阿星已经发出一箭，正中翻滚的虫团。箭镞刚一接触目标，立刻爆裂成一大团火花，虫团立刻散开，却仍有许多被火焰点着，噼噼啪啪地燃烧。

但几乎是瞬间，剩余的虫子又再次聚拢，继续向穆云进攻。

更可怕的是，之前叶乔对它们会散开的担心完全是多余的，它们团体行动，且自己就会变形。一会儿成为带状，挡住穆云攻击夜叉的路线，一会儿又成环状，将穆云围在中间。穆云凭极强的能力杀出个破口突围，但也拿它们无可奈何，每次弯钩挥到，它们总能化整为零。虽然虫群一时也伤不到穆云，但穆云却产生

第六章 迷雾

了一些疲于应付的感觉。

正在胶着之际，又有几支火箭飞来。

虫团再次被烧着又聚拢。

似乎是厌烦了这种被动挨打的局面，虫团突然分裂出一半，向着叶乔他们滚来。

"啊！它们来了，快放箭……"小白大叫，"阿星，你怎么停下来了？"

"没……没火箭了……"阿星哆嗦着回答。

"你说啥？"小白立刻慌了，他看了看自己的刀和盾，可对付虫群根本派不上用场啊！

叶乔从隐身处跃了出去，几步跑向火堆："来这里！"她一边说，一边抽出两根燃烧的木棍摆出防御姿态。

其他人立刻明白了队长的想法，同样冲到火堆旁，挑出点燃木棍握在手里。

虫堆眼看这边无从下手攻击，竟又折返回到穆云那边。

小白脑筋一转，突然想到一个主意。"穆大叔，小心！"他用力将火把掷向虫堆。

然而火把速度太慢，还未掷到，虫堆就已经避开。但不等小白失望，穆云突然冲向半空中的火把，一脚踢向虫堆。

这一次，虫堆没能躲开。

小白大受鼓舞，又将另一支火把掷向穆云，其他人如法炮制，穆云将火把一一踢了出去。那些木柴嗖嗖飞向虫团，很快，被火焰灼到的虫子从集体中剥离下来，它们的身子散发出蛋白质被烧焦的气味。虫群顿时一阵混乱。

然而因未被特殊钽制成的冷兵器伤过，一息尚存的虫群就那

· 287 ·

零日传说 Ⅱ · 长夜

么凭空消失了。

等众人回过神，四下早已不见那只夜叉的身影。

"竟让他逃走了。"叶乔握紧手中的刀，迟迟不愿收手，但不知该攻向何方。

小白倒是松了口气，抚着胸口后怕地念叨着："吓死我了，吓死我了……"

阿星也有些虚脱地站在一边。

叶乔颓然而立。这是她成为白银猎人后首次接下的支援任务，具有特殊意义。没想到就这样以失败告终。

穆云看出叶乔的失落，拍了拍她的肩："今天的状况确实不好应对。没关系的。"

何念念挽起她胳膊："乔，别放在心上啦，起码大家都没事。"

"嗯。"叶乔仰起脸，看了一会儿天空。视线穿过阔叶，隐隐约约能看见天边的火烧云。还是太勉强了吗？即使已经戴上了白银的徽章，离真正的强者还是有一段距离。接连的行动失利，让向来自信的叶乔心中升起深深的挫败感。她曾相信只要足够强大，便能应付一切状况。可现在的她开始动摇，是不是真的有一些状况，让人无能为力？

穆云看了看天色："差不多再过一小时太阳就落山了，还是整理一下原地休息吧。明天一早返程。"

"好。"

幸亏是热带雨林，到处湿哒哒的，刚才四处乱踢的火把，并没有引发山火，反而很快熄灭了。

第六章 迷雾

大家重新生起火。篝火之中，阿星想到一个问题："猎户座历史里，几乎没有关于和异界来的虫类战斗的记载吧？"

何念念点头："确实很少……"

没等她说完，小白抢道："有过的！"

他一向对资料库里的内容不感兴趣，无论是对异兽习性的描述归档，还是猎户座历史，他都没认真研习过。此刻却说出大家都不知道的真相，令众人一惊。

在其他人疑惑的神色里，小白挠了挠头，不好意思地说："不是啦，我说的不是资料里记载过的历史，但却是亲身经历啊！队长，阿星，你们忘了吗？那一次我们三人落入赤召的圈套，被他抓了起来，在其他人来救我们之前，赤召就曾用虫子对付过我们。"

"这倒没忘。那种被虫子爬满全身的感觉，我现在想起来都浑身发麻。"阿星说，"不过我感觉那次的虫子更类似于某种'刑具'，跟这次遇到的有区别。而且，确实没看到过猎人和虫类正面交锋、战斗的记录。你们不觉得这次的虫团更像某种试探吗？"

一直没开口的穆云说话了："我也这么认为。这次来的虫子虽然让人很不舒服，但攻击力并不算恐怖，只能对我们造成一些干扰而已。可猎人要彻底杀死它们也很困难，只能用火将它们赶回异界。对于双方来说，它们都不是一支有效率的攻击部队。这大概就是历史上很少有虫子从异界过来的原因。就今天的状况而言，它们似乎是作为那只夜叉的掩护。"

"果然如此。"叶乔道，"异兽也知道从通道过来会遇到猎人的蹲守。那只夜叉为了成功躲过猎人的绞杀，故意让虫团出现扰乱我们。看来他在兽人中，可是个大人物啊。"

· 289 ·

零日传说 Ⅱ · 长夜

每个人都满腹疑问,却没有任何线索。大家只能带着这些疑问,心事重重地跟着钻进了帐篷。

老规矩,轮流守夜。

因为任务已经完成,无须再保存体力。阿星提出跟小白一起守前半夜。

两人默默无言拾掇着篝火。等帐篷中传来伙伴们匀和的呼吸,阿星凑近了小白,低声问他:"沈放并没有真正退出吧?"

小白停下手中拾柴火的动作,心虚地笑着说:"怎么这么问?"

阿星长长叹了口气。"不知不觉,已经当了很久的猎人了,好像有点成熟起来了,至少不是刚开始那种弱小的普通人了。"

小白不知道阿星为什么提起这个:"是啊。"

"还记得我们第一次对上那头狮鹫的事吗?"

"那时我们弱爆了,差点死翘翘。"小白笑了,吐了吐舌头。

"但我总是忘不掉那天晚上躺在病床上,和你说的话。"

"什么啊?"

"可能是我太自作多情了。"跳动的火光映照着阿星脸上害羞又苦涩的表情,他自嘲地说,"从小到大没什么朋友的我,一直把你和沈放当做最好的朋友。那天晚上我问你,我算得上是你们的战友了吗?你说废话,一直都是。当时我真的很感动。不过,我还是不能像你和他那样……真的不能让我帮你们分担些什么吗?"

听阿星这么说,小白有些愧疚。要不是沈放,他在中学里也没什么朋友。这种被人群撇开,孤独地看着他人抱团的感受,他

第六章 迷雾

怎么会不了解呢？"哪里的话。只是……只是……"只是答应过沈放，不把他偷偷行动的事跟其他人讲。

"我也很担心沈放啊。"阿星添了一把刚烘干的树枝到火堆里，"虽然你们都瞒着我，不过我还是看出来了。他没有猎人血统，对吗？就因为这个，薛荣才想着保护他，才……所以，他心里一定很难受、自责。前阵子我去找过他了，感觉他有很多说不出口的话。后来他让我问你。"

"原来是这样。"小白点点头。果然是沈放的作风，那家伙一受伤就喜欢自己藏起来舔伤口，平时有什么不愉快也深深藏在心底。哪怕自己从小跟他一起长大，他也有很多话没对自己说过。沈放啊，是个骄傲又自卑的人。他平时阳光又义气，好像风轻云淡，但他软肋太多了。

"所以，能让我跟你们一起承担吗？"

"他还真是不坦诚。"小白嘀咕着，"别担心他了。现在嘛，虽然他不跟我们一起行动了，但他说过，是不会放弃猎人身份的。"

"他要独自行动？"阿星担心地问。

"放心啦。你看，穆云大叔很厉害吧？他隐退的那十几二十年里，一定也是一个人行动的。我就等着沈放以后给我们一个人惊喜呢。"

守着火堆很热，但因为怕虫子，小白还是坐在离火堆很近的地方。他额头上沁出了汗，伸手抹了抹脸，脸上多出好几道黑印。看着他这模样，阿星忍不住笑了。

"笑什么啊你，刚才还一副委屈得快哭出来的样子。"小白说着，抓起一把柴灰，拍到阿星脸上。

零日传说Ⅱ · 长夜

两人就这么打打闹闹。很快他们又意识到自己太大声了，赶紧重新正襟危坐。

身边，是风吹过树叶漏出的点点星光。远方，是密林中只属于深夜的虫鸣。

两个少年并肩而坐，小白心里突然升出一丝异样的感觉。

之前听说过，在隐退以前，前任先锋官、穆云以及林修平三个人总是形影不离，一起行动，而现在的阿星、沈放和小白自己，不也是如此吗？

不知是该感慨巧合，还是感慨造化弄人。那么他们这个三人组，最后的结局又是怎样呢，能成为前辈们那样厉害的猎人吗，能独当一面在历史上留下赫赫战绩吗？

5

蹲守的山区并没有"深渊闪电"站点。穆云带着一群人经过两天的跋涉，又转了几次车，才回到新德里。

用穆云的话说，出来一次不容易，既然都来了印度，大家不妨感受一下这里的风土人情，可以先四处逛逛。

"任务信息里说研究所需要支援，我们不用去看看吗？"叶乔问。

"我们的任务已经完成了，支援研究所安防的另有他人。不急。"穆云道。

叶乔有些狐疑，但没再多问。众人漫无目的地走在南亚风情浓郁的市集，尝了些当地小吃。穆云说自己跟着会扫了大家游玩的兴致，让孩子们自己去逛。"但是一定不能走散了，注意安

第六章 迷雾

全。"他嘱咐大家。

"知道啦……"小白无奈,这位先锋官啰嗦起来简直跟老妈有一拼。

"叶乔,你照顾好他们,我去那边看看。"他指着一处小巷子说,"两个小时后到深渊闪电站台集合。"

说完,穆云故作悠闲地向着市集北侧一路逛去。

这片建筑群古老清冷,楼与楼之间的道路狭窄而高低起伏着。底层开着一些狭窄的门面,随着远离市集而越来越稀少。这片民居的大部分住户都在市集摆摊,白天几乎没人。

穆云不时举起手机拍摄建筑风景,顺势拐进一条埋在阴影里的巷子,将自己隐蔽起来。

一个身材瘦削、穿着白色褂衫的印度青年面色紧张,满腹心事的样子,跟在穆云后面走过转角,却突然被一只大手捂住了嘴巴,脖子则被另一只胳膊紧紧箍住。

他整个人都被抵在长满褐色苔藓的墙壁上,动弹不得,只有嘴里发出呜呜的声音。

穆云完全没想到这么轻易就制住了青年,一时有些失望。

这个人从新德里的车站起,就鬼鬼祟祟地跟在自己一行人后面。穆云故意带着孩子们四处闲逛,确定了这人的跟踪,只好想法将孩子们支开。还以为他与那个以向俊达名义联系自己的神秘人有关,没想到这么弱不禁风,可能是自己多心了,这只是一个盯上中国人钱包的小偷。

让穆云没想到的是,这个长着印度面孔的跟踪者竟然支吾着说了一句汉语:"别动手,穆先生!"

· 293 ·

零日传说Ⅱ·长夜

听到对方说出自己的身份，穆云愣了一下，稍微松了松手中的力道，但并未将他放开。

"穆先生，猎户座有危险……有阴谋。你们快离开！"那人将手心里的一个什么东西塞进穆云手中，挣扎着扯开穆云勒在他脖子上的手臂，竟突然转身跑向市集。

"喂——"穆云紧追两步，跟进另一条巷子。

男青年仍在逃跑，一家小商铺门口的几个本地人被声音吸引，看了过来。

穆云停下脚，懊恼地挥了一下右拳，没有继续追。

陌生年轻人的背影越来越小，穆云心中的阴影却越来越大了。

他紧握的左手里，有一个硬硬的小方片。

他将左手半握成拳，捂在嘴前佯装咳嗽，同时瞟了一眼手中的东西。

一枚微型存储卡。

穆云忍住了通过网吧或者酒店电脑查看存储卡的冲动。

从那人偷偷交存储卡的手段和之前通信器的警告看，研究所甚至整个猎户座可能都被监控了，以至于那人在没人的巷子里都无比谨慎。

不出意料的话，存储卡应该有密码。那个人能叫出自己的名字，证明他知道自己是谁。他把存储卡交给自己，却不说密码，则是相信自己可以猜出密码。那人跟踪了自己，跟踪水平却差得可以，而且手无缚鸡之力，很像是猎户座的研究人员，而非行动组的猎人。

第六章 迷雾

穆云怀疑这个人很可能就是使用向俊达身份叫自己来印度的人，目的是交给自己这个存储卡，因此才在交接后立刻要自己离开。只是这些都是他的推测，并没有证据。而且，这个青年是怎么知道向俊达跟自己之间关系的呢？

所有疑点都没办法解决，但所有疑点都指向猎户座研究所。

所以，尽管那人警告自己要立刻离开，穆云还是决定马上去研究所查看一番。必须尽快去，如果去晚了，很可能什么都查不到。

研究所位于地下。到了新德里，不选择上升到地面，而是直接从"深渊闪电"球舱出来，穿过一条平行的地下通道和几条走廊，则通往研究所。

与那群孩子们约定的碰面时间还剩下一个半小时，穆云有信心在他们来到站台前完成查看。

不能将那群孩子拖入这无端的诡谲状况之中。

他皱眉看了看四周的交通状况，放弃了叫出租车的打算，而是在人群中疾步而行。到了街边伪装成小餐馆的深渊闪电站台时，他差点背过气去——

那群孩子竟已经在那儿等着了。

"不是让你们多逛逛，两小时后集合的吗？这么早就来了！"

小白夸张地对着电扇猛吹："哪逛得了那么久，之前就跟你逛半天了，热死我啦！"

何念念在一旁无奈地说："长官，您不知道吧，叶乔是个让她逛街还不如让她打怪兽的女孩啊。"

叶乔点头："我最讨厌逛街了。"

阿星小心翼翼地问道："长官，我知道这地下是猎户座最大的研究中心,之前我们还执行过往这里送异兽标本的任务。既然还早,能让我们去研究所观摩观摩吗?"

真是哪壶不开提哪壶。穆云扶额:"这……研究所可不是想参观就能参观的。"

"穆大叔,你就给阿星通融一下吧,你可是先锋官欸!你带我们去看没问题的吧?"小白求情,"阿星最求知若渴了。"

对包括叶乔在内的年轻猎人来说,研究所都是一个神秘所在,如果能去参观当然再好不过。她虽不便明着向先锋官提出这种无理的请求,但还是支持道:"长官,我们的任务本就是支援研究所的安防。之前让那只夜叉逃走了,我担心出状况,出于责任,还是希望去研究所查看一下。"

以目前的情形,穆云绝不可能避开这群孩子独自去研究所查看了。他只得同意道:"那行。去了以后要多加小心。"

"太好了!"阿星小声欢呼。

穆云叹了口气,但愿研究所那边暂时不会有什么意外状况。

6

球舱下沉到很深的地下,出了通道,穿过几条走廊,前方就是研究所了。奇怪的是,和以前这里虽然安静却忙碌的场景不同,这次的研究所静得可怕,好像一切都凭空蒸发了一样。

他们轻手轻脚靠近研究所,小白贴近透明的玻璃墙面朝里打望。研究所办公室内竟空无一人。

"咦?人呢?"

阿星猜道:"会不会所有人都去里面的实验室了?"

第六章 迷雾

穆云摇摇头:"不会。按照规制,办公室至少要有两个人值守。"

"那所有人都去哪儿了呢?"

穆云心头疑云密布,这时阿星试着推了一下掩着的玻璃门,出乎意料的是,厅门并没锁,无声地打开了。

小白要一头钻进去,但被穆云拦了下来。

叶乔看着先锋官凝重的神色,想起这次前来支援的命令和神秘消失的夜叉。难道研究所遭遇了不测?她立即反手握住插在背包里的刀柄:"小心!"

所有人紧张起来。

穆云皱眉:"你们守住门口,我进去看看。"

他走进办公室,开着的几台电脑都变成了蓝屏,不过他不是很懂计算机,看不懂这些乱码,只知道家里电脑系统崩溃时会是这样。桌上的文件散落了一地,他翻了翻,都是英语的,并没有保密标识。

联想到最近接到的神秘警告,他突然担心起那个疑似研究员的印度青年,现在怎么样了?

这时,穆云听到办公室外一阵嘈杂。

他抬头看去,竟来了另一群猎人。他赶紧走出办公室,跟孩子们站在一起。

这群人中,有两个是穆云见过的,在去年十月的古堡会议上。他们分别是北美区先锋官麦卡锡和猎师四脉之一的艾斯小姐。另一名高个子、戴眼镜的卷发男人似乎也是这次行动的领头者,跟麦卡锡和艾斯站在一起。看来这次总部一定是得到了什么线索,知道研究所面临重大危机,才会史无前例地调度两个区的

· 297 ·

零日传说Ⅱ·长夜

猎人一起支援。

不对,这群人面色不善,不像是来支援的,倒像是冲着自己而来。

紧接着,他们从腰间掏出了武器。他们手中所持之物,并非对抗异兽的冷兵器,而是黑漆漆的、对付人类的枪。

叶乔扫了这群人一眼,不明白为什么都是猎人,他们却用枪指着自己。但先锋官没有命令,她只好按兵不动。

麦卡锡做了个前进的手势,那些随从冲了上来,嘴里喊着英语,很快两两一组,将穆云一行人控制了。

小白根本没听懂他们在喊些什么。英语向来就是他的弱项,四级都还没考呢。他小声嘀咕:"我靠,这是搞毛?"刚抱怨完,就被人毫不客气地反手捉住,动弹不得。本来还没觉得有啥的他一下子蒙了。

穆云愣了愣,带头举起双手,示意自己手上没有武器,随后将手抱在脑后。

少年们不明所以,只得照做。

看到对方并没有动粗,穆云这才不紧不慢地说道:"麦卡锡先锋,艾斯小姐,这是做什么?"

他心里在飞速盘算,研究所人员的消失,会不会跟这群人有关?

但隐约地,他觉得自己似乎掉进了一个陷阱。

叶乔充当了双方的翻译,她翻译了穆云的话后,艾斯冷冷地说:"我们受总部调度,到研究所执行安防工作。你们有盗取研究机密情报、控制科研人员的重大嫌疑。你们被捕了。"

穆云惊讶:"你是说,研究所的机密情报被窃取,科研人员

第六章 迷雾

遭到控制？这里出事了？"

"不用装作这么惊讶。这些不就是你们干的吗？"

听明白怎么回事后，小白松了口气，原来不是打劫，那解释清楚就行了。他嘿嘿笑着，摆出一张无公害的脸，用蹩脚的英语说："小姐，我英语不好。但是你们犯了个错误，你们抓错人了。我们刚来，不知道发生了什么。"

架住小白的两个白人大汉加重了手中的力道，其中一个毫不客气地冲小白吼了一句。这一次他很容易就听懂了，是美剧里经常出现的那句"Shut up"，让他老实点，闭上嘴。

穆云说："我也是接到任务调度才来的这里，我们刚从蒙达山区返回。今天过来只是想来参观一下，顺便看看有没有什么需要我们支援的地方。如果这里发生了什么意外，我们可以配合调查。"

"参观？参观的话，有预约吗？跟谁联系了？"

作为猎师四脉，艾斯家族有过一段时间式微。父亲去世后，不到三十岁的艾斯便成为了四脉之一的当家。这些年她急于恢复本脉声誉，却苦于没有机会。十余日前，北美区接到了支援新德里研究中心安防工作的调度令，这激发了她大干一场的野心。她竟放下架子，主动向北美区先锋官麦卡锡表示愿意联手参与，而麦卡锡也乐于将这种劳averageof民动众的事情交给她，一方面可以保存手下普通猎人的实力，另一方面也可以减轻自己的压力。就算真有什么三长两短，北美区猎师家族的衰弱对他来说未必不是好事。

可就在他们部署了人手，在研究所附近加强保卫期间，研究所却出了意外。所有数据被消除，研究员不是晕过去就是疯了。

艾斯认定这支中国团队有问题，理由也很简单直接。研究所

零日传说 II · 长夜

位于深度一千多米的地下，必须通过"深渊闪电"才能进入。他们参与安防的这些天来，这附近并没有异兽出没，所里也没有异兽暴力进入的痕迹，也就是说这次事件并非异兽造成。能驱使"深渊闪电"的，一定是猎户座的人，她由此判断是内鬼在搞破坏。她参与揪出内鬼，不仅能提升艾斯家的名望，还能削弱其他猎人的势力。

出事后，艾斯立即展开了调查，几天过去却未发现其他可疑之处，除了穆云一行。

"带走。"她对手下下了命令。

"等等。"穆云说，"在没有证据的情况下，你们真的要这样粗暴地对待同僚吗？"

艾斯用对待叛徒的目光鄙夷地看着穆云："你问我要证据，当然有。这个人，你不会说没见过他吧？"说着，她将手机屏幕对着穆云，上面赫然是那个印度青年的照片。

看到穆云并没有反驳，小白他们满脸惊讶，来印度十几天了，他们从未见过这个人，穆大叔是什么时候见他的？

另一名领头者此时发话了，他先自我介绍道，"我是猎户座首席科学官。"他推了推眼镜，镜片寒光一闪，"我绝不允许猎户座的研究成果被破坏，更不能容忍研究员被胁迫。如果你们做了什么，最好赶紧承认。"

艾斯脸上露出胜利的笑容："研究所所有数据被清空丢失，而所有研究员——包括工作人员——全都疯了。这青年是唯一一个没疯的人，偏偏去见了你。你觉得该作何解释？"

艾斯每一句话都说得掷地有声，因为在她看来，这些都是铁一般的证据，完全没有洗脱嫌疑的空间。

第六章 迷雾

"不是你们想的那样。"小白急于证明清白,辩解道,"穆大叔,你说话啊!你什么时候见的他?我们不是一直都在一起吗……"说到这里,小白突然住了口,就在来站台之前,穆大叔还支开了他们,非要让他们去逛什么街。当时不觉得奇怪,现在想来,先锋官的行为确实有些反常。

听说研究院的人都疯了,穆云也大吃一惊。这可能是猎户座历史上最大的灾难之一。但猎广座为什么不公开这个消息,反而偷偷调查起猎人内部?那个印度青年说的阴谋和危险与这有什么关系?被监听?到底是谁在监听?想到这里,穆云突然意识到一种可能:如果真的发生了这么大的灾变而自己不是凶手,那么对方有可能是贼喊捉贼。

此刻摸不清对方立场,不便硬碰,穆云承认道:"是的,我见过这个人,但那是他跟踪我。被我抓住后,我不知道他的身份,以为他只是个小偷,自己又没什么损失,就让他跑掉了。"

"就让他跑掉了?"听了叶乔的翻译,艾斯小姐显然不满意这个答案,"还是故意放他走的?"

穆云摊手,避重就轻地说:"你知道,这种情况下抓他去警察局是浪费时间。"

艾斯冷哼了一声。"穆云先生,听说你离开猎户座很久了,是突然回归的。在你失踪期间,是否筹谋了一些见不得人的勾当呢?"

"你什么意思?有证据就说证据,不要说些无端的揣测。"叶乔没有翻译这句话,直接用英语怼了回去。

艾斯对着叶乔挑了一下眉:"这位美丽的小姐是叶乔吧?我认识你父亲。好,证据我还有很多。我想问一下叶小姐,你们队

零日传说 Ⅱ · 长夜

里是不是有一个叫沈放的队员？请问他现在在哪里？"

"沈放？我不知道，这次他没跟着来。"叶乔一下子有点蒙，这和沈放又有什么关系？

"又是'不知道'，这真是一个万能的词汇。"艾斯像是抓住了什么大把柄，"那为什么研究所出事时，他刚好到过这里？"

"什么？"

"别以为你们破坏了研究所的监控就能抹掉一切，我们调取了附近'深渊闪电'的乘用记录，沈放的记录赫然在案，而他到这里的那天正是研究所出事那天。"

叶乔看了一眼小白，转头用汉语告诉穆云："沈放来了，最近一直在研究所附近。"

小白听后，担心地用中文小声询问："他们抓住沈放了？"

叶乔摇头："他们也在找他。"

想不到自己让沈放偷偷跟来，却成了他人的把柄。小白还想要跟这些人解释，却不知道怎么说。一来英语不好，二来他注意到穆云在用眼神暗示自己，只好不再说话。他又看了看研究所内部，想找找看有没有真凶留下的痕迹，好帮他们洗脱嫌疑。然而，除了散乱一地的文件，和屏幕上不停滚动着乱码的电脑，这里什么都没有。

看到这帮人不再辩解，艾斯更加坚定了自己的判断，说道："抱歉，在证明清白以前，你们的行动被限制了。带走。"

小白突然注意到那些电脑。因为隔太远，他根本看不清屏幕上的具体字符。但好歹在计算机系待了一学期，他本能地对那些代码串产生了兴趣。研究所的电脑怎么会全部蓝屏？他伸长了脖子想看个明白，不料啥都没看清，就被推着走了。

第六章 迷雾

快走回球舱时，穆云决定试探一下这伙人。他摘下手腕上的通信器，连同自己的武器一起递出："既然我们现在成了嫌疑人，这些物品就暂时交回猎户座保管吧。"

艾斯有一瞬诧异，随后同意随从收回了穆云的通信器和弯钩。

穆云这么做有自己的考虑。艾斯的诧异证明她没想到自己会这么做。如果他们不是窃听者，这种诧异便是由于交出通信器的自缚手脚出乎他们意料，从而让他们减少对自己的猜疑；如果他们是窃听者，她很可能会因此明白自己已经知道窃听的事情，从而产生一定程度的忌惮，或许能打乱他们的计划，从而令其露出破绽。这是穆云的赌博。

疑团越来越多，现在却只能先走一步看一步，等把这一切谜团想清楚了再做打算。

小白不情愿地摘下通信器，不舍地看了看自己的刀和盾："这些都得上缴吗？"

但见其他人都上缴了，他也只能磨磨蹭蹭地跟着照做。

不过他做了个小小的手脚。

沈放既然来过，一定知道研究所发生的事。摘下通信器时，他偷偷发送了一个定位和"SOS"三个字母，到沈放的通信器上。

随后，他们被押送着进了"深渊闪电"的球舱。

球舱门关闭、研究所重新恢复寂静的那一刻，一名少年从不远处的墙角后面走了出来。

· 303 ·

零日传说 Ⅱ · 长夜

这名少年目睹了一切。

"不要冲动。每一次行动前,要多看,再多想。"

这是决定单独行动后,他给自己定下的准则。

刚才,他几乎就要冲出去帮朋友们解围。但他忍住了。他明白,自己一个来历不明的人,连为什么会出现在这里都解释不清,更无法帮朋友洗脱嫌疑。他最好的做法,是伺机而动。通信器收到了小白发来的求救信号和定位。他在心底一笑:白痴,你就等着我去救你们吧。

十天前,小白给他透露来印度支援的任务计划后,他本打算订机票前往。可做签证来不及,再加上带着武器实在没办法通过民航安检,他只得放弃这个打算。在其他人出发后的第二天,沈放去了树城的"深渊闪电"站台。

一名面生的猎人在那家小店里接替了薛荣联络员的职责,好在沈放知道暗号。他尝试着与那名新的联络员对接暗号后,没费什么周章就进入了站台内。之前他有过操作球舱的经验,他很快将离目标山区最近的新德里选定为目的地。

抵达新德里后,他发现出站口是一家伪装成小吃店的店面,同样有联络员把守。为防止来历不明的自己从这里出去引起不必要的麻烦,他重新下到地下,想找找有没有另外的出口。没想到顺着通道走到了研究所。

当时是下午,研究所原本一切正常,一片忙碌景象。但就在突然之间,所有计算机的噪声都大了起来,发出电流的滋滋声,接着便警报声大作,到处灯光闪烁,显然遭受了某种严重电磁干扰。随后,好几名科学家发疯般抱头鼠窜,乱冲乱撞,最后竟拼命用头撞墙,似乎正遭受着剧烈的头疼。又过了一会儿,研究所

第六章 迷雾

内所有灯光都熄灭了,没人知道那片玻璃屋内发生了什么,它犹如盖在黑布下的,魔术师的魔法箱。

在外面看到这个恐怖场景的沈放没敢进去,他甚至躲远了些。直到一切归于沉寂,他才敢靠近一些观察,但研究所已经一片死寂了,那些研究员则全部昏倒在地,摆出各种痛苦的姿势。为防止意外,沈放蒙着头面锁住了研究所的大门,避免他们醒来后乱跑,自己则继续躲在暗处观察。

猎户座应该是当时就接到了警报的,所以很快便来了一群人。他们修好了研究所的灯,寻找着造成这一切的凶手。但研究所的所有资料已经消失,监控也被破坏了,他们一无所获,只好重新布置了监控,从外围调查。

因为有了监控,沈放不敢冒进。他一直潜伏在监控的死角,希望能弄明白这里发生了什么,等这群人结束调查再离去。好在他携带了足够的干粮。

这就是这些天沈放所经历的。

今天,沈放看到小白他们来了研究所,正要出去告诉他们这里这些天发生的事,那行人却突然出现,将小白他们抓走了。

沈放经过监控盲区,跟去看了他们所搭乘的球舱,它直接上升,并未通过隧道去往别处。他心急如焚,知道必须想办法跟上去。等球舱重新下降到这里后,他赶紧搭球舱上到了地面。

得骗过伪装成小吃店老板的站台联络员,从那里走出去。

球舱停稳后,沈放小心翼翼地推门而出。这里是后厨,没有人。

空气湿热,四周弥漫着咖喱和其他香料的气味,还有嗡嗡乱

零日传说Ⅱ·长夜

飞的苍蝇。沈放看了看表，下午三点。他将通往前厅的门推开一条缝，这个时间点没什么食客，只有老板一人坐在店门口吹着满是油污的台扇。

一间难吃的、生意清冷的小吃店。作为"深渊闪电"的站点，这倒是个不错的伪装。

墙角的一个老鼠洞引起了沈放注意。他从后厨找到一块飞饼，放在洞口。不一会儿，便有一只肥大的老鼠被引了出来。沈放迅速出手，将其捉住。他从门缝里将老鼠抛了出去，正好落在老板左侧。

他的计划是，趁老板去捉老鼠，他赶紧从另一侧出门。

没想到那个老板斜睨了老鼠一眼，无动于衷，继续吹着风扇，看着店外往来的人群。

生意再差也不能看到老鼠都不管吧……沈放对这家饭店的卫生状况有点绝望。

沈放继续想着对策，突然他转念一想，自己作为一名猎人，从"深渊闪电"的站点出来不是很正常吗？就说来这里有事呗！干吗要躲躲闪闪的？

说不定最好的伪装就是不伪装。

他定了定神，打算这样做试试。他将别在胸前的徽章摆正，推开门正大光明地穿过前厅往外走。

但他的心底却在打鼓，盘算着待会儿老板问起来该怎么说。嗯，装作语言不通是一个办法。

老板先是好奇地看了他一眼，立刻注意到了他的徽章，都没问他一句话，就往后挪了挪，让他走出去了。

沈放长长舒了口气，但他立刻决定再冒一次险，转过身用英

第六章 迷雾

语同老板打了招呼，问道："刚才从这里出去的人，往哪儿走了？"他脸上堆起傻笑，"我和他们一伙的，上了个厕所出来就掉队了。"

老板并未起疑，这种不靠谱的初级玄铁猎人，他不是没遇到过。于是指了一个方向，用印度口音很重的英语回答："去那边了。"

"谢谢啊。"

沈放小跑出去几步，取下别在胸口的徽章，伪装成一名背包游客。沿着老板所指的方向没走多远，他就在一幢公寓楼下发现了几张熟悉的面孔。

是带走小白他们的人。

那几个人守在楼下，手里拿着装有鲜榨果汁的塑料杯，装作乘凉的普通人。

但沈放在他们的身上，分明嗅出了猎人的气息。

现在，该怎么做？

沈放握紧了揣在裤兜里的那把蝴蝶刀。

如果此刻是你，你会怎么做？

第七章　囚困

1

被捕后,白凌霄等人被押送到一处公寓。

公寓内陈设简陋,好在房间挺大,还算通风。

艾斯最后一次问他们:"不说出真相,那就对不住穆先锋了,你们得在这里住两天。"

穆云轻笑:"多谢。"

艾斯恼怒地又要发作,但还是忍了下来:"那你们就在这里好好想想,怎样编一个更像样的谎言吧。"

说完,她和科学官及麦卡锡先锋一起,离开了公寓。

他们前脚刚出门,小白就迫不及待地问:"这几个人是谁啊?"

穆云回答:"那是猎师四脉之一,艾斯家族的小姐。噢,她

第七章 囚困

现在已经是当家的了。还有北美区的先锋官，麦卡锡。"

"他们怎么跑到这么远的地方来捉我们？而且完全抓错人了，业务水平也太差了嘛！"小白吐槽。

"他们本来是支援研究所安防的，却没想到研究所出了事，所以才急于抓出凶手。"

"那就拿我们当替罪羊？"小白愤愤不已。

"不会，他们毕竟也是猎人，底线还是有的。只是这次事件实在太诡异了，不能要求每个人都心平气和。而且……"穆云想了想，"只能说目前发生的事，的确是猎户座从未遇到过的。"

陆星移疑惑地问："穆大叔，他们说研究所所有数据全部丢失了，科学家们也发疯了，这会是真的吗？"

"调度了我们来狩猎异兽，又调度了北美区的猎人来加强安防，说明研究所本就有危机了。"叶乔说，"只是没人想到会突然出这么大的事。"

穆云点头："他们没必要在这上面作假，只是想不通谁会这么做，又是怎么做的。看样子也不是异兽。"

"既不是我们做的，又不是异兽，那会是谁做的呢？"何念念思索着。

"不是谁做的问题，而是……"阿犀神色严峻地说，"世界上真的存在一种手段，能同时令十数人发疯吗？"

阿犀这个问题一提出来，所有人都感到了背脊发凉。

如果是真的，这才是真正的"黑科技"。

穆云赞赏地点头："我也考虑了这个问题。就算是精神刺激，也不可能令所有人都疯掉，总有人心理承受能力比其他人强点。比较合理的解释是，研究所内被释放了某种能让人产生幻觉或者

· 309 ·

零日传说Ⅱ·长夜

损伤神经的生化武器。"

"猎户座又不是没有黑科技。"小白说,"像那个什么空间波动监测系统,还有'深渊闪电',哪个不是超出常人理解的黑科技?因此如果说有一种技术,专门令人发疯,我也会相信的。"

"如果猎户座确实有这种黑科技,那么破坏研究所的,不就是猎户座内部的人?这不是更可怕吗?"何念念道。

"还好,据我所知,猎户座并没有这样的技术。"叶乔说。

陆星移说:"研究员们是在地下一千多米的地方发疯的,根据刚才艾斯说的,这些天并没有其他人去过研究所。那么,如果不是藏在研究所,就说明这种技术可以远程攻击……"

所有人的脊背再次一凉。

"阿星,你今天怎么老说些吓人的事情?"小白有些害怕。

"除了沈放……"叶乔补充说,看小白又要争辩,没给他机会,"我不是说他有问题,只是这被艾斯他们当成了我们是嫌犯的证据。"

"另一种可能是有人去过了,但抹掉了证据,这对拥有使人发疯的黑科技的人而言,是轻而易举的事;沈放不知道这些,当然不会抹掉证据,沈放的搭乘记录其实证明了他的清白。"阿星继续分析。

"这么分析是不会有结果的,我们不能困在这里干等着,必须尽快找出背后使用这种手段的凶手……"叶乔抬起手腕,才想起通信器已经上缴了,"得找人来帮忙。"

穆云一直在听这些年轻人分析,自己也在思考,见叶乔有些坐不住了,这才说话:"别白费工夫了。我上缴通信器的那一刻起,就没打算靠联络外界获救。这件事有蹊跷,如果艾斯他们是

第七章 囚困

真正在寻找真相,那等误会解除我们自然就没事了;如果这次是他们刻意策划的陷害,那我们必须考虑一下猎户座内到底谁值得信赖,谁并不可靠。也就是说,目前去寻找他人的帮助,并不是聪明的做法。"

"我父亲……也不行吗?"叶乔轻声问。

穆云叹了口气,躲闪了叶乔的眼神,没有回答她这个问题。他早就看出叶明诚和兰彻斯特公爵在暗地里计划着什么,而且公爵向来喜欢进行一些不人道的秘密研究。显然,并不排除这次阴谋有公爵的份。可公爵这么做的目的是什么?他想不通。

"还说呢,"小白抱怨,"穆大叔,手机早没电了,通信器可是我们此刻唯一能和外界联系的工具啊!你为什么要主动交上去?还好我聪明,趁上缴之前偷偷给沈放共享了定位。沈放总是可以相信的吧!"

"沈放是没问题。不过目前的状况,他做不了什么,别忘了他现在也是嫌疑犯。"穆云解释,"至于上缴通信器,是因为我知道我们被监听了。"

"啊?"众人一阵惊呼。

"是谁在监听我也不清楚,所以交出去也是一种试探。但从他们的反应看,似乎并不知情。这件事不管怎么想……都有很多不对劲的地方。我得再想想。"

小白突然想起一件事:"对了穆大叔,那个印度人是怎么回事?你怎么会跑去跟他见面?"

"其实我与他并不认识。我只是察觉到了被人跟踪,就把你们支开,引他到没人的地方制服了他。他提醒我们赶快离开,说研究所有危险,我本想自己去查看一番,没想到你们要跟着去,

· 311 ·

零日传说 II · 长夜

反而全体被当成了凶手。"穆云并没有告诉他们存储卡的事情。

这时门外响起人声，众人赶紧停止讨论。仔细一听，好像是来了个送餐的。过了一会儿，守卫打开门，将食物放在客厅的茶几上，一句话没说，就又砰的一声将门关上了。

一次性饭盒里装着的都是印度食物。米饭，咖喱煮的大块鸡胸肉，以及咖喱煮的土豆和胡萝卜。

没人挑剔，都围在茶几前吃。

就在这时，小白注意到，对着窗户的墙壁上不知什么时候映出来一块光斑，光斑晃动着，显然是想吸引大家注意。

小白"咦"了一声，向大家指了指光斑，悄声说："我过去看看。"便装做吃完了放下碗筷，走到窗前朝外面看去。

楼下站着几名看守，看起来没什么异常。午后的街道上也没什么行人，只有一些底商的商贩站在街道两侧的屋檐下乘凉。小白正要离开，反光突然在他眼睛里晃了一下。

小白心中一阵悸动，赶紧搜寻着目之所及范围内的一草一木。最后，视线落在对面的三层居民楼楼顶上。那里有一个少年，小心翼翼地拿着一面镜子摆弄。

小白一眼认出了他，两个人目光交汇瞬间，彼此心中都有了底气。

因为楼下和房间外都有看守，那名少年并没有做太多动作，确定小白他们所在的房间后，便很快离开了。

小白放下心，转身离开了窗前。刚回到厅内，便压抑着兴奋小声通知大家："是沈放，沈放来了！"

"他来了？"阿星一听也兴奋起来。

第七章 囚困

"那是。"小白得意地点头。关键时刻,还是自己兄弟靠得住!不过想不到他这么快就来了,此刻离给他发出那条求救信息并没过去多久,无论如何,他都不可能是收到信息后赶来的。唯一的解释,就是艾斯并没有撒谎,沈放早就悄悄跟着他们的行程,来到了印度。

"他怎么会来?"叶乔这时终于开始问这个小白一直担心的问题了。

"咳咳……不知道。哎呀这个时候就别管这个了,现在想办法告诉他我们这里的情况要紧。"

叶乔盯得小白心里发毛,随后没再追究,只说:"守卫很多,不能直接与他联系。得想个办法。"

"对了,把信息写在卫生纸上,从窗户扔出去,怎么样?"阿星提议,又补充道,"反正这个公寓的卫生状况也不怎么样,我看不少邻居都是直接往窗外扔垃圾的。"

穆云沉思片刻:"可以。是我小看他了,没想到他能找到这里来。告诉他不要设法突破守卫来营救我们,这不是明智之举,而且会坐实对我们的嫌疑。千万别轻举妄动,只要他在外面,我们就有机会。"

2

越来越多的诡异事件接二连三地发生了。

先是那名印度青年研究员,在跟穆云接触后便不知所终。如果说这件事尚可预料,那另一件让大家震惊的事情,是麦卡锡先锋居然也疯了。

零日传说Ⅱ·长夜

那天，他和另两名猎人走在新德里人群熙攘的街头上，当时街旁有一家影院，影院门口张贴的五花八门的电影海报里，出现了几个月后即将上映的一部机甲题材科幻片，一台巨大的金属机甲站在黄土纷扬的末日图景之中。

向来对电影兴趣不大的麦卡锡愣愣地站在了这张海报前。

"金属……机械……"他喃喃地念着海报上的宣传语。他的语气是那样惊恐。

"嘿，麦卡锡长官，你也是科幻电影迷吗？"

"不对……长官，你怎么了？长官！"另一名猎人感觉到了异常。

突然，麦卡锡像想起了什么极度恐怖的回忆，抱着头使劲揪自己的头发。他喉咙里滚出含糊不清的呻吟，最后跪倒在地，变成大口喘息。"他们……要来了。他们……"

在成为猎人以前，麦卡锡是一名美国军官。1989年，十七岁的他进入西点军校，接受了正规的军事训练；2003年，他作为陆军少校，参与了伊拉克战争。在伊拉克驻守了两年后的一天，他在一次野外勘测中遭遇了异兽。与异兽搏斗中，他被摔在地上昏了过去。醒来后，他发现自己置身于一间医院。有人给了他一支鸦脑酒喝下，但他并未忘记刚发生的事，证实了他拥有猎人血统。他也搞不清猎户座和军队是怎么交接的，从那以后，他便成为了猎户座的一名猎人。他的素质毋庸置疑，做过特种兵的他用起冷兵器来也不需特别训练。他的服役及军官履历，令他很快展现出极强的领导作战天赋，坐上了北美区先锋官的位置。

可以说，无论是理论知识还是心理素质，他都算见多识广和经历过大风大浪的人。

第七章 囚困

沉着、睿智，偶尔有些自大，是大多数人对他的印象。

很难想象，这样一个人竟然在一张电影海报前、在众目睽睽之下，就这么疯掉了！

街头围观的人群见到这个发疯的美国人，还以为是电影宣传方搞的什么行为艺术，纷纷掏出手机拍照。另两名猎人只得扶着麦卡锡，将他拉到一边的休息椅上坐下，小声询问：

"长官，长官！你到底怎么了？"

"告诉我们，发生了什么？"

然而，无论他们再怎么问，麦卡锡双唇一张一闭，翻来覆去都是那几个简单的单词："他们……他们……来了……"

仅仅过了两天，还沉浸在惊慌中的艾斯竟再次接到噩耗——首席科学官遭遇车祸死亡。

"到底怎么回事？"

再这么下去，她恐怕也要疯了。

本来只是想提升家族的声望，才主动提出前来支援，没想到这竟是个烫手山芋。先是安保工作糊里糊涂地失败，接着是同僚糊里糊涂地疯掉，线索却一点儿都没有，这背后隐情超出她的想象。

最可怕的是：下一个轮到的，会是自己吗？

虽然有着猎师四脉之一的血脉，艾斯还是生出深深的恐惧。她不愿承认对手可能是一种神秘的、未知的力量，潜意识里只想找到更多证据来证明这一切是被自己关起来的穆云那伙人干的。他们那伙人里不是还有一个没抓住吗？对，一定是……

艾斯深呼吸了三次。

零日传说Ⅱ·长夜

恐惧是一名战士在战斗中的最大阻碍。

她强打起精神,出了门。

在牛和各种机动车、非机动车混杂的新德里,发生车祸并不罕见,但想发生致命的车祸也并不那么容易。那些负责监控的警察显然已经对此习以为常,一名警察正全神贯注地玩着手机,另一名警察趴在桌子上睡觉。一台巨大的落地电扇嗡嗡扇着,但吹出来的都是热风。

但这个下午,这间位于市中心某巷子里的交警局却迎来了一名不速之客。

"两个小时前,前面的十字路口发生了车祸。"艾斯开门见山地说道,"警官,我要看视频监控。"

玩手机的那个警察抬眼看了一眼来者,因为分了神,他正在玩的一个考验玩家反应速度的小游戏里出现了危机。他"嗷"了一声,没理会艾斯,继续集中精神到了游戏里,好不容易将局面扭转了过来。

艾斯重复了一遍:"警官,我要看两个小时前,这条路段的视频监控。"

"等会儿。"他全神贯注地捧着手机,"马上就要破纪录了。别打扰我。呀!好险。"

艾斯咬了咬牙,暂时没有发作。

又等了几分钟,那名警察终于放下手机,一脸茫然地问:"女士,有什么可以帮你的吗?"

"中午——准确地说是上午十一点多,前面的十字路口发生了车祸。我是遇难者朋友,请求调出当时的监控录像看一看。"

第七章　囚困

"哦。"他冲另一个警察喊道,"阿汗,醒醒。嘿,今天这边发生车祸了吗?"

那个被称作阿汗的年轻胖子费力地支起头:"唔,好像是的。交警已经处理过了。"

"这位女士想看录像。"

"女士,"阿汗抹了下嘴角的口水,"这不符合规矩。普通公民想看录像的话,需要提出申请……"

"少跟我来这一套。"艾斯一拳砸在他的办公桌上,"快点,我没时间跟你们废话。"

"这……"两名警察脸上露出讪笑,"这不方便……"

"有钱就方便了,对吗?"

"哦,您很聪明……您是美国人?"

"所以你想多敲诈点儿吗?我看你还没睡醒。"艾斯揪起阿汗的衣领,她脑海里浮出兰彻斯特公爵那自负的笑容,他世袭爵位,家中财富惊人,大部分时间总是用钱解决一些小问题,她可不想跟那个自以为是的公爵一样,"我再说最后一遍,马上去把录像调出来,现在!"

还没睡醒的阿汗吓了一跳,这个女人力气极大,被她钳制住后,他整个人都动弹不得。他平时威风惯了,哪受过这种气?于是慢慢将手伸向裤腰,想拔出枪吓唬吓唬她。

但他几乎只是刚冒出这个念头,就被一拳砸中了手腕。阿汗疼得大叫一声,手腕立刻脱臼了。

一开始玩手机的那个警察冲上来,想将艾斯拉开。没想到艾斯抬腿一踢,高跟鞋细长的鞋跟停在他眼前半厘米处。

"现在可以让我看录像了吗?"

· 317 ·

零日传说Ⅱ·长夜

两个警察蒙了。"可、可以……"

监控拍下了科学官出事的经过。这绝非偶然意外。他本来正在等一个红灯,突然像受到了什么刺激般冲向前方,脚下一软瘫倒在地。一辆正在拐弯的货车直接从他身上碾了过去。

"这位先生自己闯红灯……"阿汗怯怯地说,"我们……我是说那个司机,没有任何责任。"

本以为又会招来一顿拳打脚踢。

结果这个刚才还很野蛮的女人在看完录像后,没再为难他们,只是心事重重地离开了。

3

按照收到的指示,沈放没有轻举妄动,而是在暗中观察新德里特别是那栋公寓的情况。

除了麦卡锡和科学官疯了,以及艾斯小姐快被逼疯了,没有什么新的异常。

他还仔细观察了送餐的人,是固定的,就是那个伪装成饭店老板的猎人。他的饭店后厨是"深渊闪电"站台,大概因为味道不好,平日里几乎没什么客人。他做好食物,然后锁上饭店,给公寓那边送去。偶尔饭店里有一两桌食客,他就等客人吃好后再送餐。

就在沈放被这些没有头绪的谜团和枯燥的等待折磨得想要冲进去救队友时,兰彻斯特公爵来了。

公爵找到这里时,艾斯正在外面调查研究所的事。他向看守

第七章 囚困

提出了要进公寓见穆云的要求。看守迫于公爵的地位,最后不得不同意让公爵进去。

"穆先生,想不到我们会在这样的场合再一次见面。"公爵伸出手。

穆云伸手同公爵握了握:"我也没想到。幸会。"

公爵回头,扫视了一眼杵在旁边的几名看守:"你们退下吧。我有话要问穆先生。"

"这……"看守们有些为难。

其中一名女士好像是艾斯小姐的贴身手下,壮起胆子拒绝道:"公爵阁下,这些人是研究所事件的嫌犯,在洗清嫌疑前,不得与任何人私下接触。您有什么话,就直接跟他们说吧。"

"他们是我的朋友,怎么成嫌犯了?"

"这就要问他们了。"

"我这不正要问他们吗?"

这名女士被公爵说得一时语塞:"现在是艾斯小姐负责调查这件事。您有什么问题,可以等她回来再问。"

"哼,"公爵轻蔑地说,"那么请问,艾斯小姐有什么线索了吗?不正是因为没有线索、查不清事情的前因后果,过了好几天都毫无头绪,反而连自己都陷入了危险之中?年轻人,别逞强了,把这里交给我。"

几名看守面面相觑。

"退下。"

看守们咬着牙,却无法反驳公爵。这时明面上还是不要得罪公爵为好,那名女士使了个眼色,带着随从退了出去。

"那么公爵,您请便。期待您能找出答案。"她关上了房门。

· 319 ·

零日传说Ⅱ·长夜

"公爵,你该不会真是来救我们的吧?"穆云揶揄道。

薛荣死后,他无法再在看到兰彻斯特公爵时假装出应有的风度和礼貌。他知道那是公爵试探自己的计划,而薛荣成了那个计划牺牲的棋子。虽不直接构成因果关系,但情感上,他已经对公爵的行事风格忍耐到了极限。

"很好。"公爵点点头,"本来我还在想,要怎么跟你客套,才能自然地过渡到那个话题。不过既然穆先生你的态度如此直接,我也不跟你绕弯子了。"

小白看着针锋相对的两个大人,有些摸不着头脑。在他看来,公爵虽然孤傲专横了些,但仍是一名值得敬佩的赤金猎人。他不知道一向温和的穆大叔在和公爵较什么劲。

"你想说什么?"

公爵回头看了一眼关闭的房门,为防止有人偷听,他凑近了穆云,小声问道:"那天市集里的那个研究员,跟你是什么关系?"

穆云心头一惊,但脸上没有任何表情。

公爵继续逼问:"他知道研究所的秘密吧?"

"我不知道你指的什么。"像打通了关节,穆云脑子里闪过一道闪电。他一下子想明白了好些事。但他不能那么快缴械投降,他需要公爵亲口说出来。

"非要我明说吗?我还以为你是个痛快人。"

穆云沉默。

公爵胸有成竹地说:"我都听到了。"

果然。"我通信器里的窃听程序,是你装的?"穆云想起来了,"在船上的时候?"

第七章 囚困

公爵没有否认:"我以为你一开始就能猜到,看来我高估了你。"

"我只是没想到你会用这么卑劣的手段。"

"为了目的,不惜一切手段。这是我向来的行事作风。"公爵不以为意,突然,他又没头没尾地补充了一句,"你知道的。"

"我见识过了。"穆云的回答同样含糊。

"不过我还是要解释一下,在你的通信器里植入窃听,我的本意只是对你的身份好奇罢了。听到那个人和你接触的信息,算是意外收获吧。"公爵顿了顿,"他知道研究所发生了什么事。"

"你既然都听到了,就应该知道,他只告诉我危险,让我快离开。其他的,什么都没告诉我。"

"是的,我听到了,所以……"公爵凑近了穆云,"他没有告诉你东西,而是给了你东西。"

穆云心中一惊,公爵果然心思缜密。

"承认了?"公爵对穆云的这种反应早有预估。

"我无法阻止你的猜测,请自便。"

"穆云,穆先锋!"公爵加重语气,"你也知道,在猎户座组织里,你并没有什么势力。目前你们就算不是唯一的疑犯,也是唯一的线索。如果没人为你们担保,你们这次的罪名很难开脱吧?"

小白越听越急,插话道:"话可不能这么讲啊,公爵大叔!反正不是我们干的,猎户座迟早会查明白的!"

"小孩子,"公爵笑了,"林修家后人想问题就是这么简单的吗?穆云,你该不会和这小鬼一样,相信猎户座能查明白吧?谁查?凭艾斯那个急于求成的小女孩?"

· 321 ·

零日传说 II · 长夜

"我也不至于选择相信你啊,公爵阁下。"

"但你没有选择,穆先锋。如果你有什么东西……别着急,我是说如果,如果那真是一些重要信息的话,不赶紧拿出来搞清楚,就目前的局势发展,等你们洗脱罪名,可能一切都晚了。"公爵认为穆云刚才的态度是默认他从印度青年那里拿到了什么,"你应该知晓目前我们面临的形势,留给我们的时间不多了,你不会希望成为猎户座——甚至整个人类的罪人。研究所到底发生了什么事,你想知道真相,我同样想。在这一点上,我们目的是一致的。"

穆云反问:"怎么,你不知道研究所发生了什么事吗?"

"我怎么会知道?"公爵很疑惑,当明白穆云所指后,他愠怒道,"你是说,研究所被监视、监听,乃至后来研究所出的意外,是我做的?穆先锋,我郑重地告诉你,我兰彻斯特家族虽然想做大自己,也会使用一些小手段,但还不至于做出破坏猎户座研究所这种事。你必须记住,我是一名猎人,这一点不容侮辱!"

"好吧。"穆云没有想到公爵竟会为此发火,不由得对他转变了一些印象。他突然想到,公爵对自己是"监听",而研究所显然是遭到了全面"监视"并被窃取了数据,与公爵对自己的做法有天壤之别,并无相似之处。

而且,公爵所说的对自己的身份好奇,其他人虽然不了解,穆云自己却非常清楚他指的是什么,公爵在这个问题上并没有撒谎。

"穆先锋,我的确监听了你,但我以兰彻斯特家的名誉担保,研究所的事绝不是我干的。我行事不择手段,但向来敢作敢当。我不会做监视研究所的事情,更不会去破坏研究所。"

第七章 囚困

"我随口问问而已。公爵,你太激动了。"

"你……"公爵深深吸了一口气,渐渐恢复了平日的神情,"所有证据都指向你们,到时你们会请求我协助的。先告辞了,再会。"

公爵离开后,小白对着门做了几个鬼脸:"真想不到啊,他居然监听我们!不过,穆大叔,他为什么对你的身份好奇啊?"

穆云不自在地笑了笑:"公爵向来多疑,总觉得我来历不明。"

"他说那个印度青年给过你什么东西,是真的吗?"

穆云摇摇头,隐瞒了事实:"那都是他的猜测罢了。"

"喊,我还以为能一举知晓研究所事件的真相呢。对了,研究所那件事不是公爵干的吗?"

"我怀疑过他,但现在看来,不太像。"

"不像吗?哼,说不定啊!"小白情绪化地说,"真不知道索伦怎么会有一个这样的父亲!"

阿星分析道:"监视研究所要做的,可不只是往通信器里植入一个监听装置那么简单。况且还有远程令人发疯的手段,如果真是公爵做的,那他的实力也太恐怖了。我认为制造研究所事件的多半另有其人,甚至是一个完备的组织。今天公爵说的话,应该是真心的。"

"那现在怎么办?"

叶乔想了想:"这件事如果公爵再掺和,沈放想要救走我们就更难了。一直在这里等下去是不行的,我们得想办法出去。"

穆云略一沉思,说:"再等等看沈放那儿有什么新消息吧。"

零日传说 II · 长夜

"对,"叶乔点头,"可是,沈放呢?"

众人这才反应过来。前天夜里,沈放不知用什么方法,扔进来一张纸条,上面说麦卡锡和科学官也疯了。这个消息令众人有些不寒而栗。而昨天沈放没在对面楼上跟大家联络,他去哪儿了?

"他不会出什么事吧?"何念念忍不住担心。

"没事的。"小白心里虽然也在打鼓,还是安慰道,"他有可能是去调查事情了,或者去找外援了。放心吧,他没那么容易有事的。"

然而这话不仅安抚不了别人,也安抚不了小白自己。

一想到沈放的安危,众人开始坐立难安,连向来冷静的穆云和叶乔,也反常地眉头紧锁,在房间里踱来踱去。

"不行。"叶乔决定道,"不能再等了。必须想办法出去!"

"这样吧,"穆云说,"再等一等。如果到明天沈放还没出现,我们就设法行动。"

艾斯回来时,在公寓门前遇到了公爵。

她心下一惊,他这时候来干什么?

公爵向来管得很宽,大有在猎师四脉,乃至整个猎户座中发号施令的倾向。即便现在她已经焦头烂额、端着一个烂摊子,也不想半途而废。这件事倘若被公爵接手,那才真的是自己跪着给他垫背了。

她表面上礼貌地说:"不知道公爵要来,没好好款待,失礼了。"

公爵摆了摆手:"无妨。只是不知艾斯小姐这段日子里查出

第七章 囚困

些什么了呢?"

"不劳公爵阁下费心。"

"话是这么说。不过,艾斯小姐是否知道,他们曾和研究所的科学家接触,并拿到了内部资料?"

艾斯脸色有些难看。

"看来他们并没有向你坦白这件事啊。"

"公爵放心好了,我很快就会调查清楚的!"

"那我等你的好消息。"公爵说完,就转身离去了。艾斯果然沉不住气,一被激就容易冲动。他脸上浮出一个古怪的笑容。

而这个笑容,艾斯并没有看见。

4

奥地利施泰尔马克州,公爵府。

前往印度试探了事态后,公爵连夜风尘仆仆地赶回来了。一进门,他就对奥斯汀管家说:"还记得上次的研究结果吗?"

奥斯汀面色一凛,旋即明白了公爵指的是他们赶在研究所前,私下对异兽DNA测序那件事:"出什么问题了?"

"当时的所有数据已经销毁了吧?"

"是的,按您的吩咐都做过了。"

公爵脸上的神色略有放松:"那就好。"

"这次去印度,情况如何?"

公爵右手握拳,拇指摩擦着食指第二个关节,这是他紧张或沉思时的习惯性动作:"非常奇怪。"

"奇怪?"站在一侧的管家奥斯汀问道。

零日传说 Ⅱ · 长夜

"研究所的 DNA 测序工程应该也得出那个结果了。但所有知道的人不是疯了就是失踪，基地计算机里的数据也丢失了。听说他们在发疯之前，就发现自己被监视。可见，有人不想让那个测试结果被所有人知道。"

"您的意思是说……知道这个结果，会有危险？"

公爵从喉咙里"唔"了一声："还好当时我们做得极其隐蔽，为了避免计算机被黑客攻击从而导致机密泄露，研究数据全都是在一台未接入互联网的计算机中统计的，得出结论后又立即销毁了全部数据。应该没人知道我们也知道那个秘密。"

"那就好，这么说我们暂时是安全的。只是谁会这样做？目的又是什么呢？"

"不知道。"公爵干脆地回答，"相对于目的，手段才更可怕。"

奥斯汀皱着眉："能远程操控让人发疯……"

公爵盘算着："如果是某种生化病毒，倒也不是办不到。这是我所能想到的唯一解释。历史上，猎户座一直是相对松散的分区自治，可以说群龙无首。但现在情况不一样了，只有统一起来才能对抗异兽，而我们兰彻斯特家族绝不允许被人颐指气使。这个暗中破坏猎户座的组织，我不管他们是谁，不管他们为了什么，都绝不会让他们得逞。"

"对了，关于上次监听到的情况，穆云怎么说？"

"他现在不肯告诉我，但显然他拿到了什么。或许是测试数据，或许是幕后黑手的资料。"公爵阴谲地笑了笑，"不管是什么，他只能交给我。"

"您下一步打算怎么做？"

第七章 囚困

"艾斯小姐似乎想立功,就让她帮帮我们吧。还有,"公爵咬了咬牙,"情势越来越复杂了。异兽驯化得怎么样了?"

"就等着您去了。"

施泰尔马克州西北远郊,与上奥地利州、萨尔茨堡州交界处的山区。

山麓中,悄然立着一座阔大的庭院,没人能从外面看出来,这里其实是一个简易驯兽场。

就在这里,兰彻斯特公爵见到了那个名叫布鲁的马赛人——奥斯汀为他物色来的驯兽师。

接近一米九的个头,全身黝黑,但身形有些佝偻,双臂长长地垂在身前,好像随时预备着四肢并用。这是自小与狮群生活留下的后遗症。

公爵做了个手势。

布鲁点点头,听话而又有些倨傲地走进驯兽场中摆放的一只巨大铁笼里。铁笼高五米,长宽各二十米,他将要在这里,驯服一只兽给公爵看看。

奥斯汀推着一个移动兽笼来到驯兽场,兽笼里关着三头猎犬刻耳柏洛斯。看到这头犴性十足的三头异兽时,布鲁竟然满脸都闪烁起兴奋的微光。

奥斯汀将小笼子的门和大笼子的门紧贴在一起,同时将两扇门打开,三头犬一下子蹿进了大笼子里去,舒服地抖了抖肩。随后,大笼子的门被紧紧关上了。

随着咔嗒一声,刻耳柏洛斯的嘴套自动打开,掉落在地。

笼子里,布鲁的眼睛死死盯着三头犬。

零日传说Ⅱ·长夜

突然重获行动自由的刻耳柏洛斯冲向布鲁,布鲁则绕着圈子小跑起来,看似闲庭信步,却总是让三头犬扑空。几次失败后,三头犬终于冷静下来,不再盲目冲击,开始小跑着寻找机会。

公爵脸上浮起笑意,这么多天来,他虽在外人面前一副尽在掌握的表情,但内心其实非常焦躁。现在,看似三头犬和布鲁还在相持,但公爵明显地感觉到,三头犬已经完全被布鲁控制住了节奏。

三头犬再次冲向布鲁,这一次布鲁没有躲闪,而是以静制动,等三头犬沿着圆环跑过来,他突然在近身的那一刻从圆圈内侧虚身跃起,堪堪从三头犬背部滚到另一侧。接着,三头犬竟然四脚离地,被布鲁举在了空中,随后狠狠按倒在地!

原来,他从三头犬背上滚过不光是躲避那三颗巨大的头颅,更是稳稳抓住它的脊背,再顺势将它掀翻。布鲁这时已经处于三头犬撕咬的盲区,身腿并用,死死压制住了三头犬。然后,他腾出的右臂牢牢抓住中间一颗头掰向后侧,左手则以锁喉状别住了这只脖子的咽喉。

看来实验进行得很顺利……公爵正要夸奖一句,三头犬突然发力,身体挣脱了布鲁的双腿,接着整个身体便要倒转过来,那样的话三颗头颅将咬住布鲁!

但布鲁立刻反应了过来,他双手一拧,掰断了中间这只脖子,这个掰的动作一箭双雕,同时用左肘击中了左侧头颅的太阳穴,几乎是瞬间,他的两只手又像刚才那样扣住了右侧头颅的咽喉。

哼!公爵从喉咙里挤出一个音符,掩饰不住失望。

奥斯汀见状,赶紧安排人进去,给三头犬重新戴上了嘴套,

第七章 囚困

锁到了小笼子里。

看着夯拉着两颗头颅的三头犬,公爵有些无力地问奥斯汀:"你是否觉得,我太过异想天开?"

"您做的是史无前例的事情。"

"异兽的基因与地球上的兽类没有本质区别。既然地球上的兽类可以被驯化,异兽为什么不可以?"

"是的。但这种事情不可能轻易完成。不过,一旦训练出听命于您的异兽部队,就可以让它们自相残杀了。而四分五裂的猎户座……势必在您的带领下,重回巅峰。"

公爵轻哼一声,没再说话。

布鲁走出笼子,默然地站在一旁。刚才的一切如此野生、原始,带给他一种本能的快感。

但他还是说:"抱歉,先生。"

公爵问他:"你想要什么?"随后补充,"什么都可以。"

布鲁面无表情:"我没有什么想要的。如果非得说——我想当百兽之王。"

奥斯汀上前一步:"布鲁,在公爵面前不得无礼。"

公爵摆摆手,"没关系。"他大笑了几声,"没关系。布鲁,我给你这个机会,只要你能做到。"

"我能。"

"好!我会将这扇神秘之门向你敞开。如你所愿,我会让你当上这个世界上独一无二的百兽之王。当然了,"公爵转折道,"若你对我稍有异心,这扇门也会随时关闭。"

"多谢。"

从他感激而漠然的神情里,公爵发现他果真是再适合不过的

· 329 ·

驯兽人选。他对驯兽有野心，却对权力没有野心。说到底，他是一个专注而单纯的人。这或许与他从小在狮群长大，未学会人类的尔虞我诈有关。

公爵的手在披风下握成拳头，虽然起步没那么顺利，但他对自己的计划仍有信心。

只是，必须加快速度了。

5

夕阳挂在天边。

又是一天的等待，沈放并没出现。

看着夕阳一点点落下，小白焦躁地说："穆大叔，你说过，到了今天沈放再不出现，我们就得想办法了。沈放一定是遇到了危险，否则他不会消失三天也不来找我们的！"

昨天公爵离开后没一会儿，艾斯气急败坏地来了，和公爵一样，她也要穆云交出印度青年交给他的东西。穆云不承认印度青年给过自己资料，无论艾斯如何逼问，他都一副毫不知情的样子，最后她只能更加气急败坏地走了。

小白道："沈放会不会也被捉了起来？"

叶乔摇头："看艾斯小姐昨天的样子，不像是抓住了她认为重要的嫌犯。"

"沈放到底会出什么事呢？"

"我想到一种可能。"阿星谨慎地说，"之前他给我们传递消息，说麦卡锡和科学官也疯了。刚得知这个消息，我们只是吃惊。但……细细一想，艾斯说过，研究所出事期间，沈放也去过

第七章 囚困

吧？会不会沈放也……"

"你是说，沈放也可能会像那些科学家一样……疯掉？"小白惊道。

"不会吧，"何念念声音有些发颤，"艾斯小姐不是好好的吗？"

穆云皱着眉，仔细想着每一个环节，沉吟道："我们先弄清楚一件事，到底是什么让人发疯的？之前我们怀疑是生化病毒造成的人员精神失常。但如果是生化病毒，没理由麦卡锡和科学官接触过，艾斯却没接触过。研究所里有什么东西，是麦卡锡先锋和科学官接触过，而艾斯没有接触过的？"说完他又摇摇头，"我想不到这种东西。"他在心中琢磨，看到存储卡里的内容能明白是怎么回事吗？研究员发疯与这些内容有没有关系？如果有的话……

穆云惊出一身冷汗，幸亏没让这些孩子知道存储卡的事。不然他们可能也会……

"我们也去了研究所，会不会已经接触过那种东西了？"何念念突然担心地问。

"念念，不要老是随便乱吓唬人啊。你的意思是，我们也可能疯掉？我们压根就没进研究所仔细查看，就被抓走了，应该没事吧？"小白大喊，这时，研究所里电脑屏幕上滚动的乱码突然闪进他脑海，他产生了一个大胆的设想，"对……是那个……我大概知道那个东西是什么了！"

"是什么？"众人好奇地问。

"是电脑。不，准确说，是电脑屏幕上面的代码。"

"你的意思是，"阿星推了下眼镜，"所有研究人员都接触了

零日传说 II · 长夜

电脑蓝屏后产生的那些代码；麦卡锡先锋官和科学官看过那些代码；艾斯并没看过。我们呢？我们之中有人仔细看过那些代码吗？我没看过。"

小白抚着胸口："好险！当时我想看的，但被架走了。还好没看。你们呢？"

其他人摇头："没看过。不过，怎么通过代码让人发疯呢？"

"我也弄不明白是怎么回事，但科幻电影里提到过。《盗梦空间》大家都看过吧？那些人通过操控梦境来对目标人物植入想法。有没有可能那些代码也是一种思维植入的方式？"

"科幻片是科幻片，"阿星说，"现实里怎么会有那样的技术？"

"所以才说是黑科技。"小白说着，突然大叫一声，"不好了！沈放如果早就去过研究所，他一定看过屏幕上的代码。"

其他人愣住了。何念念道："这，这只是你的猜测。代码怎么能让人发疯呢？沈放不会有事的……"

"这种可能性并不是没有。"小白急道，"我们不能等了。必须赶紧出去，救沈放要紧。"

没等其他人回答，公寓的门突然吱呀一声打开了。艾斯推门而入，身后跟着一群随从。

看着这群嫌犯个个面色焦急、坐立难安的样子，她反倒气定神闲了。她抱起双臂问："怎么，想逃走？心虚了吗？"

小白翻了个白眼："才没有啊，大姐！倒是你，莫名其妙把我们关在这里好几天了，我问你，查到我们是凶手的证据了吗？没有就赶紧放我们回去，我们还有正事要做，没工夫跟你耗在这

第七章 囚困

儿。"可惜他说的是中文,艾斯根本听不懂。

"麦卡锡先锋和科学官发疯的事情,总不关我们的事吧?"想到沈放的危险,陆星移也着急起来。他曾经就读于贵族学校,是双语教育,简单的英语对话没问题。

"噢?"艾斯眼中精光一闪,"他们发疯的事,你们怎么会知道?"

阿晕知道自己说漏了嘴,赶紧补救道:"出这么大的事,门外看守聊天在讨论,我们听到了。"

艾斯瞪了几个看守一眼,他们没否认自己聊天有提到过。她强硬道:"总之,你们身上的嫌疑已经洗不清了。少废话,做过些什么,赶紧承认!"

何念念嘀咕着:"你别想逼我们承认我们没做过的事。有证据就拿出来。"

"还嫌证据不够充分?"艾斯说,"穆云,那个印度青年知道真相,我们本想找到他询问,但在与你接触后,他失踪了。"

"他失踪了?"

"别演戏了。"艾斯咄咄逼人地说,"穆云!关于他给过你内部资料的事,若你不是真凶,我不明白你为什么瞒着不说。现在你有两个选择,把资料交出来,我们自会判断资料中的内容是否与他们出事有关;否则,我们只能认为是你们内外合谋,想独占这个秘密,制造了整起事件。"

这时,叶乔忍不住插话:"艾斯小姐,研究所的电脑,你仔细看过它们吗?"

艾斯有些恼怒了:"你最好搞清楚状况,老老实实回答我的问题。你没有向我提问的资格。"

· 333 ·

零日传说Ⅱ·长夜

"请你回答这个问题。我们可能知道了研究员发疯的关键。请你告诉我,你有没有看过电脑?"

听说和莫名发疯有关,艾斯勉强不耐烦地回答,"没有。那些电脑屏幕上不全是乱码吗……"她突然愣住了,"麦卡锡和科学官倒是仔细看过……发疯和这件事有关系?"

叶乔和其他人对视一眼。虽不敢相信有这种技术存在,但这不失为目前最合理的解释。

站在一边只能听懂几个单词的小白决定,回去一定要好好学英语!

艾斯咬了咬牙,她考量着这名少女所说之言的真实性。最后她还是说:"既然你们说自己并非真凶,又表示可以合作,那么,只要你们把那个东西交出来,我就考虑合作的方案。"

"兰彻斯特公爵告诉你的吧。"想到那些数据可能是造成发疯的原因,穆云更加坚定了不交给任何人的决心,"你又怎么知道兰彻斯特公爵说的就是真话,而不是在误导你?"

"我自己会判断。"

"判断?那你判断一下,如果真的有的话,那些数据是不是同样会让人发疯?"

艾斯小姐突然打了一个冷战,她没有想到这一点。可就算它会让人发疯,不看就是了,但一定得是自己亲手交给猎户座。

"穆云,你现在只有两个选择。一、主动交出来。二、被我们从你身上搜出来。"

穆云淡淡一笑:"抱歉。我说过了,我没有你说的那种东西。"他当然不会把这么重要的东西随身携带,而是早把它藏在了一个地方。

第七章　囚困

艾斯对随从使了个眼色。那些人围上来,将穆云一行人控制住,并强行对他们搜身。

"放开我。"小白挣扎着,"我靠,你们干什么啊?"

而那些人根本不理会他们,只是粗暴地将他们衣服裤子鞋子的每个角落都搜了一遍。

而搜身的结果当然是一无所获。

艾斯脸色很难看,既然已经得罪了这行人,现在的局面可不是道个歉就可以收场的。她只好嘴硬地说,"那好,既然如此的话,就别怪我把你们交给猎户座了。"艾斯将左手手腕举到面前,右手在通信器上操作,"他们不会这么善待你们的。"

既然这样,那就把包袱丢给公爵吧,为了得到这些数据,公爵会不择手段的。

艾斯已经受够了这种毫无头绪的调查。虽没能做出成绩,但好歹没什么损失,反倒继续查下去可能更危险。作为猎师四脉之一,她宁愿死在屠兽战场上,也不愿自己最后成为一个意识混乱的疯子。

小白非常相信自己的推测,他用英语磕磕巴巴地哀求道:"女士,电脑真的有问题,小心一点。还有,我们现在有很重要的事要做,能给我们点时间吗?我保证,出去办完事再回来配合你调查。"小白担心沈放真的遇到了麻烦,所以哪怕是低声下气地哀求,他也得试试。如果他们再被软禁下去,这个世界上还会有谁能去救沈放呢?

然而艾斯只是冷冷地看了他一眼,不再理会。

小白偷偷问何念念:"她要是把我们交给猎户座,猎户座会怎么处置我们啊?光天化日的,说到底现在还是法治社会嘛,异

· 335 ·

零日传说 Ⅱ·长夜

兽啊什么的世人又不知道,总不能动用私刑把我们怎样吧?"

"我也不清楚。"何念念摇摇头。

那边,穆云看出艾斯的迟疑,抓住机会反问她:"年轻人,你真的认为凶手是我们吗?"

"我只相信自己看到的证据。"

叶乔走上前两步,站到艾斯对面,挑着眉毛直视着她说:"并不是这样。你也感觉到了,真凶是一股非常神秘的力量,你害怕了,只好暗示自己相信凶手是我们这样的普通人,那就还好对付一点。你不过是一个败给了恐惧的可怜猎人。"

艾斯脸上的肌肉抖动了一下,但她什么也没说,只是挥了挥手,便有随从把他们带到了另一个房间。

房间里,多方视频通话建立了。客厅里立着好几面投影,猎户座联络长,以及其余几名先锋官,还有猎师四脉的兰彻斯特公爵和图坦出现在投影中。

"联络长,各位先锋官、各位同僚!猎师四脉之一,艾斯家族当家,我,阿瑟雅·琳达·艾斯,"她将右手握拳叩击在左肩,"在此陈述研究所事件的调查情况。我对猎户座发誓,所说的每一句话都是真实的。"她快速介绍了相关情况,虽然对穆云一众人等的嫌疑指向明确,所述内容却基本属实。

多方视频通话里,没有人先回答。在这阵沉默里,艾斯心里有些打鼓,如果猎户座判定这群人无罪,或者让她再继续查查,她该如何自处?

可出乎她意料的是,在这阵沉默后,如商量好一般,联络长缓缓说:"他们已经不适合再当猎人了。"他顿了顿,在这间隙,无一人发表疑义,"送他们回家乡吧。"

第七章 囚困

随后，他程式化地问："其他人有什么意见？"

新冒出来的穆云跟猎户座高层素无交情，其他人都保持沉默。只有图坦说："会不会太草率了一点？"

然而，年轻的图坦似乎也不被重视，他的意见被略过了。

联络长点头："好，既然大家都认为这么做没什么不妥，那便如此吧。"

"是！"艾斯像得到了肯定，干劲十足地接受了任务。

听到猎户座的决定，众人都沉默了。只有小白没太听懂英文："他们说什么了？要把我们怎么样？"

一时没人回答他的问题，但小白从大家的神情里看出，结果肯定不太好。他有些蔫了。艾斯领着随从走出房间，重重地带上门。这时阿星才小声跟小白解释："刚才猎户座说我们不适合当猎人了，明天要送我们回去。"

6

这是在新德里的最后一夜。明天一早，穆云、白凌霄、陆星移、何念念、叶乔，将被押送回树城。

所有人都心事重重。

"不适合再当猎人了"，看似一句再简单不过的话，对猎人来说，却是在剥夺他们最重要的东西，甚至是拥有的一切。

"不适合当猎人的意思是，猎户座不再承认我们的身份了？可是，管他承不承认，这一点也不影响我们继续当猎人啊。就像沈放那样，不是吗？"一开始，小白还不太懂这句话的意思。

"不是的。"何念念摇头，"记得之前你们被狮鹫所伤后去的

零日传说Ⅱ · 长夜

那家医院吗？就在树城。"

小白和阿星点头。

"猎户座的医院可以做一种手术。"

"手术？"

"对。这项手术的全名是，选择性记忆删除术。"

阿星吃了一惊："念念，你是说，这种手术会清除我们所有……关于异兽和猎人的记忆？"

"是的。因为血统的关系，鸥脑酒对我们无效。何况鸥脑酒就算有效，也只能清除一个人的短时记忆，根据体质不同，为喝酒之前二至四小时内的记忆。而这项手术，可以将我们所有有关成为猎人以来的记忆，全部消除干净。"何念念抱着膝盖靠墙而坐，伤感地说，"在那以后，我们将重新变回普通人。这个手术最可怕的不是失去很大一部分记忆，而是猎户座，异兽，猎人，这些事，与我们再也没有关系了。"

"全部记忆吗？那像穆大叔……他这么多年以来的……"小白没敢想象。

"不行。"他突然跳起来，又想起门外有很多守卫，压低了声音说，"打起精神啊！我们可不能坐以待毙。管不了那么多了，逃出去吧。"他走到穆云面前，"穆大叔，想想办法吧！"

穆云说："我在想。"随后，他靠在椅背上，似乎在思索什么。

叶乔把小白拉到一旁："别打扰长官。你不说他也会想办法的，看不出他正在思考吗？"

"队长，你也想想办法吧！"

"今晚的守卫比以往更严。我数了数，窗户下边有八人。门

第七章 囚困

口有八人。还有八人在这幢公寓周围巡逻。要强行突围几乎是不可能的。"

"可是,不管结果如何,也只能试一试了啊。现在还不知道沈放的安危,我们要坐以待毙到什么时候?"

"你先别吵了,大家不都在想办法吗?"叶乔虽凶巴巴地这么说,心中却苦笑了一下。

这个人还真奇怪。一开始胆小得要命,整天嚷嚷着要退出的,不正是他吗?现在倒好,对于要失去猎人身份最着急的,也是他。

其实,叶乔心底有另一层幻想。既然猎户座下了判决令,父亲与兰彻斯特公爵走得较近,应该会听到消息。他会来救我们吗?

她从未向父亲撒过娇,亦极少向父亲求援。母亲早逝后,她一直由父亲带大。叶明诚是位极为严苛的父亲,在接受"死神的双刀"指导以前,自幼是父亲在训练她。小时候,她没少为父亲的严厉偷偷哭。而仿佛赌气一般,她从不在父亲面前落泪。十二岁那年的一天,她半夜就开始腹部隐痛,但还是坚持五点起了床,在上学前进行每日晨练。跑2000米时,因腹痛比父亲规定的成绩慢了20秒,父亲一话不说,让她重跑。而她也没有向父亲说明自己的不适,二话不说地就去重新跑了。第二次比规定成绩慢了11秒,父亲还是让她重跑,跑进规定成绩为止。就这样,她跑了第三次,本来体力就已消耗了很多,腹部的隐痛又在加重,她几乎是用了不要命的跑法,跑到后面已经感觉不到自己的身体,才总算达到了规定时间。

下午,腹部变为剧痛,去医院检查才知道,她急性阑尾炎发

零日传说 Ⅱ·长夜

作了。

她讨厌过父亲,直到上了战场,才渐渐理解了父亲的严格。每一次不近人情的训练,才能换做战场上活命的机会。长大后,她只能表现得比小时候更冷静,更敏锐,更独当一面,父亲虽从不赞扬,但在心底一定以她为傲。从不抒情,只是都默默努力着,成为更强的猎人,这是他们父女间的默契。

而现在,她未被异兽所困,却遭同僚束缚,父亲只教会了她如何屠杀异兽,却从未教过她如何在人情世故中周旋。此时此刻,该用蛮力突围吗?不,突围成功的可能性几乎没有。她的猎人守则第一条,不做无谓的牺牲。

可是,就像小白说的,不突围,难道坐以待毙吗?反正是误会,父亲知道后,一定会帮他们澄清的吧!还没到最后一刻,最好还是按兵不动,等待转机。

叶乔不由得苦笑了一下。她的猎人守则第二条,永远不要寄希望于救援。

而现在,她正无所事事地等待着,她明明可以像小白说的那样去拼一次,却还是心存幻想地等待着……

等着不知会不会来的,父亲。

小白看其他人都在想办法,自己虽毫无头绪,也只能安静地站在窗前,暗自思忖。突然,一道灵感贯穿了他的身体。这道灵感并非闪现于脑海,而是在他胸腔中轻轻地鼓动了一下。他顿时如遭电击,紧紧握住了拳头。

目前的状况,有转机了!

他要干一件足以离开这里的大事。而这件事,同样也是一件

第七章 囚困

足以让他被猎户座开除的大事。

那就是——放出泥巴。

神兽现身,一定能牵制住艾斯那边的人手。他们一行人则能趁乱逃掉。

要不要搏一次?

不行,这个计划太冒险了。小白轻轻摇头,且不说没人知道泥巴还在他体内这个秘密,现场猎人这么多,如果泥巴被击杀了怎么办?

再等等。对,再等等。其他人也会有办法吧?放出泥巴是最后不得已的选择,不用这么早就走这步。

小白深深呼吸,让胸中的鼓动一点点平息下去。

他脸上变幻莫测的表情落在一旁的穆云眼里,先锋官发话了:"小白,沉住气。今晚先好好睡一觉,车到山前必有路。"

听到先锋官这么说,小白以为他有对策了,顿时安心了不少。夜渐深,小白都不知道自己是什么时候睡着的。

而穆云没说的是,他并没有思考对策。

他想起的是北境狩猎战里,无数死掉的战友,和自己最好的兄弟。

异兽的咆哮回荡在整片荒山,天空里纷飞着鸟类散落的羽毛。褐色泥地上洒满鲜血,猎人的和异兽的混在一起。

好兄弟临死前,眼神是那样坦然。他看着他,说,"你最该活下去。"

没有谁最该活下去,甚至自己更该死。可是,好兄弟把活下去的机会让给了他。

而这所谓的"最该活",仅仅是因为他的妻子怀孕了。

兄弟用生命给他换来的生活,他终究还是没有守住。在与穷奇作战时,他的妻子竟然找了过来。而他正在使用"次元囚笼"打开高维空间。不知从哪儿蹿出的一只小蜥蜴从高维空间中跃过,分裂出一块碎片,重叠在了妻子体内。

当时自己离开,不正是希望作为普通人类的妻子,和他将要出世的孩子,过上普通人的生活吗?

7

天还未亮,一阵喧闹的人声将小白从睡梦中吵醒。

灯让人给打开了,小白被晃得睁不开眼。艾斯带着随从们围了进来,她不容置否地说:"该走了。"

随后,所有人很快发现——少了一个人。

艾斯气急败坏,冲到窗边探头朝下看,随即明白过来这是徒劳的。她转身一把将离自己最近的小白从床上拎起来:"说!穆云去哪儿了?"

小白还没睡醒,蒙道:"欸?我、我也不知道……啥?穆大叔去哪儿了?!"

在公寓里搜了一圈的几名随从过来汇报,没发现穆云的踪迹。艾斯命令他们到附近的街区搜索,但她知道,人多半是找不回来了。她的心底充满悔恨和不解,守得那样严密的情况下,穆云到底是怎么做到在大家眼皮子底下消失的?自己为什么不再盯紧一点?

她恨恨地下达命令:"先把这几个人带走。必须做到万无

第七章　囚困

一失。"

"是!"

每四个随从押解一个人,左右各架着一个,前后也有人。在这种情况下,别说找机会逃走了,连想动一下都不行。小白只能寄希望于穆云了。他既然逃走了,一定会找来救援吧?他也不会不管沈放的。想到这里,小白安心多了,于是不再挣扎,而是乖乖被架着走。

他们被押到深渊闪电的站台,坐上球舱。

回到树城,从以前薛荣的店里走出来,小白突然有些伤感。

当初是半推半就也好,被逼也好,总之加入猎户座以来,他即使害怕过,后悔过,也从未心冷失落过。遇到的虽然是性格各异的猎人,但亦是可以完全信赖的战友。所有人都在齐心协力做一件事,那就是驱杀异兽。现在的他刚有了信念,想为了失去的、活着的伙伴战斗,却莫名其妙地就被当做嫌犯抓了起来,还说要被剥夺这些日子的记忆。这到底算什么?

一行人直接坐车去了猎户座医疗基地。直到下车,来救小白他们的人依旧没有出现。

小白在心底吐槽,穆大叔,你如果要来救我们,能不能抓紧一点?再不来,我就要用自己的办法解决了!

他集中精神,在内心小声默念着:"泥巴,你在吗?"等了一会儿,竟没有任何响应。没有鼓动,没有灼热,也没有刺痛。什么都没有。小白开始有些慌了。

他四下张望,没看见任何援兵的影子,而那唯一的、每次遇险都一定会救他的沈放,现在生死未知。

他突然觉得，他们被抛弃了。

对，反正他们只是可有可无的小喽啰罢了。现在既没有生命危险，又不会对猎户座造成什么损失，谁会拼了命，或者冒着得罪猎户座高层的危险来救他们？大人们总是权衡利弊，才不会凭一腔热血做事。

他失落地低声感叹："大人们真是靠不住。"

不知怎么，这句话像是刺中了走在前面的叶乔。一整天都有些恍惚的她突然转过身问小白："你说什么？"

"好好走。"架住叶乔的随从粗暴地推了她一下，"别到处看。"

可是，小白的话已经钻进了她的脑子。本来就不太确定父亲是否会来的她，连那一点微渺的希望，也开始瓦解。

然而，当心底的脆弱散去后，她暴露的不是柔软，而是重新披盔戴甲的全副武装。

叶乔自嘲地笑了。等什么营救，对他人怀抱期望是弱者的选择，她的人生向来只有独自硬撑。难道还要等到被架上手术台的那一刻？

不管了。

叶乔没有回头，顺从地被架着走，轻声喊："白凌霄。"

"嗯？"

她早已确定周围架着她的随从听不懂汉语。"你不是问我，要坐以待毙到什么时候吗？"

"咋了？"

"到此为止了。"

听到叶乔这么说，没精打采的小白、阿星和何念念，心头为

第七章 囚困

之一振。

"队长！你的意思是……"小白也知道对方听不懂汉语，大声问。

"他妈的逃吧！"叶乔用吵架的语气大声回答，就像是为了更坚定地告诉自己。

"对啊！早就该逃了，大不了逃不掉，重新被抓回去，也比什么都不做的好啊！"小白明白了叶乔的意思，满面怒容地说出这句话，装作争执的样子。

几个押送者突然有些蒙，这几个人怎么自己吵起来了？

"安静点！"他们用英语吼。

"你没看见他刚才骂我？凭什么只让我安静点？"叶乔用英语吼了随从一句，转头对着陆星移说，"准备好了没有？"

"收到！"陆星移也是一副无辜被骂、奋起抗争的样子。

押送者面面相觑。

"白凌霄和陆星移往西边跑，我和念念往东。分散开，去人多的地方。跑得掉的话，明天到树中会合。"叶乔突然就冲上去要打小白的样子。

"明白。"何念念也吼，样子分明是在说"别吵了"。

"默数三声，行动开始。"

一。

二。

三。

叶乔左手用力撑在左边那人身上，一记漂亮的回旋踢扫开后方、右边、前方的三个人，再猛地推开左边那个，仅几秒便解决了押送她的四人。她正要跑，却看到艾斯就挡在自己面前。

· 345 ·

零日传说Ⅱ·长夜

艾斯一把解开披在外面的斗篷朝地上一扔:"叶乔小姐,跟那些低等级的新猎人相处久了,你怎么变得跟他们一样幼稚?"

虽发音不太标准,可她说的却是中文。

"什么状况?"一直以为她不懂中文的几人大为窘迫。

叶乔眉头一拧,既然这样,那就别废话了。哪怕武器不在身边,她仍二话不说,空拳向艾斯击去。

猎师四脉毕竟并非虚名,艾斯哪怕行事风格有些毛躁,手脚功夫却是实打实的。叶乔与她过了几招,很快便居于下风。艾斯钳住她的手腕道:"想要逃走,你是不是太高估自己的实力了?"

"不试试怎么知道。"叶乔运力脱手,两人继续缠斗。

叶乔的实力稍逊于索伦,而艾斯实力本就在索伦之上,加上穆云逃掉令她窝火不已,此时全部发泄了出来,打斗之中,叶乔逐渐力不从心。

而小白他们更是连四名随从都难以搞定,一阵拉扯之后,众人重新被押解在一起,不同的是,身上挂了彩。

"叶乔小姐,何苦要做这种徒劳的抗争呢?"艾斯的语气里带着一丝怜悯。

叶乔瞥了艾斯一眼,没有搭话。她紧紧捏着拳,该做的努力都做了,她现在可以坦然接受自己的命运。

何况,就算被洗去之前的记忆又怎样?

她还年轻,大不了重新开始。

艾斯早就联络好了对接人在医疗基地等候。那人面无表情地看了一眼这帮被驱逐出组织的同僚,引着他们进了电梯。

毕竟,他只管执行猎户座的决定就行了。

第七章 囚困

他在电梯上刷了一下他的徽章,电梯直直往面板上没有显示的顶层升去。

电梯门开启的瞬间,所有人惊讶地看到,等在门口的,竟是兰彻斯特公爵。

等大家从电梯里走出,公爵迎了上来。他脸上挂着自信的笑容。

在穆云拒绝交出存储卡后,他说服向来站在他这边的猎户座联络长,对那一行人处以清除猎人身份的惩罚。联络长宣布判决结果时,他保持沉默,他坚信其他先锋官也会选择多一事不如少一事。他知道穆云不是真正的凶手,而一旦走进手术室,一切就由不得他了。

但公爵的脸色几乎立刻就变了。

在走出来的人群中,他没看到穆云,最后却只看到艾斯不太自在的脸。

"穆云哪儿去了?"

"我会把他带来的。"

公爵心中一沉。本以为做了万无一失的计划,没想到自己再一次算错了穆云的实力,同时又高估了艾斯这个毛丫头。他不可置信地问:"你是说,他逃走了?"

艾斯没回答。

光看她的表情,公爵也知道了答案。"什么时候逃走的?你为什么不早说!"

"兰彻斯特公爵,请您注意自己的身份。"艾斯冷冰冰地警告,"我们艾斯家族似乎没有事事都向兰彻斯特家族汇报的必要,想称王的话,您似乎太着急了点。"

· 347 ·

零日传说Ⅱ·长夜

公爵轻哼一声，没再搭理她。好在这几个孩子还在，他就不信穆云会不来救这些孩子。他忍住没有发作，只是阴沉着脸。

"公爵，没有别的事情的话，现在我要带他们去手术室了。您这么忙，不会对观看手术感兴趣吧？"

公爵没理会艾斯语气里的揶揄，他懒得跟这个毛躁又自傲的小丫头一般见识，再次以命令的语气道："站住。"

"您想阻拦处罚决定吗？没记错的话，您当时也是同意的吧？"艾斯小姐突然轻笑了一声，"还是您突然慈悲为怀、不忍心了？"

"晚一点再做手术。穆云会来救他们的。他会来的！"

"是吗？我可不这么认为。他如果要救他们，早该来了。"艾斯说，"那位穆云先锋似乎只顾自己，并不在乎这几个孩子要接受怎样的处罚，这一点倒是和您挺像的。"

"我们家的事，无须你多嘴。"公爵突然面寒如霜。

"阁下，我不知道您有什么目的，但现在请您不要妨碍我执行猎户座的决定。这几名嫌犯必须尽快进行手术，医生已经在等着了。"艾斯希望赶紧结束这件破事，丢掉这个烫手山芋，"我也会找到穆云的。"

公爵没急着反驳。他承认，或许要逼上一逼让这些孩子的处境更危险，穆云才会出现。

8

此时，印度新德里。

穆云走在熙来攘往的人群中，左手插在裤兜里，那里有一个刚从马桶水箱里取出来的微型存储卡。

第七章 囚困

他从未打算要去救那几名少年。他的目的和猎户座的处决高度一致。

大灾之年,这几个孩子其实做不了什么,徒然牺牲而已。

目前为止发生的一切,是可以预计的最好结局。

他希望他们忘掉这一切。

更准确地说,他希望那个叫白凌霄的少年忘掉这一切。

祝你有一个更好的人生,孩子。

所有的秘密,就由我来背负吧。

穆云在心底默默地这么想。光这么想着,他平淡的面容上露出一丝宽慰的笑意。

小白他们被押进了手术室。进行记忆删除的机器只有一台,一些电线从一台显示器下方延伸出来,终端带着各种电极片。旁边放了一把半躺椅。

"一个个来。"

几人面面相觑。叶乔站上前:"我先吧。"

"队长,不要……"小白无力地哀求着。

叶乔冲他大义凛然地一笑:"死不了,怕什么。"

小白定了定神,再次在心中默喊:泥巴!之前每次找有危险,你都会出来救我的啊。你在吗?

没有回应。

泥巴!

什么感觉都没有。

小白这才发觉,泥巴已经很久没动静了。它好像在自己的胸腔中休眠了,一点也感觉不到它的气息。之前总还抱着穆大叔会

零日传说 Ⅱ · 长夜

来救他们的幻想,即使穆大叔不来,他还有泥巴作为底牌。而现在,什么都没有了。一旦手术开始执行,叶乔,自己,阿星,何念念,他们将陆续失去所有关于猎人和异兽的记忆。

执行操作的医生是个白人,看来是专门请来的。他穿着白大褂坐在显示器旁,而病人的那张躺椅和口腔科那种椅子差不多,看起来冰凉凉的。一阵强烈的不舍涌上心头,小白小心地问那个大夫模样的人:"是……这些日子以来的所有记忆全都被删掉吗?忘掉猎人,忘掉异兽……那,会忘掉并肩作战的战友吗?"

没好意思问出口的那句话是,叶乔,你会忘记我吗?

没有猎人这层关系,他这辈子怎么可能和叶乔这种大美女有所交集。

医生面无表情地盯着他,口罩遮住了他大半张脸,只能看见他的眼神,那样冷静,那样漠然。他根本没有理会小白的问题,或者说,他根本听不懂小白在说什么。他只是对叶乔晃晃头,示意她躺上来。

艾斯看着小白幽幽地问:"现在知道害怕了?"

"害怕?"小白捏着拳说,"有什么好怕的。你才应该害怕吧!等我消除了猎人的身份,我可以像以前那样,当一个什么都不知道的学生,每天就是上课,睡觉,打游戏。我也可以重新开始,再一次成为猎人。而你呢?你们连真正的凶手是谁都不知道。更可悲的是,你们清清楚楚地知道他还躲在暗处,随时可以操纵你们发疯……怎么,害怕了吗?"

艾斯愤怒地没有回答。

叶乔躺在椅子上,医生将电极一枚一枚贴往她的头部。额

第七章 囚困

头、太阳穴、后脑勺……当她的头上挂满电极片,她轻轻闭上了眼睛,似自言自语般低声叫道:"小白。"

小白不太确定自己有没有听清,以前队长都是凶巴巴地直呼自己大名。他心中一软:"队长,你、你在叫我?"

"我不会忘记你的。"

随后,仿佛补充一般,叶乔说:"阿星,念念。我不会忘记你们的。"

"队长!"几名少年红了眼眶,忧心地看着那个向来独自硬杠起一切的女孩。作战时,正面发起进攻的人是她,而让所有人放心把背面交给的人,也是她。

显示器后方的集成主机发出嘀嘀的启动音,显示器上快速滚动起代码。医生盯着那些符号,准备开始工作。

叶乔闭上眼睛,心中默默地想:要么忘掉,要么重新相识。再会了!伙伴们。

就在此时,屏幕一闪,显示器熄灭了。四周陷入安静。

这里本来就很安静,而现在这安静,是机器的嗡鸣、灯管的电流音全部戛然而止的死寂。第一反应是停电,但怎会如此之巧?

众人正在疑惑,窗外一匹黑幕从天而降,将整幢楼的南墙罩在里面,房间里霎时漆黑一片。

在走廊上留意着动静的兰彻斯特公爵心中一喜,一定是穆云来了!

本已心如止水的叶乔一把扯去头上的电线,翻身而起。

"小白、阿星、念念!"

· 351 ·

零日传说 II · 长夜

"在!"

少年们迅速聚到一块儿,心里重燃起希望之火。

艾斯和几名随从本能地堵在了门口。

不料门一下被推开了,是公爵破门而入。昏暗中,他的暗神之眼立即锁定了白凌霄,公爵冲上去将小白拎在手里。穆云再厉害,也休想从他手里把这少年救出去!

就在此刻,出乎所有人意料的是,治疗室的四扇大面积采光窗户同时哐当一声裂成碎片。那些窗户均是厚度两厘米以上的防弹玻璃,穆云再强,也绝不可能一人做到。

只有公爵能够看见,撞碎玻璃的根本不是人类,而是狮鹫!狮鹫用自己坚硬如铁的鹰喙轻而易举将其啄碎,五头狮鹫贴着楼面斡旋,那一大匹罩住整幢楼的黑幕随着初春凛冽的寒风微微鼓起。借着漏进来的几点光,其他人也看见了扑振的展翅,被风送进屋里的腥味点醒了猎人们的神经——

是异兽!

五头!

公爵一字一字咬牙切齿地念道:"格里芬。"他拔出佩剑,进入备战状态。

"格里芬?"艾斯的声音有些颤抖。她整理了一下情绪,拿出武器,一条带金属钽刺的软鞭。无论之前有怎样的龃龉,此刻她和其他所有在场的猎人站在同一战线,作为猎人的她,身体本能地进入战斗状态。每一场战斗都必须全力以赴,这是刻在艾斯家族血脉中的训诫。

"格里芬?你们是说——狮鹫?!"小白的声音因为兴奋而颤抖。

第七章 囚困

艾斯却将这颤抖误认为了紧张,嘲讽道:"小子,怕了吧?"

"本大爷才不怕!"小白掩饰不住窃喜。他看着窗外的黑影,目光焦灼地等着那个人的出现。

或者该说,那个兽人。

来救他们的,不是穆云,是他!

公爵死死盯住在窗外盘旋的狮鹫,他很清楚自己并没有把握能一次与五头狮鹫对抗,至于艾斯和她那些三脚猫的随从,以及这几名不成气候的少年,他不抱任何指望。

但他很快发现了异常。

异兽怎么会突然袭击城里的楼房?

它们为何只是击碎了窗户,却不攻入房间?

而且,野外遭遇到的狮鹫,在展翅翱翔时总会发出破空的长鸣,这几头却异常安静,仿佛乘风而来的幽影,又是为什么?

他隐隐觉得有些不对,这时,他突然听到窗户那边传来一个声音:

"念念!跳出来!"

众人一阵欣喜,果然是他!但是……这里可是十七楼啊……

"相信我。大家都跳出来吧。"

"好!"所有人立即做出了选择。

电光石火之间,在公爵和艾斯诧异的眼神里,白凌霄、叶乔、陆星移、何念念几名少年,突然跨上窗台,毫不犹豫地从十七楼纵身跳下。

小白说不清自己哪儿来的胆量,在跳出去的那一刹那,他心中有一瞬失去依托的悬空感。但还没开始下坠,一头狮鹫准确地

· 353 ·

零日传说Ⅱ·长夜

将他接住了。他几乎激动得涌出热泪:"南宫,你来了!"

呼啸的风声淹没了他的声音。他紧紧怀抱住狮鹫的脖子,狮鹫载着他急速朝下俯冲。异兽是可以成为人类的伙伴的,泥巴是,现在这头狮鹫也是。它们都是那样桀骜又那样温柔的伙伴啊。

盖住大楼的黑幕是塑料薄膜,在风里发出哗啦啦的噪声。

小白心里生出一丝奇怪的感觉,真是难以置信的际遇,不是么?想成为一名屠兽的战士,但此刻却完全将生命托付给了一头异兽。

公爵不可置信地冲到窗边往下看,只见在黑幕的遮挡之中,几名少年竟各被一头狮鹫载起,安全地俯冲着。惊讶令他的动作有些迟滞,但他还是在最短的时间内做出了举动。那名率领狮鹫群而来的少年最后压阵,所骑乘的显然是这群狮鹫里的头兽,公爵掷剑而出,剑直飞向那头狮鹫的颈部。

南宫凭敏锐的听觉捕捉到了长剑破风而来的声音。

"赤瞳,小心!"他用兽语在狮鹫耳边喊,赤瞳是这头狮鹫的名字。

狮鹫立马会意,调整了俯冲的路线,却仍被飞来的剑击中了右翼。

幸而长羽坚硬似铁,那剑从长羽滑过,掉落在地。

右翼擦破了道小口子,这一点小伤倒不要紧,要紧的是,特殊钽金属的分子在擦伤它的瞬间已进入了它的血液。此刻,它被封锁在了地球,一时回不去了。

落地的瞬间,其他狮鹫如同猎人们曾对峙过的那些异兽一

第七章 囚困

样，消失了，仿佛从来没存在过。

只有南宫这头，收起长长的滴血的铁翼，如守护神一般站在南宫身后。

落地后，小白一转身就看到还有头狮鹫并未和其他的一起消失。"它怎么没……回去？"

"它被钽金属伤到了，没法回去。先躲起来再说。"南宫说着，冲向旁边的一辆小货车，货箱打开着，赤瞳直接跳了进去，"我送它去之前那幢烂尾楼先藏起来，你们去梧桐路等我，我家在那附近。"

公爵搭电梯下楼，冲到街道上后，发现只有自己的剑带着一丝血迹躺在地上，街口已经看不到那几名少年的身影了。

竟有异兽来帮他们！

此刻他的心中又是震惊，又是懊恼，同时又欣喜异常。

他的设想是对的，异兽有可能被驯服，有可能听从人类指挥。可光凭那几个毛头小子绝对做不到这点。狮鹫群是穆云派来的？这伟大的设想竟让穆云捷足先登了？带领狮鹫群的那名少年是穆云找的驯兽师？

公爵细细思索着各种细节，他攥起拳头，拇指在食指的第二个关节上摩挲。

不管你有多少秘密，我都要把你揪出来！

第八章　愚者们

1

中国，树城。

逃走的少年们等来南宫后，跟着他进了一幢住宅楼。南宫打开门，映入眼帘的是一个简洁得不可思议的套间，屋里仅有的家具是一张床，一面柜子，一个沙发，一张桌子。几乎没有电器。

这就是南宫的住处了。

比获救更让小白惊喜的是，床上躺着沈放。

看到小白，他支起身子："太好了，你们回来了……"

"沈放！"小白冲到床边，"你之前怎么了？你知不知道我有多担心。"

"我发现自己没办法救你们，就想找援手，想来想去只有南宫。而我刚跟他说了你们的情况，正要计划行动，却没想到突然

第八章　愚者们

无法集中意识,就像要失控……"

"果然,症状和研究所那些工作人员一样。麦卡锡先锋和科学官也是这样的吧?"小白道。

沈放点头。

小白问:"你是不是看过研究所那些坏掉的电脑?"

沈放回忆:"研究所发生意外时,我正好在现场。当时好像有一股不知从哪儿传来的电流般的滋滋声。事故结束后,我进去检查了他们的情况,屏幕上滚动的全是乱码……"

"你仔细看过那些乱码,对不对?"

"嗯,我想弄明白发生了什么,所以哪怕不太懂,还是想仔细记下乱码的内容,想着说不定能发现些什么提示。"

"这就对了。我们推测,那些乱码是一种意识干扰,它们就是使人发疯的原因。"

"真的?"沈放一脸不信。

阿星说:"这是小白的推测,但我认为或许是巧合,因为怎么想也太不可思议了。"

南宫却若有所思,在一旁赞同小白:"不,他们是能做到的。"

"他们?"叶乔警觉地问,"他们是谁?"

"这就说来话长了,也不是现在的重点。"南宫说,"好在我们尚有一些与他们抗争的经验。这次也是用我们族群流传下来的一种很古老的类似催眠的办法,帮沈放恢复了意识。"

沈放对小白说:"这次多亏了南宫同学,是他救了我。"

"他也救了我们。沈放,你知不知道,我们差点就被猎户座开除,清除掉记忆了!好险。"

南宫在一旁脸红了红。

"南宫同学,上次你送我的机车,我收到了。"小白提起另一件事,"不过你既然都来了,当时为什么不出来和我们见面?"

"大概是……不知道要怎么面对你们。"

"你这是哪里话?你是……兽人也好,别的什么也好,我们都是伙伴啊!之前你都去哪儿了?"

"这段时间我回去了。至于机车,"南宫脸上少有地流露出一丝淘气的笑容,"只是看你喜欢,麻烦你代我保管而已,并不是送你的。"

"呃……"刚还在煽情的小白一时有点尴尬。

"你刚才说的回去,"阿星留意到南宫的措辞,"是指回到……你的世界吗?"

南宫点点头。

"你的世界啊……"

南宫一直偷偷去看何念念,最后终于鼓起勇气问:"念念,这些日子,你过得好吗?"

何念念鼻头一酸:"我还好。可是薛荣哥他……他……"

南宫从大家的脸色中明白了发生在薛荣身上的事。"是谁干的?"

"海德拉。"

"海德拉。"南宫重复了一遍。

提到薛荣,大家都变得情绪低落,陆星移岔开话题:"南宫,你呢?这些日子,你过得好吗?"

"我啊,也没什么特别的。"他没有告诉大家,在人类社会藏匿多年的他重回异兽世界后,经历了怎样的艰难,才再次集结起

第八章 愚者们

曾经的兽族部下。他也没法告诉大家,毕竟还有太多事这些人都不知道。他只是平静地站在一旁,脸上没表现出分毫内心的波澜。

见南宫不想多说,阿星理解道:"谢谢你救了我们。"

南宫说:"不用谢我。今天我帮了你们,或许有一天,我也需要你们的帮助。到时你们……会帮我吗?"

"那当然。"小白搭住他的肩,"南宫,你是我们的伙伴啊。"

可南宫只是淡淡笑了笑。他知道,小白并没真正明白他指的是什么。而这一切,要让人类接受起来太难了。他需要慢慢告诉大家真相。

"对了,念念,这些日子能麻烦你和叶乔队长一起,到烂尾楼那里给赤瞳送吃的,还有帮它的伤口换药吗?三天一次就行。"

念念笑着答应:"当然可以啊。南宫同学,你不用这么客气。"

久别重逢的朋友们七嘴八舌地聊天,在这样一幅温馨的画面中,有一处不合时宜的存在。

叶乔一直抱手站在一旁,一言不发,直到听到南宫刚才客套的言语中似有所指,她才开口:"南宫,你和你的狮鹫救了我们,帮你照顾它这个小小的请求我没有理由拒绝,也答应你一定去做,并保证它的安全。但我不知道你作为兽人与我们人类接触,到底抱有什么目的,也不知道你说的以后真正要求助于我们的是什么事。如果你所请求的事别有所图,有损人类利益,到时请允许我拒绝,并与你为敌。"

叶乔严肃起来还真是像块冥顽不化的寒冰,小白、沈放、阿

· 359 ·

零日传说 Ⅱ · 长夜

星三人对视一眼,他们知道叶乔又切换到"拒人千里"模式了。他们曾私下里讨论过,说叶乔无非就是在"拒人千里""生人勿近""死撑到底"几种模式间切换。他们之中可没人敢反驳"拒人千里"模式的叶乔。好在何念念拉了拉叶乔的袖子,小声劝解着:"乔,南宫同学虽然是……嗯,是那个,但他对人类并没有敌意,你也不要对他这么凶嘛。何况他才刚救了我们呢。"

"抱歉,我是队长,我需要对我们做的每一个决定负责。南宫,不好意思,我暂时无法完全相信你。并且,我会将你的存在汇报给穆云先锋官知道。至于你到底值不值得相信,将由他做出判断。"

"没事。我本来也希望有机会能与穆长官聊一聊,亲自向他解释一些事。那就拜托你向他引荐我了。"

"还说呢!那个大叔玩失踪,丢下我们自己逃了!"小白没好气地说,"你有什么机密,跟我们说好了。放心,我们绝对不会向可疑的人透露的。"

"抱歉,"南宫学着叶乔的语气,"我不能对你们讲。是否告诉你们,应该由穆云长官决定。如果一时联系不上他,我可以等。这是我的手机号,这段时间我会一直住在这里。有消息了联系我。"

"干吗神神秘秘的……啊,对了,手机!"听到南宫说"手机号",小白顿时想起了什么,惊得从地上弹起来,"南宫,你家里有充电线吗?这次从出任务到今天逃出来,整整过了二十天啊!手机一直没电,我妈联系不上我,肯定要疯了。"

小白哭着脸,他不敢想象家里的狂风骤雨。

南宫指了指桌子,那里有数据线。小白将数据线插到插座

第八章 愚者们

上。等手机开机的时间,小白问:"对了,南宫,你来救我们时,是怎么做到把整面楼都遮起来的?"

"那没什么难的。我只是去批发市场买了几卷黑色塑料编织布,到楼顶将它们的一端固定在伸出楼面的钢筋上,再把整卷滚下去。这个办法太简陋了,可我想不出还有别的什么办法能隐藏住狮鹫们的行踪。毕竟如果让大部分市民看见,还是很难收场。好在那里本来就是猎户座的基地,规划的时候远离民居,今天又是周末。"

"猎户座一定会通缉我们,接下来该怎么办呢?"阿星问。

"我会查明白是怎么回事的。只要找到真凶,就能证明我们不是凶手了。"小白说,"还有,不管怎样我都要找到穆大叔,问问他到底是怎么回事,为什么丢下我们自己走了。"

叶乔想了想:"这段时间你们先回学校上课,尽量跟同学一起行动,至少猎户座的人不会去学校大张旗鼓地把你们抓走。"

"不调查真相了吗?"

"当然要。"叶乔斩钉截铁地说。

南宫在一旁看着他们,心里充满歉意。这几个人,除了经验丰富的叶乔拘有猎人本能的警觉之外,都是真心实意拿自己当伙伴的吧?自己在人类世界潜伏这么多年,从来没遇到过人类的真心。或许正因为是"唤醒计划"招进的新猎人,他们心中没那么根深蒂固的人类与兽人完全对立的观念,才可以发自内心地接纳自己作为伙伴。可是,为了那个目标,自己不得不把这些真心的伙伴,卷进那样诡秘的真相之中。

但他必须这样做。

时间已经不多了。

为了所有人,甚至可以说是——为了这个世界上的一切。这样做是他唯一的选择。

2

奥地利,施泰尔马克州的公爵府上。

兰彻斯特公爵重重坐到沙发上,手撑着额头:"这绝对不可能。"

奥斯汀接过公爵的披风:"恕在下多嘴问一句,怎么了?"

"那几个少年竟然被一群狮鹫救走了。听清了吗?异兽救走了他们!"

"那……穆云呢?"

"艾斯没看好他,让他逃了。"公爵一拳砸在茶几上,"我本以为可以在进行记忆删除手术前,逼迫他将印度青年给他的资料交出来。可惜这次计划,全失败了。"

"您是说……穆云先逃走了。后来,又有异兽救走了那几个孩子?难道……"

"我知道你什么意思,这正是我担心的。但是……"公爵沉吟着,"不,不可能……狮鹫这样桀骜刚烈的异兽,怎么可能被他们驯服?一定有什么地方出错了,或者是我没注意到的。"

公爵以自己的财力地位,驯兽计划尚不如想象中顺利,更何况没有资源的穆云?这些日子他全世界奔波,不惜冒险去到异兽位于地下的老巢,捉来的异兽不下二三十头,但能驯服的异兽少之又少。大多本身就不够凶猛,即便是三头犬之类的平庸异兽,

第八章 愚者们

训练难度也极大。而那些足够凶猛的异兽更是极难驯服，甚至宁愿不吃不喝，也不受他指挥。公爵心中涌起深深愤懑。他最终驯服的三头犬和听命于那几个少年的狮鹫相比，简直如同泥土和黄金的区别。

"奥斯汀，驯服异兽这件事，都有谁知道？"

"您，我，布鲁，叶先生。没别人了。"

"对了，叶明诚。"公爵想到了什么，"你去联系他，就说树城出现了狮鹫，有一头被我伤到过，应该逃不远。让他找到它们的下落。"

"是。"

奥斯汀刚走，公爵的通信器响了。是猎户座联络长打来的。他接起来。

"公爵阁下，我听艾斯汇报了手术当场的情况。真是让人吃惊，听说异兽救走了那些少年？现在她认定那几人与异兽勾结，并制造了研究所事件。"

公爵思考着："你们打算怎么处理？"

"阁下，你有所不知，这次事件之后，几乎所有人都认定，那几名少年，包括那来历不明的穆云，与异兽有勾结是板上钉钉的事实。加上麦卡锡先锋和科学官的事故，猎户座人心惶惶，现在的呼声已经不只是开除他们猎人身份、抹去他们记忆那么简单了。"

公爵沉默不语，联络长的意思显然是对他们起了杀心。猎户座历史上几乎没有发生过这种情况，当然，猎户座历史上也几乎没有面临过这样的危机。连敌人在哪里、是什么都不知道，而敌人所使用的手段更是匪夷所思。比起与大规模入侵的凶残异兽正

零日传说 Ⅱ · 长夜

面对决,牺牲一些猎人,现在的状况更让人惶惑。公爵不认为穆云他们是研究所事件的凶手,但这不是关键,他并不在乎那几个人的死活,关键是怎样拿到穆云手中的数据。这几个少年只要还活着,就能作为筹码,真要死了,穆云会不会狗急跳墙?

"既然阁下也没有异议,我就按大家的想法去处置他们了……"

"兰彻斯特公爵,"一名少年唐突地从客厅旁侧的走廊中跑出,脸上是愠怒的表情,"你知道的,他们并不是凶手。"他转向视频通话中的联络长,"不可以处置他们,他们不是真凶。处置他们,只能让真凶更加逍遥法外。"

"胡闹!"公爵看见来者是儿子,怒道:"索伦,你在胡言乱语些什么?"

"你很清楚我在说什么。"索伦道,"我不管你出于什么目的要置那几名无辜的猎人于死地,你都背离了猎人的誓言。"

视频那头的联络长隐隐一笑:"阁下,既然家里有事,我就先不打扰了。再联系。"

视频挂断了。

公爵大怒:"索伦,你作为我们兰彻斯特家的继承者,怎能如此莽撞?"

"兰彻斯特家族继承者?我根本不稀罕这些东西。我也很明白自己刚才在说什么,不分敌我排除异己,就是兰彻斯特家的传统吗?"

"索伦·兰彻斯特!"

"别以为我看不出你做的手脚,你为了试探穆云,故意在准备不充分的情况下就带那帮少年出海,却害得一名猎人因此牺

第八章　愚者们

牲……"

"够了！是海德拉杀死了那名猎人，要怪只能怪他太弱小，跟我有何干系？战场上，本就是弱肉强食，你不会忘掉这最基本的生存法则吧？"

索伦看着眼前这暴怒的男人，冷笑一声，吐出了一个词语："父亲。"

"你叫我什么？"公爵吃了一惊。

"父亲。"

"你……"公爵突然有些无措，不知该怎样把火发出来。那些火吞进了肚里，烧得他五脏六腑都在灼热。他动了动嘴唇。

索伦有好几年没这样叫过他了。

"我并不是这样叫你。"索伦冷冷地说，"你总说我没有兰彻斯特家继承人的样子，那你呢，你作为一名父亲，有父亲的样子吗？你永远只知道自己的目的，而除了那些目的，你还有什么？"

公爵像被钉在了地上，过了半晌，他说："你怎能如此跟我说话？"

"你知道的，他们不是凶手。"索伦又强调了一遍，"于公于私，我都不能让你操纵猎户座对他们进行处决。出于最基本的道义也好，出于与他们的私交也好，希望你让猎户座给他们一点时间，查明这件事的真相。如果你一定要除掉他们，我会公开说自己就是他们团队的一员。他们不是有一个叫沈放的队员在逃吗？一个玄铁新手能逃这么久，难道不需要帮手？就算你们删掉我的记忆也无所谓，开除我的猎人身份也无所谓，将我处决也无所谓。我根本不在乎这些。一点也不。"

"你在威胁我？"

零日传说 Ⅱ · 长夜

"并没有。我只是告诉你,我会怎么做。"

"从来没有人可以威胁我。你也一样。"

"你有你的做法。我有我的。"索伦转身离去。

"索伦!"公爵在后面大喊。

索伦没有理会。

索伦离开后,奥斯汀管家才走来,安抚道:"公爵阁下,别动气,少爷还只是个孩子。"

公爵气得嘴唇微微颤抖,过了好一会儿才慢慢平息。"奥斯汀。"

"在。"

"联系一下联络长,让他暂缓对穆云一行人的处决,就说给他们一点时间,限时查清楚真相。"说罢,他又摆摆手,"算了,我亲自与他联系。"

中国,树城。

刚一开机,小白的手机就响了起来。来电显示:老麻。这是小白存号码时给老妈取的昵称。他接起来。

那边传来母亲的哭泣。

小白装作无辜地问:"妈,你怎么了?"

"白凌霄?是你吗?真的是你吗?小白?小白?"

小白抓住机会插进话:"妈,是我,有什么事?"

"还说!你知不知道我从昨天给你打电话,打到今天才打通?我这都出门了,准备去你学校找你了!"

小白顿时松了口气,还好是从昨天才开始打的。按他手机没电关机的时间算,如果老妈从十几天前就开始打,那才麻烦了。

第八章 愚者们

现在肯定已经报了警满世界找他了。

来读大学后,他和家里并没有每天通话的习惯,一般没事的话也就三五天通一次。每次要出门执行任务之前,他会给手机设定一个定时发送短信程序,每隔两天给老妈发条信息说自己在干什么,能收到短信汇报,老妈就不会特意打电话来问。不过这次出任务失踪的时间确实久了点,加上没办法及时给手机充电,这才差点露馅。

"昨天我手机坏了。"他编了个谎。

"坏了?以后手机坏了,借同学的给我发条信息说一声啊!"

"知道了啦。妈,你还来学校吗?别来了,多远啊,家里又没车,赶车多麻烦。"

"不想让我去学校看你怎么捣乱的,是不是?"

"哪有,我很用功读书的。寒假时不是刚去了国外交流吗?"

"你真的没干什么坏事?"

"没有,我跟你保证。回去吧,别来了!"

小白妈妈出门时,急着跳上了一辆出租车,坐上车就一边哭一边继续不停拨小白的号。现在小白报了平安,发现是虚惊一场,她一下想到打车到小白学校可能要花一百多块的车费,心疼起钱来,便让师傅靠路边停下了。她准备下了车换公交回去。还好现在表上只跳了十多块钱,损失不算太多。她埋怨着,"以后有什么事提前跟我说一声!别搞得我提心吊胆的。"

"好好好。"

"那我回去了,你在学校要听话,啊?"

"知道了知道了。妈,我挂了。"

"记着啊!下次手机坏了跟我说一声。这多着急,真是的。"

零日传说 Ⅱ · 长夜

"好啦。"

"嗯,挂了吧,再见。"

小白拍着胸口舒了口气,还好老妈那边瞒过去了,没出现什么棘手的状况。结果通话刚挂断没几秒钟,手机又响了。小白无语地接起来就说:"妈,都说了,我知道了啦,你回去吧。"

"妈?"

听到对面是个男声,小白这才看了看来电显示。竟是索伦。他嘀咕着,咦?这大少爷怎么想起给我打电话了?

"不好意思,刚才还以为是我妈呢。"

"小白,是我。"那边顿了顿,"抱歉……之前没能救你们,还好,听说你们逃出去了。"

"嗯,多亏了南宫同学救我们。南宫,你认识吧?我记得你们见过的。不过……哎,说来话长了,等下次见面再给你讲吧。"

"研究所那里,到底怎么回事?"

"就是不知道啊,如果知道的话,就跟艾斯解释清楚了,也不会让她一直误会我们是凶手。"

"有什么线索吗?"

"暂时没有,不过叶乔说了,一定要查出真相。可现在猎户座在通缉我们,要去调查的话有些不便,还不知道怎么办。"

"放心好了,我会说服公爵,让他帮你们求情。"

"真的?那太好了,索伦,谢谢你!"

"不客气,有需要帮助的给我电话。"

"好。"

跟其他人说了索伦打电话来的内容,所有人松了口气。公爵

第八章　愚者们

出面帮忙担保的话，应该没问题。现在的关键是，究竟是什么导致了诡异的研究所事件呢？穆云也丢下他们自己走了。想起穆云，小白有些生气。本来还以为那是个靠谱的大叔。手机充电后，小白试着给他的手机拨号，怎么也打不通。通信器又被艾斯没收了，还没拿回来。他真不知道该怎么找到穆云。或许只能去他的公寓蹲点？但他并不确定穆云会不会回来。

或许就像叶乔说的，现在他们能做的，只有等待。

"说是要调查，却一点头绪都没有，怎么查嘛。"小白颓然地抱着膝盖坐到地上。他好像回到了高中从未与异兽相遇的时候，虽然有个目标，但不知道怎样接近。这种感觉，比没有目标没有方向更令人焦灼。因为你明明知道自己要什么，但又不知道该怎么去得到。

"总会有线索的。"叶乔说，"先耐心一点。"

3

公爵府上密闭的书房内，公爵放下咖啡杯，难以启齿道："我想了很久，这件事确实有疑点，并不能肯定他们就是凶手。现在正是用人之际……"

坐在正对面的联络长无声地笑了笑："用人之际？这可不像公爵阁下的风格啊。"

公爵没有理会联络长的不满："现在危机重重，留着他们也是一条线索。不如再给他们些时间，让他们查明真相，同时我们监视他们的调查过程，算是引蛇出洞。就算最后他们查不出真凶是谁，再处决也不迟。"

零日传说 II · 长夜

"公爵阁下,是什么让你转变了态度?"

"犬子不成器,竟喜欢上疑犯中的一名女孩,非跟我大吵大闹……"

联络长理解地笑了:"你之前就跟我说过,他们并非真凶,要处决他们也是为了让真凶浮出水面。可是,现在的猎户座内谁肯相信呢?欧洲区的克拉克先锋刚给我打了电话,说一定要让嫌犯交代清楚,是如何做到令人失去理智发疯的,还说一定要好好处决他们。公爵,你也要知道我的难处,这样出尔反尔……"

"联络长,你能做到的。不过是拖延些时间,真相就让穆云他们去查就好了。"

"猎户座内部竟然出现了这样的叛徒,这件事还真够恶劣。"

"你就从没想过,制造研究所事件的,万一不是猎人呢?"公爵问。

"怎么可能?如果不是猎人,谁能找到那里,谁会知道那个位于地下的研究所,谁知道那里在研究些什么?"反问之后,联络长自己也隐约想起了些事,觉得像一盆凉水当头泼下,"你的意思是……"

"所以我特意请您到府上一叙啊。联络长,就让穆云他们去查吧,给他们设一个期限。"

联络长会意。"好……好。"

又回到校园。

白凌霄已说不清,是更熟悉校园生活,还是更熟悉四处跋涉的屠兽之旅。

回来这几天总被舍友问东问西,他们对自己的失踪很好奇。

第八章 愚者们

"霄哥,可以啊你,一声不吭消失那么多天,之前课上点到,都是我帮你的,记得请我吃饭。"同宿舍的周南一边啃着包子一边说。

"好啦好啦。老师没发现吧?"

"还说呢,有一次王教授的课实在瞒不了了,被记了一次旷课。下次课后,你记得找他说些好话。"

"哦,知道了。"

"我说你也真是的,手机都打不通,前些日子到底去哪儿了?"

小白发现,不找个有说服力的理由,大概要被这些人问上一个月。"我要说被骗入传销组织了,你们信不信?"

"传销组织?"宿舍里的哥们儿都围了上来。

"好不容易才逃掉。"

"我靠,你没被洗脑吧?"

"本大爷岂是那种能被随便洗脑的人?"

"他们虐待你了吗?最后怎么逃出来的?"众人闪烁着好奇的双眼。

小白懒得再解释,他看了下时间,下午五时。不知怎么,今天他觉得浑身乏力,好像有些发烧。"别提了,给关了那么多天,我现在身心俱疲,让我睡会儿再说。"小白三两下爬上床,趴进被子里。

此刻他彻底放松,享受着难得的平静。这种看似日常的生活,其实从来都不平常,而是一直由一群人在默默守护着的,不是吗?但这一群人也没那么伟大,他们不过是一群各自为政的自大家伙罢了。

零日传说 II · 长夜

诡异的研究所事件，到底可以从何处开始查起呢……

在梦里，天上有十个太阳，照在小白身上，炙得他浑身发烫，像在沙漠里行走了三天三夜，皮肤都要被烤化了。到处都是光和火，他无论怎样都逃不出。不知过了多久，他才挣扎着醒来。只见寝室的灯还大亮着，像炎炎烈日。他动了动干涸的嘴唇，抱怨着："这都几点了，怎么还不关灯？"

"你睡糊涂了吧，这还不到十一点，没熄灯呢。"室友回答。

"想喝水……"

"自己下来拿。我们这儿正关键时刻，312的水晶就要被我们推了。"另三人正在联机打王者荣耀，312是隔壁跟他们对战打3V3的寝室。大家没工夫管小白。

小白头疼欲裂，摇摇晃晃地下床，结果一个不稳，扑通一下以狗吃屎的姿势摔倒在地。

听到声响，那三人终于回头看了一眼。他们吓了一跳，王力杨和周南赶紧上前一人一侧架起小白。当抬起他后，他的脸色令所有人都大吃一惊。

"我靠，你怎么这么红？"

"水……"

王力杨伸手摸了一下小白额头，吓得赶紧将手缩回，随后再次不敢置信地摸了摸。"靠，这么烫……就算发烧也不可能这么烫吧？"

"叫你们浪，我们的高地防御塔被312一波推完了！"应飞依依不舍放下手机围上来，冲隔壁喊，"暂停一会儿，我们这里有点状况。"

"很烫吗？我来摸摸。"三人七手八脚地在小白身上摸来摸

第八章　愚者们

去,像发现新大陆一样惊呼,"哥们儿,你没事吧?用不用我们送你去医院?"

"不……不用。水……"

"好好好,水,快给他喝水。"

一杯室温的凉水递上来,小白咕咚咕咚灌了下去。浑身的滚烫和燥热并没缓解多少,好在意识稍微清楚了一些。这一清醒,他就清晰感到胸腔里有一只生物在鼓动。

泥巴!

小白心中先是闪过惊喜,那么多天没感觉到泥巴的存在,他几乎以为泥巴已经弃他而去。但想起目前所处的场所,他心中如触电般闪过惊惶,滚烫的皮肤上竟生出了鸡皮疙瘩。怎么办?如果它现在要出来,该怎么办?

和前几次一样,小白在心中默念着,泥巴,求求你了,别现在出来啊!

"小白,我们带你去医院吧。"

"不用。"小白一把挣脱了搀扶,随即又意识到自己不该如此粗鲁,解释道,"可能是被子里太热了,那个,过一会儿就好了……"

"真的没事?"

"没、没事……"小白飞速想着自己该怎么办,或许应该去一个开阔的、人少的地方。他想起沈放平时练习的那片学校后面的荒草地,"我……出去吹吹风……"

"那我陪着你。"王力杨不放心。

"没事啦,你们赶紧去反推312的水晶!"小白边说边揣好手机。

· 373 ·

零日传说 Ⅱ · 长夜

男生没那么细心,听小白都说没事了,就回到座位上继续玩游戏了。小白跌跌撞撞跑出了宿舍楼。随即他感到,这一次的鼓动比任何一次都要强烈,好像整个胸腔都要爆炸开来,仿佛之前悄无声息的蛰伏所积蓄的能量,将在这次一并爆发。他实在不敢肯定自己一人可以搞定。快撑不住之前,他费力拨通了沈放的电话。

"来不及解释了。我在我宿舍楼下,你快来带我去那片荒草地。快!"

沈放什么都没问,只说:"好,马上到。"

听到他肯定的语气,小白放心地坐在了宿舍楼出口的台阶上。

沈放的宿舍楼离小白的差不多有一百多米的距离。仅花了一两分钟,他便出现在小白面前。看到已经接近昏迷的白凌霄,沈放一把将他架起,搭着肩朝荒草地跑。

一边跑一边问:"你身上怎么这么烫?"

小白咬着嘴唇,那滚烫的躁动令他集中不了精神,而他就算能集中精神,也不知该怎么回答沈放。

最后他只说了两个字:"泥巴……"

"你是说……"沈放一愣,旋即全都明白过来,"真够可以。"

夜幕下的荒草地漆黑一片,远处能看到城市的灯火,另一侧靠着校舍。晚上十一点多,已经过了学校的熄灯时间,校舍只有每层楼尽头的卫生间还亮着昏暗的星星点点的灯。

沈放将小白放到地上:"你是说,上次它并没有被封印,而是还在你体内?"

第八章　愚者们

"是的……"

"白痴!"

"我是白痴,你帮不帮我……"

"安静会儿吧你。不如调整一下呼吸,控制住啊。"

小白此刻脆弱如初生的婴儿。他失去了所有防线,只是一点点吸气吐气。那团火在心脏里烧,并往外刺啦着,他不想忍,也忍不了了。

"要是想控制就能控制住……"话还没说完,绿光从他身上盈盈浮起。

沈放跪坐在一旁,焦急地想着对策。

还好,这个地方早就是荒废的工地,白天没什么人,晚上更不会有人来。如果那头异兽就这样出现,也不会被人看到。嗯,还好。

尽管如此,沈放还是将手伸进衣兜里,那里装着几支鸦脑酒。成为猎人后,他还从来没用过。如果待会儿真的不小心被路人看到了,就让他们喝下这玩意儿。对,万无一失。

看到白凌霄大汗淋漓的样子,沈放有些不忍:"很痛苦吗?"

"大概……像生孩子……"

"都什么时候了还开玩笑!"

"嘿嘿……"

"还笑得出来?"

"不会被人看到吧?"

"放心,这里没人。"

仿若灵魂出窍,亦如同脱胎换骨,而就在那如撒旦的鼓动即将脱离小白躯壳的刹那,他和沈放同时听到一个女孩子焦急的

· 375 ·

零日传说 Ⅱ·长夜

声音。

"白凌霄,你没事吧?"

"谁?"沈放警觉地站起身。

看到沈放,女孩吃了一惊:"我……我是过来找白凌霄的。他在这里吧?"

沈放将小白护在身后:"你是谁?"

一张英俊的面庞,却拒人千里之外。如果不是因为总是关注着白凌霄,她大概不认识这个常常和小白走一起的男孩。"啊,我见过你的,食堂里见到好几次你和白凌霄一块儿吃饭。"

沈放挡住女孩的视线:"我是问你是谁,为什么会出现在这里?你找小白做什么?"

女孩有些狐疑,她思考着措辞:"啊,那个,我听小白室友说他病了,就说去看看,刚到宿舍楼下就看到你带他走了,本来想让你等等的,但你跑得太快了,我没追上……"

夜色中的那抹绿光并不能被沈放挡住,女孩好奇地看向沈放身后。沈放往前一步,努力掩饰着,问:"你是树大的同学?"

"啊,是的。我叫王梓,是外语系……"

"他没事,你回去吧。"

"到底怎么……"王梓踮起脚,从沈放肩上看向后面的白凌霄,只见小白身上闪烁着绿光。她惊讶地捂住了嘴,却发不出任何声音,只是瞪大了双眼,瞳孔因惊惧而迅速缩小。

小白大口喘息着。他瞥见了王梓的眼神,心中破罐子破摔地想,早就让你离我远点了。猎户座的规定没有错,不应该让普通人知道猎人的存在,他们只会认为所有猎人都是怪物……跟异兽

第八章 愚者们

没有区别。

庸常的大众啊!

他发出一声咆哮:"啊——"

伴随这撕心裂肺的呼喊,那头异兽从他体内撕裂了出来。随后他跪倒在地,更急促地喘着气。

龙!

长着华丽双翼的恶魔龙!

它再一次进化了,在这段日子,它悄无声息地迅速发育着。它上一次出现,还能塞在房间内,而这一次,差不多有三层楼高的巨兽在夜色中弓起身子,展开双翅,展翅长度十余米。它贴着草丛在低空疾飞,离开小白数米后拉伸至半空,呼扇着巨翼。

不能让它到处乱飞!小白想追过去。

"泥巴!"

巨兽朝他看来,眼瞳散发出熊熊火光。

"不要过去!"沈放死死拉住了小白。

巨兽张开嘴,吼吼地喷出一股烈火。

正是春意盎然、万物萌发的时节,虽然尚有去冬的枯草,但鲜嫩的新草已经繁盛。这火别有威力,还在半空中便烤干了新草,地面瞬间剧烈燃烧起来,并快速向四周蔓延。不远外的三个人,呆呆地看着刚发生的一切。

火焰,将他们和巨兽隔开了。

"不要!"小白要冲过火焰,沈放拼全力抱住他的腰,"过去干吗,你不要命了?"

"它不会背叛我的。它不会!"

小白与那头巨兽对视着,火焰映在他的眼睛里跳动。像在回

零日传说 II · 长夜

应什么，它再次张嘴，更多的火从它口中喷出。

"泥巴，别闹了！"小白冲着它喊。

巨兽眨了眨眼。

刚刚还在沉睡的校园逐渐苏醒，并发出沸腾的喧哗。窗户靠荒草地这一侧的同学首先发现了异样。

"着火了！"

"怎么回事？"

"快报警吧！"

"火会烧过来吗？"

夜色很好地掩饰了巨兽的身影，而火光却又不断照亮着它。它最后看了小白一眼，振翅飞向高空。随后，和其他所有随时会消失的异兽一样，它在夜空中连一点痕迹都没留下，转瞬无影无踪。

"火要烧过来了，快跑！"沈放抓起小白，随后看到了站在一旁呆若木鸡的那个女孩，另一只手抓起她，"你也跑啊！"

火朝校舍这边侵袭着，而带着王梓，他们不可能直接翻过围墙进入学校，只能沿着围墙往草场的另一端跑去，赶在火堵死出路以前。

但小白很快停下了脚步："不用跑了，火都快熄了。"

那些火似乎只在喷出的瞬间威力巨大，由于到处都是鲜草，枯叶极少，这些火焰在最初的攻势过后，很快便弱了下去。

看着草场上大片的灰烬，沈放担忧地说："火灾，怪兽，这回怎么瞒也瞒不过去了。刚才一定有人看见它了，明天会上微博热搜的。"

第八章　愚者们

"看到又怎样?"小白看着王梓吓得脸色惨白的样子,委屈地说,"我不明白,我不明白啊!它们明明就在世界上存在,为什么猎人要永远在世人看不见的地方行动,好像在干什么见不得人的勾当,正大光明的不好吗?瞒住又能怎样,让普通人知道了又怎样?一直瞒着世人,就会让这些人……以为我们是怪物。王梓,是不是觉得我很可怕?"

而王梓更被吓得大气也不敢出,只是呆呆地看着小白。

看到王梓的反应,小白失落地笑了。"对啊,我就是个怪胎,从小别人就这样看我。没有女孩喜欢我,也总是很没存在感……"

王梓结结巴巴地问:"上、上次徐维北找我麻烦,我以为你、你根本不是他们的对手,你却几下就、就把他们打趴下了……"

"是啊,因为我是怪物。今天你都知道了。"

"我、我不是那个意思,我是、是说……"

小白想起曾经也有一个女孩短暂地见识了猎人和异兽的世界,却最终不得不令她忘掉一切。那是他唯一一次有机会令她另眼相看,可惜猎户座的规矩他必须服从。

"我是说,你一直拒绝我,是因为……我们不一样……"

"对不起,我不能接受你是因为,我已经有喜欢的人了。"小白说。承认喜欢,没什么难的吧?

"她……和你一样,对吗?你们都是……"

"对,她和我一样。"

王梓不再说话。

沈放拿出裤兜里的鸥脑酒,递到王梓面前:"喝掉这个。"

王梓看了看小白,想起看过的电影:"我看到了不该看的东西?"

小白颔首:"放心,只是让你忘掉刚才发生的事而已。"

"我……想记住,可以吗?"

小白简单直接地拒绝:"不行。"

王梓低头:"这么没耐心的吗?"

"对不起,但你必须喝掉它,然后回去睡个好觉。"

"白凌霄,你这样,不会有女孩子喜欢你的!"

"反正我也……习惯了。"

王梓咬着牙,最后赌气般将一支鸥脑酒一饮而尽,转身离去。

小白想再说些什么,但终究还是什么都没说出口。此时他的手机响了,是叶乔。

一接起,那边就劈头盖脸地喊:"白凌霄!你给我解释清楚,你们学校着火是怎么回事?"

"你怎么知道……"

"微博上到处都是图片!"

"这么晚了,你还刷微博?"

"是何念念看到告诉我的。别岔开话题,回答我,那火怎么回事?我怎么还看到有人评论说在火里看到了怪兽?"

"是……是泥巴……"

"什么?……你在学校待着,别乱跑,我马上过来!"

4

穆云回到了位于树城永安公寓的家中。

因为被猎户座通缉,他已经无法通过"深渊闪电"回国。当

第八章 愚者们

时出去又没带护照，而且有也不能用，所以虽然从艾斯眼下逃了，不过是被困在更大的地方而已。

世事总是出人意料。穆云想了各种回国的办法，唯一没想过的就是找公爵帮忙。可公爵却主动出面帮了他。

不得不说，兰彻斯特公爵的势力超出了他的想象，即便在遥远的印度，公爵也能让人找到自己。听说公爵说服其他人暂时解除了对他和白凌霄等人的通缉，从内心来说穆云很感谢公爵。这个人虽有野心，毕竟还是一名猎人。

公爵愉快地接受了他的感谢，然后告诉穆云，他们并没有真的自由，他必须在一个月内查明真相，否则自己也无法阻止其他人再次提出处理他们。最后，公爵说之前没收的通信器和武器等物品会有人送到树城的"深渊闪电"站台，并保证这次再没有窃听器。

现在回到家，穆云第一时间打开了电脑，但他发现这台老式台式机并没有可以直接插入微型存储卡的插槽。即使有，他也不敢直接把存储卡放进去。他并不懂得电脑技术，但他知道，有人在监视着猎户座，而这个存储卡很可能有病毒。他想上网查查怎么弄才更安全。

然而查了半天，还是没搞明白。穆云只得沮丧地关闭了浏览器，准备明天一早直接去电脑城找人问问。

这时，电脑右下角的弹窗跳出一条本地新闻。

标题是《树城大学失火！有目击者称在火中看见不明生物。》

配图是一片烈焰熊熊的草场，上空有一头看不清具体形态的巨大飞禽。

别人或许看不出来，但穆云一眼就从隐约可辨的轮廓里看

· 381 ·

零日传说 Ⅱ · 长夜

出,这就是又长大了好几倍的神兽。

可它前阵子不是和穷奇一起被封印了吗?才过去四个多月而已,难道它已经挣脱了封印?

穆云心中一沉,他拿出手机,选中了小白,却迟疑了一下,又退出了拨号程序,重新选中叶乔。那头很快接通了电话。

"长官!"

"嗯,我已经听说你们逃出来了,这事以后再说。刚才树大的火灾你知道了吗?"

"知道了,我正在处理。请长官放心。"

小白和沈放傻傻地站在草场边上,看着微博和贴吧里的热火朝天的帖子,不知所措。

小白有些心虚地说:"队长来了,非得打死我……"

"放心,打死你是一码事,但她不来,今天这事怎么收场?"

"才不用她来解决呢。"小白嘴硬,"你也看到了,根本就没人拍到清晰的照片嘛。我们买点水军,到处评论说那些图片是PS的不就好了。"

"这些话你留着给她讲吧。"

"你以为我不敢?"

"以我对你的了解嘛,你自然是不敢的。"

"哼,本大爷怎么可能不敢?"

"别逞能了。"

"嘘——来人了。"

是一些树大的学生跑了过来。

围观永远都是一件吸引人的事情。这时火虽然灭了,但还是

第八章 愚者们

陆陆续续跑来很多学生围在草场边拍照，或者拍那些围观拍照的人。一些老师和学生会的成员在草场外拉起人墙，防止学生进去后又出意外。

火警铃声由远而近，小白和沈放悄悄融进围观的人群之中。

这些学生都乱哄哄地挤着，炸开了锅，嚷嚷着自己的见闻和见解。有几个似乎是住在离草场最近那幢宿舍的同学，能从窗户看到草场的就是他们。小白试探着问其中一个："哥们儿，这火怎么烧起来的啊？"

"不知道，是那片草先烧起来的。有人说看见了怪兽吐火，不过我是不信，怎么可能？应该就是天太干了，不知谁在那里焚烧什么东西，不小心烧着了。"

"怪兽？"小白故作惊讶，"有照片吗？"

"有拍到一张，但不太清晰，我觉得是PS的，或者是冒用的电影里的图片。"这名同学热心地拿出手机，在微博上搜出热门图片，递到小白面前。

图片上，只能看到巨兽一团模糊的影子，火光的耀眼和夜空的黑暗令手机摄像头不能很好地调整白平衡，噪点很高。小白放心地点点头："嗯，我也觉得像假的。如果真有怪兽，它总不可能凭空消失吧，那一定能拍到更多更清晰的照片，不会就这么一张什么都看不清的。"

"是啊是啊，我就是这么想的。"

这时消防车也赶了过来，消防员迅速排查了一遍，并没有隐患。

"散了散了。"围观的同学一群群往回走。

零日传说Ⅱ·长夜

　　小白和沈放往校门口走着,叶乔说过待会儿在那里碰头。
　　"刚才好险,你把泥巴藏起来那么久,都不告诉我。"沈放抱怨。
　　"我以为可以一直将它藏下去的。但这一次,它是真的走了,有可能再也不会回来了。我已经彻底感觉不到它了。"小白摸了摸空空荡荡的胸前。他拉开衣服领口往胸口看了看,那块胎记也不见了。如果泥巴可以回来,他愿意再带着这块很丑的胎记,一直一直这么生活。他不会再嫌胎记难看,也不会因为不好意思露出它而自卑不去游泳。可是有什么用呢?它已经不见了。
　　"听南宫说,它是神兽啊。你说,有一天,它会来攻击我们吗?"
　　"才不会。沈放,它不会的!"小白有些焦急地反驳。
　　但他其实也没有把握。
　　他只感到心中发慌,并不是因为没有把握,而是因为对失去的恐惧。
　　什么是失去呢?他失去过喜欢的女孩,失去过并肩作战的战友。而那只在他体内渐渐成长发育的异兽,或许既不是他的战友也不是他的伙伴,但却是他身体的一部分。小白还清晰地记得这么多年来那块青色胎记带给自己的困扰,但更记得泥巴第一次出现时自己的欣喜和好奇,记得他们一起成长的每一刻。但是现在,小白只觉得身体的一部分被掏空了。
　　以后不会再有了,不会再回到过去那样的时光了,即使再相见,也是另一种状态了。
　　这大概就是失去吧?

第八章　愚者们

　　两人蹲在校门口的马路牙子上等了很久，才终于看见叶乔那台FJ酷路泽飞驰而来。一个急刹加甩尾，车子在街道旁停下。

　　小白赶紧讨好地跑过去想给叶乔开门，叶乔却打开车窗道："上车。"

　　小白讪讪地打开后门坐了上去，却看到里面坐着另一个人。

　　借着车内开着的灯，小白看到，那人正是自己玩消失的先锋官穆云。

　　"穆大叔，我正说要找你！"小白激动地抓住他，"可我一直打不通你电话。你……你上次为什么扔下我们自己逃掉了？为什么不来救我们？"

　　穆云脸上挂着一贯和善的微笑，让人看不出他的内心活动。他摸了摸小白的头，说："对不起，我先为之前的行为向你们道歉。"他的语气转为少有的严肃，"但现在不是说这事的时候。"

　　小白一心想着他的疑惑："对不起是什么意思……"

　　叶乔通过后视镜瞪着小白，"你到底能不能分清轻重缓急？都什么时候了还在想无关紧要的事。"看沈放也上了车，叶乔关上了车窗，"白凌霄，立刻把今天的具体情况跟我们讲一遍。"

　　小白说了自己从宿舍跑出来后，泥巴失控的经过，又补充说："放心啦，它没一会儿就消失了，应该没什么人看清它……"

　　"我的词典里没有侥幸这个词，不管如何，我会把影响降到最低。另外，你刚才描述的经过好像漏掉了最重要的一点，你最好认真解释一下，它不是被封印了吗？为什么还会出现在那里？"

　　"我……"小白看了看凶巴巴的叶乔，又看了看穆云。穆云少见地用审视的目光盯着他。

　　他只好小声说："如果我告诉你们它出现在那里的原因，穆大叔，你可以告诉我，你抛下我们的原因吗？"

"白凌霄！我是不是最近对你太温柔了？现在不是谈条件的时候，别想着讨价还价，我很严肃地问你这个问题！"叶乔猛地回过身。

"我也很严肃啊……"

"好。"穆云阻止了正要发火下车的叶乔，"我答应你，之后会慢慢告诉你的。但现在这件事你一定要讲清楚。"穆云眼神一凛，"它为什么会出现？"

"上次封印穷奇时，你们以为它和穷奇一起被封印了。其实……其实在那一瞬间，我把它带了出来。"

"带出来？"

"嗯，它平时藏在我胸前的一个胎记里。虽然我无法解释这件事，不过事实的确是这样。封印将要完成的那一刻，它回到了我体内，和我一起逃出来了。"

"你一直隐瞒着这件事？"

"对啊。你们都想杀死它。在你们看来，它是异类，可对于我，它是我的朋友，是我身体的一部分。我，我并不想你们与它为敌，也不想失去它……"

过了半晌，见没人回话，小白小心地问："穆大叔，你生气了？"

穆云叹了口气："算了，都过去了。我们去刚才出事的地方看看。"

沈放指着路，叶乔把车开到了草场边。

"下来搬东西。"叶乔没好气地一边打开后备箱，一边对小

第八章 愚者们

白说。

竟然是一个家用烧烤架和一个黑黢黢的报废无人机。

"大姐头,这是干啥?"沈放问。

"怪兽。"

"怪兽?"

"从现在起,所有人在那场火里看到的怪兽,都并不是泥巴,而是这个玩意儿。"叶乔举起它晃了晃,"一架报废的无人机,上面套了恶龙形状的飘带。微博里的那张照片,拍的就是它。火灾的原因,是无人机操作失控后,碰巧撞翻了这里的烧烤架,烧烤架的炭火滚出来引燃了枯草。"

"这……说得通吗?"

"只能这么解释了。把它们抱到那边的土堆上。"

穆云从手提箱里拿出几个啤酒瓶子和一些烧烤胡乱丢在地上踩了一遍。

"浪费啊……"小白吞口水,一抬头看到叶乔正狠狠地看自己,赶紧住了口。

叶乔掏出手机,对着现场拍下一张图片,然后发了一条微博:"太倒霉了,准备了好久的户外烧烤被一个无人机搞砸了,还差点弄出大火来!哪个二货会在无人机上缠那种吓死人的飘带啊?"

看着叶乔虽很生气,却还是在帮自己收拾烂摊子的样子,小白不好意思地说:"队长,谢谢你。"

叶乔说:"真觉得感谢的话,以后少给我惹些麻烦就好了。"

"我真不是故意的……"

零日传说Ⅱ·长夜

做好伪装工作后,一行人四处检查了一番。

出于对先锋官的尊重,叶乔没问过穆云抛下他们的理由,但她其实同样很想知道那个答案。父亲会不会也是出于那个原因没来呢?

于是她悄悄怂恿小白说:"你不是要问穆长官问题吗?"

"我知道。我正在等待时机。"小白偷偷去看穆云的脸色,看不出有生气的样子,于是小声提醒道:"穆大叔,你之前答应我的,现在可以说了吧?"

"啊,对。告诉你们也无妨。只是这是一个很长的故事。"

四月初的春风已经有了暖意,坐在草场边上,小白、叶乔和沈放都没有打岔,听着穆云讲述他所谓的很长的故事。

结果他几句话就讲完了。

"因为我的自负,害得一名最好的朋友在战斗中殒命,另一名最好的朋友失去一条腿。因为我的冲动,害得怀孕的妻子差点流产。我不想再过这样的日子,本已退隐江湖,现在却不得已出山。我希望你们不要过这样的日子,这么一想,就觉得被洗去记忆对你们来说,或许是好事。因此我打算自己去解决一切,任由你们接受处罚。"

几个人等了一会儿,发现穆云没有要接着往下说的意思,小白才开口问:"穆大叔,你不觉得,你现在仍然很自负吗?"

穆云心中一惊。这些年他已经成为一个普普通通的中年人,退隐的那些日子,他在一家公司谋了份职,做普通文员,为人也尽量低调,可以说,他认为自己已波澜不惊,想不到却被一个小鬼说自己仍然很自负。

小白补充道:"你有什么资格为我们做决定?"

· 388 ·

第八章 愚者们

叶乔想到同样没来救他们的父亲,有些赌气地说:"没办法凭自己本事逃走,又怎么能怪别人不救你?"

小白说:"对,我是很弱。但要不要继续当猎人,穆大叔,你怎么可以替我们做出决定?你起码应该问问我们。要不,你不就跟那些嘴里说着'都是为你们好',其实却擅自做主的大人一样了吗?"

穆云苦笑一下:"是我错了。我不该擅作主张,但我也不想再看到你们这些孩子被卷入危险之中。"

"这是我们自己选择的路啊。"

"但在这种环境下,你们很可能只是白白牺牲。"

"怎么叫白白牺牲呢?每一次牺牲,都有它的价值。"

穆云没想到小白会这样说。"孩子,你变成熟了。"

"欸?也没有啦。"突然被长官夸奖,小白有些不好意思。

"那你原谅我了吗?"

"你是先锋官欸!不原谅你又能怎样。好啦,原谅你了。"

穆云想拍拍这个没大没小的少年的头,告诉他,其实他已经是个很优秀的猎人了。但他忍住了这样做的冲动。他问:"你当猎人的事,家里人知道吗?"

"是指我爸妈吗?没跟他们提起过。这种身份不是需要保密的吗?再说了,我妈要是知道了一定又会大惊小怪的,说起来,就算要跟她说,也不知该怎么和她解释。"

"是啊,是啊。"穆云若有所思地点头。

"其实,有时候还是觉得有点寂寞。自己在做什么,不能跟身边的人说,想想要是有天执行任务死翘翘了,也不知道老妈她会以什么方式得知这个消息。猎户座派去通知的人,一定会说是

零日传说Ⅱ·长夜

我跑去没开发的山区旅游,被老虎棕熊之类的咬死了。但以我妈的性格,一定会不依不饶地要找到责任方啦,要说法啦什么的。这么想想,真的很怕有一天就牺牲了,搞不懂哪来的勇气一路走到现在,还死皮赖脸地要赖在猎户座,连有被开除的机会也不珍惜。我是不是很矛盾,很可笑?"

"白凌霄,你知道吗?人都是矛盾的。如果我有孩子……"穆云顿了顿,"我也会既希望他继承我的责任,又希望他当个普通的人。最后要怎么选择呢?可惜我们渺小到根本不必为这个问题苦恼,因为几乎所有选择都是命运推给我们的,由不得人。"

"穆大叔,看不出来,你这么厉害的人,还相信命运这种东西?"

"好了,别信我乱说的那些话。你就把刚才我说的,当做一个失意的中年男人所发的牢骚吧。"

"咦?你为什么失意?"

穆云深深叹了口气,没再回答小白的问题。

大家一时有些沉默。也许是每个人都有自己失意的地方吧。

"时间不早了。"叶乔打破沉默,站起身,上了停在一旁的车,"我和穆长官回去了,小白,你跟沈放回宿舍吧。"

"想回也回不去,已经门禁了。"小白抬眼去看叶乔,她一副"你想怎样"的表情,于是赶紧补充,"不过没关系,爬墙就是了,又不是没干过。"

穆云看了看他,没有说话,只是从车里拿出一只大帆布口袋递过去,"喏,你的通信器和武器,之前被艾斯没收的,现在还回来了。拿去吧。"

小白接过来:"怎么还给我们了?"

第八章　愚者们

"猎户座暂时解除了对我们的通缉。"穆云没有说必须限时查明真相的事。

"太棒了,"小白没多想,"索伦说的让公爵帮我们求情,果然管用。"

穆云上了车,叶乔和他同时拉上车门,车灯闪烁了两下,发动机轰轰响起。小白突然想起一件事,赶紧拍打着窗户。

车窗摇下,穆云问他:"怎么了?"

"穆大叔,之前我们有个伙伴,他是薛荣小队的成员。他,他是……"小白觉得还是让南宫自己跟穆云解释比较好,"他说有重要的情报,要亲自给你说。"

"叶乔已经跟我讲过这件事了。"穆云从裤兜里掏出一个记事本,借着车灯翻看了一下备忘,"那就约在三天后吧,这几天我有些事要处理。三天后,让他来家里找我。"

5

虽然前一晚因白凌霄的事折腾到半夜,穆云还是起了个大早,骑着自行车,去了趟电脑城。

印象里,这家商场的整个负一楼是一家超大的电脑城,家里那台台式机就是在这里买的二手货。可当他到了商场,先是被告知九点三十才开始营业。百无聊赖地等到九点三十,又发现负一层变成了超市,根本没有电脑城的影子。

他觉得自己有些不适应这个日新月异的时代了。

他向好几个路人打听,最后才得知受到电商冲击,实体电脑城早就做不了那么大规模了。现在已搬去了另一个地方,那个商

零日传说 II · 长夜

场要小一点，租金也要便宜很多。他只得重新找了过去，好不容易找到了。

他将自行车停在路边，走了进去。

电脑城门口站着很多青年男子。他们热情地围上来：

"师傅，配电脑吗？"

"台式还是笔记本？"

"到我家吧，联想华硕戴尔，什么都有。"

"苹果手机平板电脑，港版美版，来我这里看看？"

穆云无所适从地费力前行着。

对于不善于和人打交道的人来说，这些人真是比异兽还可怕。

他脸上讪笑着，想问他们中的一个，店里是否有读卡器，插槽能匹配他的存储卡。但刚要开口问，几个青年男子又开始了新一轮的抢客：

"师傅你要什么，跟我说，我家什么都有。"

"来我家来我家，师傅，你想买什么价位的机子？"

穆云无奈地吞了口唾沫："你们……谁家有读卡器？"

"都有都有，来我家，二十块一个！"

"你要哪种？SD卡，还是mini卡？"

终于走到一个柜台前，柜子里陈列着花花绿绿的U盘。穆云靠过去："请问这儿有……读卡器吗？"

其中一个男青年像获得了胜利，跃到柜台后面："有有有，什么都有。师傅要哪种，我给你拿。"

穆云比画了一下拇指甲盖："大概这么大。"

"那就是mini卡了。"青年拿了一个读卡器出来。

第八章 愚者们

"把卡插进这里，再把这玩意儿插在电脑的 USB 接口上，就可以了吗？"穆云仔细询问用法。

"是的。师傅，你的存储卡带来了吗，可以试试。"

"不必了。"穆云付了钱，揣着读卡器，想了想，又问，"小伙子，黑客……或者病毒，能通过某种手段，看到任何他想看到的电脑中有什么内容吗？"他不好意思地笑了笑，"不好意思啊，我不太懂电脑，看电视上说得很吓人的，黑客能把银行账号都看得一清二楚。"

男青年点点头，脸上露出意味深长的微笑："当然可以。只要你接入了互联网，你其实就是透明的了，甚至有程序可以监控你正在浏览什么网页。"

穆云又问："接入互联网？那如果一台电脑并未接入网络，还会被黑客入侵吗？"

"如果插入了感染病毒的 U 盘或其他外接设备，是有可能导致电脑中毒。至于电脑中的内容嘛……没联网就是独立的，应该不会被黑客看到了。"

"知道了。谢谢你。"穆云转身离去。

男青年在后面补充："不过现在的病毒很厉害，防不胜防，有时候只要有手机网络一样可以攻破你。"

回到家，穆云拉上窗帘，检查了一遍家里是否有摄像头。接着拔掉了插在主机上的网线，又关掉了路由器和手机。确保家中再无任何网络后，他将存储卡小心翼翼放进读卡器卡槽，再把读卡器插到电脑主机上。

显示器上跳出一个对话框：请输入密码（3位）。

· 393 ·

零日传说Ⅱ·长夜

穆云松了口气，还好提示了密码位数，如果没有这个提示，猜出密码的难度会以几何级增长。

这段时间里，穆云虽然一直没有打开文件，但他早猜到文件一定会有密码，而且这个密码一定是自己能猜得出来的数字或字母组合。考虑到对方借用或者说盗用了向俊达的身份，这个密码应该和两个人有关。两人都知道的密码，最可能的就是某个特殊的日期了。

可日期不是六位数就是八位数，怎么会是三位数呢？刚才还在为得知了密码的位数而松口气，现在仔细一想，这样重要的信息，会用三位数字作为密码吗？是不是还有字母甚至标点符号？

然而只有最基础电脑知识的穆云没有任何办法，想得越多只会越忙乱。最后他决定采用最简单粗暴的办法，先用穷举法从000到999挨个试一遍。

他泡上一碗泡面，打算耐心地完成这份工作。这些年做文职，他每天不知要录入多少份表格，挨个试密码这件事虽然枯燥了一点，又没技术含量，但对于他来说不算什么。

两小时后，他试完了000到999中的所有数字，但是失败了。密码不是三位数字，那就只能是字母或者字母与数字的组合了……穆云又试了几个所能想到的密码，却毫无所成。他的头有些大了。

显然不能再试了。穆云无力地摔了一下鼠标，放弃了。

必须找到那个人，只有找到那个人，或者至少找出那个人的身份，才能增加猜出密码的信息。可惜那个人已经在印度失踪了，根本没有办法查证。要确定这人身份，只能从存储卡入手，但存储卡有密码，要想知道密码，又只能知道这人身份才行……

第八章 愚者们

死循环。

虽然这可能是自己最不擅长的事情,但穆云知道万事同理,越是在困境中越不能着急。目前自己是这份资料的唯一知情人,这份资料中的内容是最关键也是最危险的东西,自己必须万分小心。

6

兰彻斯特公爵带着奥斯汀管家,出现在树城机场。远远地,他们就看见了在出口等待的叶明诚。

叶明诚接到公爵,开车在路上飞驰。

"公爵阁下,是否先带您去酒店稍事休息?"

"不必了。你说你找到了那头狮鹫的下落……"

"是的。"

"好,直接带我们去那儿。"

"这次很急?"

公爵道:"我之前捕捉驯养的那些异兽太弱了。如果穆云能驯服狮鹫,我就不信我不行。"

叶明诚没接话。

奥斯汀问:"叶先生,之前拜托您准备的货车和兽笼,都准备好了吗?"

"好了。"叶明诚点头,"如果成功,可以直接开走。"

"叶先生,"公爵的语气没那么客气,"我还有一件事想问你。"

"您说。"

零日传说 II · 长夜

"你可曾对令爱透露过我的计划?"

"绝没有。"叶明诚不卑不亢道。

"那看来他们跟我是不谋而合了,还走到了我前面?"

"或许如此吧。"

公爵轻笑一声,没再说话。

车停在烂尾楼旁,三个人下了车。此刻天色正好擦黑,没有人会注意到城市的这个角落正发生的事。

公爵看了眼这幢楼:"你确定它在这里?"

"是的。"

"好。相信以叶先生的身手襄助我,再有奥斯汀从旁协助,要活捉这头狮鹫并不难。不过还请诸位小心,不要大意。"

很难想象一个人会同时具备傲慢和谨慎两种品格,而公爵就是这样的人。

"奥斯汀,开始吧。"

"是。"

奥斯汀虽然一直跟在公爵身边服侍,但他本身其实也是一名非常厉害的白银猎人。他还有一个特殊本领,即模拟各种异兽的叫声。他将双掌交叉盖在嘴边,一边用腮帮子鼓起空气穿过嘴唇,一边扇动手掌,发出睢睢之声。

几乎和狮鹫的嘶鸣一模一样。

这是呼唤同伴的鸣叫。

持续数十秒后,他停了下来。几个人紧紧盯着楼洞。

他们都知道,在地球的异兽为了隐匿踪迹,很少持续鸣叫。它们在收到同伴传来的信息后,会观察周围的状况,再小心翼翼

第八章 愚者们

地出现。

十分钟后,他们闻到了空气中的腥味。

不远处的楼洞里,闪过一丝金色的毛羽。

它出来了。

这头叫赤瞳的狮鹫其实早就注意到了那三个人,也看穿了模拟同伴鸣叫是狡猾人类的把戏。它宝石红的双瞳能在三丁米之上的高空看清地面的猎物,这次,它通过楼道的窗户,能毫不费力地看清来者脸上的皱纹。

它之所以出来,是因为那三个人中,有一个熟悉的身影,散发着熟悉的气味。

兰彻斯特家族的人。

三百多年前的一场战斗中,猎师四脉之一的兰彻斯特家,将兽人皇室南宫家的守护兽奇美拉杀死,使得南宫家的统治地位式微,最终被推翻。这也直接导致了异兽世界三百年来的动荡。而兰彻斯特家却因这一战救下王室成员有功,贪图荣华富贵,没有恪守猎人应当尽力消除异兽痕迹的守则,并未给王室成员喝下鸱脑酒,且接受了公爵爵位的封赏,并世袭至今。异兽世界新的统治者野心勃勃想对人类赶尽杀绝,却忘了到底谁是敌人。南宫家逃出的血脉靠世代生活在人类社会中伪装成人类,才韬光养晦至今。如今虽时机尚未成熟,却到了不得不战的时候。兰彻斯特家族的发家史,可以说就是南宫一脉的辛酸史。赤瞳虽然只是一头异兽,但它清楚地知道:兰彻斯特家是兽人皇族血脉的世仇!狮鹫族群作为南宫这一代的守护兽,势必要向兰彻斯特家讨讨债。

赤瞳双翅一展,以迅雷不及掩耳之势贴地低飞出楼道。一行

· 397 ·

零日传说 II · 长夜

人早已备好武器，正面迎击飞来的狮鹫。

然而就在三人准备接战的瞬间，狮鹫突然侧转身体，将铁甲般的后背留给叶明诚和奥斯汀，巨大的鹰爪直抓向公爵！公爵不敢正面迎击，狼狈地就地滚开才刚好躲过。

这头狮鹫还懂得擒贼擒王的战术？公爵惊喜，必须抓到它！

狮鹫采取的是速攻策略。它迅速回旋，尖喙和利爪高频率集中攻向公爵一人。任公爵再厉害，毕竟身体不如年轻时敏捷。面对扑面而来的速攻，他一时难以应付，好在有奥斯汀和叶明诚从左右两旁协助，扰乱狮鹫的攻势，才让他勉强能应付下来。但也只能做到自保，很难有反击的机会。

公爵有些着急。在猎户座的历史上，最著名的猎杀狮鹫之战发生在中国，狮鹫总是单独行动，极少同时出现两头，但那一次竟然同时出现了三头，而准备捕猎的猎人却只有五位，由赤金猎人"死神的双刀"带领两名白银猎人和两名青铜猎人迎战。但即便有那样的人物，最后的战况还是同归于尽。

在公爵更熟悉的欧洲战史里，一共有十七次与狮鹫作战的记录，大多是监测网发现异动后，猎人有备而去应战，战绩是四次击杀、七次驱逐，有五名猎人在战斗中牺牲；其余六次任务彻底失败，应战猎人全体死亡，共计十名。在四次击杀记录中，两次是兰彻斯特家先祖，拥有四脉血统的赤金猎人单人与狮鹫作战，无伤亡；另两次，一次是一名赤金猎人带一名白银猎人，无伤亡，还有一次则是三名白银猎人协作，牺牲一人。

这一次行动，公爵是认真计算过战斗力的，赤金猎人、猎师四脉的他带领两名经验丰富的白银猎人作战，胜算应达到百分之百。因此他们不仅仅是要胜利，更是要将这头狮鹫活捉。

第八章 愚者们

可惜公爵算错了一点。

赤瞳不是普通的狮鹫,而是狮鹫这一族群的头兽。它的战斗力,大约是普通雄兽的两倍。

三人以为自己正游刃有余地化解着狮鹫的攻势,却不知狮鹫只是在玩弄它的猎物。它要将他们体力耗尽,让他们从豪情万丈、志在必得,坠入绝望无助的深渊。南宫一脉从不想与人类为敌,但对于公爵这样的人类,狮鹫并无好感,他们送上门来,它没打算让他们活着离开。

它毕竟还是一头善战异兽。嗜血是它的本能。

公爵的另一个错误在于太过自大。对于狮鹫这种有飞行能力的异兽,团队里最好有一名善用远程武器的猎人,而他和奥斯汀均是用剑,叶明诚的武器更是一把五寸长的匕首而已。三个近战的猎人,一旦狮鹫拉升到空中,便无能为力。公爵知道怎么搭配作战阵容最合理,但他希望抓到这头狮鹫后能尽快将其驯化,而不是等它慢慢养伤。

当然,公爵也带了远程武器,那是一支麻醉射枪。他们三人现在正集中攻击狮鹫的双翼,就是为了引它张开双翼后露出防护力最差的翅根内侧,那里是唯一可以刺穿的地方。可双翼也正是狮鹫最难攻击的部分,这头狮鹫的双翼展开有差不多八米长,遮天蔽日地覆盖在三人上空,并有力地扑扇着。他们的武器还未接触到它的羽毛,便被它的翅骨拍开了。

你来我往,却没造成实质性伤害的战斗持续了近十分钟。三名猎人逐渐显出疲态,狮鹫也玩得尽兴了,打算先解决掉其中一个。公爵可以再玩弄一会儿,就解决他那个讨厌的跟班吧。狮鹫

零日传说 Ⅱ · 长夜

突然改变了进攻的节奏,身躯庞大的它竟然双腿在地上一蹬,一翻身直扑目标而去。

奥斯汀躲闪不及,就要被巨爪穿透脖颈!

"奥斯汀,小心!"公爵最快适应了狮鹫改变的攻击节奏,并看出了它的目标,伸手将奥斯汀推向一边。因为偏了那么一点,狮鹫本对着奥斯汀颈动脉攻去的利爪,从他的锁骨下穿了过去。

"公爵阁下,不用管我,您自己注意!"奥斯汀并不为自己受伤而担忧,反而叮嘱起公爵。

狮鹫拔出爪子,连血带肉滴啦着。它的下一个目标是那名身材颀长,并难得保持着匀称的中年黄种男人。公爵挥来的几剑稍微干扰了它的攻击,它不耐烦地挥翅,公爵虽躲了过去,但也离开了六七步远。狮鹫再一挥翅,叶明诚被扇得倒在了地上。它举起利爪,即将对着叶明诚拍下。这一掌若拍在他脸上,恐怕他整颗脑袋都会像西瓜一样爆掉。

"赤瞳,不要伤害他!"千钧一发之际,远处响起一个女孩的声音。

狮鹫转动它宝石红的眼珠望去,它认得那个女孩,她是主人南宫羽的朋友。它停止了攻击。

女孩跑上来,将叶明诚从地上扶起:"父亲,您怎么在这儿?"

这几日,叶乔每日都跟何念念一起,来给这头狮鹫的伤口换药和送食物。今天何念念有事,她便独自前来了。通过几日的相处,叶乔的态度有些改变了。她可以对一切甜言蜜语油盐不进,却无法抵挡一头毛茸茸的动物卖萌。狮鹫非常感谢她们帮它的伤

第八章 愚者们

口消毒和包扎,有时换好药后,它将头伏得很低,任她们抚摸它的头顶,并帮它后颈挠痒痒。老实说,这样一头骄傲雄踞的异兽卖起萌,简直太让人受不了了。哪怕叶乔平日没什么小女生的爱好,也忍不住跟何念念两人一边顺着它后颈的毛,一边发出"好可爱"的惊呼。

有这样一头威风的异兽当宠物,也太酷了吧?!

叶乔甚至有些理解了小白的心情。他的泥巴虽然是神兽,但对于小白来说,一定也是朋友般的存在。人与异兽,是可以像人与动物一样相处的。更何况,地球上的生物还不如这些异兽通人性。人能驯养的陪伴动物,无非就是猫啊狗啊那么几种而已,而异兽中,像泥巴、狮鹫这般凶猛的生物,竟同样能与人类心灵相通,仔细想想,不是很神奇么?

"赤瞳,不要……"叶乔一边扶着父亲,一边伸手阻止仍在发出威胁的狮鹫。

赤瞳喉咙发出呜呜的嘶鸣,转头去看公爵。

公爵突然产生了一丝恐惧。如果它这个时候冲向自己……

然而狮鹫突然张开翅膀,竟是要离开。

千载难逢!公爵迅速射出了麻醉针,正中赤瞳门户大开的双翼根部。

狮鹫不可置信地看着公爵,它宝石红的眼睛中满是讶异,似乎燃烧起悲戚的怒火。狡猾的人类!它痛苦地仰天长鸣,挥动了几下翅膀,然而因为翅根靠近心脏,双翅很快便无力地垂了下来,并不能令它的身躯腾空而起。只有一颗泪珠,从它眼中落出。

叶乔有些蒙了,赤瞳分明已经放过了他们,他们竟然觑机偷

· 401 ·

零日传说 Ⅱ · 长夜

猎。她质问道："公爵！您怎能如此……"看到对方欣喜若狂的样子，叶乔知道他不会给自己答案，便转而问叶明诚，"父亲，这……这到底怎么回事？"

"我们要捕捉它。"叶明诚平静地说。他走向狮鹫的头部，掏出一个特制嘴套锁住了它的喙，公爵则用一双镣铐锁住了它的脚。

骄傲的狮鹫从未受过如此的屈辱，叶乔看见了它的眼睛，是那样懊恼和哀伤。

叶乔心中一软，南宫曾说，异兽里也有一部分并不愿与人类为敌。她突然有了几分相信。她哀求道："不要伤害它……父亲，请您跟公爵说，还有些隐情需要调查，请不要伤害它！"

这是长这么大以来，叶乔第一次开口求父亲。

虽只是个微不足道的，几乎不能算请求的请求。但对于硬撑到底、从不开口向他人求援的叶乔来说，要祈求严厉得铁面无私的父亲，那仍是一句非常难说出口的话。

但她还是那么说了。她看不明白父亲和公爵此时在做什么，她一开始以为这是一次普通的猎人与异兽狭路相逢的事件。

奥斯汀忍着伤，分别递给公爵和叶明诚一副翼锁，锁住了两翅翅根，这样一来狮鹫便无法扇动翅膀。现在，它彻底动不了了。它静静躺着，任三个手下败将捆绑自己的身躯。

"叶小姐，放心，我不会杀它。"公爵说。

身为一名猎人，叶乔很清楚猎人的职责，他们就是真的把这头狮鹫杀了，叶乔也不会怪他们，因为那同样是他们的职责。可是，这样将异兽绑起来算什么？叶乔想起最近发生的一切，突然觉得自己的父亲或许也已经牵连其中了。

第八章 愚者们

"父亲，你们打算……怎样？"叶乔崩溃地问。她已经反应过来了，这不是偶然遭遇，而是一次有预谋的捕猎事件。虽然不知道公爵和父亲要将狮鹫抓去做什么，但父亲利用了她。前几日，常年在外地的父亲突然来看她，说是有任务并顺便看她，她虽然不动声色，但心里其实非常开心，所以当父亲问她树城近来是否出现过狮鹫时，她并没有多想。她答应了南宫照顾赤瞳，自然没有告诉他赤瞳的事，但也没有特意隐藏自己的行踪。显然，父亲不但利用自己套取情报，更跟踪过自己。

"不该问的就不要多问，做好你分内的工作。"叶明诚愣了愣，换成以往那种公事公办的语气。然后，他和公爵一起在狮鹫身上捆了绳索，挂到奥斯汀操作的吊车上，把狮鹫吊进了货车后箱的铁笼中。

"父亲！研究所事件不是我们干的，您知道。可猎户座要开除我们的猎人身份，清除我们的记忆，您……您为什么不帮我们……？"叶乔感到心里有些痛。心痛。从小被像机器一样培养的她，心也会痛吗？铁会感觉到痛吗？还是因为，这些日子，一直坚硬的心变软了，所以，也会痛了？

"如果连自己的清白都证明不了，也没本事逃跑，那就没资格做我的女儿。何况你们不是成功逃掉了吗？我想我的女儿，不需要我去营救。她可以自己解决好一切。下次执行任务时小心点。"说完，叶明诚踩下了油门，驾驶着货车扬长而去。

叶乔站在原地，看着消失在路口转角处的那辆车。她以前从未完全相信的南宫和他身后的那些异兽，此刻越来越可靠、真实，而她一直相信的父亲，却渐渐变成了虚幻的影子。

她咬着牙，微微仰头，硬生生逼退了眼眶中盈满的泪。

不能哭。

对,绝不能哭。

那些泪很快被风吹干,并没有流下一丝一毫。

7

南宫按照白凌霄给的地址,终于找到了位于银桦街的永安公寓3幢601室。

中年男子早就在单元门口等着了。确认了来人后,他带着南宫出了小区。

南宫跟在男人身后。男人身材不高,身体的各项机能已过了巅峰时期,显出一定疲态。但他步子很稳。是一种毫不声张的沉稳。

仲春的阳光照在他们身上,路边的老树新叶已经繁茂。这条古老而陈旧的街一扫往日的颓败,竟也显出些许勃勃的生机。

无论怎样,春天是个让人欢喜的季节,对人类来说如此,对本能更原始的兽人南宫来说,更是如此。

男人带南宫来到离公寓不远处的市政公园。凋敝的公园里没什么人,铁艺座椅上落着一层薄灰。男人在椅子的一端坐下,南宫坐到了另一端。

"抱歉,家里很乱,而且我担心有监视,去茶馆又担心人多眼杂。"男人解释道。

南宫环视四周,这个公园很久无人打理,也没有任何摄像头之类的装置。他点点头:"就这里吧,这里很好。"

"我听白凌霄提到过你几次,这还是我们第一次见。"

第八章　愚者们

"不，这不是我们第一次见面。"

男人吃了一惊，仔细打量这名少年的面容。可实在没什么印象。

"三十年前，您和现在的白凌霄差不多年纪，曾在一次任务中，看见几头异兽攻击一个孩子。您冲了上去，但奇怪的是，它们发现您之后，并未与您厮杀，而是立刻逃回了自己的世界。更让您惊讶的是，当您想去救那个被攻击得已经奄奄一息的孩子时，竟发现他背后有两条伤疤，他原本是翼人。本来您应该杀死这个翼人，但就在您要解决掉他时，他开口了。他用人类的语言祈求您不要杀他，并告诉您他是因为不想杀人才被异兽当作叛徒追杀的，他其实只想做一个人类。他除了有一对双翼外，长得与人类几乎无异，而现在双翼已经没了，根本就是一个毫无威胁的孩子。所以您放过了他，任他在山上自生自灭……"

男人皱着眉。记忆里的确有这件事。

南宫接着说："其实他骗了你，那些异兽是专门前来追杀那个翼人的，但并不是因为他不肯杀人。那个翼人之所以来到地球，也只是为了逃命。您见到他的时候，他已经在山林里躲了很多年，并狠心废掉了原本华丽无比的翅膀。平日没事，他会躲在树丛，偷看村庄中人类的生活，并偷学了他们的语言。但即便这样，那些异兽还是不放心他，一定要赶尽杀绝，只是被您撞到了，才赶紧逃走的。若被您的武器伤到、令它们被封锁在地球，才是得不偿失。因此它们直接回去了，留下那名受伤的翼人。它们以为您作为猎人，一定会将当时毫无还击之力的翼人杀死。谁想到那个无翼的翼人命大，竟然一直作为人类生存了下来。其实，翼人，或者其他兽人，说到底和人类又有什么本质区别呢？"

· 405 ·

零日传说Ⅱ·长夜

没有区别吗？

"谢谢您当年放过我。"南宫郑重道谢。

穆云有些心烦意乱："不，不是，你弄错了。我听林修平提起过这件事，你故事里的那个人是他，并不是我。"

"是您。"南宫肯定地说。

"你是说，你就是当年那个幼年翼人？已经过去三十年了啊，你为什么看起来才十几岁？"男人岔开话题。

"您的容颜改变了很多，其他人或许认不出您，但我们兽人认人，不仅是凭相貌，还凭这个人身上的气味。"南宫深深吸了口气，"是您，没错。"

男人没再反驳，而是沉默着。

"现在该我回答您的问题了。翼人的平均寿命达到两百余年，我活了三十九年，但在翼人的发育体系里，仍旧处于青春期末期，大致与人类的十七八岁相当。翼人一族曾是异兽世界的皇室，三百年前因兰彻斯特家族杀死了我们的守护兽奇美拉，导致我们的统治地位被弥诺陶洛斯一族推翻。当时我们整个家族都被处决，只有我外祖母怀着我母亲，带着一名随从，穿过通道逃到地球，一直在山林中隐居，才躲过一劫。后来我母亲与这名随从诞下了我。结果我们被前来地球的异兽发现了，它们要对我们赶尽杀绝，我的父母就那样被咬死了，直到我遇到了您。我们皇族的族群记忆可遗传，这也是能成为皇族的原因，我说的这一切，都是刻在基因里的记忆。为了躲过追杀，也为了生存，我拜托一位医生为我做了手术，将双翼去除，之后一直蛰伏在人类世界。一名翼人失去双翼，就好比鱼失去鳍，鸟失去翅膀。可我做这么大牺牲，并不为有一天重新夺权统治异兽世界，而是为了……"

第八章 愚者们

穆云突然打断了他:"你专程来找我,不是来给我讲你家族故事的吧?"

"当然不是。"

"那你要说什么?"

"在你们看来,所有异兽都是入侵者。可事实却是——我们并不是入侵者,我们只是想回家而已。"

"回家?回什么家?"

"这里。这脚下的每一寸土地,都是我们的家啊……"

"你是说,地球是你们的家?你们本来是地球上的生物?"

南宫苦笑:"对。"

南宫以为男人会花很长时间去理解他的话,甚至不一定会相信,可男人并没有在这个问题上纠缠,反而问道:"你既然肯告诉我如此不可置信的真相,一定有证据了,否则我是不会相信的。别告诉我只是什么遗传记忆。"

"你存储卡里的就是证据。"南宫盯着穆云的眼睛说。

"存储卡?"穆云一下子紧张起来,存储卡的事他没向任何人承认过,包括公爵也只是怀疑他手中有这份资料,而这名少年却肯定地说了出来,"你到底是谁,和研究所的事情有什么关系?"

"没有关系,请相信我。"南宫非常诚恳地说,"我之所以知道你有存储卡,是因为沈放向我求助后,我通过我们的渠道做了一些调查。"

他所谓的渠道,是指本用于研究所做实验的活体异兽。研究所出事后,猎户座派人来转移这批实验异兽,但还是让异兽逃掉了一些。南宫找到了它们,并从它们那里掌握了一些研究所内部的情况。毕竟研究员进行秘密操作时,可能会避开无关紧要的

零日传说 Ⅱ · 长夜

人,却想不到要避开本是用作实验的动物。南宫由此得知,那个印度青年曾将研究资料拷出了一份。之后青年去找了穆云,不用想,这份资料一定在穆云手里。

穆云没追问南宫的渠道是什么,如果南宫真是破坏研究所的凶手,没有必要这么跟自己浪费时间,他问南宫:"那你知道那个失踪的研究员的信息吗?"

"他是关键线索,我们调查过,但没能找到他。只知道他是以前一个中国研究员带的学生,两人情同父子。"

向俊达!穆云心中一阵惊喜,这就能解释他为什么知道自己的名字了,这也是他能用向俊达身份给自己发消息的原因。但穆云并没有表现出来。

"你说的事情,我需要再确认一下。"

"可以,但请尽快,时间不在我们这边。"

"没问题,感谢你给了我重要线索。一旦确认,我会立刻与你联系。"

穆云再次坐到电脑面前时,不由得想起了那些多年没联系也不可能再联系的老友。

知道那个年轻人是向俊达的学生后,穆云对猜出密码更有信心了。

然而,试了几个可能的密码,仍然没有成功。

穆云有些气馁,又有些恨自己在计算机方面的无能。

要不还是找那几个小鬼帮忙吧。他盯着那个试了无数次的密码框,几乎就要放弃了。

请输入密码(3位)。

第八章　愚者们

突然，穆云心中一惊。

对，如果"3位"不是指密码是三位数，那就是曾经那三位意气风发的猎人。

而且还要和向俊达有关！

穆云从衣柜深处翻出一个黑色封皮的笔记本。纸页已经泛黄了，他从封套内侧抽出一张照片。

照片上，穆云、林修平和前任先锋官还是意气风发的青年，照片右下角印有拍摄日期。那一天是林修平被授予赤金猎人徽章的日子。他们三人站在和平饭店门口，穿着当时最流行的运动夹克。

后来有很长一段时间，这张照片被他镶在相框里，摆在书桌上最显眼的位置。

有一次，向俊达来家里做客，正好看见了这张照片。他拿起它端详许久，两人还聊了很多关于这张照片的故事。而向俊达有过目不忘的能力，记住照片右下角的日期对他来说，易如反掌。

穆云定了定神，在对话框里输入了三个数字，那个日期的前三位。

没有任何反应。

穆云颤抖着手，尝试着又输入了那个日期的第四位数。

可以输入！密码不止三位！

穆云触电般又连按了两次按键。

六位数的日期全部录入了密码框。

鼠标变成圆圈转动，电脑主机发出滋滋的运行声，风扇哗哗响着。数秒的等待后，存储卡打开了。里面包含一个文件夹，和一个TXT文件。

零日传说Ⅱ·长夜

没有蓝屏！

穆云屏住呼吸，点开了那个TXT。

这是一份说明：

文件夹中包含了所有研究资料，分为图片和数据两个部分。为了便于你们理解，我将用最通俗易懂的话把结论写在这里。

注意，虽然现在看到这行警告可能已经晚了，但还是要特别说明：这份资料不能拷入任何接入网络的电脑或任何移动设备，只能在脱机状态下查看。否则会被他们（它们？祂们？）扫描到，阅读者也将陷入危险之中！

以下是本次研究的结论……

午后的永安小区静得可怕。这间不足四十平方米的开间里，只有墙上的挂钟发出嘀嗒嘀嗒的声音。

穆云静静读着这份文档。

他并未被这个结论震惊，反而感到醍醐灌顶。原来如此！好像从一团乱麻中拎出了一根关键的线，脑海中那些关于异兽的疑惑一一被解开。

可是……不对。

还有一个最大的死结横亘在那里。

还缺少一个关键的点。

穆云又重新读了一遍文档，可是文档中并没有这方面的解释。他打开文件夹，开始仔细浏览其中的图片和数据。这些资料有很多专业词汇，他读起来非常吃力，只能说似懂非懂。但他还是尝试着去理解，以解开这个最大的死结。

第八章　愚者们

时间一分一秒过去，天色渐暗。他坐在椅子上思考着，整理着脑海中的内容，如一尊雕塑。可他仍旧解不开那个死结。

缺失的关键部分，就是那个印度青年提到的"监视者"。连他也不知道"监视者"是谁，要想弄明白一切，必须找出研究所事件的真凶。

那么，只有再请那个兽人小子来解释了。

树城老区的一处市政公园，昨天的同一把铁艺椅子上。

"我相信你们是地球生物。"穆云承认了对方没有欺骗自己，"兽人和人类的基因相似程度超过99.9%，狮鹫的基因中能完整拆分出狮子和鹰的基因。如果说你们是外来者，太不符合常理了。唯一的解释，就是你们也是原生物……"

"长官，您说错了一个字。并不是'我们也是原生物'，"南宫加重了"也"的发音，"而是，我们才是原生物。"

男人浑身一震。文档里提到过，根据研究结果来看，地球上的所有生物更像是对应的异兽被剔除某一段基因表达后的产物。这不像自然演化的结果，更像是某种更高级智慧的外力干预……他控制住表情："你是什么意思？"

"我刚才说过，我们族群的记忆会通过遗传保留下来。因此虽然通过基因转录有所损耗，但我脑海中仍留存着一些上万年前的画面。"

南宫讲述着一万多年前发生的事，真相如同拼图一般，在男人脑海中一块块拼凑成一幅完整的图景。存储卡里的内容有个怎么都解不开的死结，它此刻正随着南宫的讲述而逐渐散开。所有线索如同理顺的麻绳，齐整地扭成一股，直指最终的真相。虽然

零日传说 Ⅱ·长夜

这个真相如此令人震惊，但也是唯一合理的解释。

原来如此。

原来如此！

男人站起身，走到少年面前，拍了拍他的肩："南宫羽，是你的名字，对吗？"

少年脸上一红："其实这名字是我学习人类语言后自己取的。老实说，我没有名字。"

"谢谢你告诉我这一切。"男人蹲到他面前，"前阵子我听说有几头狮鹫救走了即将被清除记忆的白凌霄等人，也是你安排的，对吗？"

"现在，狮鹫族群是我最忠心的将士。它们不会再主动攻击猎人了，如果您哪天遇见它们，也请手下留情。"

"所以我们并不是敌人？"

"对，我们翼人只想回到家园，寻回自由，从没想过与你们为敌。可是……可是现在异兽世界的统治者，弥诺陶洛斯一族并不这么想。它们自我催眠，已经忘了真正的敌人是谁，只想杀尽人类，重回地球享乐。这些日子我重新出现，奔走后有不少曾经的异兽部下选择站在我这边。如果弥诺陶洛斯发动大规模攻击入侵，我们会站在人类这边，助你们一臂之力。之后，希望你们也帮助我们一次，一起与真正的敌人战斗。"

"我明白了。只是，你为什么选择跟我说这些？我在猎户座里没什么声望，不一定办得到你托付我的事，甚至不一定能说服他们采用我的战略。你完全可以找其他人。"

"我不相信其他人。而且，"南宫顿了顿，"穆云不一定办得到，林修平一定可以。"

第八章　愚者们

男人站起身："我试试吧。"

"要快。它们已经准备得差不多了！"

"我知道了。"

"还有，研究所的科学家之所以疯掉，是因为他们接近了那个一万多年前的真相。"

"这个真相不该被人类知道。这会阻碍他们。"

"是的。所以，抱歉。我给您说这一切，其实是令您陷入了危险之中。"

"没关系。这是我的责任。"男人脸色一肃，这是"穆云"很少出现的表情。

果然没找错人。南宫道："多谢。拜托您了。"

南宫离开后，男人在街上慢慢走着。

清明之后，树城就总是下雨。小雨淅淅沥沥洒下来，穆云背着手，走在雨中。

根据南宫给出的信息，研究所事件的前因后果已经清晰。得知真相的他心情并不轻松。他需要思考一个对策，以及，究竟什么时候向猎户座公布这个真相才合适？

街道上，背着竹筐卖麦芽糖的大婆将手中的铁片敲得叮叮当当响，骑三轮车的大汉一声声高喊着"收废品，收废品嘞"。他们仿佛演奏着老城区的鸣奏曲，可总不见有生意。

人类啊，只是被"制作"出来的吗？被"制作"出来的目的又是什么呢？

第九章　同伴

1

南宫回家时,看到了在他家门口坐着的叶乔。他还没见过叶乔这么没底气的样子。

叶乔站起来,走到南宫面前:"对不起。"

"怎么了?"

"赤瞳被……捉走了。"

"什么?"正要开门的钥匙哐当掉在地上。

"是兰彻斯特公爵。还有……我父亲。抱歉,是我父亲。因为我,他们找到了它的藏身之所,趁它不备,麻醉了它。"

"什么时候的事?"

"昨晚。"

"怎么不早告诉我?"南宫懊恼地问。

第九章 同伴

"对不起。但你不要太担心,它没有生命危险。"

昨夜,叶乔思考了大半个晚上,最后,她做出了选择:先坦承自己造成的后果,至于谁更值得相信,她想由自己判断。

长久以来,叶乔一直坚定地相信父亲,相信猎户座,结果呢?父亲显然和公爵一起,在进行某种不便言明的计划。否则,得知她被狮鹫救下后,若南宫和狮鹫的确居心可疑,父亲理当劝诫她离它们远一点,而不是拐弯抹角向她打听狮鹫的下落和南宫的秘密。在本来就知道狮鹫救了女儿的情况下,却趁狮鹫听女儿所言停止攻击时偷袭它,这种行为叶乔无法认可。

再说猎户座,明明暴风骤雨倏忽即至,各方势力却难以团结一心,它早已像一面充满裂痕的镜子,再有点外力冲击,就会破碎。前段时间,猎户座简单粗暴地将她和她的战友归为叛徒,这样的组织,还是那个曾经信仰一般的存在吗?

所以,叶乔实话实说,告诉了南宫前因后果。

"算了,这不怪你。"南宫语气缓和下来,"他们带它去哪儿了?"

"对不起,我不知道。"

南宫眉头皱了皱,他似乎想通了一件事。这几月以来,听命于他的异兽中,有不少都莫名消失了,导致他的势力受到不少打击。他甚至怀疑,是否因为他给异兽部下传达了不得主动伤害人类的指令,才使得它们被偶遇的猎人杀死了。现在他把两件事联系了起来,难道说,有猎人在捕捉异兽?

"他们捉异兽干什么?难道还有什么研究吗?"

"不清楚,"叶乔茫然地摇着头,但她的神色很快一振,"但是,南宫,这事是我的责任,我会找办法解决。"

· 415 ·

零日传说 Ⅱ·长夜

　　昨晚想通后，叶乔立即联系了索伦，拜托索伦帮着打探一下公爵是否捉狮鹫回了奥地利，以及公爵究竟捉这些异兽去干什么了。索伦十分讶异于叶乔的请求，但还是痛快地答应了。为此，叶乔承诺以后索伦有需要帮忙的地方，她将义不容辞。另外，她告诉索伦只需帮她打听就好，其他事宜不必再劳烦，如果公爵的确将狮鹫带去了奥地利，她必须亲自去解决。

　　"你不必太自责。至于公爵那边，我会找机会跟他聊一聊。"南宫说。他琢磨着，要想人类与他统一战线，公爵那边的势力也必须拉拢。迟早有一天，他需要说服公爵。

　　叶乔说："南宫，今天我来这里，是因为出了这么大的错，我必须向你说明情况。但这一切由我造成，并不需要你费心帮我收拾烂摊子。给你添麻烦了，抱歉。虽然我的立场不允许我对你百分之百信任，但不管怎样，我会尽我所能救出赤瞳。之后的事，之后再说。"

　　"你别这么说，赤瞳出事，我怎么可能什么都不管？说不定兰彻斯特公爵未将赤瞳带走，我们可以先去周边的郊外找找看。"

　　"那好。反正也要等索伦的消息，就先去周边找找看吧。"

　　这个时候，叶乔手机上收到了小白发来的消息："队长，你还在生我的气吗？"

　　"生什么气？"叶乔有点无语地回过去。

　　这个白凌霄能不能别没头没尾来这么一句？添乱。

　　收到回复，小白立马打来了电话，叶乔一接起来，就听到他在那头絮絮叨叨地说："泥巴的事啊，还有我们学校的火灾……我一直在关注微博上的舆论，现在基本上大家都认定火灾里出现

第九章 同伴

的那个怪兽影子,就是无人机搞的鬼。"

"我嘱咐过何念念关注这个,只要不明生物这个方向的舆论没有进一步发酵,就不用太在意。放心吧,网上每天都有新热点,网友忘性很大的。我有别的事要忙,已经没在意这件事了。你还有别的事吗?没有我先挂了。"

"哎,等等等等,别挂呀。你在忙什么?有任务?带上我吧。穆人叔说他会自己调查研究所事件的真相,都不带我们玩。"

叶乔想了想,多个人帮忙也不坏,于是告诉小白赤瞳被公爵劫走这件事。

"什么?那个公爵不远万里跑来,就为了活捉一只异兽?他又要偷偷搞什么事?"电话那头,小白大呼小叫着。

"来不来?我和南宫打算先去附近找找看有没有线索。"

"来。给我说个地点,我以最快速度赶到!"

"就到烂尾楼那里会合吧。"

"好。"小白想了想自己的余额,"对了,坐公交车会很慢的,打车又很贵,你能不能……"

"来接我"三个字还没说出口,叶乔就回话了:"少废话。一小时后见不到你,我们就继续行动不等你了。就这样,待会儿见。"

"什么嘛……"小白嘀咕着收起手机,这才想起要是摩托车还在就好了,可刚这么一想,便又伤心起来。南宫的摩托车上次蹭了漆推到薛荣的店里,薛荣还没来得及修就牺牲了,之后小白刻意避免去那里,就一直没有取回。

他背上装着武器的包,一路朝公交站跑去。他本来还想再叫上沈放一起的,但这些日子沈放总不见人影。叶乔给他规定的时

· 417 ·

零日传说 II · 长夜

间很紧迫,就算通知了沈放也赶不过去,便没有给沈放电话,反正也不是什么大事。

到约定的地点本来需要转三趟车,但等车很耽误时间。小白决定从大学城搭车到市区,再跑到烂尾楼那边。

当白凌霄气喘吁吁地赶在叶乔规定的时间内去到烂尾楼,FJ酷路泽已停在路边等待。叶乔从车窗中伸出头喊道:"上车。"

小白屁股还没沾着车座,叶乔就一脚油门开了出去:"你来之前我和南宫已经查看过这里了,暂时没什么发现。我只记得昨天他们捕捉赤瞳后,是从这个方向开走的。"

"队长,你不觉得这是去机场的方向吗?公爵多半把它运回他那大得吓人的豪宅中了。"

"是的,我已经拜托索伦这两天帮我注意公爵的动向了。但在收到消息前,我不能什么都不做。这个方向的确是去机场,同时也是出城的路。我们去野外看看,公爵就近把它藏在了某个地方也说不定。"

"好。"

往出城的方向开了四个多小时,下高速,绕小道,上泥地,路边先是高楼,接着是平房,再之后是农田。现在,他们绕进了荒无人烟的丘陵地带。

要再深入,需翻过一片约有几十米高的乱石陡坡。一股细小的山泉从陡坡上缓缓流下,形成溪流在地上潺潺流淌着。潮湿的地面上长着青草和苔藓。

哪怕是越野车也没法继续开了,三个人下了车,往山林里前行。他们攀过陡坡,前方是四周绕着矮山的腹地。

第九章 同伴

不远处的石壁上有一个洞,他们打算穿过腹地去那里看看。

昨天刚下过雨,山中的空气很是清新,令一些气味难以隐匿。行进到腹地深处,南宫突然皱着眉头道:"有兽类的气味。"

"会是赤瞳吗?"

南宫摇摇头:"不像。"

叶乔右手反握住背后的刀柄:"小心一点。"

"山里有点兽类的气味不是很正常嘛……"小白大咧咧地说。

温柔的阳光落在他们身上,离他们不远处的树枝发出哗哗的响声。这声音在山林中本没什么特别,但南宫和叶乔都注意到了其中的异样——

今天并没有风。

两人交换了一个眼神。

"你们那么紧张干吗?"小白不明所以。

叶乔做了个噤声的手势。

此刻,三人同时感到一股凉意。

不知何时,照在身上的阳光消失了,地上出现一块迅速扩大的阴影。小白抬起头,只见一只巨大的鸟正慢慢展开它的双翅。它的双翅大概是一种可以延展的膜状结构,像肥皂泡般不断撑大,上面流光溢彩五颜六色,从几米到几十米,最后到几百米,无穷无尽地将整个腹地包裹其中。

就算是异兽,也太不可思议了。

小白从未见过这样的阵势,惊讶地大叫:"卧槽,这是什么?"

"翳鸟。"叶乔拔出双刀,双手紧握,冷静地回答,"传说中的五彩神鸟。"

零日传说Ⅱ·长夜

2

翳鸟只存在于古书当中,《山海经》中描写:"北海之内,有五彩之鸟,飞蔽一乡,名曰翳鸟。"而猎户座极少有与之对战的记载。叶乔举着武器,面对着从未交手过的敌人,只觉得心跳微微加速,身体本能地进入了最佳迎战状态。

南宫紧缩着眉头。翳鸟这样的生物是极其罕见的,即使在异兽世界也很稀有。对方显然是有备而来,目标不应该只是叶乔和白凌霄这两名年轻的猎人……

那么,对方就是冲他来的了。

难道是弥诺陶洛斯?他们找到了这里?

正想着,一阵粗犷的笑声从前方的树丛中传来。一名差不多有两米五高的牛头人从阴影里走出:"翼人!想不到又让你活了这么久,这次看你还能逃到哪里。"

果然是弥诺陶洛斯。

小白大惊。这不就是在和平饭店的那个晚上,自己看到的牛头怪吗?小白看了看南宫:"翼人?他在叫你吗?他是什么?"

"他是一头弥诺陶洛斯,他是敌人。"南宫紧紧盯着对方,三百年前,就是这个族群害得他们翼人一族几近灭绝。

"那他是来捉你的了?"反射弧比较长的小白一开始还抱有他们跟南宫是一伙的幻想,现在终于清醒了。

牛头人看向小白,"你说对了,也不全对。本来我只想解决掉那只翼人,没想到他带来两名人类给他殉葬。"他鼻孔抽动了几下,像在仔细嗅什么,"嘿嘿,原来是你。你这少年也不简单,

第九章　同伴

竟与神兽共生了多年,多谢!放心好了,现在它已被我们妥善饲养着了,可惜的是它身上一直有股你的气味。啊对了,你猜,如果它再看见你,会怎样杀死你?用火烧,还是咬断你的身躯,再或者,一爪将你拍碎?"

小白只觉得胸腔一空,咬着牙说:"少废话。有本事先捉住本大爷再说,你不知道反派都死于话多吗?"

弥诺陶洛斯仰天发出一声战吼,翳鸟巨大的翅膀迅速缩小,很快恢复到正常尺寸。

看似体形缩小,却更适合在这山林中搏杀。翳鸟俯冲直下,披着五彩羽毛的身躯破风而来。

叶乔喊道:"南宫,拖住弥诺陶洛斯,办得到吗?"

失去双翼的翼人,战斗力大打折扣。南宫只是比人类拥有更强的力量、更快的反应,但要与一头牛头人作战,他根本没有把握。可现在的情况不允许他退缩,他只能紧紧握起拳头:"没问题。乔,你现在相信我了吧?我们翼人一脉并不愿与人类为敌,而弥诺陶洛斯则跟我们不同。希望我们能一起对付他们!"

叶乔没有表态,只说:"你先专心对付他。他的目标是你,翳鸟就交给我和小白。"说着,她挥起双刀朝翳鸟劈过去,小白紧步跟上。

两个人对战一头翳鸟?这简直是不可能的事。可南宫还来不及多想,那牛头人已经一步步逼了上来。他鼻孔中噗噗地出着浊气,像是不屑的嘲笑:"你这孱弱的翼人,居然自甘堕落为无能的改造人,怪不得你们翼人一族会被我们灭掉。你真以为改造人会帮助你吗?"

零日传说Ⅱ·长夜

"不是帮助我,是帮助他们自己。"

"愚蠢!改造人这种残缺的失败生物只会坏事。"他随手抓起身边一棵树,竟硬生生将其拔了出来,"既然你愿意同他们站在一边,我会让你们一起从这个世界上消失!"

"你根本不明白。就算你消灭了改造人,他们就会放过你吗?你明白他们的目的是什么吗?"

提到"他们"时,不可一世的弥诺陶洛斯脸上闪过强烈的恐惧:"住嘴!"

"醒悟吧,你的敌人不该是我,也不该是改造人,而是——他们。"

弥诺陶洛斯被南宫的话彻底激怒了,他咆哮着将整棵树抛来,凶狠地向南宫挥起利爪。

爆发出弥诺陶洛斯之怒的牛头人,每一枚爪锋都是致命的武器,南宫只能不停闪躲。

"堕落的兽人啊!有本事就拿出兽人该有的样子,来撕咬我!看你这样,能躲到什么时候?"

利爪,獠牙,这些都是南宫身体上不再拥有的部分。在前段日子作为猎人与异兽作战的时候,他曾为了不伤害自己的同类,而敷衍地选了把匕首做武器,且常常不使用它。现在南宫不得不承认一个他一直都在回避的事实:他已经是一个既不是人类,也不是兽人的怪物了,仅凭身体,他不可能打得过眼前这头强壮的弥诺陶洛斯。

现在他需要像一名猎人那样,与眼前这头兽人战斗。

作为猎人,最重要的武器正别在他的腰间。离开猎户座时,他交出了通信器和徽章,唯独没交出那把匕首。

第九章　同伴

　　因为他知道离开了它，没有爪牙的自己无法在异兽的世界存活。

　　南宫弯腰躲过了牛头人的又一次攻击，右手已取下别在腰间的匕首，往牛头人胸膛扎去。牛头人显然没料到南宫会有武器，刀尖扎进了他粗糙的皮肉中。他皮肤坚硬，匕首遇到些许阻力，但很快突破了皮肤的屏障。

　　一种久违的、在血肉上戳出窟窿的感觉，从金属的刀尖传递到刀柄，最后传递到南宫握住刀柄的手中。

　　南宫心中一抖。

　　啊！这是大自然中所有的野兽，最原始、最本能的死亡冲动；是嗜血的、撕扯皮肉的快感！

　　伪装人类久了，竟差一点想不起作为"兽"的本能！

　　随着刀扎进胸膛，如同爪牙在啃噬，南宫体内的兽血在一点点苏醒、沸腾。有些动作，觉得自己是"人"时做不到，但觉得自己是"兽"时，竟然轻而易举就做到了。

　　南宫咆哮一声，如野兽般，双眼盛满夕阳的余晖，张大了嘴，咬在弥诺陶洛斯的喉咙上。

　　一丝腥味在他舌尖弥漫。

　　在南宫爆发的同时，对皇族的本能恐惧占领了弥诺陶洛斯的大脑。他几乎是呆住了，一动不动地任南宫将刀捅得更深。

　　然而，就在刀尖即将戳进要害、牙齿触到动脉之前，牛头人清醒过来，一掌将南宫拍开了。

　　南宫飞出去好几米远，重重摔在地上。

　　"既然想当改造人，你已经是残缺品了！"弥诺陶洛斯踩在南宫的胸膛上说道，"如果你的牙再长一寸，或许可以夺去我的性

· 423 ·

零日传说 Ⅱ · 长夜

命,但现在,你的牙只适合咀嚼煮熟的肉类。弱者!"

翳鸟极难对付,它的双翼拥有难以想象的延展性,时大时小,令人很难准确击中。

小白已能熟练地使用盾牌进行回旋攻击,现在他是一名远程与近战兼顾的猎人,还有不错的防御属性。虽然攻击力低了点,倒是发展得挺全面。

但在翳鸟的攻势面前,他越来越手忙脚乱了:"队长,我快撑不住了,你快……"

起初,叶乔充当着攻击主力,小白在一旁协助,还觉得轻松,不知怎么叶乔的攻击突然变得迟滞,小白一下手忙脚乱起来。他回头去看叶乔,只见她一脸茫然,不知在想什么。

"喂,关键时刻,别分神啊!"

叶乔听到了那边南宫与弥诺陶洛斯的对话。改造人。改造人是什么意思?他们的对话是什么意思?

是小白的喊声令她回过神。眼看翳鸟啾啾长鸣着朝她袭来,离她已只有一两米之远,她手中的刀瞬间改为反握姿势,挥臂滑向翳鸟的翅膜。

但,来不及了。

紧要关头,一股力量一下子撞到她身上,将她推出去好几米,当她定睛一看,竟是白凌霄那个白痴推开了她,帮她挡下了此次攻击,而他本人,却被翳鸟扇翻在地,头部重重磕在乱石之上。

"刚才那种程度的攻击我能应付,不需要你用这么笨的方式救我!"叶乔急道。

第九章 同伴

这种重击之下,叶乔以为白凌霄会摔晕,没想到他很快就重新站起,打退了翳鸟的又一波攻势。

叶乔愣了愣,反应过来这是林修家"濒死之魄"的能力。

有时候,真是不得不嫉妒血脉。

白凌霄苏醒后听到的第一句话,便是叶乔的一句埋怨。他说:"我刚救了你,干吗这么凶。偶尔,你也可以放松一点,依赖一次战友吧?"

"如果我抱着那种想法,早就不知在哪次战斗中死掉了。"

两人没再说话,他们配合着向翳鸟发动进攻。速攻是叶乔的强项,她交叉舞刀,将翳鸟逼得节节后退。

随后,他们同时听到了南宫被击倒的声音。

"南宫!"白凌霄扑向那边,想从弥诺陶洛斯手中救下南宫。此时翳鸟突然改变了形态,它的双翼分别朝不同方向弯曲,在空中仿若一个巨大的太极图案,随后旋转着用翅骨朝不同方向劈斩下去。白凌霄被扫飞了,而叶乔的右肩,被翅骨尖戳出个大洞。

弥诺陶洛斯看了看这两个猎人,突然改了命令:"别管那两个改造人了,今天先把这个翼人捉回去!"

翳鸟鸣叫了一声。

白凌霄和叶乔两人无能为力地看着翳鸟双爪钩起南宫,朝远方飞走了。牛头人的身影也很快消失在远处。

"可恶!"白凌霄懊恼地一拳砸在地上,随即关切地跑到叶乔身边,"你没事吧?"

叶乔想站起来,但她的表情很痛苦。鲜血源源不断地从她肩头涌出,连脸色也变得有些苍白。

零日传说Ⅱ·长夜

"你先别动。"白凌霄脱下T恤，绑在叶乔受伤的右肩上，然后重新单穿上外套，他搀扶着因失血过多而无比虚弱的叶乔，"放心，有我在。"

叶乔表情诡异地勾起一丝嘴角。

休息一会儿后，伤口稍微凝固了，血没再渗出。白凌霄不由分说将叶乔左臂搭上自己脖子，扶她站起身，支撑着她，两人一瘸一拐往回走着。

夕阳没入山谷，天色将晚。

叶乔只比白凌霄矮小半个头，此刻她的鼻息一下一下呼在白凌霄颈上。

是什么，让少年的心轻盈地雀跃，又仿佛系上了重重的责任，而往下甘愿地一沉？

明明无风，心是被什么吹动了呢？

白凌霄偷偷去看叶乔，她正好奇地打量自己。

"你这是什么表情，怎么从刚才起就这样子？失血过多，脑子坏了？"

平时他可不敢跟叶乔这样说话。不知为什么，今天自然而然就说出来了。

叶乔也没有生气，而是问："你……是小白的第二个人格？"

白凌霄没否认。

"我只是觉得，你和小白一点儿也不像。"

"是吗？"

"可能我真的脑子坏掉了。"叶乔莫名其妙说了这么一句话。

"怎么啦。"

"没什么。"她摇摇头，随后她说着别的，"我的父亲，将异

第九章　同伴

兽捉走，用于研究也好，用于别的目的也好，对于猎人来说，这种行为无可厚非吧？"

白凌霄不置可否。

叶乔接着说："可为什么我很生气他这样做？为什么我会觉得，他不应该这样做？他又不知道南宫到底怎么回事。我为什么会感到失落呢？"

"说明你其实是相信南宫的。"

"可能我是在生自己的气吧。我一直都是非分明，就像黑和白永远不同那样，一根筋地执行着任务。可最近这些事把我搞糊涂了，所以我也把事情搞得一团糟。明明是我自己怀疑南宫，所以才被父亲察觉了赤瞳的消息，现在又怪父亲带公爵来伤害它。我都不知道自己在做什么。现在南宫也被捉走了，白凌霄，你说我该怎么做呢？"

"我无法告诉你该怎么做，但对我来说这不是问题啊。我才不管是非曲直，也不要深明大义，我只是相信自己的朋友罢了。所以我相信南宫，就是这样而已。"

"你这样，就不怕被利用、被欺骗吗？"

"嗯，被利用欺骗了，当然会愤怒。但又怎么样呢，大不了以后不再相信那个人就可以了。但至少到现在为止，南宫没有伤害过我们，所以，我还是会相信他的。一直相信到有一天发现他骗了我们为止。在这之前，我都相信他说的话。"

"就这？"叶乔无奈地笑了，这样简单的头脑，该说是纯真，还是傻？但似乎简单一些，比较容易快乐。想太多，容易心事重重，反而看不清事情的真相。

"我想，沈放和阿星，一定也是跟我同样的想法。"

零日传说 II · 长夜

"我好像明白了。"

突然,白凌霄又感到一阵心悸。

叶乔看他脸色发白,担心地问:"你怎么了?"

白凌霄挤出一点笑:"没什么,只是心脏有点难受,都好几次了。可能是我这个意识还不太适应这副身体,所以每次出来久了都会有不舒服的感觉。等恢复原本的意识就好了,不用担心。"

"真的没事?"

"嗯。放心啦。"白凌霄说,"今天我们先回去,这两天你好好养伤,等索伦那边的消息。我相信弥诺陶洛斯暂时不会伤害南宫,否则刚才就可以直接杀了他。我估计牛头人是为了拿南宫威胁其他那些忠诚于南宫的异兽。"小白想了想,"南宫应该是被捉去它们位于地下的老巢里了,而要去地下的话,就需要有异兽给我们带路。对了,我们找回赤瞳就行,它一定能带我们去救南宫。你别想着自己去,要叫我一起,听到了吗?"

"嗯。"不知是不是失血太多大脑供血不足的原因,叶乔居然很听话地点点头。

说话间,两人回到石壁前。他们必须再翻回去,但受伤的叶乔显然有些力不从心。

白凌霄在前面攀着,每上一块石头,再转身把叶乔拉上来。

快到顶时,他感到身体一晃,脑子瞬间有些空白,随即,突然发现自己正拉着叶乔的手。他吓得吞了口唾沫,赶紧将手甩开,涨红了脸喊道:"队、队长……我……我……"

叶乔一诧,旋即明白了是怎么回事:这个人又变回了平日里的小白。

第九章　同伴

"拉我上去啊！突然松手我会摔下去的，笨蛋！"

"哦，对不起，我……我错了……"小白紧张地拉起叶乔，两人费力地翻着石壁，一时没有话说。

小白心里无限失落起来。

好比有一天，本是遥不可及的水中月镜中花真正出现在你触手可及的面前，你明明稍微勇敢点，就可以交出全部的心去全心全意地喜欢它，但是你敢喜欢吗？你不怕伸手去触摸才发现它还是只在水中镜中的那种沮丧的感觉吗？所以你连手也不敢伸，只想让这种幻觉久一点，再久一点，好像自己即将就要拥有它一样。只要不揭穿，不打碎，不醒来，它就会一直一直在自己身边存在着。

可是，连手也不敢伸出去，不就永远也够不到吗？

你是选择伸手去试试，还是懦弱地永远不再进一步地守在旁边？

他们好不容易翻过石壁，再往前走一段路，就能回到车里了。月光笼罩着他们，小白小心翼翼地问："我和他很不一样，对吗？"

"他？"

"呃，就是……我晕过去后会出现的那个人。"

"你在说什么。不都是你吗？"

月光好像照进了小白的心里，此刻，他心中亮堂起来。

无须再得到更多，这样就可以了。他几乎控制不住自己的面部表情，不由自主一脸傻笑。

3

新德里街头。

穆云坐在出租车上,不停给南宫打电话,可电话怎么也无法接通。

他额头上冒出冷汗。

他再次来这里,是为了证明自己心中的一个猜想。

因为自己的调查是得到猎户座高层认可的,因此虽然之前在这里被当作疑犯关押,但当他要求与那些疯了的研究员见面时,还是顺利地得到了许可。

反正那些人都疯了。看押者想。

那些人已经无法正常交流了,穆云问什么都答非所问,直到他小心地问出那个问题:

"喜欢看电影吗?《异形》,还是《变形金刚》?"他在手机屏幕上调出两部电影的图片。

那些研究员突然发作了,他们惊恐的表情让穆云都后退了两步才站稳。

就在那一刻,他突然想到一个自己不该忽视的问题:既然他们不愿让人类知道真相,那泄露这个秘密的人,岂不是更危险?

当确定南宫的电话果然无人应答时,穆云的心重重地沉了下去。

他心乱如麻。如果说研究所的计算机因为接入网络而被"他们"扫描监视到的话,南宫只不过是通过私下行动来向他说明真相,而且他和南宫交流的场所经过精心挑选,并没有监控,这难

第九章　同伴

道也会被监视到?"他们"的监视范围到底到了什么程度,如果地球上的每个角落,每个人的一言一行都已经被监视,这几乎是不可想象的可怕。

半小时后,直到穆云搭上回树城的"深渊闪电",南宫的手机仍没拨通。

他没办法,只得联络叶乔,那边一接起通信器,他便焦急地问:"南宫呢?你知道南宫去哪儿了吗?"

那边沉默了一会儿:"穆长官,南宫被……捉走了。"

"你说什么?"向来沉得住气的穆云忍不住喊出来。

"长官,南宫之前说要见您,他和您见过了吗?"

"见过了。"

"他跟您说了什么?您觉得他……可信吗?"

"不知道。你们在哪里?好,一会儿站点见。"

穆云迅速结束了通话,他现在已经精神紧张到不敢在电话或者通信器里说太多了。

刚出薛荣的店看到叶乔,穆云立刻把她拉到一边问:"南宫跟你们说过什么了?!"

"就说弥诺陶洛斯一族才是我们人类真正的敌人,而他其实只想与人类和平共处。还说我们应该联合起来对付弥诺陶洛斯率领的势力。"

穆云稍微定了定神,至少南宫还未把一万多年前的那个真相告诉这帮孩子,那么,这帮孩子暂时应该不会有危险。通过这些天的调查,他基本能确定南宫跟他说的那些事是事实,无论听上

· 431 ·

零日传说Ⅱ·长夜

去多么离奇。他没否认叶乔的话。

见穆云没回答,叶乔补充说:"那……长官是认为他可信了?我……也是这样认为的。"

"嗯。"穆云没有听出叶乔心里的轻松,"小白呢,他没事吧?"

"昨天我们一起回来的,他没事。对不起,我们没能救下南宫。"

"你是说,他被捉走时,你俩在场?"

"是的。"

"当时具体情况什么样?"

"是一头弥诺陶洛斯,带着一只鹥鸟。他们好像确实跟南宫不是一派,一直在追杀他。打斗时,我听到他还说了一句有些奇怪的话。他说我们是……'改造人'。"

"是弥诺陶洛斯捉走他的?"

"对。"

原来是虚惊一场,穆云长长松了口气,重回镇定:"好,我知道了。辛苦了。"原来刚才是个误会,南宫的失踪不是"他们"干的。

这么看起来,"他们"仍只能捕捉网络中的信息,并不能随时监控每个人。这样的话,还算没那么难对付。

他们并不是万能的。

"长官,还有一件事。"

穆云已经完全恢复了沉稳的语气:"你说。"

"南宫有一头狮鹫,就是来救我们的,被兰彻斯特公爵和我父亲捉走了。我不知道他们捉它去干什么。我和小白都认为,既

· 432 ·

第九章 同伴

然对找到南宫毫无头绪,只有先找到那头狮鹫,说不定它知道去哪儿能救南宫。我已经拜托了索伦从公爵那里打探狮鹫的下落。"

"可以。"

"您……同意我们去找狮鹫,也同意我们救南宫?"

"怎么?"

"长官,按理说,我们大费周章去救一名兽人,在您眼里看来,应当是一件得不偿失的事。我本以为,通过权衡,您会劝我们放弃他。"

"要救的。"穆云笃定地说。在之后的某个时间,那个真相必须让所有猎户座高层知道,而南宫是关键角色,他必须好好活着。

"那,我一旦收到索伦的消息,就马上出发。"

"好。这件事情交给我,我相信只要我出面,公爵会把它送回来的。"

"长官,请允许我跟您一同去。"叶乔又补充道,"还有,白凌霄也……"

"也罢,你们随时做好准备。"

"是,长官!"

4

叶乔在请求索伦帮助的一周后收到了他的消息,狮鹫果然被公爵带去奥地利了。她马上汇报了穆云,又叫上白凌霄,三个人迅速朝奥地利出发,搭"深渊闪电"。

球舱呼啸着在隧道中穿行,最后停在位于奥地利的站台。

零日传说Ⅱ · 长夜

　　这个站台不像其他大多数站台那样，在闹市伪装成某种店铺。它位于格拉茨郊外，隐蔽在一团茂盛的灌木之中，与公爵府后院相连。

　　小白有些感慨，高三以前他连省都没出过，没想到这短短一两年的时间，他都快跑遍全世界了。

　　他们拨开灌木走出去，看见索伦已在不远处等候。

　　他开来一辆越野车，车就停在旁边。小白只认出了车头上奔驰的车标，倒是叶乔敲了敲车身，赞道："G65，果然名不虚传。"

　　"代步而已，我们要去的地方路况比较复杂，只能开它了。"索伦说。

　　几个人钻进车里。

　　索伦发动汽车，踩下油门，一边驾驶一边说："去年我的伙伴被狮鹫杀死后，我就发誓要亲手解决掉一头，没想到至今也未达成。"

　　大家一时不知道怎么接话。索伦还不知情，不知道他们不仅要找到狮鹫的下落，还要救出它。该如何跟索伦解释这件事呢？

　　索伦接着问："乔，你让我打听它的下落，是想做什么？"

　　"抱歉，我知道这个请求让人很难理解……"叶乔想着该怎样向索伦说明。

　　结果索伦并未追问下去，只道："放心，我既然答应了帮你，就不会食言。"

　　"谢谢，让你为难了。事情结束后，我们会给你一个解释。"

　　索伦自顾自说着："我父亲欠你们的。只要可以力所能及地偿还你们一些什么，我会尽力。"

第九章 同伴

"公爵或许有他的立场。"

索伦笑了笑,像是不屑。"记得给我一个解释。帮助你们打探狮鹫的下落是一码事,但亲手了结那头异兽的机会,请留给我。"

"呃,我倒认为,它杀了我们中的谁,或是我们杀了它们中的谁,出于种族对立的立场,可以理解。"小白琢磨着措辞,"为什么要归结于个体的仇恨呢?"

"你知道,有些事,理智上可以谅解,情感上却很难接受。我无意冒犯,只是想问,换做是你,倘若是当初杀死薛荣的那头异兽在你面前,你会如何做?还会说出放下仇恨之类的话吗?"

小白一怔:"……我做不到。"

"就是这样啊。"

大家沉默了一阵。越野车一路往西北行驶,穿过平原上的国道,渐渐进入山地。在山区又行驶了一阵,他们开入一处山谷。

山谷腹地,一个驯兽处豁然出现。数十只铁笼整齐地呈"田"字形排列,中间穿插着巡查的小道。不远处的高地上,有一幢两层的简易房屋。

索伦说道:"你拜托我打听公爵在做的事,我已经知道了。他计划驯服一支异兽部队,为他而战。那头狮鹫也是出于这个目的而被捕捉的。"

小白惊道:"驯服异兽为他而战?这种事怎么可能?"

没想到向来与公爵性格不算相合的穆云却由衷地感慨:"不愧是兰彻斯特公爵。伟大的想法。"

"欸?穆大叔,你真的觉得这个做法可行?"

零日传说Ⅱ·长夜

"千百年来，猎人向来只知与异兽硬碰。无论成功与否，公爵这个想法都很超前。"

"我不认可父亲的做法。"索伦道，"两个种族相争，不是你死就是我亡，想让一支异兽部队帮他与其他异兽作战，不过是妄想罢了。"

"你又怎么确定，这就是两个完全对立的种族？"穆云耐人寻味地问。

所有人愣了愣。

"穆长官有何高见？"最后，还是索伦问了出来。

穆云却笑着说："我只是随便说说。"

叶乔问："我父亲……跟公爵一同在做这件事吗？"

索伦点头："你那天拜托我后，我便开始注意公爵的行踪。结果过了好几日才有机会跟踪他发现了此处，当时叶先生并未跟他在一起，不过平日里，他俩就此事有过多次交流。结合公爵往日的举动，我多少也能猜到他的计划，只是往日我并没放在心上。发现此处，算是证实了我的猜想。"

原来父亲在做这样的事。只是想训练一支异兽部队而已。不算什么不可原谅的做法。对吧？叶乔在心里问自己。

谈话间，车已经停了下来。一行人往驯兽场走。

远远就可以看见，公爵正站在一只铁笼前，死死盯着铁笼中的动静。铁笼中，那头狮鹫有气无力地窝在角落里。布鲁拿着一块肉挑逗它，但它完全不为所动。

小白抓住穆云的胳膊："穆大叔，你不会打算就这么直白地去让公爵放了狮鹫吧？"

"不然呢？"叶乔问。

第九章 同伴

"我们先躲起来,等公爵走了,再偷偷去把赤瞳救出来好了。赤瞳会听我们的。"

"你不了解他。"索伦说,"除非他同意,不然没有人能偷偷放走这里的异兽。"

"可是,用脚指头都想得到,他不会同意我们的请求吧!他辛辛苦苦抓来的,凭我们几句话就放了?"

穆云说:"那要看怎么说了。"

从车驶入这片山谷的那一刻,公爵就已经知道他们来了。

公爵并不打算对穆云隐瞒,他只是不甘。

不甘几个毛头小孩可以驾驭的狮鹫,竟对自己丝毫不理睬。

看见来人走近,公爵挥了挥手,布鲁将肉放进狮鹫面前的食盆,默默退出铁笼,站到了远处。

穆云对几个孩子说,你们先待在这里,我去跟他谈。

他走到笼子前公爵身旁,公爵无事人一般,笑问:"穆先锋,你应该知道最近又牺牲了不少猎人,不好好在中国待着,多杀几头异兽,跑来这里做什么?"

"是我唐突了。我这次来,是有一件事想请公爵阁下帮忙。"

"何事?"

"听说阁下驯服了一支听命于你的异兽部队。"

事实就摆在眼前,公爵没再掩饰,只说:"略有所成。"

"我方有个年轻人,被异兽捉走了。我们不知如何才能找到他,只好来求助于公爵阁下的异兽部队。希望阁下能借这头异兽,它或许能帮我们找到那名年轻人。"

"我为何要帮你?"

· 437 ·

零日传说 II·长夜

"阁下没有任何理由帮我们,就像我之前没有理由给你那些数据一样。"

"数据。"公爵脸上毫不掩饰地露出大惊大喜之色,"你果然还是承认了,我一直确信那个印度青年给过你数据!"

穆云推诿:"之前没直接承认,并不是有意隐瞒公爵阁下。只是那几个孩子在场,不想让他们卷入这件事。"

公爵知道这是穆云的托辞,但也知道他不想让孩子们卷入并非虚言。他道:"怎么,现在你愿意拿来交换了?想不到这头狮鹫这么值钱。"

"不是交换。狮鹫只是借用,数据却是赠送。"

公爵笑道:"哈哈,穆先锋果然大度。但很可惜,驯兽虽略有小成,要这狮鹫听命却还有待时日。不过,穆先锋既然指名要借狮鹫,想必一定是有让它听话的办法?"

穆云看了看公爵,也跟着笑起来,"公爵阁下果然不做亏本买卖。"他对站在不远处的那几个孩子喊,"小白,它要跟我们去救人,没力气怎么行?"

小白当然明白穆先锋的意思,他几步小跑到了笼子前,对着赤瞳吹了一声口哨,喊它的名字。

狮鹫终于抬起了头,看到是和主人厮混在一起的好友,竟然挣扎着想要站起。

小白心疼地指了指它面前的食盆,说:"快吃点东西,我们好走。"

狮鹫竟似听懂了一样,将里面的大块肉一口吞了下去。

公爵大悦,冲远处的布鲁喊:"快!再拿几块肉来。还有水!"

第九章 同伴

狮鹫快速吃下了食物,恢复了不少体力,竟然抖了抖双翼。

公爵笑了,"不愧是猎师四脉之一林修家的后人,打异兽不怎么样,倒另辟蹊径出一条让异兽听话的办法。"他转向穆云,"让狮鹫去帮你们也不是不可以。不过除了刚才谈成的条件,我再补充两个:第一,还回来时,得让它同样听我的话;第二,不介意我同去吧?"

穆云没想到公爵会提出一同行动的要求,但他略一思索,公爵跟去影响不大,此时无须跟他就这些细节纠缠,便同意道:"多谢阁下。"

5

白凌霄、叶乔、穆云、兰彻斯特公爵一行人带着狮鹫,来到南宫羽被弥诺陶洛斯捉走的地方。

一到这个地方,赤瞳就狂躁起来。它嗅到了自己主人的血的味道。

小白拿了南宫的衣服给它闻。虽说多此一举,但还是要做样子给公爵看。

赤瞳更加暴躁起来,小白只好松开它的双翼,让它飞上空中侦察。

这是穆云跟公爵提出的要求:必须放手让它查找,如果丢失了,他穆云负责二换一,再给他抓一对。

狮鹫的视力和嗅觉都无比灵敏,虽然翳鸟是从空中带走的南宫,但沿途血迹的味道逃不出它的鼻孔。

最后,狮鹫停到了小白和叶乔曾见过的那个山洞前。

零日传说 II · 长夜

遇到南宫羽前,狮鹫赤瞳曾听命于弥诺陶洛斯的指挥,后来知道翼人一族血脉仍在,它才又回到了南宫身边。在弥诺陶洛斯手下期间,它与其他异兽一样,在地下的巢穴中为发起全面进攻做准备。它熟悉异兽秘密挖通的地下巢穴构造,也能大概猜到弥诺陶洛斯会把南宫羁押在哪儿,加上血液气味的指引,它确定从这个洞进去不会太远。

公爵打量着这个洞口,和其他异兽地下巢穴的入口无异。这会不会是这头狮鹫的阴谋?被诱入异兽巢穴后,他们极可能面临团灭。

叶乔也有些怀疑,狮鹫真的会带他们去找南宫?她再一次询问穆云:"长官,前阵子我们已经确认,有数量难以估计的异兽藏到了地下,并在地下挖通了四通八达的巢穴。现在进去,会不会太过冒险?"

穆云当然相信狮鹫不会带他们踏入陷阱,但他也知道这么做的危险。毕竟,南宫是一个翼人,让这么多猎人为救一个翼人冒这么大的险,值得吗?他知道,自己此刻的决定关乎着几个人的生死,决不可贸然前进。

小白发话了:"来都来了这里,现在打退堂鼓太晚了吧?反正就算你们不去,我一个人也会去的。你们忘记了吗,当初就凭我和索伦两个人,可也是闯过异兽老巢、救了不少伙伴出来的。何况那时我还是个菜鸟呢,现在的我已经变得更强了。"

小白说着,就往洞里迈出了脚步。

"白凌霄,别干傻事。"叶乔在后面小声喊。

"老实说,我不知道南宫现在怎么样了。但没试过救他就放弃,我做不到。以前你们被异兽抓走后,我也逃避过,想说服自

第九章 同伴

己太危险了,不要去救你们了,凭我一个人是办不到的。可结果呢,那种感觉非常不安,非常后悔。我不想再尝试那种感觉。"小白回过头,"队长,不一起来吗?"

叶乔愣了愣,释然地跟了上去:"我曾经是一个想得太多、思虑太周全的人,一定要分清什么是对和错,一定要想明白一件事值不值得。现在我觉得那样活着太累了,而世间很多事并不是对和错能分清,值不值得,也只有去做了之后才能明白。小白,这次听你的。"

穆云无奈地摇了摇头,也跟着他们往洞穴深处走去。

公爵嘴上不屑地说着"幼稚",也只得跟了上前。

他们已经进入了光线照不到的洞穴深处。

走到一条幽深的洞道尽头时,前方出现了岔口。狮鹫四处嗅了嗅气味,带着大家向其中一条走去。虽然没有垂直向下的断壁,但道路一直是往下倾斜的。

路况并不复杂。

穆云提醒道:"记住路线,如果遇到危急情况,保证在没有狮鹫带路的情况下也能及时撤退。"

小白点头,"好。"

往里走了快两小时,途中出现了四次岔道,小白专心记下了路线。现在,他们已深入离洞口约十公里的深处。

本是漆黑一片、需用头灯光源作为照明的洞中,闪动起些许火光。

火光摇曳之处,亦传来轰隆隆的异兽低语之声。这场景,和小白他们曾在地下见到上百头异兽集中誓师的场景一模一样。

零日传说Ⅱ·长夜

所有人放轻了步子，关闭头灯，一点点朝火光处靠近。

小白耐不住性子，最先走到洞口往里看，果然，前方是一个足球场大小的巨坑。他一眼看到了站在最前方高出坑底几米的土石台上的弥诺陶洛斯，之前遇到过的那只夜叉像是他的副手，站在他身旁。而泥巴，正耀武扬威地蹲在弥诺陶洛斯身后。

他心中一怔。

再仔细一看，巨坑中央有一根十字形木桩，上面绑着一个人，面前放着一堆草垛。

小白侧头，与身旁的叶乔交换了一个眼神：那个人是南宫！

以南宫为中心作一个正方形，在正方形四个角的位置上，各有一头异兽。当所有人看清那几头异兽分别是什么后，不由得倒吸一口凉气。

它们是源自亚洲的穷奇、源自欧洲的海德拉、源自拉丁美洲的羽蛇神，和源自非洲的卡托布莱帕斯。

比起四方凶兽竟已齐聚，更令所有人惊讶的是，那头穷奇明明数月前刚被封印，近日也没听说有什么异动。此时它竟切切实实出现在那里。

小白小声道："那……那不是穷奇吗？它不是已经被封印了？"

如果封印这么容易就能挣脱，难道之前所做的一切努力，就这样白费了？

"穷奇是由阁下的次元囚笼封印的，对于它的出现，阁下有什么见解？"穆云问公爵道。

公爵默不作声，他的脸色已十分难看了。次元囚笼就放在府上，若出现封印被挣脱这种情况，所造成的能量失衡少说也要掀

第九章 同伴

翻半幢房子。猎师四脉在守护封印的年月中，一旦发现封印有减弱的趋势，都会把次元囚笼带到一个荒无人烟的野外。可是，一个封印少说也能维持十数年，历史中还从未出现封印这样快被挣开的先例。何况他大概几周前刚查看过封印，彼时还一切正常。唯一的解释，是有人人为打开了封印，让次元囚笼内的高维空间进行了三维展开。

但现在他没有任何头绪，只好说："既然它出现在那里，必然是挣脱了封印。至于它为何在这样短时间内挣脱，我和你一样不知情。现在已经这样了，还是好好想想眼下这个情况要如何行动吧。"

小白担忧地说："之前不是有个预言，说四方凶兽同时出现，人类会遭到灭顶之灾吗？"

"无须在意那种预言，现实不是预言决定的。当然，它们同时出现的确不好对付。"叶乔道。

"中间绑在木桩上的那名少年，就是你们要救的人？"公爵刚说完这句话，就发觉那名少年有些眼熟。但隔得太远，他无法看清对方。巨坑之中，异兽起码有上百头之多，且大多是不太好对付的种属。此刻他倒好奇起来，目前这种情况，穆云有什么办法救人？

"是他。"穆云点点头。他的声音听起来不太轻松。

突然，站在高处的弥诺陶洛斯开口说话了。他说的是兽人语言。只听他用狂傲的语气对着南宫说了些什么，随后，众异兽匍匐在地，对他称臣。场面排山倒海，蔚为壮观。

处于危机之中的南宫倒没惊慌失措，他与弥诺陶洛斯对话的声音，平静却掷地有声。

· 443 ·

零日传说 Ⅱ · 长夜

公爵吃了一惊。
"那个少年,说的竟是兽人语言?"

南宫被捉来后,就一直绑在此处。今天是行刑的日子。

弥诺陶洛斯本可以直接杀了他,但为了震慑重新臣服于翼人南宫的旧部,让它们彻底死心,他需要进行一个具有仪式感的处决。

为此,他等待了些许时日。直到此时此刻,四方凶兽到齐了,神兽也归于自己麾下,各族兽群的头兽大多聚到了行刑现场。处决仪式即将展开!

眼看时辰就快到了,弥诺陶洛斯对南宫说道:"翼人,你们的统治早就不复存在了,即使还留下你这样一颗种子,也不要再妄想改变我们灭绝改造人的局面。你所做的举动,是兽人的耻辱。我要让所有异兽族群都看到,背叛弥诺陶洛斯的统治是什么后果;还要让它们看到,软弱的翼人余孽,将如何在火中死去!"

"弥诺陶洛斯,你说我软弱,你一再强调我是弱者。那么我问你,我们的敌人明明不是改造人,你为什么总把矛头对向改造人一方?你知道,我们的敌人是'他们'。你为何不向他们开战?"

"如果我们能战胜'他们',一万多年前的事就不会发生了。别以为我不知道,你想与改造人联合,将他们击退。你为什么总是去做不自量力的事?"

"因为他们才是我的敌人。我别无选择。"

"愚蠢之极。"

"那也总比你屈服于他们的淫威之下要好。"

第九章 同伴

弥诺陶洛斯愤怒地仰天怒吼："谁说我要屈服？我只是去做我做得到的事。我做这一切，是我们所能做的……唯一抗争他们的方式！我不像你，以卵击石，我要做，就一定做到！"

南宫的思绪狠狠震荡了一下。犹如十级地震，在他脑海中震开。难道弥诺陶洛斯并非因屈服于他们才与改造人为敌，而是打算……"你是说……"

"好了，现在既然你明白了，也该赴死了。记住，你不是因为反抗他们而死，你是因软弱而死。你们翼人一族，将永远留在屈辱史中。"

"我不认同你的做法！到底谁软弱？你连与他们正面开战都不敢，却要用那种方式……"

远处，负责计时的异兽发出鸣叫声，示意时辰到了。

"好了，你的死期到了。死人是不会有意见的。"弥诺陶洛斯不再与南宫争辩，只道，"点火。"

6

在洞口观望的几人并不能听懂对话内容。他们还没反应过来发生了什么，只见弥诺陶洛斯身后的泥巴突然直立起来，用力扇了扇翅膀，然后喷出一口气，火焰顿时引燃了南宫面前的草垛。刹那间，南宫便被焚烧的熊熊烈火淹没了。

小白不管不顾跳上狮鹫背部，抓紧了它颈部的鬃毛："赤瞳，还等什么，带我去救他啊！"

啾——啾——

狮鹫鸣叫着，急速俯冲到坑底中央。

零日传说Ⅱ·长夜

"白凌霄,你给我回来!"叶乔和穆云喊道。

可他们无力地看着小白乘着狮鹫冲入了异兽堆里,面前的坑有几十米深,他们根本没办法赶去救他。

赤瞳载着小白冲入了火海之中,小白举起刀,将绑南宫的绳子斩断,随后从狮鹫背上跳下,抱住南宫用力朝旁边一滚。待南宫身上的火滚灭后,两个人互相搀扶着站起。

他们和赤瞳被其他异兽从四面八方包围了,包括上空。数只善飞的异兽绕着他们头顶盘旋,此刻,他们就是插翅也难逃出去。

"我只是一头兽人而已。我们……连同类都算不上,你为何要冒死来救我?"南宫感激而绝望地说着。他曾想与人类并肩跟"他们"作战,在刚才听到弥诺陶洛斯的话后,他亦有那么一瞬动摇了对人类的态度。此刻他若死去,并肩作战的愿景再无实现可能,而看到不顾性命赶来救自己的伙伴,他开始懊恼自己竟动摇过对人类的态度。人类有什么错?他们出现的原因,难道能作为他们的原罪吗?毕竟在最后,竟是一名人类来救他,然后徒劳地与他一同赴死。

这就是被创造出的人类吗?

"我们大概不是同类,但我们是朋友啊。"小白说,看着眼前棘手的场景,小白故作轻松地回忆道,"还记得我们是怎么认识的吗?何念念喜欢沈放,你以为她喜欢的是我,莫名其妙地来找茬。你明明挺成熟的吧,怎么喜欢起人来这么幼稚?"

"对不起。"

"干吗道歉?"

第九章 同伴

"今天……"

"别做出那种快死了的表情。"小白说,"谁说我们今天一定会死在这里?"

在洞口观察着局势的穆云紧握手里的弯钩。他绝不可能什么都不做,让那名叫白凌霄的少年就这样送命。他数着盘旋在巨坑上空的异兽,一头,两头……十七头。共十七头。他计算着它们盘旋的路径,并掂量着待会儿弯钩出手,能收割掉它们中的多少。无论如何,他会清空出一个起飞的通道,这样狮鹫就能带白凌霄飞出来。

计划好这一切后,穆云对叶乔说:"做好撤退准备,待会儿我进攻时,你不要跟来。你现在就跟公爵一起退到上一个岔路处,在那里等白凌霄会合,负责将他安全带出去。如果南宫跟他一起出来了,你也要保护南宫。他说的话可以相信,至于以后要怎么做,你可以……"穆云看向兰彻斯特公爵,"你可以向公爵请教,由他决断。"穆云顿了顿,"兰彻斯特阁下,拜托你了。别让这几个孩子今天死在这里。"

公爵扫了一眼坑中的形势:"你要在这里做一个送死的英雄,不会有人记住你,也不会有人夸赞你。"

"拜托公爵的事,请公爵答应。"

公爵早就有过某种猜想,此刻,这个穆云作为整个亚洲区的先锋官,在明显应舍弃的情势下竟要去救两个少年,再一次印证了公爵的猜测。"看来你的运气实在不怎么样。隐退了那么多年复出,在这样的关头,竟只能拜托我帮你保护儿子。而你知道,我不过是一个为达到目的不择手段的人,不爱管这些无关紧要的

零日传说Ⅱ·长夜

闲事。林修平,你有什么理由让我帮你呢?"

听到"林修平"三个字,穆云笑了笑,只说:"之前,我答应过拿存储卡中的资料与阁下交换狮鹫的帮助。此刻我没有更多筹码让你帮我,仍然只有那份资料,但我答应你的事,绝不食言。"

公爵面色一凛。

"存储卡在我家中,夹在书柜上一本线装的《山海经》内。我书桌抽屉里有一个记事本,里面夹着张照片,上面的日期是存储卡密码。记住,读取存储卡中的内容时,计算机不要接入网络。阁下答应的带白凌霄安全地回去,同样不要食言。"

"好。"公爵从喉咙里挤出一个音节。

"白凌霄知道我家地址。等救他出去后,让他告诉你。不过,想必阁下早就对我家的地址了如指掌了。"

"别这么多废话了,先看看眼下的情况吧,你怎么确保能救他出来?"

"我唯有一试。"

听到他们的对话,叶乔在一旁怔怔地问:"穆长官,您……您是林修平前辈?"

坑底的弥诺陶洛斯认真打量了白凌霄一番,说道:"翼人,我现在大概理解你为什么舍不得灭绝改造人了。"这一次,他用的是小白听得懂的语言。

"请放了他。处决我就是了,放了他吧。"南宫第一次匍匐在地上,对着弥诺陶洛斯俯首称臣。他故意说的兽语,不让小白听懂。

第九章 同伴

围观的异兽们突然狂躁起来，有的欢呼，有的愤怒，有的惊恐，甚至有的哭泣。

弥诺陶洛斯仍用人类听得懂的语言回应："有什么区别吗？无非是让这个少年今天死，还是以后跟着改造人一起被灭绝而已。万事俱备，我的清除计划很快就会启动。就算今天放了他，他也多活不了几日。"

在上方洞口的众人再次被谈话内容吸引。

公爵讶异："改造人？是什么意思？"

"看完存储卡中的资料你会明白的。一切拜托你了。"

"还有所谓的清除计划，"公爵沉吟，"他们果然快要发起最后的进攻了。"

"叶乔，就现在，跟公爵一起撤退。我们建立一个持续通信通道，这边情况有变的话，随时联络。"

叶乔在通信器上操作着，说："您……您保重！"

穆云只说："放心，我会救出白凌霄的。"

叶乔和公爵一起，往上一个岔路口撤退着。穆云站起身，举起了手中的弯钩。

小白对弥诺陶洛斯说："喂，你吵死了，老说我们是什么改造人，还说要灭绝人类灭绝人类的，你真以为人类是韭菜，任你们随便割吗？想得也太简单了。再说，今天放不放了我们，可不是由你选择的。我既然来救人，就要把人救走。"

弥诺陶洛斯对这个少年产生了兴趣："你打算怎么做？"

小白的人生中还从没有过这样的时刻。他知道，此刻，他身

· 449 ·

零日传说Ⅱ·长夜

上肩负着所有人的好奇与希望。每一个人,每一个兽人,每一头兽,都不可思议地看着他,想看看他在这种境地下,要怎么做。如果失败了,就变成牛皮吹破的例子,不仅会死,还死得很没面子。到底能不能做到在绝境之中逆转局面?

叶乔说过,不要寄希望于救援。

只有自己是最可靠的,依赖任何人,都不如靠自己保险。

小白苦笑。这一次,他还是没有听队长的。

他闭上眼祈祷:神啊,但愿它会帮我。

他深深吸了一口气,睁开眼,正要按自己的计划行动,只听头顶传来一声大喊:"白凌霄,看准机会,和南宫一起骑狮鹫飞出这里。不用管我!"

一柄弯钩从空中回旋着飞出,以快若闪电之势割破了一头獬貐和一头狂鸟的喉咙,顿时血溅三丈。穆云跳出洞口纵身一跃,飞身扑向离他最近的一头虎鹰,并骑在了它背上,与此同时,弯钩正好飞回来,重新被他握在手中。虎鹰大愕,扑翅乱飞,穆云左手紧紧抓住它的鬃毛,右手举起弯钩,趁虎鹰乱飞之时,沿途又收割了五头飞兽的性命!

这身手令小白叹为观止,惊得钉在了原地,连自己本来的打算都忘了。

穆云催促:"还在等什么?逃啊!"

"你……你呢?"小白朝狮鹫跑去,同时看了看几十米之上的洞口,从那里跳下来容易,要再上去就难了,"我们飞走了,待会儿你怎么办?"

"不用管我,这是命令!"

第九章 同伴

穆云转而对南宫说:"带白凌霄走。你拜托我的事,也可以拜托兰彻斯特公爵,他会帮你的。若我死了,不要告诉白凌霄我是谁。"

"啥?你是谁?"小白问。

没人回答。

这些对话并没有影响穆云的任何行动,这让异兽对这个猎人忌惮起来。

南宫欲言又止,最后只是拎起小白骑到赤瞳身上,随时准备撤离。赤瞳盯着上方,穆云刚才砍出的空缺已被补位,此刻上空仍被严严实实地防守着。如果是它自己,它可以冲上去翻转搏斗,但现在背上拖着俩人,它连冲都无法硬冲出去。

虎鹰想甩脱穆云,在空中翻腾着飞行。

我的计划本来不是这样的。

我的计划本来不是这样的!

才不用你们逞英雄多管闲事呢!

小白在心中嘀咕。

他重新深深吸了口气,然后拼尽全力朝弥诺陶洛斯身后的那头神兽喊道:"泥巴,你还愣着干什么。救我们啊!"

对,这才是他的计划。事情本来该这么发展才对。

那头神兽的眼神本来非常空洞,在听到小白吼出"泥巴"的一刻,它眼瞳中闪烁了几下绿光,但绿光很快被火光淹没,很快又黯淡下去。

小白死死盯着它,虽隔得很远,不知它能不能看清自己的表情,小白还是挥着手:"是我啊!泥巴,是我!"

零日传说 II · 长夜

神兽的表情痛苦起来，变得焦躁不安，仿佛被噩梦魇住的孩子。

穆云再次掷出手中弯钩，击下三头飞兽。这是他的最后一搏了，因虎鹰的飞行路径完全不受控制也无法计算，弯钩没再回到他手中，而是哐当一声落在地上。他掏出随身别在腰后的小刀。这把小刀，还是薛荣送给他的。他将小刀插进虎鹰头部，狠命抱着它直坠入坑底！

看准上空刚被穆云清扫出来的一个通道，赤瞳一鸣冲天，穿破了所有飞兽的阻碍，直飞向洞口。

"泥巴！你还要等到什么时候？"小白仍不放弃。

那头神兽的眼神再次亮起了柔和的绿色光芒。像以往的每一次，它温柔、撒娇地注视着自己的主人时那样。突然，它像觉醒了一般，发出一声地动天摇的嘶吼。

伴随着嘶吼，一股焚毁一切的业火从它口中喷向上空。追在赤瞳后面的那些飞兽，熊熊燃烧着坠下。

"穆大叔，跟上来！"小白甩下一根绳子。这条绳子是刚才绑南宫的，起飞前，他拿上了它。

穆云一愣，随即翻身过去，紧追几步后，握住了绳子的另一端。

对南宫而言，拉起一名正常体重的人类是件轻而易举的事。他迅速将穆云拉到了赤瞳背上。

一场不可能的行动竟成功了，三个人同时回到了上方的通道之中。

又有源源不断的飞兽往这边追，泥巴扑翅而起，狂风般飞到坑口，死死将坑口守住。它再次喷出一股火，逼退了追兵。

第九章 同伴

但弥诺陶洛斯带着四方凶兽赶了过来。

小白急急唤它:"泥巴,跟我们一起走吧。"

泥巴回过头,眼中的绿光闪烁几下后熄灭了。它吼吼地叫了几声,却岿然不动,并没有要和小白他们一起离开的意思,只像是在和曾经的主人告别。

可他们根本没时间、没办法好好道别。

"泥巴!"小白冲上去抱住它的尾巴,"你有苦衷是不是?那个牛头人控制了你、让你很痛苦吧?为什么不跟我们走?"

泥巴在小白怀里的尾部抽动了几下,它突然将小白甩到一边,对着这处洞口的上壁喷起了火,石头被烧红,泥土被烧干,洞口发出噼噼啪啪的石头炸裂声。

之后,它挥动尾巴向那些烧脆的石壁砸去。

石壁突然坍塌,堵死了通道。

"不——"眼见就要追上来的弥诺陶洛斯不甘地大吼。

小白翻起身揉着屁股,等泥巴过来。

可是泥巴只是痛苦而悲伤地嗷嗷叫了几声,转身朝另一个山洞跑去。小白要追,南宫拉住他,告诉小白:"它的意思是,它已经回不去了。"

小白很沮丧,自己作为泥巴从小到大的主人,竟无法与它沟通,无法理解它的意思。它不会再回到自己体内了吗?

"这里并不安全,别再耽误了,赶紧撤离。"穆云说。

小白依依不舍地看着泥巴跑进的那条山道,然而已经看不到它的身影了。

穆云安慰:"地面上没有能容纳它的居所,随它去吧。我们快走。"

· 453 ·

小白其实也明白，只是舍不得。

"泥巴，再见了。"

他默默跟它告别着，与穆云、南宫一起离开了此地。

穆云立刻对着持续通信通道那头的叶乔说："行动成功，撤退！"

等候在岔道口的叶乔，心已提到嗓子眼。听到行动成功的消息，她几乎不敢相信自己的耳朵。刚才穆云，不，应该说林修平前辈，是抱着赴死的决心前去救小白的，没想到竟能全身而退，真可惜没亲眼看到巨坑那里发生了什么。

"收到！"她激动地对通信器那头说。

所有人完全退出山洞，重新见到天光后，小白气喘吁吁地倒在地上。

"好险。"

"知道好险就不要随便乱来啊。"叶乔训斥。她的心此刻还在扑通扑通狂跳。记忆中，她还从来没有这么紧张慌乱过。

结果小白还是一脸满不在乎的样子，用轻松的口吻说："最后还是出来了嘛。"

看着这样的小白，叶乔有点恍惚，一年多以前那个一见到异兽就吓得屁滚尿流的少年到底是谁？

穆云和兰彻斯特公爵站在不远处。

公爵不知是遗憾还是庆幸："真想不到你竟能活着出来。"

"我也没想到。"穆云说。

"回去后，还希望穆先锋尽快将存储卡给我。"公爵几乎是迫

第九章 同伴

不及待要看那些研究资料。

"放心。不过通过前些日子的调查,我想明白了一件事。"

公爵等着穆云往下说。

"存储卡中的内容,还有研究所事件的真凶,以及一切的起始,我都会公布出来。但我需要召集全部猎人参与听证。可以在各大洲的通信基地进行视频会议,越快越好。"

"让全部猎人参与听证?你疯了?"

"不,我没疯,是不得不这样做。因此,还需烦请阁下出面,帮我联系联络长并通知各区先锋官,组织这次会议。"

"不用我出面。你只需承认自己的真实身份,响应者必然很多。"

"如有必要,那就承认吧。"

"林,修,平。"公爵一字一顿地称呼穆云真正的名字,"原来你拿一个本来就准备公之于众的秘密做人情,让我心甘情愿帮你。"

"那我希望,我下面所说的理由,可以说服阁下站在我这一边。"

"你说。"

"存储卡中的研究结果,现在就告诉阁下也无妨。"穆云顿了顿,"人类,以及地球上现有的生物,从本质上讲,跟兽人或者异兽是同源的。我们只不过是缺损了某几个基因片段的它们。"他停下来,等待公爵理解这句话。

没想到公爵很快点头:"果然是这样。"

"阁下不震惊吗?"

公爵一笑:"不怕告诉你,我比研究所更早得知这个真相。"

零日传说 Ⅱ · 长夜

我早就组建了自己的研究室，秘密进行过这项研究，也正因为这个结论，我才有信心尝试着驯化异兽。"

"好，既然阁下自己也验证了此事，就无须我再多费唇舌向你解释细节。那我接下来要说的内容，你也该更容易理解。"

"研究所出事，是因为他们得知了这个结论，对吗？"

"是的。"

"我当时出于担心资料失窃的目的，只在研究室建立了局域网，研究结束后，我也销毁了所有研究资料。现在看来，我倒是阴差阳错躲过了一劫。但我有一处不明白，是什么力量在阻止我们得知这件事？"

林修平给兰彻斯特公爵讲了一万多年前发生的那件事。

公爵皱着眉："这些事你是怎么推断出来的？"

"不是我推断的，"林修平看向跟小白他们站在一起的南宫，"其实今天我们救的这名少年是兽人。这一切是他的族群记忆，是他告诉我的。"

公爵仔细打量着南宫，他恍然大悟，"原来是他，之前救走白凌霄的那个少年！所以——"公爵突然懂了，"你们并没有驯化异兽，这头狮鹫之所以听你们的话，只是因为那兽人少年是它主人？"

"倘若阁下接受与南宫一起作战，他麾下的异兽，或许也可以听你差遣。"

还以为穆云赶在自己前面驯服了狮鹫，没想到真相是这样。公爵摆摆手："罢了！你讲了这么多，还是没说明白一个问题，为什么要大费周章集合全体猎人开听证会？"

"秘密之所以成为秘密，是因为不能被少部分人知道。但如

第九章　同伴

果所有人都同时知道了，秘密就不再成为秘密了。"

公爵脸上的疑惑渐渐散开："他们不想让我们知道一万多年前发生了什么，因此不断清除少部分接近那个真相的人。可他们创造了我们，是因为不得不依靠我们作为他们的工具，达到某种目的，所以他们不可能将我们全部清除掉。因此，只要我们所有人都同时得知了那个真相，他们就束手无策了。"

"公爵，您很聪明。但还有一点，我需要强调。"

"你说。"

"这次召集全体会议，理由只能是异兽将发起总攻，猎户座要部署全球联合作战计划。不能透露我们将在会议上公布研究所事件真相的消息。我怕被'他们'探知而采取措施。"

"这不用你说我也能想到。"

本来和小白他们在一起聊天的南宫走了过来。他微微欠了欠身道："多谢公爵阁下相助。"

公爵说："你的事，刚才林修平已经全给我说了。"

"阁下相信了吗？"

"我自有判断。"公爵说道，"天色不早了，先回去吧。"

林修平叫道："白凌霄，叶乔，走了。"

"噢！"

小白和叶乔小跑过来，小白看着林修平空空如也的双手，像想起了什么，问道："穆大叔，你的武器刚才打异兽时掉到坑里了，不用捡回来吗？叶乔队长说过，无论如何，不要抛下自己的武器。"

那柄弯钩是穆云的。这些年来，林修平一直在练习使用那位

零日传说 II · 长夜

好友生前所用的武器，好像只要这样，他就没有离开一样。而他自己的专属武器，一直躺在床箱之中，大概已覆盖上了一层厚厚的灰。他深深呼吸，在心底与好友道别。今天能够活下来，大概也有穆云的一份功劳。他又救了自己一次。

"啊，那个啊，不必了。我还有别的武器。"

"还有别的？真浪费欸！我们的武器不是用特制金属打造的吗？就这样不要了，好可惜啊。"小白遗憾道。

"最后一战要开始了。"林修平看着远方，自顾自说道。南宫重新成为异兽世界的统治者的话，他将与人类和平相处，互不再侵犯。因此在弥诺陶洛斯发动总攻时将其击溃，对人类和南宫而言是件双赢的事。只要击溃了他，近年来异兽不断进攻、猎人频频牺牲的日子就要结束了。和平期能维持多久呢？不知道，不过，总归能够和平一阵子。

"公爵阁下，召集全体视频会议的事，还请你尽快促成。我们时间不多了。"

公爵不习惯被他人指挥，哪怕林修平是请求的语气，他也有些不快。

但他明白，林修平说的没错。

"不需你提醒，我会做这件事。你只管准备好到时怎么说服所有人吧。"

第十章 终极一战

1

公爵向联络长汇报了这次战斗中的所见所闻，四方凶兽集结，兽人头领亲口说出即将发起清除人类计划。他要求召开全体猎人紧急视频会议，议题是部署反击策略。

虽然联络长对为什么要让全体猎人都参加颇有微词，但公爵还是说服了他。

这些日子，小白则在学校待着。

晚上没课，小白在宿舍，另三人又开始跟312寝室的同学在王者荣耀里打3V3。小白给老妈打了个电话，闲话了会儿家常。他不知道最后那场战斗开始后，是否还有机会享受这平静的日常生活。

挂了电话,他百无聊赖地玩手机。

应飞随口问他:"你来跟我们一起玩吗?"

小白点头:"好啊。"他想起高中时,跟班里同学相约开黑的日子。

"再叫个人,来打5V5。"

好久没玩了,小白突然来了兴致。他把沈放叫来他们宿舍一起开黑。

312也约了个帮手。

十个人建了房间,开始组队厮杀。

小白和沈放两人挤一张桌子。他小声问沈放:"这些天你都干吗去了?好几次我都找不到你人。"

沈放神秘地一笑:"你会知道的。"

"你收到通知了吗?关于全体猎人会议的事。"

"嗯,消息是用通信器的信道发出的。我想大家都收到了。"

"宋禾姐姐也会去吧?"小白问。薛荣牺牲之后,宋禾很久没与大家联系过了。

听到宋禾的名字,沈放并不像以前那样兴奋地计划着如何与宋禾相见,他脸上的神色暗了暗,只轻轻地"嗯"了一下。

应飞喊:"你俩聊什么呢,开始了啊。小白,注意推线。"

看到沈放的样子,小白没再继续这个话题,跟应飞说:"你作为坦克,难道不应该冲前面?我跟你后面走。"

"知道了知道了。"

很快,大家沉浸到了游戏中,游戏里英雄的语音此起彼伏。不知怎么,小白觉得沈放看起来有些落寞。

打了一会儿,小白发现王力杨操作的英雄一直在营地,动都

第十章 终极一战

没动:"老王,你怎么不动啊?"

周南说:"你还不知道吧,我们跟312玩5V5时,每一局老王都先让8分钟,8分钟后再加入战场。或者我们让对方5座塔,等他们推了5座塔后,我方再出击。"

"为什么?"

"因为如果老王一上来就打,那谁也别玩儿了。"

"这么厉害?"

"他有好几个英雄都进了国服排名榜,是个可以补任何位的大神啊!"

小白这才想起,王力杨是个电脑高手,上学期期末考试帮自己补考时就露过一手了。想不到他游戏也玩得这么好,打完一局后,他干脆不玩了,要看王力杨去高端局表演solo。

大家对王力杨的操作连连叫好,果然高手就是高手。

陆星移是在二模考试时收到那条消息的。

考试结束后,他在教学楼一楼的楼梯口等着,这里是所有学生放学必经的地方。离下午放学还有十几分钟,他给叶乔发了条消息:"我在一楼等你。"

放学的铃声响起,所有学生有一个小时的时间吃晚饭,然后要上晚自习。很快,他看到叶乔和何念念一起走了出来。他向叶乔招了招手。三个人并肩走去食堂。

"队长,我记得你说过,猎户座一直是零散地作战,这种全体会议很少有吧?"

"印象里从未有过。"

"好奇怪。"

零日传说Ⅱ·长夜

那天救小白和南宫时,叶乔听到了先锋官承认自己手中有研究所资料的事。她的直觉告诉她全体会议应该与那份资料有关。只是发下来的通知说,全体会议是为了部署作战计划。她不清楚猎户座这样做的目的,但她也知道那份资料非同小可,因此她并没告诉队员们存储卡的事。如果大家真的有必要知道,她相信先锋官不会刻意隐瞒。

她也没告诉小白先锋官的真实身份,他好像并不希望小白得知。就算要公开,还是他自己说出来比较好。

看着何念念跟阿星好奇地猜测着会议上会说什么,她说:"别瞎猜了,总之三天后就能知道了。"

"我还没去过通信基地呢。"何念念期待地说。

通信基地是猎户座的视频会议中心,全球共六座,除南极外,每个洲有一处。听说那里如同一个巨大的中控中心。现在全世界存活的猎人总数在三千名左右,到时亚洲的通信基地里应该会聚集五六百人。想想都觉得很壮观。

"你们做好准备了吗?"叶乔想起在山洞里看到的那些异兽,那天聚在那里的只是各个族群的头兽罢了,难以估量弥诺陶洛斯手下到底有多少异兽兵力,"会议部署了作战计划之后,一定有一场硬仗要打。比我们之前经历的任何一次,都更艰难,更惨烈。"

"乔,说丧气话可不像你平日的风格哟。"何念念说。

"就是啦,队长。"阿星摸了摸挂在胸前的怀表,怀表里镶着哥哥的照片。无论怎样,他都已经是个孤儿了,没什么好怕的。

哥哥,我会成为一个勇敢的人。他在心底默默说。

不远处,阿星的同学看到他跟叶乔走在一起,八卦地对着他

第十章 终极一战

指指点点。这个转校生,据说还是体育特长生,经常说要参加训练不来上课,没想到竟跟叶乔认识。

叶乔粉丝团看到这场景也不免痛心疾首。之前叶乔说沈放是她的男朋友,好不容易等到沈放毕业了,没想到又冒出一个陆星移。再加上白凌霄,这三个男生可是叶乔在学校里唯一搭理的三个。女神的品味还真是让人捉摸不透,沈放就算了,白凌霄和陆星移明明看起来就弱弱的嘛……他们超不服气的,可又拿女神没办法。

阿星被看得有些不自在:"队长,跟你走一起,好多人都在看我们。"

何念念笑:"哈,习惯了就好。"

"听说你们高三今天考二模,"叶乔问阿星,"怎么样?"

"小白和沈放都在树大,我当然只有树大这一个选择了。从一模的成绩看,上树大的普通专业应该没问题。"

"你什么时候学会关心人了?"何念念问叶乔。

"有问题吗?"

"你以前可是很高冷的耶!我听小白抱怨过,当初他问你当猎人耽误了学习,高考怎么办,你让他自己搞定。他郁闷了好久的。"

"我随口问问而已。"

日本,京都。

鸭川岸边一家居酒屋中,宋禾和北条诗织坐在吧台座最靠里的一端。

宋禾面前放着三个空啤酒瓶。她一条腿撑地,一条腿支在椅

零日传说Ⅱ·长夜

子上,冲里间喊:"老板,再……再来一瓶。"

"请稍等。"老板是位四十岁左右的夫人,她将啤酒送上来,用起子打开,有点担忧地说,"这位小姐好像有些醉了,需要喝点醒酒茶吗?"

"多谢关心。我……没事,不会给您添麻烦。"

居酒屋时常有些伤心人,或是职场新人,喝得晕晕乎乎。老板常见,听对方这么说,就没再多过问。

下酒的炸串摆在一个不锈钢的盘子里。是各种食材裹着面糊炸成的,有鸡肉、虾,以及一些素菜。蘸料是一种酱油汁,装在一个不锈钢容器里,放在桌子上,公用的。宋禾拿起一只虾,大咧咧戳进酱汁中,再拖泥带水地拿出来,塞进嘴中。嚼了几下,拿起酒瓶,灌下一大口,努力地将干巴巴的炸串吞下去,对诗织说:"你知道吗?醉了很好。我清醒得太久,这是我唯一不再想他的时刻。"

"小禾明明还是在想他。"

"我只任性今天这一次。"

"放心吧,今天我会守着小禾。"

"全体会议之后,应该就是一次决战了。"夜风从鸭川上吹进居酒屋,是河水川流不息的气息,是春天生出青草的气息。窗外的天空中有不少星星。"这样的夜色还能再见多少次?"

"他会在天上保佑你,一直见着这样的夜色,直到老去。"

奥地利,施泰尔马克州。

索伦在机场接到了南宫,驱车开往格拉茨市内,两人最后在街边花园的长椅上坐下。

第十章　终极一战

"是我冒昧说要前来拜访,你却执意来接我,打扰了,多谢。"南宫欠了欠身。

"不必客气。"

"不,我必须向你道谢。谢谢你救了赤瞳。"

"哦?你是指那头狮鹫?"

"我听白凌霄说,你的伙伴曾被它……我代它向你道歉。"

"怎么你们一个个都变得奇奇怪怪,我没听错吧,你来替一头异兽道歉?"

"很快你就会知道原因了。"

"全体会议上要说的就是这件事吗?"

"是的。"

"我不想原谅异兽,异兽夺走了我很多。"索伦脑海里出现了莉莉娅的样子,"也不想原谅任何人。若你是来找我说这个,就不必说了。请在我与你为敌前离开这里。"

"有些仇恨是可以放下的。"

"不是所有仇恨都可以放下。"

"如果我说,兰彻斯特一脉曾害得我家破人亡,而我现在并不打算再计较这件事呢?"

"我们害得你家破人亡?"

"过去的事了。非常久远。出于不同立场,互相对立而造成的伤亡,我可以理解,也可以原谅。从今以后,我希望我们站在一边。"南宫给索伦讲了自己的身世。

索伦半晌没有说话。他皱眉思索了很久,最后站起身,对着天空喃喃说:"猎户座在上。"

南宫站在索伦身后,同样虔诚地将右手手掌覆盖在心脏的位

· 465 ·

零日传说Ⅱ·长夜

置:"母界在上。"

"母界"是异兽对地球的称呼。

"我不知道猎户座会如何做出选择。至少此时此刻,我作为猎人,你作为兽人,我们仍然是敌人。"

"那我希望,当有一天我们的立场不再敌对,也就不再有仇恨。"

2

这是春天里的一天。这一天表面上看上去没有任何不同。人们如常生活着,有十七万四千二百八十一人在这天死亡,又有三十六万五千三百一十人在这天出生。城市的每一辆公交、地铁都正常运行,穿行在城市和国际之间的航班、铁路、轮船也正常运行,公路上流淌着绵延不绝的汽车。工厂里的机器都在运转,计算机处理着亿万兆的数据。

而在地下五百至两千米的深度,百余台球舱在深渊闪电纵横交错的隧道中穿行,将全世界的猎人运送向六个目的地。一台球舱的标准荷载是十人,即使所有球舱都投入了使用,仍不够同时运输所有猎人。因此有些距离目的地较近的球舱不得不多次往返运输,这一切都由"深渊闪电"的中控系统有条不紊地精确控制着,以保证达到最大运输效率。

大部分猎户座基地都位于地下,但通信基地不同,当初为了方便接收通信信号专门将它建在了地面,结果反而使它免遭异兽破坏。它们位于原始丛林、深山腹地或大漠深处荒无人烟之地,球舱行驶到它的垂直地下后开始上升。

第十章 终极一战

先锋官和南宫羽先过去了。白凌霄、沈放、陆星移、叶乔、何念念，以及另五名从附近城市赶来的猎人搭乘同一台球舱。

三小时后，球舱上升，舱门打开。

"哇。"所有人不由得发出一声惊呼。

他们走出球舱后所进入的，是一个巨大的室内空间。整个空间呈圆形，直径约一百米。穹顶有一定弧度，正中是一个巨大的圆形透明天窗，望出去能看见湛蓝的天。天窗的圆心，也就是穹顶最高处离地面约三十米。前方是一排通信设备，先是几十台计算机矩阵以及一些看起来很高级的控制装置，然后是呈弧形一字排开的五面巨大的视频投影屏幕，有一个单独的屏幕位于所有投影屏上方中间，应该是用于显示本地图像及控制参数的。整个空间两侧各有一段透明的墙面，相当于能观察到外界的舷窗。外面是阴森森的山林。

没有门。

除了穹顶上的换气扇，以及他们刚才走进来的那个深渊闪电入口外，这个通信基地没有任何与外界相通的路径。

猎人陆陆续续抵达，目前这个通信基地中已聚集了四五百人。

小白的视线在人群中搜索，很快，他看见了坐在中央计算机位置的穆云。

先锋官今天看起来很不一样。

他平时看上去就是个普通的中年男人，没什么架子，有点过时，对年轻人很友好，所以小白心里觉得跟他没什么距离感。而此时的他，一个人静静坐在中央位上，身穿森色的猎户座制服，看上去如一尊雕塑。他右手边放着一个被绒布盖住的物品，他将

零日传说 Ⅱ · 长夜

手抚在那件物品上，面无表情。

　　下午三点，会议正式开始了。

　　通信系统启动，最上方那个单独的屏幕出现了画面，显示的是本地影像。接着，下方的五面视频投影屏幕先后点亮，猎户座联络长、各区先锋官及猎师四脉当家的影像陆续出现在视频中。猎户座联络长、兰彻斯特公爵和欧洲区先锋官克拉克同在一个画面里，他们在位于欧洲的通信基地；艾斯小姐与新上任的北美区先锋官在同一个画面；图坦与非洲区先锋官在同一个画面。南美洲通信基地、大洋洲通信基地传来的画面中，则只有该区先锋官一人。

　　联络长清了清嗓子开始讲话。大家立即发现了这套通信设施的一项特殊功能：设备捕捉讲话人语音后转录成文字，再通过软件翻译为多国语言，实时显示在屏幕下方，只需设置好本区域需要显示哪几种语言就行。通过电子通信设备传来的声音有些失真，不过位于亚洲通信基地的所有猎人还是清楚地听到了联络长的话。

　　"在亚洲区先锋官穆云及兰彻斯特公爵的要求下，猎户座第一次召开全体会议。这在猎户座的历史上是不曾有过的。穆云先锋官有重要的情报汇报，他说这份情报必须同时让所有人知道，我希望他的情报值得我们今天的相聚。关于这一点，兰彻斯特公爵愿意出面担保。前段时间的研究所事件，令我们失去了一批优秀的研究员，以及科学官和北美区的麦卡锡先锋。再加上最近异兽不断加紧的进攻，我们之中有不少同僚将生命奉献给了守护家园的事业。在会议开始前，我们先为他们默哀。"

第十章 终极一战

简短的默哀结束,联络长将右手握拳叩击在左肩,一字一顿说道:"纵星有坠,惟心不坠。"

所有人齐声道:"纵星有坠,惟心不坠!"

"请穆云先锋官公布情报。以及,我想要提醒一下,他,以及亚洲区的几名少年,仍然是研究所事件的嫌犯。同样由公爵担保,他必须限时查明真相。我相信每一位猎人也很关注这件事,希望今天他能一起给出解释。"

"没问题。"穆云,或者说是林修平站起身,"异兽即将对我们发起全面攻击,为了确保胜利,我们必须与它们之中愿意寻求和平的一派合作。"

"什么?合作!"全球六大基地里纷纷爆发出嘈杂声,甚至有人嚷着要离开会场,"这样胡说八道的会议,有什么必要参加?"

"人类从未真正团结过,包括猎户座。"林修平掷地有声地说了一句,这句话如此大逆不道,竟一下子让纷乱喧嚣的会场安静下来,"异兽又怎可能独善其身,团结一致?"

"我们需要证据,而不是逻辑和推理。"艾斯质疑道。在艾斯心里,这个穆云仍是重要嫌犯,她根本听不进他的话。

没人反对,所有人都在等待这位亚洲区先锋官拿出证据。

林修平扭头看向一旁,对着某个方向点头示意。

很快,那个方向走出一名少年,进入了视频画面。

"这名少年,是一个翼人。"

众人哗然。

南宫脱下上衣,展示出他背脊上的两道伤口。嶙峋而结实的皮肤上,那两道伤口结了暗红的痂。随后,他拿一把匕首在自己

零日传说 II · 长夜

手腕上割了道口子,黑红色的血流了出来。他望向屏幕,眼瞳中一丝红光一闪而过!

几名早已准备好反驳的先锋官一时无言以对。作为猎人,他们可以嘴上不承认,但欺骗不了自己面对异兽的直觉。在南宫展露出自己兽人特质的瞬间,所有猎人已经确认了,这不是什么特效化妆技术,这是一个真真切切的兽人。

"你们好。"南宫望向摄像头,虽然脸上带着一贯的生怯,更多的却是坚定,"请不要紧张,我带着异兽的秘密而来,就是希望大家开诚布公,成为可以联合的伙伴。"南宫不紧不慢地说道,"当然,对很多猎人而言,异兽是人类的对立面,异兽和人类水火不容、势不两立。但我要告诉大家的是,异兽一直处于分裂之中,希望从人类手中抢夺地球的只是其中一部分——很遗憾——是其中的大部分。但希望你们不要忘记,还有一部分异兽并不这样想。

"敌人的敌人就是朋友,这是人类的名言。它可能不完全正确,但在这个危急存亡的关键时刻,我们必须联合在一起,才能保证人类的未来,同时也是异兽的未来。

"正如你们看到的,我是一名翼人,事实上我们翼人原本是异兽的皇族。我之所以削去双翼,隐藏在人类社会之中,是因为现今异兽世界的统治者弥诺陶洛斯一族推翻了我们翼人一族,并企图对我们赶尽杀绝。我为了生存,不得不这样做。并且,一直以来,我们对人类从无恶意。抱歉,我们的历史和你们一样,也充斥着权力斗争,有史以来,我族对异兽世界的统治前后被推翻过几次,又重建了几次。你们可以翻看猎户座的资料记载确认,在我族的统治期间——我们最近的一段统治,即距今七百年前至

第十章 终极一战

距今三百年前——是不是极少发生异兽攻击事件。而弥诺陶洛斯一族确立统治的三百年以来,是不是异兽的攻击越来越频繁。

"今天我来这里,是希望说服大家接纳我,以及我的部下。弥诺陶洛斯很快会发动总攻,企图灭绝人类,我将同你们并肩与他作战。"

南宫将右手手掌覆盖在心脏的位置:"母界在上!"

没有任何人回应。

这时,公爵开口了:"弥诺陶洛斯很快会发动总攻是真的。众所周知,这些年来陆陆续续抵达地球的异兽在不知不觉中,已将地下挖出四通八达的巢穴。它们栖居在地下,等待着时机。四方凶兽及神兽已同时出现,并受弥诺陶洛斯指挥,这一点,我亲眼所见。"

"四方凶兽同时出现了?几个月前不是刚封印了穷奇吗?"克拉克先锋惊道,"哼,我就知道,你们猎师四脉没那么靠得住。"

公爵脸上红一阵白一阵,但这次,他未与克拉克针锋相对。

来自大洋洲的托马斯先锋官道:"就算这兽人说的是真的,猎户座自己都很难联合作战,又能用什么办法跟兽人合作?如果弥诺陶洛斯真的要发动总攻,这就是生存之战,必须通知各国政府。"

"会的,托马斯先锋。"联络长道。

"我记得穆先锋能不被处死,是因为他要去调查研究所事件的真相以洗脱自己的嫌疑,而不是站在这里教导我们!"说话的是艾斯小姐,"否则就得继续执行处罚。"

"感谢艾斯小姐,我会回答这个问题,但在介绍调查结果之前,我们先轻松一下,看一部短片。"林修平说。

零日传说 Ⅱ · 长夜

说着，亚洲区通信基地的大屏幕上，他的实时人像视频暂时切换为一部水墨动画。

铺满整个屏幕的是一片灰白的雾气，上面流动着各种文字和字母，仔细看可分辨出，这些文字分别是汉、英、俄、西班牙语几种文字。可这些字仿佛墨滴入水中一样，边缘模糊，流动着显示，且烟雾缭绕，字符一一出现，又一一飘散。

众人并不明白这个动画的用意。

然而第一句完整的话显示出来，所有人都震惊了：

警告：我们一直被监视着！这种文字呈现方式可有效防止监视者快速识别，但并非百分之百安全。如果电脑突然蓝屏并出现乱码，请立刻开枪击碎屏幕。

接着，是一组数据：

以下数据是从失踪的印度研究员手里拿到的，内容是研究所就异兽基因组与人类及其他地球生物基因组做的比对，以及他们得出的结论：

人类与各种兽人的基因重合率：99.93%～99.99%；

狮子与狮鹫的基因重合率：99.97%、鹰与狮鹫的基因重合率：99.95%。狮鹫为狮子与鹰的嵌合体；

狐狸与九尾狐的基因重合率：99.97%；

马与飞马的基因重合率：99.99%；

……

重合率是指：前者的全部基因表达真包含于后者基因表达

第十章 终极一战

中,前者并无有别于后者的基因表达,可以说,前者仅仅是缺失了某种基因片段的后者。

因此我们谨慎地推断:地球生物与异兽是同源的。按照演化理论,异兽应该是地球生物的更高级进化形态。但解释不通为何进化成异兽形态后,我们这些原始形态仍旧存在。或者,地球生物是异兽被剔除某段基因表达后的产物。但是是什么完成了基因表达的剔除工作呢?

结论存疑,需进一步找到证据。

然后,是对资料做出的解释:

我们通过更进一步的调查确认,地球上的所有生物本不是今天这个样子,而是异兽的样子。一万多年前的一天,某个外星文明造访了地球。现在,我们姑且称那一天作"第零日"。

这个外星文明的进化程度完全凌驾于异兽文明之上。出于不得灭绝种族的宇宙公约,他们并未将异兽全部杀死,而是制造了一个高维空间,将当时地球的所有生物转移了进去。

但奇怪的是,他们并没有就此占领地球,而是剔除了原生生物某些具有特殊能力的基因表达,制造出一批改造生物,将它们重新投放到地球。这批改造生物里包括人类。也就是说,异兽,兽人其实才是地球上原本的生物,而人类其实是外星文明的改造人。我们尚不知道这个外星文明这样做有什么目的。

改造后的生物在地球上重新发展,人类发展出了与兽人完全不同的文明进程。兽人更善于开发自身基于生物基础的潜能,而人类开始使用工具,制造器械。

· 473 ·

零日传说 II · 长夜

与此同时,异兽一直没放弃重返地球,它们在寻找那个空间的突破口。很快,它们竟找到了从那个空间的某些漏洞重返地球的方法,但这种空间通道无法一次性容纳大批异兽通过,它们只能一头一头地过来。这件事很快被外星文明知道了。但同样奇怪的是,他们并没有现身,而是通过制造神迹的方式,选出一些身强力壮的人类,赋予他们特殊的血脉,给他们驱杀异兽的工具,让他们成为了猎人。

因此,这万千年来,猎人其实是帮助外星文明阻止地球原生生物重返的工具。

本来,事情会这么一直持续下去。但现在,异兽突然大举进攻地球,人类科技又快速进步,猎人开始尝试使用科技手段应对挑战,这让外星文明感到了威胁。虽然目前我们还不清楚,但人类的技术进步总有一天会发现他们以上行为的目的,他们想要阻止猎人。

创造人类的外星文明首先不希望人类得知的,就是地球生物和异兽本是同类这个真相,因此当他们监控到研究所的计算机得出接近真相的研究结论时,通过入侵计算机网络抹去了研究资料,并干扰了研究员的意识令他们发疯。

但他们仍然需要我们帮忙阻止异兽重返地球,不可能把我们全部杀掉。所以,只要所有猎人同时得知这个秘密,他们就束手无策了。

现在,我们都知道了真相。

第十章 终极一战

3

视频播放结束,并没有出现什么意外,可见这个方法产生了效果。林修平明显放松了许多。

他推测通信基地所产生的通信内容势必被外星人监测,虽集中了全体猎人公布机密,也不排除外星人监测到通信内容后,采取对付研究所相同的手段对付通信基地,将通信内容破坏,并对猎人进行意识干扰。因此他委托公爵找人制作了这种水墨文字动画,这种边缘不规则的图案式文字信息,能被人类大脑迅速模糊识别,但他赌监视者无法快速从中获取信息。

现在他赌赢了。

成功了一大半!即使真的有监视者,现在他们想阻止也来不及了。

他没有急于说话,而是等大家消化文字上的内容。

突然,基地里回响起一阵肆无忌惮的笑声,是克拉克先锋:"我的上帝,那个蠢货知道自己在说什么鬼话吗?"

一时没人接话,过了半晌,来自大洋洲的托马斯先锋官道:"穆先锋,就算你手中那份研究所的资料是真的,我认为,光凭那份资料也无法推断出后面的内容。你是不是科幻电影看多了?"

频道中响起一阵窃笑,是各通信基地里上千名猎人在窃窃私语。安静的大厅嘈杂起来。

"在印度时,穆大叔果然拿到了研究所的秘密资料,他居然瞒着我们,太过分了!"小白握着拳抱怨,"不过,刚才视频里显示的,真是资料里的内容?穆大叔不会是在开玩笑吧?"

· 475 ·

零日传说Ⅱ·长夜

"你看他像开玩笑的样子吗？"叶乔反问。

"可那些推测，谁会相信啊。"

倒是阿星推了推眼镜，说道："可是你们不觉得，如果他说的是真的，很多我们想不通的问题，就迎刃而解了吗？"

"比如？"

"我们之前讨论过，如果异兽是外星生物，那它们跟我们也太像了一点。既然它们跟我们是同源，这个问题就解决了。还有，我们说猎户座有很多黑科技，我一开始以为这些黑科技是政府秘密支持研发的，但如果'深渊闪电'的地下真空交通隧道尚能理解，通信器在各种环境下好得出奇的通信信号尚能理解，那空间波动监测网的原理，封印四凶兽的高维次元囚笼，还有选择性删除记忆的手术，和人类的科技比起来超前得太多了吧？如果说这些黑科技是外星文明带来的，反倒更说得通。"

小白一时反驳不了阿星的话，不得不承认："你说得很有道理的样子。但……但……"

何念念接话："但觉得太不可思议了，无法相信，对吧？"

"嗯。话说回来，既然当年连异兽的存在都接受了，现在突然告诉我有外星人，我也没有很吃惊……"小白转而问一直没说话的沈放，"你怎么看？"

沈放严肃地说："我得再想想，没想清楚前，我不随便发表意见。"

"喊！"小白不满沈放的答复。

等人群中的讨论渐渐平复后，艾斯说道："穆先锋，你该不会是为了洗脱自己制造研究所事件的罪名，故意编个外星人的故

第十章　终极一战

事来骗大家吧？"

"在下没那么愚蠢。若要编故事，理当编一个大家更容易相信的。"

艾斯一时不知如何反驳，只得不服气地哼了一声。

待人群中的争论平息，联络长缓缓开口道："的确有传言说，是神创造了守护地球的猎人，神赐予猎人狩猎的工具和武器。目前关于神的形象已无定论，但我们使用的交通系统、通信系统及监测系统，均是神传授给我们的技术。"

艾斯道："管他是外星文明还是神，这与我们今天讨论的主题无关。我只想问，这个穆云的身份本来就很可疑。亚洲区上一任先锋官死后，他被指定出来接任，可是，他到底是不是真的穆云，谁知道呢？何况十几二十年前，那个穆云也不过是一个名不见经传的猎人罢了，怎么隐退了这么多年，一出来就当先锋官，还说什么让我们联合一拨异兽与另一拨异兽作战的话，甚至说我们跟异兽是同类，不应该互相厮杀？一个自己身份都可疑的人，怎么让我们相信你说的话？"

所有人都可以在巨大的显示屏上看到，亚洲区先锋官吞了口唾沫，喉结上下滚动了一次。他静静看着摄像头，沉默。

"怎么，没话说了？"艾斯不依不饶。

"艾斯小姐有一点说得很对，在下的确并不是穆云。"

通信频道响起异口同声的惊呼。

"喂，没搞错吧，穆大叔说他不是穆云？"站在人群里的小白惊道。

"所以，他一直用的是假身份了？"阿星也很惊讶。

所有人都盯着屏幕，等待先锋官继续说下去。

477

零日传说 Ⅱ · 长夜

突然，人群里响起一阵骚动，几名年纪稍大的猎人最先试探着问："林修平？他是……林修平？！"

时间改变了他的容颜，加之北境狩猎战后，活下来的老猎人极少，见过林修平真人的猎人并不太多。他再次复出后，也没在公开场合露过面，因此没人往那个方向想。现在"林修平"三个字被人提起，就像炸弹投入水池，人群很快炸开了。

过了一会儿，人群重回安静，所有人望着屏幕，等那个人自己说出口。

他将面前桌子上的黑色绒布掀开。一个精致的木匣子里，里面装着一把久经风霜的刀。他手指拂过刀身，随后将刀拿了出来，握在手里。

刀光一闪！

"在下的真实身份，是十九年前失踪的，林修平。"

"我靠！穆大叔竟然就是传说中的林修平！"小白惊呼道，说完他才反应过来"林修平"这个名字意味着什么，只感到心脏被猛地一击，"那他岂不是……岂不是……"岂不就是母亲口中那个死掉的亲生父亲吗？

小白看了看自己手里握着的棍刀，形状跟林修平手中那把刀还真有些相似。刀柄比普通的刀要长一点，刀身偏细，有一定弧度。冥冥之中，自己在毫不知情的情况下所选择的武器，竟然和林修家专用的武器一脉相承。

他呆立在原地，身边的喧闹和人群仿若不再存在，而自己和前方坐在中央计算机前的那个男人之间，距离近了几分，却又……更远了。

第十章　终极一战

就是他么？

"兄弟，稳住。"站在一旁的沈放拍了拍小白肩膀。

林修平从木匣子里拿出一枚赤金徽章，他将徽章放在摄像头前，所有人都在大屏幕上看清了徽章背后所刻的名字。"抱歉。我之前不愿说出真实身份，只是因为……不知道怎么面对一个人罢了。"

视频之中，他的视线看向后景人群中的某一点。小白呆呆站在那个点的位置，怔怔地看着视频。当林修平发现站在那个点的小白也在看视频中的自己，很快又移走了视线。

"可笑。"克拉克先锋说，"光这两样东西如何能说明身份？林修平战死了，穆云作为他的好友，有的是机会拿到林的徽章和武器。"

"不，的确是他。"北美区的视频里，一名站在后景之中的老猎人在人群的簇拥下往前走了几步。他看上去有六十多岁了，头发花白，但梳得一丝不苟。大家对他很是尊敬的样子。这位德高望重的老猎人名叫安德鲁·布朗，他使用一把镰刀，一生中击杀的异兽不计其数，是被称为"收割者"的赤金猎人。几十年前，在林修平成为赤金猎人的授徽仪式上，就是他为林修平戴上的赤金徽章。他看着视频，一字一顿地说，"面貌的确改变了很多。但是，是他。是林修平。我不会认错的。"

人群再次沉默。

过了一会儿，图坦打破沉默道："没想到有朝一日还能见到活的林修平前辈，荣幸之至。我相信您！"

艾斯仍旧不服气，脸憋得通红："想不到您竟是林修平前辈。

· 479 ·

那好,就算您身份是真的,您说的内容也都是真的,您觉得我们应该怎样做?"

林修平正要回答,北美区的视频中响起砰的一声巨响。那个画面里的所有猎人都吓了一跳,本能地拿出武器,进入作战状态。然而其他地区的人们并不能从视频中看到北美通信基地外面有什么。砰砰的巨响又接连响了好几下,艾斯抽出她的软鞭,警觉地看向头顶,北美区新上任的亚瑟先锋官大声说道:"紧急情况,北美区通信基地遭到异兽入侵!"

其他视频中的人面色一沉,联络长说:"汇报入侵规模!"

"无法……无法估计。它们企图击破舷窗和玻璃顶攻进来。它们从四面八方涌过来了!"

"北美区全体猎人小心备战,是否需要南美区猎人立即通过深渊闪电前去支援?"

"来……来不及……"艾斯一句话还没说完,一头异兽从正上方落入视频画面之中。所有人都看到,它张开血盆大口冲着摄像头嘶吼,随即,视频画面被切断了。

4

其他地区的猎人尚未从震惊中反应过来,就见非洲区通信基地的视频画面也被切断了。他们甚至来不及传出消息。

欧洲区的画面中,兰彻斯特公爵怒发冲冠,他站起身吼道:"发生了什么?!"

又是一声巨响,这声巨响如此之近,仿若一颗炸弹在头顶炸开。而且它如此真实,没有从通信设备中传来的那种滋滋电

第十章 终极一战

流声。

站在人群中的小白惊得一个激灵,只听林修平喊道:"各基地注意防备,亚洲区遭到入侵!异兽数量之多远超想象,全面撤离!"

挤在人群中的小白观察不到舷窗外的景象,只能看到头顶上,几头巨型飞兽一爪又一爪地拍在玻璃穹顶,很快,穹顶上裂开蛛网般的纹路。它没支撑多久,最多半分钟便破碎了,飞兽从那个破口中,源源不断飞进了室内。

通信设备里传来各种语言的呼喊:

"南美区遭到入侵!"

"欧洲区遭到入侵!"

"大洋洲被入侵!"

因为无法看屏幕,也就没有字幕,所以小白没听懂视频里在喊些什么。但不用看,他也猜到了。与阿星、沈放联手解决掉飞来的几头蛊雕后,他往视频屏幕的方向看去,只见每个区的画面都被切断了,此刻每个区的猎人再无法得知对方的情况,如同在各自为政的孤岛之中,只能各自作战。

人群往四周散开一些后,小白终于看清了基地两侧的舷窗。它们已被击破,异兽如蝗虫般从外界地底的洞穴中涌了出来,密密麻麻往通信基地里塞。站在外围的猎人早已投入了和异兽的厮杀之中。

一时之间,血流成河。

"啊,真是可惜。今天无法保持我的纪录了。"北条诗织有些苦恼地说。她眼神一振,双手持刀冲向前方一头朱厌,"哼,真

· 481 ·

零日传说 Ⅱ·长夜

是连这种难得一见的传说中的凶兽都现身了呢。"

朱厌是一种浑身朱红、头部却披着白毛的巨猿。它在传说中凶恶无比,但迄今为止猎户座与之对战的记录不过三例,且均以猎人的失败告终。宋禾与诗织搭档了这些日子,两人的配合已相当默契。见诗织冲上前,宋禾扣下扎线枪的扳机,两根线飞出,紧紧缠住朱厌的脖子!

诗织正对着朱厌冲上去,眼见刀就要插入它的腹部,竟然被它躲开了。接着它身体一蹲一转,竟将宋禾缠在它脖子上的线凑到诗织的刀上,一下子割断了。几乎是同时,它又伸出右掌拍向正前方的诗织。

诗织早已计算好了这一击。她突然改变路线,侧身到朱厌背后,一刀下去,削下它肩部一大块肉。

她指了指别在胸前的徽章:"别小看赤金猎人啊!"

摔在地上的宋禾摸到了别在腰间的另一样武器。她定了定神,暂时没将那样武器拿出来。

她重新握紧扎线枪,回身又是一击,两股线出去,正好缠住了朱厌的双掌。宋禾立即放线,同时跑到房内一根柱子上缠绕了几圈,终于牵制住了它的行动。

"诗织,快!"

通信基地四周横尸遍野,白凌霄他们因为一开始站在人群中间,所以现在还在基地内,与从上空飞入的异兽作战。

几十只毕方在他们头顶斡旋,尖锐的鸣叫震得小白耳膜都在疼。它们不断喷火,基地内虽没什么易燃物品,但没躲开的猎人还是被烧死烧伤了不少。这种恐怖的情景远超于枪或者刀的杀

第十章 终极一战

戮。小白只好装作没看见,一心杀敌。阿星、何念念则与其他弓箭手一起,射下了数头,但无奈数量太多,加上别的异兽的干扰,战局几乎呈一边倒的趋势。

"守住'深渊闪电'入口,陆续撤退!"林修平喊道。他扫了一眼四周,南宫不知什么时候不见了。再想到球舱数量有限,能立即撤走的人数,不足总人数的十分之一,他心急如焚。

林修平在混乱中寻找到了白凌霄的身影,冲到小白身边,吼道:"别管这儿了,你先走!"

"你会走吗?"小白问。

"我必须和所有猎人一起,战斗至最后一刻。"

"是啊。"小白喃喃地回答,他又问身边的伙伴,"沈放,你走吗?阿星,你呢?"

"这种时候怎么可能走啊。"沈放回应。他背上背着一个不轻的包,反而帮他挡住了不少来自后背的袭击。他在心里思索着,什么时候,才是一定要用它的时候?

"我也会留下来。"阿星说。

"何念念呢?还有叶乔,你们走吗?"

叶乔站在桌子上,跳起来劈斩下一头蛊雕:"小白,你听先锋官的安排,此刻撤退并不是什么丢脸的事。我愿意当留下来断后的人。"

何念念说:"还没到不得不逃跑的时候啊。"

小白对林修平说:"看到了吗?他们都不走。我和他们一样,也不走的。"

"小心!"林修平抱住小白滚到一边,堪堪躲过一头毕方喷来的一团火,"这是命令,必须要有猎人活下来,不可以全部死在

· 483 ·

零日传说Ⅱ·长夜

这里！"

"那个……不要再替我决定人生了。"小白小声而坚定地说道。

林修平愣了愣。

外面的异兽正一点点攻破猎人的防线，往基地中心逼近。

刚才那头朱厌已经被宋禾和诗织联手解决了，她们又解决了几头凶兽。两人死守着舷窗的一个破口，浑身沾满兽血。诗织体力已差不多到了极限，她大口喘着气："别想……从这里进去。小禾，你……还撑得住吗？"

"当然……没问题。"宋禾同样大口喘着气，抹了一把脸上溅到的血。她的腰被一头异兽抓伤了，伤口正火辣辣地疼着。她在等待那个时刻。她在心底问：亲爱的，那个命悬一线，无须再遵守猎人守则的时刻，该怎么把握？

此时，诗织像是察觉了什么，她问宋禾："你有没有觉得……它们的攻击，好像变慢了？"

之前，异兽如同源源不绝的潮水，一波又一波地攻向她们。可从刚才不知什么时候起，攻击波的频率慢了下来。

"它们到底还是数量有限。我就不信……它们还能再有多少。再撑一会儿……就胜利了。"

"不对，你看那边！"

宋禾朝诗织手指的方向看去，令她毕生难忘的一幕出现了：

另一群异兽从外围围了过来，竟冲向了攻击通信基地的异兽。那些本已压至基地内的异兽不得不掉头与它们作战。两群异兽迅速厮杀在一起，留下目瞪口呆的猎人。

第十章　终极一战

宋禾一眼看见，带头的狮鹫上骑着一名矫捷的少年。她惊喜地叫道："看见了吗？是那名翼人！是……是南宫！"

"林修平前辈说的竟然是真的……"诗织精神一振，"有机会了。我们能赢！"

两人起初是守着破口不让外面的异兽攻入基地内部，此刻，外面的异兽被另一群异兽牵制了，她们调转了方向，转而向基地内部支援。

宋禾双手将扎线枪别进裤腰，换作了别在腰间的另一种武器——

两把铮亮的手枪。柯尔特M2000。

碳钢的枪身还带着体温，重量、握感，拿在手里刚刚好。

两把枪，三十发子弹。

亲爱的，就是现在了。你送我的东西，要派上用场了。

站在高处的叶乔最先发现了外面形势的改变，她振奋地大声说："有希望了！再撑一会儿，南宫率领异兽来帮我们了！"

沈放听闻后，收起爪刀，将背包中的武器拿了出来。

赫克勒-科赫MSG90。

薛荣的遗物中，他拿走了这个。他没有渠道搞到子弹，因此只有当时留下的那一梭子。这些日子他一有时间就仔细研习枪械知识，并偷偷试验一发。如果游戏也算的话，他倒是做了大量练习。今天，他要在这里，让薛荣的意志得以重现。他在等待，等待子弹用完就能决定胜利，而不是子弹用完只能坐以待毙的那个时刻——

长官，你听到了吗？南宫来支援我们了。我没有猎人血脉，

· 485 ·

零日传说 Ⅱ · 长夜

算不上猎人,所以也不用遵守猎户座的规矩吧?

他对准空中一头毕方,扣动了扳机。

砰。

砰!

令沈放吃惊的是,他的食指只摁下了一次,基地里却几乎同时响起了两声枪响。

这绝不是回音,另一声要更清脆、更短暂、更柔和一点,是从远处,通信基地外围传进来的。他有些疑惑,还会有谁用枪?

现在管不了那么多了。他扛着枪,一边往前走,一边射击着。后坐力超出了他的想象,震得他胸痛耳鸣,但就像曾经的薛荣那样,他在近乎绝望的战局中,扛着一把枪,不管不顾地向前、向前!

他一头又一头地射杀着这条通道上的异兽,几乎每次扣动扳机,都会有两声枪鸣。那另一声枪鸣越来越响亮,越来越与他靠近。

咔嚓。

扳机发出一声空响。

面前还有最后一头异兽,可惜沈放手中的枪没子弹了。

异兽露出狞笑,但接着,那狞笑固定在了它脸上。

沈放在将枪扔向一旁的同时,迅速从裤兜里取出了那把一直揣着的蝴蝶刀,并朝异兽的喉咙掷出。

蝴蝶刀直插入它的颈动脉!

飞兽重重摔在地上。沈放看清了对面站着的人。

是手中握着柯尔特M2000一路走过来的宋禾姐姐。

基地里弥漫着硝烟的气味,两个人握着枪,隔着烟雾,彼此

第十章 终极一战

对视而笑。

白凌霄觉得自己快到极限了。
身边的每一名伙伴也快要到极限了。
异兽越来越少,眼看胜利在即。能坚持到最后吗?
仅有最后三头飞兽飞在上空。
小白觉得白己已经有些眼花,看不清是什么飞兽了。他完全是凭着猎人的本能,将盾掷了出去,再将右手的刀也掷了出去。他想学上次救南宫时,穆大叔……不对,现在应该说是……那个人将手中的弯钩掷出去击杀异兽的攻击方式,还挺酷的。
虽然凭他的水平,武器扔出去可能就回不来了。
然而有如神助一般,他掷出的盾和刀都不偏不倚地各击中一头飞兽。他满意地、微笑着倒了下去。没受什么严重的伤,只是体力实在支不住了。
还剩一头,交给伙伴吧。
对了,伙伴们呢?
他看了看四周,每个人的身影都那么模糊,好像有些远……
看准了此时毫无防备的小白,剩下的那唯一一头飞兽自杀式地直扑向他!
但这一次他的身体已经到达极限,意识已无法将其驱动。他只能眼睁睁地看着飞兽直直袭来。
他闭上了眼,等待即将到来的命运。他并不绝望,因为他相信,伙伴们不会让他就这样牺牲掉。他们会来救他的。
他觉得很安全。
"小白,小心!"

是……那个人的声音。

小白睁开眼,那个人不知什么时候跑了过来,或者说,不知他是用什么方式,在这样短的瞬间冲到了白凌霄面前。他的刀从背后刺入了这头异兽身躯,终于,它不甘地嘶鸣一声,重重倒在了小白身旁。血腥气扑面而来。

"你……没事吧?"那个人局促地问。

那个人啊。刚才在视频中发表关于真相的演说时,说每一句话都掷地有声的人。

此刻为什么,声音中竟带着一丝怯意呢?

5

那一排被打得乱七八糟的视频屏幕中,有一扇突然又亮了。

图像有些损毁,但还是能看得出,视频里是那头弥诺陶洛斯。

他发出嗬嗬的气声,像是狂笑:"还有人吗?请看这里,我在大洋洲通信基地。这里已经被我们占领了。这里已经不剩任何一个活着的猎人了。哈哈哈哈!"

林修平心中一沉。大洋洲共有两百名左右的猎人,不知有多少从"深渊闪电"逃掉了。

视频里的弥诺陶洛斯继续狂妄地喊道:"林修平,你还在不在?兰彻斯特公爵,在不在?你们都死了吧?我的计划就要成功了!"

林修平费力地走到中央电脑前,摄像头已经坏了,但声频设备似乎没坏。设备重新启动后,他对着话筒说:"抱歉,你的计

第十章 终极一战

划好像没有想象中顺利。我还活着。"

视频中的弥诺陶洛斯一愣:"你还活着?"

很快,欧洲区的屏幕也点亮了,公爵看起来虽有些狼狈,但他还是笔端地坐着:"我们这里,你也没有得逞。"

白凌霄跑到话筒前问道:"公爵大叔,索伦呢?索伦没事吧?"

公爵咬了咬牙:"活着。"

遗憾的是,再没有新的通信方加入进来。林修平不禁隐隐地担心,是那些地区的猎人全体牺牲了?或者只是通信设备被破坏了?但愿是后者。

"无妨。你们这些剩下的残兵败将,对我的计划已经没有阻碍了。"

"你想如何?"

"我的族群为了这一天,准备了三百年。"弥诺陶洛斯道。

"今天你的损失也不小吧?不如我们好好谈谈。"

"你以为我失去了很多?哈哈,并没有。今天我甚至没让四方凶兽出战。我等这一天等了这么久,决不许失败!"弥诺陶洛斯看了一眼视频中的兰彻斯特,突然想起了什么,"公爵,你一定很奇怪,为什么穷奇才封印了四个月,就挣脱了次元囚笼。"

公爵瞪着视频,没有搭话。

"因为我收买了很多对人类失望的人啊!哈哈哈,你们还以为只有你们猎户座知道我们存在?太自大了!现在他们奉我为神,只要我一声令下,他们愿意为我做任何事。"

公爵一怔:"你是说普通人?"

"为什么不呢?异兽世界有翼人那样的叛徒,愿意和人类站

· 489 ·

零日传说Ⅱ·长夜

在一起。非常公平,你们人类世界也有叛徒,愿意与我站在一边。"

林修平说:"南宫并不是异兽的叛徒。我们本来是同类,为何要互相厮杀?既然外星文明将我们分化开,我们为何不一起与他们对抗?你才是背叛种族的那一方。"

"你没有经历过'第零日'。而'第零日'的情景,深深刻在我的基因记忆中。"弥诺陶洛斯闭上眼,回忆令他的表情十分痛苦,"还有,我提醒你一点,我绝不会背叛我的种族。外星文明将你们创造出来,必然有他们的用意。我不管他们的目的是什么,我只需一举毁掉你们,清除所有改造人,就能毁掉他们的计划。只要我快速地将人类毁灭,赶在外星人有所行动之前让你们灰飞烟灭,那不管他们在计划什么,他们都失败了!我在用唯一可行的方式与他们抗争。至于翼人那个蠢货所说的什么联合人类与他们作战,简直是天方夜谭,痴人说梦!"各种情绪在弥诺陶洛斯脸上混合叠加,令他表情显得非常扭曲。

林修平沉默了。他不得不承认,弥诺陶洛斯说出了一个一直未解开的环节。

外星文明将人类创造出来,是什么目的?

只要人类毁灭,他们的目的就无法实现了。这是一个很残忍,但很真实的逻辑。

的确如此。

可是,一个种族的文明发展了几千上万年,即使是以卵击石,也绝不能拱手让给他人。

"你不必如此悲观。这些年你应该见识过人类的科技和武器,这几千年来,我们的武器发生了翻天覆地的变化,几千年前我们

第十章 终极一战

或许无法与他们抗衡,现在难道还不行吗?"

弥诺陶洛斯挑了挑眉:"不要妄想了。我的计划已经开始,今天的剿灭行动只是第一步。很快,很快改造人就会从地球上消失,很快!在他们发现以前!"

尾 声

1

异兽的此次大规模进攻仍限制在猎户座内部，并未殃及普通人。

于他们而言，只要先杀光猎人，普通人便是小菜一碟，哪怕是那些军人。

"深渊闪电"仍在运行，损失并不大。

可见，他们的这次袭击主要是为了杀伤有生力量，而不是破坏设施。

回程的球舱里。

十个座位两两一组。

沈放和陆星移坐一起。

尾　声

宋禾和诗织坐在他们对面。

何念念和南宫坐在一起。

林修平和叶乔身边各剩下一个座位。

小白走向叶乔身边。

另外一名猎人坐到了林修平身边。

沈放和宋禾对视了一眼，随后很快移开了视线，装作与身旁的朋友闲谈。

阿星和诗织只好一边配合他们闲谈，一边交换着眼色。

另一侧，何念念小声问南宫："所以我们不可能在一起的，对吗？"

"不管怎样，我都会保护你的。"

"既然不可能在一起，就不要做那种让我有可能会喜欢上你的事啊。会很困扰的。"

"对不起。"南宫又恢复成了一个害羞少年的模样。

"那个……你背上的伤口，会疼吗？"

"会疼啊。每个冬天都会疼。"

之后，两个人不再说话。过了一会儿，何念念悄悄伸手拉住了南宫的手。

南宫觉得自己整个人都要融化了。他一动也不敢动。

"只是喜欢就好了。不能在一起也没关系，没有未来也没关系。反正，我都不知道战争继续下去，还能活多久呢。此刻喜欢就好了。"

南宫用力回握住了何念念的手："嗯。"

小白和叶乔无话可谈地坐着。叶乔开启了"生人勿近"模式，沉浸在自己的思绪里。

沉默了很久，小白鼓足勇气问："队长……那个，如果，只是假设哈，你喜欢一个男生，你会喜欢什么样的男生呢？"

"你究竟搞不搞得清今天发生了怎样的状况？你看我像那种都这时候了还有空思考这种问题的人吗？！"叶乔脸有些臭。

劈头盖脸一顿骂，小白吐了吐舌头。

好吧，这样才是正常的叶乔。

过了一会儿，叶乔似乎也觉得自己刚才太凶了，用和缓的语气补充道："等这段时间过了再说吧。弥诺陶洛斯说他的计划会继续推进的，都不知道明天会发生什么。"

小白牛头不对马嘴地小声说："我有喜欢的人了啊。"

可叶乔好像还在思考和战争有关的事，没听见小白的话。

诗织明艳地一笑，对林修平说："上次在和平饭店见面，是我眼拙没认出您。久仰林修平前辈大名，没想到今天能有机会正式认识。我可是一直以前辈为奋斗目标的，请多指教。"

宋禾翻译了一遍。

林修平说："不敢当。"他自嘲地笑笑，"我啊……已经老了。"

坐在林修平身旁的那位猎人不明状况地说了句："咦，对了，听说这名叫白凌霄的少年不是林修家的后人吗？那……"

空气突然安静。整个球舱内，弥漫着一阵浓郁得散不开的尴尬气息。

就这么一路尴尬着，到了树城。

林修平终于跟小白说了承认身份以来的第一句话："白凌霄，

尾　声

你去哪里？"

"回学校呗。"

"一身的血，不怕被同学看见？"

"啊？这个……"

"先去我家洗洗吧。"

"哈？"小白拉住沈放，"呃，本来沈放也是要和我一起回学校的，不如他跟我一起到你家洗洗？"

沈放摆摆手："不用了不用了，我回自己家洗澡就行了。反正我爸妈不会在家的。"

"那，那阿星……"

阿星说："我也一个人住，回自己家洗澡就行。"

"那，那沈放，我跟你去你家洗。"

"家里没收拾，太乱了，你就别去了。"

小白一脸黑线。

"深渊闪电"的出口是薛荣的店里，他们从店里拿了些衣服，罩在血迹斑斑的衣服外。之后大家都回自己家了，只剩小白，跟在林修平身后朝他家走着。

这种感觉，怎么这么奇怪？

小白捏着拳头在心里吐槽，什么好兄弟，到关键时刻一个都指望不上！看下次我怎么整你们！

走在一起却没话说真是太难挨了。

小白心一横，问道："你……为什么丢下妈妈和我呢？"

愿意在无话可说的场景里，努力找话题提起话头角色的人，一定是个很温柔的人。

零日传说Ⅱ·长夜

林修平面色一怔,随后叹了口气:"我无法控制自己的第二意识。"

小白这才想起,这个男人和自己身上流着相同的血脉。他也一样,拥有濒死之魄的能力。

"第二意识苏醒时,我会变成一个很可怕的人。那一年她怀着你来找我,而我正与穷奇作战。是完全不受控制的第二意识。次元囚笼收缩高维空间封印穷奇时,有一只不知从哪儿窜出来的小蜥蜴从中穿过。之后,那个高维空间裂出了一个碎片。碎片掉进了她的肚子里。没想到竟然到了你身上。"

"原来泥巴是这样封印到我体内的。"

"她是一个单纯善良的人,我不希望她再跟着我,遭这些罪。何况,我最好的朋友穆云在那一战中为了保护我牺牲了。我心灰意冷,不想再当猎人。"

"啊!"小白突然想到了什么,"你你你你你是说,我妈她知道你是猎人的事?"

"嗯,知道啊。"

"那我行踪这么怪异,常常莫名其妙地消失几天,她其实早猜到我也成为猎人了吧?"

"顺其自然吧。她或许能猜到,但是,她不是没问过你吗?她大概怕听到那个答案。"

"嗯。"小白忽然有些心痛老妈,"这些年……你想过她吗?"

"我本来去了另一个城市,后来听说你们在树城,忍不住,又搬回来了。老实说,我偷偷看过你们好多次。很蠢吧?"

小白却点点头:"这还差不多。我以为你完全忘记我们了。"

尾 声

回到家里,林修平翻箱倒柜给小白找暂住的用品。在衣柜里翻找被子时,那个黑色封皮的笔记本掉了出来。小白好奇地捡起来:"这是什么啊?"

林修平一把抢了回去,脸居然红了:"没什么……"

小白很快懂了:"噢,该不会是你年轻时候的日记本,记着很多不可告人的秘密吧?嗯?"

林修平把本子塞回衣柜:"你小子快点去洗澡!"

"喊,好啦,别紧张,我对偷看你们大人的过往心事可没兴趣。"

洗了澡,小白躺在林修平的床上。林修平去睡沙发了。

他从小就是个没什么心事,很容易睡着的孩子。

他很快将白天发生的事抛诸脑后,进入了沉沉的睡眠。

明天,还有更严酷的战斗在等着他。

2

这是一座基地。但它看起来并不像人造物。它更像活着的墓碑,或是文明的堡垒般,自顾自守护着什么。

嗡嗡的电流声中,内部一个检测器发出了一声温柔的"滴"音。

这是收到监测数据的提示。一串来自猎户座通信基地的数据刚刚传输过来。

智能系统像往常一样慵懒地处理着。

对它这样高度智能的系统而言,这是一项简单而枯燥的工作,目的是监视地表漫长改造工程的进度。

零日传说Ⅱ·长夜

然而这次的数据识别起来有些困难,使得工作时间延长了些许。经过分析,它发现情况竟有些棘手。

它在日志上进行了记录:

改造体察觉到部分真相,我们的存在面临暴露风险。

可采取必要行动。